polar
VERLAG

Benjamin Whitmer

Flucht

Aus dem Amerikanischen von Alf Mayer
Herausgegeben von Wolfgang Franßen

Polar Verlag

Originaltitel: Translated from the English language: ESCAPE
Copyright © 2018 by Benjamin Whitmer
First published by: Gallmeister

Deutsche Erstausgabe, 1. Auflage 2020
Aus dem Amerikanischen von Alf Mayer
Mit einem Nachwort von Alf Mayer

www.polar-verlag.de

Redaktion: Christine Laudahn, Claudia Denker
Umschlaggestaltung: Robert Neth, Britta Kuhlmann
Coverfoto: © Carsten Klindt
Autorenfoto: © Joshua Mork
Satz/Layout: Martina Stolzmann
Gesetzt aus Adobe Garamond PostScript, InDesign
Druck und Bindung: CPI books GmbH, Leck, Deutschland

ISBN: 978-3-945133-93-4

Für Ward Churchill, 1968

»Gefängnisse sind dazu da, zu verbergen, dass die ganze Gesellschaft in ihrer ganzen banalen Allgegenwärtigkeit selbst ein Gefängnis ist.«
Jean Baudrillard

»Der Witz ist, alle ehemaligen Sträflinge haben etwas gemeinsam – sie haben ihre Zeit da drinnen abgesessen, der Rest von Euch aber hat seine immer noch vor sich.«
Merle Haggard

1
– Der Häftling –

Einer hat sich in die Hose geschissen. Mopar Horn weiß nicht, ob Wärter oder Häftling, aber das Wohnzimmer stinkt bis zum Anschlag nach Scheiße. Mopar reibt sich die Augen. Hockend klammert er sich an ein Pianino, hält sich an einem der geschwungenen Beine fest, während die Welt unter ihm wegrutschen will.

»Beruhige dich, verdammt noch mal, dann lockern wir dir das«, sagt Mitch Howard aus dem Flur. Er trägt immer noch die Uniformmütze, die er aufgesetzt hat, damit die Schützen in den Wachtürmen nicht sehen können, dass er schwarz ist. Das Ding ist zu klein für ihn und wackelt, wenn er redet.

»Was?«, fragt Mopar. »Verdammt, was hast du gesagt?«

Howards Brille sitzt noch schief von ihrem Sprint. Mit einem Zeigefinger, dick wie ein Babyarm, rückt er sie auf der Nase zurecht. Er ist ein Gewichtheber-Freak. »Ich rede mit denen«, sagt er. Er meint die drei Wärter, die auf dem roten Wohnzimmerteppich knien, Hände auf den Rücken gefesselt, Gesichter rot wie reife Tomaten. Zwei von ihnen haben kapiert, dass sie sich am besten nicht bewegen und sich ums Atmen kümmern, aber der Blonde wetzt seine Handschellen gegen den Absatz seines Stahlkappenschuhs. Er atmet stoßweise durch die Garotte aus Kupferdraht, die eng um seinen Hals liegt. Unter seinem Hemd beulen sich die Schultern, Blut tropft ihm von den Handgelenken und sickert in den Teppich.

Rotes Blut, rotes Sofa, rote Sessel, rote Vorhänge, eine Tischlampe mit rotem Schirm. Sogar die Lichter am Weihnachtsbaum sind rot. Mopar wischt sich die Stirn mit dem Ärmel seines Uniformhemds ab und blinzelt, um wieder klar zu sehen. Aber immer noch ist alles verfickt rot. Und da ist auch ein Ton. Ein roter Ton. Er summt und pocht wie pumpendes Blut. Wo verdammt kommt der her? Mopar greift sich an den Krawattenknoten, zieht ihn auf, reißt sich das Ding ab und wirft es an die Wand. »Wo sind die alle?«, fragt er. »Verdammt, wo sind die alle hin?«

Niemand antwortet ihm. Die alte Frau liegt zusammengekauert auf dem Sofa. Ihr verblichenes Haar ist nach hinten zu einem Knoten hochgesteckt. Er sieht aus wie ein Stück Holz, das mit einem Zimmermannsnagel an den Schädel geheftet ist. Wesley Warrington und Bad News Dixon, die anderen beiden Häftlinge, lümmeln sich auf zwei Wohnzimmersesseln. Es gab nicht genügend Wärteruniformen, deshalb stecken sie noch in den blauen Anstaltsjeans und Jacken.

Aber das sind schon alle, die mit ihm im Raum sind. Dabei sind sie mindestens zu zwölft gewesen, als sie durch das Nordtor hinaus sind. Daran erinnert sich Mopar genau. »Verdammt, wo sind die alle hin?«, fragt er.

»Die sind weg«, sagt Howard. »Hier sind nur ich, du, Warrington und Bad News. So war der Plan.«

»Was für ein Plan? Von so einem Plan habe ich nichts gehört. Mist.«

»Mein Plan«, sagt Howard. »Zerbrich dir bloß nicht deinen schönen kleinen Punkschädel.«

»Leck mich.« Mopars Gehirn schwillt an, er atmet durch den Mund. Sein Kopf steht unter Druck, gleich platzt er. »Ist die Sirene schon gegangen? Ich hab sie nicht gehört.«

»Alles in Ordnung, Sportsfreund«, sagt Howard. »Konzentrier dich aufs Atmen.«

Mopar will ihn am liebsten mit der provisorischen Schrotflinte abknallen. Behandle mich wie einen Deppen, und ich male dir die Wände rot. Noch roter. Immer noch hat er diesen Ton in seinem Ohr, das Summen. Als ob in den Wänden rings um ihn das Blut pocht. Atme.

Er sieht zum Fenster. Die Berge flackern struppig und grau durch den Schnee. Die Sonne ist eine Laterne, die zwischen den Gipfeln nach unten sinkt. Mopar strengt sich an, ruhiger zu werden. Atme, du Scheißkerl. Es ist der erste Sonnenuntergang, den er seit einem Jahrzehnt gesehen hat. Atme.

•••

Der blonde Wärter kämpft immer noch mit seinen Handschellen. Sein Haar ist dünn wie bei einem Neugeborenen, die Kopfhaut ganz rosa. Seine Augen wirken aufgequollen, das linke füllt sich mit Blut, die Äderchen sind geplatzt. Er wirft sich nach vorn, zuckt wie ein Tausendfüßler auf der Herdplatte.

»Mach ihnen die Garotten ein wenig auf«, sagt Howard zu Mopar. »Locker sie, bevor einer von diesen verdammten Hinterwäldlern sich noch selbst umbringt.«

Er redet mit mir wie mit einem verdammten Kind. Selbst wenn Mopar könnte, würde er sich nicht vom Fleck rühren. Scheiß auf diese Wärter.

»Verstanden.« Bad News erhebt sich aus seinem Sessel. Sie haben die Garotten in der Gefängniswerkstatt hergestellt. Aufgewickelter Kupferdraht mit einem Holzgriff, Bad News zieht den blonden Wärter daran hoch. Der Draht schneidet in den Hals, verschwindet im Blut. Das Gesicht des Wärters wechselt von rot zu violett, die Zunge schwillt ihm an. Bad News zieht ihn hoch und lässt ihn wieder herunter auf die Knie, den Griff aber hält er fest.

»Mach schon«, sagt Howard. »Noch bringen wir diese Hinterwäldler nicht um.«

»Das würde ich nicht so schlimm finden«, sagt Bad News. Er ist jung und nervös, hat den Blick eines Borderliners. Seine großen

Augen sind nur Pupillen. Er sagt, seine Nerven sind vom LSD erledigt. Er sagt, wenn man genug LSD eingeworfen hat, wird man gesetzlich für geisteskrank erklärt. Er sagt, er hat die sechsfache Überdosis eingeschmissen, und wer ihm nicht glaubt, kann ja diese eine Bitch in Boulder fragen. Nur dass man sie nichts mehr fragen kann.

Der blonde Wärter greift nach dem Draht um seinen Hals. Bad News hat immer noch den Holzgriff in der Hand.

»Mach schon«, sagt Howard zu Bad News.

Bad News dreht die Garotte auf. Der Wärter fällt nach vorn und keucht. Er kotzt auf den Teppich. Bad News lockert auch die zwei anderen Garotten, beide Wärter zucken, wenn sie seine Hand am Holzgriff spüren. Er sagt: »Es wird dir noch leidtun, dass wir diese Arschlöcher nicht umgebracht haben.«

»Mir wird gar nichts leidtun«, sagt Howard. »Schau mal, ob du für uns was zum Essen findest.«

»Komm mit, Warrington«, sagt Bad News. Sie gehen um Howard herum und verlassen das Wohnzimmer.

Howard schaut die alte Frau auf dem Sofa an. »Wie heißt du?«

Die alte Frau starrt ins Nichts, als würde sie das alles nichts angehen. Sie sieht Howard mit ihren grauen Augen an. »Pearl«, sagt sie.

»Bist du verheiratet, Pearl?«

Sie zieht eine selbstgedrehte Zigarette und Zündhölzer aus ihrer Schürze, gibt sich Feuer. Sie wedelt mit dem Streichholz, bis es ausgeht, wirft es auf den roten Teppich, so als sei es nicht ihrer.

Howard tritt mit einem Uniformstiefel darauf. »Ich krieg dich schon noch zum Antworten.«

»Wenn ich einen Mann hätte, hätte ich das gesagt.«

»Schnalle, du bist ja eine Marke. Wie steht's mit einem Sohn?«

Sie bläst den Rauch an die blechverkleidete Decke.

»Es gibt also keine Klamotten, die einem von uns passen könnten?«

Sie sieht ihn mit einem Blick an, als ob er Hundescheiße auf dem Teppich ist. »Der Kleine könnte in meine Sachen passen.«

»Da haben wir ja eine echte Klugscheißerin«, sagt Howard. »Wenn du hier alleine wohnst, warum stehen dann da draußen drei Autos?«

»Ich habe nicht gesagt, dass ich allein bin.«

Howard massiert sich zwischen den Augen. »Okay«, sagt er, »fangen wir noch einmal neu an. Wer außer dir lebt hier noch?«

»Ich hab Pensionsgäste«, sagt sie. »Zwei von ihnen haben Autos.«

»Und wo verdammt sind die gerade?«

Bad News kommt zurück ins Wohnzimmer, Warrington im Gefolge. Bad News hält eine Umhängetasche. Er grinst ein wenig, als er sie Howard gibt.

Howard öffnet die Ledertasche. Macht sie wieder zu. »Pensionsgäste?«

Pearls Augen verändern sich nicht. Nicht die Spur.

»Ich nehme an, es überrascht euch nicht sonderlich, was für Gäste Pearl hier empfängt«, sagt Howard zu den Wärtern. Er öffnet die Tasche noch einmal. »Sie kommen von überall her, um dich zu sehen, Pearl? Deine Gäste?«

»Ich hab meinen Mann neunundvierzig verloren.« Sie sagt es, als ob ein Tier hinter ihrem Gesicht leben würde und sie alle Willenskraft aufwenden muss, um es zurückzuhalten. »Damals beim Ausbruch. Jemand von euch hat ihn umgebracht.«

»Neunundvierzig war ich nicht im Gefängnis«, sagt Howard. »Da war ich ganze zehn Jahre alt.«

»Ich muss nur die Straße runtergehen und mir diese Mauern anschauen«, sagt sie. »Das reicht, um mir in Erinnerung zu rufen, warum ich tue, was ich tue.«

»Ich wette, hier gibt es auch noch einen Haufen Geld, der dich daran erinnert«, sagt Howard. »Einen großen Haufen Bargeld.«

»Die Frauen, die zu mir kommen, haben nichts mit Kindern

am Hut«, entgegnet Pearl. »Die Frauen, die zu mir kommen, können nichts dafür, dass sie von den Frauen geboren worden sind, die ihre Mütter sind. Wenn ihr daran zweifelt, dass sie dieses Gefühl weitervererben, braucht ihr euch nur umzuschauen, wenn sie euch zurück ins Old Lonesome stecken.«

»Du bist eine verbitterte Frau«, sagt Howard. »Böse auf die Welt. Das ist dein Problem.«

»Nein. Ihr seid mein Problem. Ihr alle.« Und sie meint nicht nur alle im Raum. Sie meint auch alle da draußen.

»Böse und ausgetrocknet. Du hast einen Hass auf die Welt, weil sie dich nie feucht gemacht hat.« Howard öffnet die Tasche und zieht etwas aus Metall heraus, es sieht lang und ungemütlich aus. »Wie wäre es, wenn du mir sagst, wo ich das Geld finde? Entweder sagst du es mir, oder wir stecken das mal in dich rein und schauen, ob noch etwas übrig ist, was klappert.«

Sie verströmt Verachtung aus jeder Pore, ihrem Gesicht aber kann man ansehen, dass Howard falsch liegt. Sie ist nicht verbittert. Nur das Leben und all die, die mit ihren eigenen gebrochenen Herzen zu ihr kommen und es loswerden wollen, haben ihr das Herz gebrochen. Mopar fragt sich, ob es je ganz war.

»Unter meinem Bett fehlt eine Diele«, sagt sie. »Da liegt es.«

Howard nickt Bad News und Warrington zu. »Holt es«, sagt er.

• • •

Mopar wischt sich die Hände an seinen dreckigen Hosen ab. Sie sehen aus, als wäre er mit ihnen in eine Schlammschlacht geraten. Als er und die anderen aus dem Gefängnis ausbrachen, hatte es gerade zu schneien begonnen. Alles war voller Schlamm. »Wir müssen aufhören, unsere Zeit zu vertrödeln«, sagt Mopar.

»Zeit vertrödeln?«, sagt Howard.

»Die werden draufkommen, dass wir in einem der Häuser sind«, sagt Mopar. »Ich kann mich nicht entsinnen, in diesen Plan eingeweiht worden zu sein.«

»Wie weit kommen wir ohne Geld?«, fragt Howard.

»Geld wird euch nicht weiterhelfen«, sagt einer der Wärter. Der fette Kopf quillt ihm aus dem Hemdkragen.

»Woher verdammt willst du das wissen?«, fragt Howard.

»Das ist die Stadt von Direktor Jugg. Auch wenn ihr es aus dem Gefängnistor herausgeschafft habt, über die Stadtgrenze kommt ihr nicht.«

»Ist das wahr?« Howard stellt die selbstgemachte Schrotflinte an die Wand und zieht ein zwanzig Zentimeter langes Rohr aus seiner Jacke. Es ist eines der Eisenstücke, mit denen sie die Knastwärter niedergeschlagen haben, von denen sie die Uniformen haben.

Im Gesicht des dicken Wärters arbeiten die Muskeln. »Stellt euch«, sagt er. »Ihr kriegt ein wenig Einzelhaft, aber das war's dann. Noch hast du keine Mordanklage am Hals, Howard. Noch nicht.«

Howard schwingt das Eisenrohr. Der Wärter krümmt sich, um ihm auszuweichen, aber es erwischt ihn am Ohr und er fällt zur Seite, gegen Pearls Beine. Howard holt noch einmal aus. Die Kopfhaut platzt auf, wie bei einem Orangenschnitz. Der Wärter sackt auf Pearls Schuhe, sie stößt ihn weg und er klatscht zu Boden.

»Du bist ein warmherziges Miststück«, sagt Howard zu ihr. »Das hätte dein Mann sein können.«

2
– Der Fährtenleser –

Jim Cavey wartete ab und betrat den Umkleideraum des Gefängnisses erst, als er sich sicher war, dass alle anderen weg waren. Aber Checkers war noch da, ein Gesicht wie die Innenseite eines Schmalzkübels. »Komm rein, Jim«, sagte er. »Niemand hier, außer uns zwei Säcken.« Bis auf Schuhe und Socken war er schon umgezogen, die Füße weiß, mit roten Adern.

»Ich schätze, sie sind alle schnell nach Hause«, sagte Jim.

»Es ist Silvester. Sie sind heiß darauf, zu saufen und ihre Frauen zu vögeln.«

»Ich hab gedacht, sie wollen alle schnell nach Hause, bevor der Sturm kommt«, sagte Jim.

»Der Sturm?«

»Diesen Morgen ist ein kleiner Schneegimpel so niedrig geflogen, dass er mir beinahe den Kopf rasiert hätte.«

Checkers keuchte ein Lachen heraus, das die Adern auf seinem Kopf anschwellen ließ. »Jim, Jim, Jim. Darum freue ich mich immer, dich zu sehen.« Er schlug mit der Hand auf die Bank.

Jim öffnete seinen Spind, holte eine Cola-Flasche heraus und spuckte einen Schwall Tabaksaft hinein.

»Ist mein Ernst«, sagte Checkers. »Jeden Tag versuche ich, etwas zu lernen. Heute also über Vögel.«

Jim schnürte sich die Arbeitsstiefel auf. Er lehnte sich gegen einen Spind und zog sie mit Druck auf den Absatz aus.

»Da drüben gibt's einen Rasierer und Wasser, wenn du dich rasieren willst«, sagte Checkers. »Und irgendwo können wir sicher einen Rasentrimmer finden.«

Jim zog seine Zivilsachen aus dem Spind. Ein grünes Leinenhemd, braune Drillichhosen und eine Carhartt-Jacke aus etwas hellerem Braun, Ärmel und Kragen schon in der Auflösung, die Ellbogen bis zum Futter durch. Er warf den Haufen auf eine Bank, ein Geruch von Lagerfeuer und fauliger Erde stieg auf wie eine Wolke.

»Du könntest dir sogar den Hintern waschen«, sagte Checkers. »Du riechst wie einer, der zum Kacken ins Freie geht.«

Ohne den Knoten aufzumachen, zog Jim die Uniformkrawatte aus und hängte sie an den Kleiderhaken.

Checkers sagte: »Kann ich dich mal etwas fragen, Jim?«

Das Wärterhemd und die Uniformjacke folgten der Krawatte, dann die Hosen. In seinen langen Unterhosen drehte Jim sich um und sah Checkers an.

Der hob sich die Hand vor die Nase, wedelte damit. »Ich meine das wirklich ernst, mit dem Hinternwaschen«, sagte er.

»Stell deine Frage.«

»Ich und ein paar von den Jungs haben sich neulich über dich unterhalten. Darüber, warum du so geworden bist, wie du bist.«

Dieses Mal spuckte Jim den Tabaksaft auf den Boden, einen halben Meter vor Checkers nackten Füße.

»Eine der Sachen, die ich gehört habe, ist, dass dein Vater dich nie ins Haus gelassen hat. Dass du draußen bei den Hühnern schlafen musstest. Das würde jeden verändern, zwischen Hühnern aufzuwachsen.

»Ich verstehe nicht, warum ihr alle immer nur herumhockt und über andere Leute redet«, sagte Jim. »Das kapiere ich nicht.«

»Das ist es, was Leute tun, Jim. Zusammenhocken und über andere Leute reden«, sagte Checkers und zog sich die Socken an. Aber er machte keine Anstalten, in die Schuhe zu schlüpfen. Er saß nur da und beobachtete Jim. Gluckste manchmal.

Also zog Jim sich seine Sachen an und ging. Vor dem Tor zog er sich die Strickmütze über die Ohren und ließ das Old Lonesome hinter sich. Wie jedes Mal wollte etwas in ihm, dass er sich umdrehte, aber er tat es nicht. Er konnte es hinter sich spüren, direkt hinter seiner Schulter, breit und enorm. Aus Granitblöcken, groß wie Automotoren gebaut, die Häftlinge selbst hatten die Steine aus dem Dos Tortugas Mountain herausgehauen. Ob man zurückschaute oder nicht, war egal. Man konnte es überall spüren.

Er durchquerte den kleinen Park neben dem Gefängnis und dachte dabei an Checkers. Vorbei an den eng stehenden Ziegelgebäuden und Fassaden lief er die Hauptstraße hoch, alle Straßenlampen waren mit Schleifen und Weihnachtsschmuck verziert. Noch immer dachte er an Checkers.

Ein paar Blocks weiter war The Yard. Jim spielte mit dem Gedanken, dort aufzukreuzen. Er stellte sich vor, wie er selbst durch die Tür tritt, seine Kontur verschwommen in der von Zigarettenqualm und Bratendunst geschwängerten Luft, und wie alle Gefängniswärter sich umdrehen, um zu sehen, wer da kommt. Und wenn dann nach ihm Checkers hereinkommt, ist Jim schon in Wartestellung und rammt ihm eine Flasche zwischen die Zähne. Besorgt es dem Kerl so, dass der es sein Lebtag nicht vergessen wird.

Jim verscheuchte den Gedanken. Er wusste, dass er besser daran tat, ihn zu vergessen. Alles, was er an Problemen mit nach Hause brachte, bedeutete langwierige Diskussionen mit Ruby. Für heute stand ihm eh schon eine schwierige Unterredung bevor. Dieselbe Diskussion, die sie jedes Silvester führten. Warum wollte er mit ihr nicht ausgehen, nie?

Er bog nach rechts in die Fifth Street ein. Die Straßenlaternen an der Ecke und die Außenbeleuchtungen der Häuser erwachten zum Leben und rissen Pappeln und Ulmen aus der Dämmerung.

Er spuckte aus.

Und dann heulte die Sirene.

•••

Jim ist jetzt unterwegs auf dem Highway 19, von hier ist es nur noch eine Meile bis nach Hause. Wenn die Sirene heult, sollte man nicht einfach weiterlaufen. Man sollte sich im Gefängnis zurückmelden, egal wo man gerade ist. Aber nichts kann Jim dazu bringen, in diesen Umkleideraum zurückzukehren.

Dann hört er den Wagen hinter sich.

Er weiß genau, was es ist.

Zu seiner Linken ragen die Berge auf, machen ihn krank vor Sehnsucht danach, sie hochzukraxeln. Ein kleines Lager zu bauen, eine Falle für das Abendessen aufzustellen. Das Wochenende dort zu verbringen. Jim bleibt stehen und pafft seinen Atem in den Schnee.

Es ist ein Chrysler Coupé. Der Fahrer beugt sich hinüber und öffnet die Beifahrertür. Es ist der stellvertretende Direktor Adam Bellingham. Ein teigiger Mann in den frühen Fünfzigern, ein Kinn, das sorgenvoll auf die Krawatte fällt, bemitleidenswerte braune Augen, die einen anbetteln, nicht bemerkt zu werden. Aber man darf ihn nicht nach seinem Äußeren beurteilen. Vor vierundzwanzig Jahren hat Bellingham sich nach Frankreich abgesetzt und ist mit mehr Medaillen zurückgekommen, als in einen Eimer passen. Wenn Jim jetzt eine Person absolut nicht sehen will, dann ihn.

»Genau der, den ich suche«, sagt Bellingham. »Steig ein.«

Jim kann den Temperatursturz fühlen. Der erste Schnee flüstert um ihn herum, schneidet durch seine Jacke. Die Espen am Straßenrand ächzen und knacken mit ihren kahlen Ästen. »Du bist extra hergefahren, um mich zu holen?«

»Ich bin hergefahren, um dich zu holen, ja.«

»Du solltest besser weiterfahren. Ich sag es auch nicht weiter.«

»Steig ein.«

Auf dem Beifahrersitz liegt ein Stadtplan. Jim schiebt ihn beiseite und steigt ein.

»Hast du nicht die Sirene gehört?«, fragt Bellingham.

»Doch, hab ich.«

»Aber du bist in die falsche Richtung unterwegs.«

»Das hängt von der Sichtweise ab«, entgegnet Jim. »Von wo sind sie ausgebrochen?«

»Aus dem Nordtor. Sie haben Wärter als Geiseln dabeigehabt, und einige von ihnen haben selber auch Uniformen getragen. Die Wachen auf den Schießtürmen hatten Sorge, die eigenen Leute zu treffen.«

»Weil sie gedacht haben, es sind Wärter?«

»Was denkst du?«

»Was hat Direktor Jugg dazu gesagt?«

»Ich kann mir vorstellen, er hätte sie erschießen lassen, wenn man sie nicht für die Verfolgung brauchen würde.«

»Verstehe.«

»Wir werden dafür bezahlt, dass sie nicht ausbrechen. Ich habe nicht besonders viel Sympathie für die, die sich dieser Pflicht entziehen.« Bellinghams Augen sind auf Jim gerichtet. »Wie viele Bier hast du gehabt?«

»Keins.«

»In deinem Bart hängt ein Zweig. Ich dachte, du hast im Yard vielleicht ein paar gezischt und bist dann in einen Ringkampf mit einem Busch geraten.«

»Ich geh nicht in den Yard. Da sind nur Wärter.«

»Du bist auch ein Wärter, Jim.«

Jim hebt den Stadtplan hoch. »Haben sie schon bei den Bensons gesucht?«

»Keine Ahnung.«

Jim studiert die Landkarte. Er ist gut im Kartenlesen, wenn er Zeit hat. »Du weißt es nicht?«

»Siehst du ein Funkgerät in diesem Auto? Direktor Jugg gibt die Neuigkeiten über das Lokalradio durch. Anders können wir uns nicht auf dem Laufenden halten, aber er hat nichts über die Bensons gesagt.«

»Nun, Jugg ist nicht dumm. Ich bin sicher, dass er daran gedacht hat. Wohin fahren wir?«

»Zurück zum Gefängnis. Da bekommen wir unsere Befehle.«

Jim studiert eine Weile die Karte, seine Finger fahren vom Nordtor zu den nächsten Häusern. Dann gehen sie auf Wanderschaft. »Hast du eine Waffe dabei?«

»Im Handschuhfach ist eine.«

Jim öffnet es und holt einen Colt M1911 heraus. Die Dienstwaffe steckt in einem ziemlich verkratzten Gürtelholster, US ist in das Leder geprägt. Er pfeift durch die Zähne.

»Kannst du benutzen«, sagt Bellingham. »Hat keinen sentimentalen Wert.«

Jim öffnet das Holster und zieht die Pistole heraus. Der Schlaghahn ist angelegt, die Waffe gesichert. Er schaut nicht nach, ob eine Patrone im Lauf ist, er weiß es. Er öffnet seinen Gürtel und fädelt das Holster ein, dann nimmt er die Magazintasche aus dem Handschuhfach, holt die beiden 45er-Magazine heraus und steckt sie in seine Jackentasche. »Ich weiß einen Ort, wo Jugg noch nicht nachgeschaut hat«, sagt er.

»Und wo?«

»Bei Pearl Greene.«

»Woher weißt du von Pearl Greene?«

Jim faltet den Stadtplan zusammen. »Der Alte hat mir davon erzählt.«

• • •

Man konnte den Alten nicht davon abbringen, einem Sachen zu erzählen, wenn man gemeinsam am Arbeiten war. Und weil es eine Hühnerfarm war, gab es dort immer Arbeit. Hühnerscheiße schaufeln, Heu als Streu verteilen, Eier aufsammeln. Den ganzen

Tag lang. Jeden Tag. Lebensweisheiten weitergeben nannte der Alte das. Wer in der Stadt ein Säufer war, wer seine Frau betrog, wer bei Pearl Greene gewesen war.

Der Alte hasste die Stadt. Hasste sie, weil er mitbekommen hatte, was aus ihr geworden war. Von einer Stadt mit Gefängnis zu einer Gefängnisstadt. Wenn man in Denver war, brauchte man nicht einmal den Namen der Stadt zu sagen. Nur Old Lonesome, und sie wussten Bescheid. Der Alte hasste sie alle und verbrachte jeden Tag damit, Jim zu erzählen, warum. Was ihn selbst anging, so lernte Jim, die Hühner zu hassen.

Abwechslung gab es nur, wenn ein Wagen vom Gefängnis vorfuhr. Dann ließ der Alte liegen, was immer er tat, und verdrehte die Augen.

3
– Die Geächtete –

Dayton Horn war irgendwann am Nachmittag auf dem Sofa eingeschlafen. Das frühe Aufstehen hatte sie sich angewöhnt, bevor Ethan starb. Die zwei oder drei Stunden vor Sonnenaufgang waren die einzige Zeit, zu der er sie nicht brauchte, sie wurden zu ihrer liebsten Tageszeit. Am Küchentisch sitzend trank sie ihren Tee, hörte zu, wie die Morgenvögel erwachten, und beobachtete durch das Fliegengitter der Tür, wie der Nebel über die Wiese kroch.

Inzwischen ist es zur Routine geworden. Aufstehen vor dem Morgengrauen und draußen sein bei Sonnenaufgang. Sie hat nicht viel von dem Vieh behalten. Nur ein paar Hühner und eine Milchkuh. Das Pferd war weder die Zeit noch das Geld wert, also hat sie es verkauft. Um sich um alles zu kümmern, braucht sie nicht den ganzen Tag, aber sie mag es, alles schon am Morgen erledigt zu haben. So kann sie am Nachmittag lesen. Sie hat alles, was sie braucht, auch ohne sich um jemand anderes kümmern zu müssen als sich selbst. Und sie hat nicht vor, das jemals wieder zu ändern.

An diesem Nachmittag ist sie mit ihrem Buch im Schoß eingeschlafen. »The Brave Cowboy« von Edward Abbey. Es ist die Erkältung, die Dayton zu schaffen macht. Sie hat einen dicken Kopf und die Wörter auf der Buchseite verschwimmen, und dann sind ihr einfach die Augen zugefallen. Sie hätte in die Stadt fahren und sich etwas gegen die Erkältung im Drugstore kaufen sollen, aber es ist eine lange Fahrt. Stattdessen hat sie sich etwas von Ethans Bourbon auf dem Ofen warm gemacht, mit Honig und Zitronensaft, und ihn beim Lesen getrunken.

So ist sie eingeschlafen. Eingemummt von der trägen Wirkung des Bourbons, der Erkältung und dem wohlig wattigen Gefühl, das sich um sie legt.

•••

Als es bereits dämmert, erwacht sie, die verschneite Wiese vor dem Fenster schimmert in sanften Blau- und Weißtönen. Dayton ist heiß, sie schwitzt. Sie hat ihre Stallkleidung ausgezogen, ist aber in ihrer langen Unterwäsche eingeschlafen. Sie bewegt ihre Unterarme gegen den dumpfen Schmerz in ihren Ellbogen. Ihr kommt es vor, als ob sie nicht von alleine aufgewacht ist. Etwas hat sie geweckt. Sie weiß nur nicht, was.

Sie nimmt das Buch von ihrer Brust, legt es neben dem Sofa auf den Boden, dann steht sie auf und findet die Kerosinlampe auf dem Beistelltisch. Sie zieht den Glaszylinder ab und zündet den Docht an. Das unheimliche Zwielicht weicht dem Flackern der Lampe, das Wohnzimmer erwacht zum Leben. Alles wirkt verzerrt, unscharf.

War es ein Traum?

Was für ein Traum?

Sie kann sich nicht erinnern.

Sie steckt den Glaszylinder auf die Lampe und justiert den Docht, bis das Zimmer aufhört zu schwanken und das gelbe Licht klare Konturen zeichnet. Am anderen Ende des Raums, in der Ecke neben dem Schreibtisch, steht ihr kleiner Weihnachtsbaum. Sie hat ihn selbst geschlagen und dann im Wald Vogelnester in einen Rupfensack gesammelt. Als er voll war, hat sie ihn nach Hause gebracht und in jedes Nest Wachs getröpfelt, für je eine kleine Kerze, dann die Nester mit Wäscheklammern als Baumbeleuchtung befestigt. Ein Eimer Brunnenwasser steht daneben, aber sie hat es erst ein einziges Mal gewagt, die Kerzen anzuzünden. Es schien nur wichtig zu sein, einen Baum zu haben. Weihnachten gehört zu den Dingen, bei denen sie sich nicht sicher ist, ob sie aus ihrem Leben gestrichen werden dürfen.

Ein einzelnes Geschenk liegt unter dem Baum. Es ist eine Taschenbuchausgabe von John Tolands »The Dillinger Days«, die sie gekauft hat, als sie das letzte Mal in der Stadt war. Sie hat es für Mopar besorgt, in der Hoffnung, dass er es lustig findet.

• • •

Es ist erst ein paar Wochen her, dass sie Mopar das letzte Mal besucht hat. Er war bleicher als sonst, seine Augen erinnerten an das, was man aus Strafkolonien kennt. Der Besuchsraum war nackter Zement, wurde von Wand zu Wand von einem langen Resopaltisch geteilt. Sie setzte sich auf ihrer Seite der Plexiglaswand auf einen Stuhl.

Er rauchte hastig, aschte nervös in die Blechdose auf dem Tisch. Seine Augen flackerten sie an, flackerten wieder weg. Er war nur noch Haut und Knochen. Spindeldürr, dass es wehtat, ihn anzuschauen. »Es ist die verdammte Dunkelzelle«, sagte er, seine Stimme durch das Plexiglas gedämpft. »Ich bin da meine ganze Knastzeit drin gewesen.«

»Du siehst gut aus«, sagte sie. »Nur ein wenig müde.«

»Klar.« Er wollte sie nicht anschauen, aber sie konnte sehen, dass er auf sie eingestellt war wie ein Drehknopf am Radio. Es war, wie in einer Bar zu sitzen, wo am anderen Ende des Tresens ein Kerl sitzt, der dich anstarrt, ohne dass man ihn dabei erwischen kann. Und dir ist klar, dass er dir auf den Parkplatz folgt, wenn du gehst. »Klar«, sagte er wieder.

»Klar?« Sie sagte es ein wenig mokant, als wäre es ein Spiel, das sie spielten. Aber es war keins.

Auf seinem Gesicht zeigte sich der Hauch eines Grinsens, aber es verebbte sogleich wieder. »Klar, bin ich müde.«

»Ich hab Tante Patsy gesehen. Deine Mama.«

»Wo denn?«

»Perkins Drugstore. Heute.«

»Was hatte sie an?«

»Das blaue Kleid. Das mit den Streifen. Sie hat Zeitschriften gekauft.«

Er streckte seine Zigarettenhand nach ihr aus, als ob er die Scheibe berühren wollte. Aber er tat es nicht. Die Geste ließ sie erstarren. Er konnte sie nicht berühren, aber dass er sich in ihre Richtung streckte, das ließ sie erstarren. Es war etwas, was sie für gewöhnlich beide nicht taten.

»Warum machst du das?«, fragte er.

Ihr Handrücken prickelte, unter der Haut lagen die Nerven blank. »Was mache ich?«

»Mich besuchen.«

Was sollte man darauf nur antworten? Sie blieb stumm.

»Weißt du, wie viele andere mich hier besuchen kommen?«, fragte er.

»Tante Patsy?«

»Einmal im Jahr. Am Sonntag vor meinem Geburtstag.«

Dieses Prickeln. Als ob sich ihre Haut langsam umstülpen würde. Sie würgte es ab. Er ist müde, das ist alles. So oft du auch schon hier gewesen bist, so etwas hat er noch nie bei dir ausgelöst. »Es gibt sonst niemanden, den ich besuchen könnte«, sagt sie. »Und da das Gefängnis direkt bei mir um die Ecke ist, soll es wohl einfach so sein, dass ich hier jemanden besuchen komme.«

»Sie lebt nur eine halbe Meile von hier und hat nichts zu tun«, sagt er. »Du hast viel am Hals. Du hast die Farm.«

»Die Farm macht kaum Arbeit.«

Er ließ seine Zigarette in die Blechdose fallen, ohne sich darum zu scheren, sie vorher auszumachen. Er rieb sich die Augen, und da war es wieder, dieses kurze Grinsen. Müde.

Sie sah zum Wärter hinüber. Er beachtete sie nicht. Niemand tat es.

»Ich hab gehört, er ist nicht mehr bei dir«, sagte er. »Ethan.«

»Was ist mit ihm?«

»Was soll sein. Er ist nicht mehr da.«

Neben Dayton saß eine Frau mit geföhntem Haar, eine Packung Marlboro auf dem Tisch. »Entschuldigen Sie«, sagte Dayton zu ihr.

Die Frau wandte sich zu ihr um.

»Kann ich mir eine Zigarette nehmen?«

Die Frau schob ihr Packung und Streichhölzer zu.

Dayton zündete sich eine an. »Er ist nicht mehr da.« Sie stieß den Rauch in die Luft, schob die Packung zurück in Richtung der Frau.

»Du bist jetzt alleine da oben?«

»Es gibt noch ein paar andere Leute.« Das war zwar nicht gelogen, stimmte aber nur zum Teil. »Nicht dauernd, aber normalerweise schon. Ich hab Hilfe.«

Er war aufgedreht, aufmerksam. »Ich möchte sehen, was du damit gemacht hast.«

»Womit gemacht?«

Als sie ihre Zigarette zum Mund führte und mit ihren Fingern die Lippen berührte, bewegte sich seine Hand erneut, als ob er die Glasscheibe berühren wollte. Es fühlte sich für sie so an, als sei es seine Hand, seine Finger auf ihren Lippen.

»Die Farm«, sagte er.

Auf Daytons Plexiglasseite gab es Aschenbecher aus Glas. Die Zigarette war erst zu einem Viertel geraucht, aber sie drückte sie aus. Die Frau mit den geföhnten Haaren sagte leise etwas.

»Warum hast du sie dir angesteckt?«, fragte Mopar.

Dayton machte eine Grimasse, ihr Magen war in Aufruhr. »Keine Ahnung.«

»Du hast gedacht, du probierst es, weil du hier mit mir sitzt und weil ich rauche?«

»Genau.«

»Um zu sehen, ob es zu dir passt?«

»Es ist nicht meine erste Zigarette.«

»Nein«, sagte er. »Das habe ich auch nicht gedacht.«

Er war müde. Das sagte sie sich selbst, nachdem sie gegangen war. Nur müde, das war alles. Sie hatte ihn schon mindestens dreißig Mal besucht, und nie hatte er in ihr ein unangenehmes Gefühl hervorgerufen. Nicht ein einziges Mal. Er war nur einfach müde. Er hatte versucht, mit ihr herumzualbern, wie Cousins es nun mal tun, und es war bei ihr schief angekommen. Das war alles.

• • •

Es ist die Sirene gewesen.

Das war es, was sie aufgeweckt hatte.

Meistens kann sie das Heulen gar nicht hören, nur in bestimmten Nächten. Wenn es von der Hauptstraße rechts abbiegt, eine Kaltfrontschneise über die Wiese auf der Nordseite der Stadt hochzieht und dann den Dos Tortugas Mountain hinaufschallt, vom Mond abprallt, und als Querschläger um den Jackleg Canyon herum, bis an ihr Fenster kommt und ans Glas klopft.

Im Aschenbecher auf dem Schreibtisch neben dem Weihnachtsbaum liegt noch immer ein halber Joint. Sie lächelt.

Und dann verfliegt ihr Lächeln.

4
– Die Zeitungsleute –

Stanley Hartford sitzt in einer Bar in Denver, nimmt einen Schluck aus einer Flasche Coors. Die Wände sind mit Girlanden aus künstlichen Fichtenzweigen dekoriert, die Lampen mit Lametta und bunten Lichtgirlanden dekoriert. Eine Statue der berühmten Budweiser Clydesdale-Pferde, die einen großen Bierschlitten ziehen, steht auf der hinteren Theke neben der großen Coors-Wanduhr. Noch sind es ein paar Stunden, bis der Billardsalon unter Stanleys Zimmer im Milner schließt. Das Klicken der Kugeln, die Streite, die Biersäufer und Nutten. Es gibt Nächte, in denen Stanley durchschläft, aber heute wird das nicht so sein. Heute gibt es dort ein Buffet. Der Gedanke an sein mickriges günstiges Zimmer über dem verdammten Billardsalon macht Stanley wütend. Wenn er könnte, würde er sein Leben in einen Mixer schmeißen.

Es gibt keine anderen Gäste. Silvesterabend. Der Barkeeper hat sein Geschirrtuch über der Schulter hängen und liest ein Taschenbuch. Seine Haut hat einen Graustich und wenn er redet, klingt es so, als hätte er Konversationskurse an einer Universität für Redekunst besucht. Es gibt nicht einen einzigen Vokal oder Konsonanten, den er nicht betont.

Während er so den lesenden Barkeeper beobachtet, bereut Stanley es beinahe, dass er sich selbst nicht auch ein Buch mitgenommen hat. Seit Wochen hat er nicht mehr gelesen. Er sieht vor lauter Lücken die Wörter nicht. Das Schlimmste an alldem ist, dass es noch nie eine interessante Scheidung gegeben hat und auch niemals geben wird. Es ist die blödsinnigste Sache der Welt, aber wenn man mitten drinsteckt, gibt es nichts anderes mehr. Es saugt dir das Gehirn durch die Ohren raus und macht dich wütend auf dich selbst.

Dieses verdammte Leben.

Das ist Stanley in letzter Zeit ziemlich oft durch den Kopf gegangen.

Der Barkeeper sieht von seinem Buch auf und fragt: »Noch ein Bier?«

Stanley schaut auf die Uhr. Zum wiederholten Male. Dann nickt er.

Der Barkeeper nimmt einen Öffner und macht eine Flasche auf. In der Geschichte des Flaschenöffnens hat vermutlich noch niemand den Öffner auf derart perfekte Weise benutzt. Stanley kommt es so vor, als sei er in Dreharbeiten geraten. »Sie sind kein Barkeeper, oder?«, fragt er.

Der Barkeeper schiebt ihm die Flasche zu. »Sir?«

»Den Job hinter der Bar machen Sie nur nebenbei, stimmt's? Ich hab das auch getan, als ich angefangen habe zu arbeiten.«

»Ich bin auf der Schauspielschule, Sir.«

»Verdammt.« Stanley haut auf die Theke. »Das war mir sofort klar, als ich Sie gesehen hab.«

Die Eingangstür geht auf und wieder zu, Garrett Milligan nimmt sich den Hocker neben Stanley. »Spendierst du mir ein Bier?« Garrett ist einer der jungen Fotografen, die von der *Rocky Mountain News* angeheuert wurden, um die Seiten des neuen Zeitungsformats zu füllen. Er trägt einen billigen Anzug aus dem Kaufhaus der Denver Dry Goods Company.

»Dieser Anzug ist zum Weglaufen«, sagt Stanley.

»Der hat was, oder?«, sagt Garrett. »Meine Frau hat ihn mir gekauft, als ich den Job bekommen hab.«

»Ist das der Einzige, den du hast?«

»Sie reinigt ihn jede Nacht.«

Diese Diskussion führt zu nichts. »Lass dich unserem Barkeeper vorstellen«, sagt Stanley. »Er ist Schauspieler.«

Die Augen des Manns hinter dem Tresen verengen sich. »Möchten Sie zahlen, Sir?«

»Seien Sie nicht so empfindlich«, sagt Stanley. »Wenn Sie nicht angeben, tu ich es für Sie.«

»Du musst das nicht mit jedem machen, den du triffst«, merkt Garrett zu Stanley gewandt an. »Nicht mit jedem.«

»Machen Sie dem Jungen ein Bier auf«, sagt Stanley zum Barkeeper. Und der erfüllt ihm den Wunsch. Dann sitzen sie einfach so da und trinken still ihr Bier, bis Stanley es nicht mehr aushält. »Was ist los, Junge? Was willst du hier?«, fragt er.

»Der Große hat eine Halsentzündung und die Kleine verträgt nur Milchersatz, wenn sie überhaupt etwas bei sich behält. Die meiste Zeit schreit sie anstatt zu essen.«

»Was machst du dann hier draußen?«

»Autounfall vorne an der Ecke.« Garrett legt die Hand auf seine Kameratasche. »Habe alles im Kasten. Gegen ein Bier wird meine Frau nichts haben.«

»Doch, wird sie.«

Garrett nimmt einen großen Schluck. Einen sehr großen. Ungefähr die halbe Flasche. »Sie wird es nicht erfahren.«

»Doch, wird sie.«

»Verdammt.« Garrett sieht aus, als hätte er gerade einen Blutklumpen verschluckt. Mit diesem Ausdruck im Gesicht trinkt er sein Bier aus. »Wird das irgendwann mal einfacher?«

»Für mich ist es einfacher geworden.« Stanley ordert zwei weitere Bier, der Barkeeper bringt sie. »Ganz einfach.«

Garrett schiebt die leere Flasche beiseite, greift die volle. »Kann ich dich etwas fragen?«

»Du kannst fragen, oder aber ich sag's dir einfach so.«

»Okay. Was war der wahre Grund?«

»Ich war immer arbeiten und, wenn ich zuhause war, hatte ich keine Worte mehr übrig.« Stanley kann den Barkeeper sehen, wie er hinter dem Taschenbuch zu lächeln beginnt. »Das ist das Heikle an Worten. Du kannst ihrer überdrüssig werden. Und sie wurde der Worte noch überdrüssiger als ich. Zumindest meiner. Das Geld hat sie gemocht, aber nach einer Weile hat sie gedacht, dass sie das Geld ohne die Worte haben kann. Das war das Aus.«

»Dann hab ich es ja besser. Ich hab kein Geld.«

»Das wird nicht immer so bleiben«, entgegnet Stanley. »Wenn du an ein oder zwei gute Geschichten kommst, dann rieselt es. Deine Arbeit ist top.«

Garrett nickt, aber er sieht nicht überzeugt aus.

»Lass es für heute dein letztes Bier gewesen sein und mach dich auf nach Hause.«

»In Ordnung«, sagt Garrett und lässt seine Flasche über der Theke kreiseln.

Das Telefon klingelt. Der Barkeeper nimmt ab und hört eine Minute zu, ohne etwas zu sagen, dann reicht er Garrett den Hörer. »Ich glaube, das ist für Sie.«

Garrett hört auf, die Flasche kreiseln zu lassen. Er rührt sich überhaupt nicht mehr. Stanley legt ihm die Hand auf die Schulter und gibt ihm einen leichten Stoß.

»Ich glaube nicht, dass es Ihre Frau ist«, sagt der Barkeeper. »Ich glaube, es ist Ihr Chef.«

Garrett nimmt das Telefon und hört schweigend zu. »Jawohl«, sagt er. Dann noch einmal.

Er sagt es, bis Stanley nicht mehr zuhört, dann gibt er den Hörer zurück.

»Er wollte nicht mit mir reden?«, fragt Stanley.

»Nein.« Garrett lässt die Flasche wieder kreiseln. »Aber er hat nach dir gefragt.«

»Das hab ich nicht bezweifelt.«

»Er hat gefragt, ob du noch dein Auto hast.«

»Dieses verfluchte Leben.« Stanley presst sich die kalte Flasche an die Stirn. »Warum?«

»Er will uns oben in den Bergen haben.«

»Wo?«

»Old Lonesome.«

»Nicht mit mir.« Stanley schüttelt den Kopf. »Ich gehe auf mein Zimmer und esse Salzcracker und Sardinen. Es gibt noch ein Telefonat, auf das ich warte, und das hat nichts mit dem Old Lonesome zu tun.«

»Ich muss ihn in fünf Minuten zurückrufen, wenn wir es nicht schaffen.« Garrett klopft mit dem Flaschenboden auf die Theke. Nicht besonders fest und auch nicht laut. Es ist nur ein leichtes Klopfen. »Es sind du und ich, oder ich bin nicht dabei. Das hat er klargemacht. Und es zieht ein Sturm auf. Wir müssen jetzt los.«

»Es ist ein Gefängnisausbruch. Das heißt, einem Haufen dummer Hinterwäldler die ganze Nacht durch die Wälder zu folgen.«

»Kann sein.«

»Und woher hat er gewusst, dass ich hier bin? Wie zur Hölle weiß er so etwas?«

»Ist das wichtig? Das ist die Story, die ich brauche. Hat er mir gesagt.«

»Für mich macht es keinen Sinn, Stories zu schreiben, bei denen mir das Gesicht weggeschossen werden kann«, sagt Stanley. »Vielleicht, wenn sie sich an einem Weinkorken verschluckt oder so etwas. Bis dahin bleibe ich hier und trinke.«

»Die Kleine ist erkältet, ich muss mich zwischen Medizin und Milchpulver entscheiden, beides kann ich mir nicht leisten. Und meine Frau isst noch nicht einmal mehr was.«

»Zur Hölle, Junge«, sagt Stanley. »Fahrt alle zur Hölle. Und er auch. Du weißt, warum er dich angerufen hat, oder? Der Scheißkerl wusste, dass ich nicht losziehen würde, wenn er mich fragt.«

»Wenn ich es alleine machen könnte, würde ich es tun. Wenn es eine andere Möglichkeit gäbe, würde ich dich nicht darum bitten.«

»Hab ich dir je von meinem Pfirsichgarten erzählt?«, fragt Stanley. »Pfirsiche wachsen überall. Die meisten Leute wissen das nicht. Die Navajos haben sie sogar in irgendwelchen Canyons in Arizona gezogen, bis Kit Carson gekommen ist und die Bäume niedergebrannt hat. Wenn du dann irgendwann mal genug Geld hast, um dir einen Pfirsichgarten zu kaufen, dann steck dir besser auch gleich noch die Nummer von einem Scheidungsanwalt in die Tasche.« Stanley starrt auf die Theke. »Ihr könnt mich alle mal! Wie sieht deine Frau überhaupt aus?«

»Was?«

Stanley rülpst in die Faust. »Erzähl mir was von ihr. Irgendein Detail.«

»Ich kann sie nicht beschreiben. Ich bin kein Schreiber, so wie du. Kann ich dir ein Foto zeigen, das ich von ihr gemacht habe?«

»Zeig's mir.«

Garrett holt das Foto aus seiner Brieftasche, hält es hoch.

Es ist genau das, was Stanley erwartet hat. »Fuck you, kid.«

5
– Der Häftling –

Mopar kann Molly einfach nicht vergessen. Selbst jetzt nicht. Das Adrenalin hat sich gerade erst verflüchtigt, und schon beherrscht sie wieder seine Gedanken. Sein Kopf brüllt, dass er hier draußen auf derselben Seite ist wie sie. Immer noch kauert er neben dem Piano und hat die selbstgemachte Schrotflinte in der Hand. Draußen vor dem Fenster treibt der Schnee weiße Striche durch das dunkler werdende Blau. Hinter dem Gefängnis ragt der Dos Tortugas Mountain hervor. Er trägt Mollys Gesicht. Der Schnee, die Bergflanke. Es ist ihr Sommergesicht, weil es in den Erinnerungen an sie immer Sommer ist. Sonnenbaden auf einer Decke in ihrem Garten, neben ihnen ein Stapel Bücher. Ihre Kleider und Bettlaken flattern an der Wäscheleine. Und später sind es ihr Haar, ihre braunen Schultern, der Geruch von Sonne und Sonnencreme.

Es ist sinnlos, darüber nachzudenken. Es gibt da eh nichts mehr zu holen. Molly ist nicht ein einziges Mal gekommen, um ihn zu sehen. Jemand wie sie kommt nie.

Warrington liegt an der Wand, die Hände auf der Brust, und schnarcht zufrieden. Schwer zu sagen, ob Bad News auch schläft. Seine Füße zucken so sehr, als würde er Hasen jagen. Die beiden haben eine ganze Flasche Brandy intus, die sie in einem Geschirrschrank gefunden haben.

Und dann sind da die Wärter. Der Blonde hat sich nicht gerührt, seit Howard ihn mit dem Rohr niedergeschlagen hat. Mopar selbst ist so oft geschlagen worden, dass er kein Mitgefühl hat, aber all das Blut hat ihm den Magen aufgewühlt.

»Wir dürfen nicht länger warten«, sagt Mopar. »Wir müssen hier schleunigst weg.«

»Sind wir bald.« Howard hat sich in einen der Sessel gequetscht wie ein Bronco in einen Pferch. Er zählt das Geld, das Bad News und Warrington in Pearls Schlafzimmer gefunden haben.

»Warum verdammt noch mal nicht jetzt?«

»Weil ich nicht in hundert Bullen laufen will, wenn ich rausgehe. Wir sind nur ganze vier Blocks vom Knast weg. Ich warte ab, bis sie sich aufgeteilt haben, um nach uns zu suchen. Vorher gehe ich nirgendwo hin.«

Der blonde Wärter mit der geplatzten Kopfhaut zuckt plötzlich, wird dann steif.

»Leck mich am Arsch«, sagt Mopar.

Howard sieht ihn an. »Einen Hilfssheriff«, sagt er. »Den hast du erschossen, hab ich recht, Kumpel? Oder sind das falsche Details?«

Es liegt an all dem Roten. Ein großer roter Ofen. »Die werden im Nu alle hier sein.« Mopars Finger krümmen sich um die Schrotflinte.

Howard steckt das Geld in seine Gesäßtasche. »Du wolltest wie Dillinger sein und hast deshalb einen Hilfssheriff erschossen, stimmt's? Das war in allen Zeitungen zu lesen.«

Mopar schüttelt etwas von dem Rot aus seinem Kopf. Steh auf, du Scheißkerl, sagt er zu sich selbst. »Man muss nicht alles glauben, was in der Zeitung steht«

»Du hast ihn nicht umgebracht?«

»Und ob ich den Hilfssheriff erschossen habe«, sagt Mopar. »Aber die Dillinger-Sache hab ich nie gesagt.«

»Dein Rechtsanwalt hat es auch wiederholt«, sagt Howard. »Ich hab die Zeitung gelesen.«

»Er war Anwalt«, sagt Mopar. »Die sind alle nicht richtig im Kopf. Die werden das nur, weil sie als Kind missbraucht worden sind oder so was.«

Howard setzt die randlose Brille ab und hält sie in der Hand. »Du weißt, warum ich dieses Schwein zusammengeschlagen habe?«

Mopar versucht aufzustehen. Es geht leichter als gedacht. »Weil er dich geschlagen hat?«

»Nein. Verdammt noch mal, nein. Jeder von diesen Schweinebullen hat mich geschlagen.«

»Warum dann?«

»Jedes Mal, wenn ich an ihm vorbeigegangen bin, hat er mir einen kleinen Schubs gegeben. So klein, dass man es kaum bemerken konnte. Ich seh dich wieder, Meister, hat er dann immer gesagt.«

»Das ist doch nicht so schlimm«, sagt Mopar. »Zu mir hat er was viel Schlimmeres gesagt. Sie alle.«

»Meine Frau hat genau das zu mir gesagt, als sie mich das letzte Mal besuchen kam. Sie hat meinen Jungen mitgebracht. Acht Jahre alt. Sie hat das gesagt und mir einen Kuss gegeben, und dieser blöde Kerl, dieses Schwein, hat direkt danebengestanden. Seitdem hat er es jeden Tag zu mir gesagt.« Howard zeigt mit der Flinte zu dem Wärter. »Ich würd's wieder tun.«

»Hast du noch Tabak?«, fragt Mopar.

»Steck dir deinen Tabak sonstwo hin.« Howard setzt die Brille auf, hinter den Gläsern schwellen seine Augen an. »Jeder, der mit diesen Arschlöchern dort drinnen gewesen ist, versteht das.«

»Ich versteh es auch«, sagt Mopar. »Tabak?«

Howard zieht einen Beutel Anstaltstabak aus der Jackentasche und gibt ihn Mopar.

Pearl schnieft vom Sofa. Es ist das erste Geräusch, das sie seit langer Zeit gemacht hat. »Was für ein Paar«, sagt sie. »Einer von diesen Jungs zieht dich ein wenig auf, und du schlägst ihn halb tot.«

»Warum ziehst du mich nicht ein wenig auf?« Howards Gesicht nimmt einen harten Ausdruck an, als sei es rund um die ovalen Brillengläser gehämmert. »Du wirst nicht damit durchkommen, dass du Frauenkleider trägst, du Schlampe.«

Bad News setzt sich mit einem wilden Ruck auf, sein Kopf wackelt. »Was zum Teufel war das?«

»Du bist gerade rechtzeitig aufgewacht.« Howard deutet mit dem Kinn auf Pearl. »Ich bin dabei, diese kindermordende Fotze zum Schweigen zu bringen.«

Bad News blinzelt zu Pearl. Er sagt: »Hab ich dir je vom ersten Mal erzählt, als ich eine gesehen habe?«

»Was gesehen?« Mopar leckt das Zigarettenpapier an und klebt die Zigarette zu.

»Eine Fotze.«

Howard nimmt wieder die Brille ab, reibt sich die Augen.

»Es war die von meiner Mutter«, sagt Bad News.

Howard setzt sich die Brille wieder auf.

»Ich hab mich damals gefragt, ob das dumme Ding je wieder aufhört zu heulen?« Bad News lacht sich scheckig, es klingt wie das Gekicher von kleinen Mädchen. Dann macht er die Augen zu und schläft wieder ein.

Das alles reicht aus, damit es einem schlecht wird. Mopar entnimmt dem Beutel ein Zündholz und zündet sich die Zigarette an. Dann steckt er alles wieder in den Beutel und wirft ihn Howard zu.

Er raucht. Der Anstaltstabak schmeckt wie Jod, aber es ist Tabak. Er raucht und wartet. Denkt dabei nicht an Molly.

•••

Kurze Zeit später steht Howard auf und tigert durch den Raum. Er scheint etwas zu zählen. Dann hält er inne und gibt Harrington einen Klaps auf den Kopf. »Steh auf, du Hundesohn. Greif dir all das an Essen, was ihr nicht aufgefressen habt.« Er tritt Bad News in die Seite. »Du auch.« Dann dreht er sich zu Pearl. »Wo sind die Autoschlüssel?«

Pearl tastet nach etwas in ihrem Genick.

»Schieß ihr in das verdammte Rückgrat«, sagt Howard zu Mopar.

Sie deutet zur Tür hinüber, wo er kurz zuvor noch gestanden hat. Dort sind Haken an der Wand, an denen Schlüssel hängen. »Genau da.«

»Ist der brandneue Ford LTD von dir?«, fragt Howard.

Ihre Augen sind wie schmutziger Schnee.

»Nimm die Schlüssel für den Ford«, sagt Howard.

Mopar holt sie für ihn.

Auf der Suche nach Essbarem wuseln Bad News und Warrington in der Küche herum. Glas zerbricht.

»Also, was ist der Plan?«, fragt Mopar. »Denver? Mexiko?«

Pearl versucht krampfhaft, vom Sofa aus zu verstehen, was sie sagen. Ihr Gesicht ist vor lauter Konzentration verzerrt und erinnert an eine Ratte mit gespitzten Ohren.

»Ich schneide dir den verdammten Kopf ab«, sagt Howard zu ihr.

Sie dreht ihr Gesicht zur Wand.

»Summ was«, sagt Howard.

Sie summt *I Got Stripes.*

»Ich schneide dieser mörderischen Bitch den Kopf ab«, sagt Howard zu Mopar. »Aber nicht Denver. Ich wette zehn zu eins, dass sie rings um Denver Straßensperren haben.

»Das stimmt«, sagt Mopar. »Mexiko. Irgendein netter kleiner Platz, und sie finden uns nie.«

»Man darf nicht so weit vorausdenken. In dem Moment, in dem du dich auf Mexiko fixierst, bist du so gut wie geschnappt.«

»Das leuchtet mir nicht ein.«

»Die sitzen alle gerade in einem Raum«, sagt Howard. »Direktor Jugg und die ganzen Micky-Maus-Trantüten. Die sitzen nur da und versuchen, so zu denken wie wir. Wir werden nicht klüger sein als sie. Sobald wir das glauben, haben sie uns.«

»Also denken wir nichts. Verstehe. Wohin dann?«

»Fort Collins«, sagt Howard.

»Fort Collins? Was zum Teufel ist in Fort Collins?«

»Nichts. Das ist genau der Punkt. Aber es ist die nächste Stadt, die groß genug ist, damit wir dort ein paar Tage untertauchen können. Und niemand sonst geht nach Fort Collins.«

»Es ist doch nur die verdammten Berge hinunter. In Fort Collins wird es von ihnen nur so wimmeln.«

»Wird es nicht. Sie werden uns in Denver suchen. Oder auf dem Weg nach Mexiko. Da, wo alle hingehen.«

»Mir ist scheißegal, wohin wir gehen.« Mopars Gehirn fühlt sich an, als würde es seinen Kopf verlassen und gegen die Zimmerwände drücken. »Ich muss nur hier raus.«

»Das ist seit jeher dein größtes Problem«, sagt Howard. Er ruft in Richtung Küche: »Seid ihr Hundesöhne alle fertig?«

Warrington und Bad News kommen herein. Warrington trägt einen ledernen Reisekoffer. »Hab ich oben gefunden«, sagt er. »Hab einiges an Futter eingefüllt.«

»Prima«, sagt Howard. »Und was hast du, Bad News?«

Aber Bad News hört ihm nicht zu. Er starrt zum Weihnachtsbaum mit der Krippe darunter. Porzellanfiguren in Kleidern aus Sofakissenstoff. Josef und Maria und eine dieser Puppen, die sich selbst nassmachen können, als Jesus. Er geht hinüber, nimmt den Baby-Jesus aus der Futterkrippe. »Das ist eine Puppe«, sagt er. Klopft mit seinen Knöcheln gegen ihren Kopf und schlägt sie dann neben dem Baum gegen die Wand. »Es ist eine Puppe.«

»Es ist eine Puppe«, sagt Howard. »Nicht mehr und nicht weniger.«

Immer noch hält Bad News die Puppe an einem Arm fest, er nimmt ihren anderen Arm und zieht so lange daran, bis er nachgibt. Füllmaterial quillt heraus. Dann reißt er ihr auch noch den zweiten Arm aus und dreht ihren Kopf ab. »Eine verdammte

Puppe.« Die Puppe in seiner Hand hat keine Arme mehr und keinen Kopf. Bad News steht mit hängenden Schultern da und schneidet ein Gesicht. Er lässt die Puppe zu Boden fallen, hebt eins der Geschenke hoch. Er hält es ans Ohr und schüttelt es. »Auch die Geschenke sind leer.« Ihm bricht die Stimme, als er das sagt.

Howard sieht ihn an. »Die Welt ist dafür da, dir das Herz zu brechen«, sagt er. »Zeit, dass wir gehen, Blödsack.«

6
– Die Geächtete –

Dayton legt Jeans heraus und ein ledernes Arbeitshemd. Sie zieht sich schnell und methodisch und ohne viel darüber nachzudenken an. So wie man es tut, wenn man sich für ein Ereignis anzieht, bei dem der Kopf mit anderen Dingen beschäftigt ist, zum Beispiel für eine Beerdigung. Zuletzt wirft sie die Arbeitsjacke für die Scheune über und steckt sich ein sorgfältig gefaltetes, verblichenes rotes Taschentuch in die Tasche. Es ist Ethans Jacke gewesen, aber als sie all die Arbeit übernommen hat, ist es ihre geworden. Als er das Haus nur noch für das Außenklo verlassen hat. Anfangs hat sie die Jacke aus Trotz getragen, weil sie gewusst hat, dass sie eins seiner Lieblingsstücke war. So ist das eben.

Ethan ist nie ein besonders guter Farmer gewesen. Er kam als frischgebackener Lehrer aus Ohio, direkt vom College, und aus einem Haus, das von Ziersträuchern umgeben war. Aber er ließ sich einen Bart wachsen, hatte die Segeltuchjacke an und sah standesgemäß aus. Die Farm hatte er bar bezahlt.

Um Chili zu essen und Bier zu trinken, war er manchmal am Abend in den Yard hinuntergekommen, wo sie arbeitete. Das Wichtigste an ihm war, dass er anders war. Es ist die Art Stadt, wo jeder von außerhalb gut aussieht, einfach deshalb, weil er nicht wie die andern ist. Es gibt hier nichts als Gefängniswärter mit Igelschnitt und Gesichtern platt wie Hammerhaie.

Ethan spielte auch Billard. Nicht besser als die anderen Männer in der Stadt, aber bei ihm sah es besser aus. Er beugte sich so tief hinunter, dass er mit der weißen Kugel auf Augenhöhe war, sein ganzer Körper legte sich in die Richtung, in die er stieß. Die Männer machten sich zuerst darüber lustig, wie er seinen Hintern in die Luft reckte, sich mit seinem Queue lang machte. Aber die Frauen lachten nicht, und nach einer Weile gehörte er dazu. Nach einer Weile machte es nicht einmal mehr etwas aus, dass er etwas Hippiehaftes hatte. Und es störte sich auch niemand daran, dass er immer Geld hatte, um eine Runde auszugeben.

Klar hielten ihn alle für ein wenig verrückt. Aber wer ist das nicht selbst ab und an. Ein Großteil solcher komischen Kauze landet dann hier. Diese Stadt ist ein Ort, an dem man versackt. Es gibt ein paar Familien hier, die sich bis zur Großelterngeneration zurückverfolgen lassen, aber das ist eher die Ausnahme. Die meisten Leute sind nach diesem oder jenem Krieg hier gestrandet, wollten eigentlich weiterziehen, sind aber geblieben – wie Kaffeesatz in einer Tasse. Es ist ein Ort, der für jemanden wie Ethan wie gemacht ist.

Und er sah einfach gut aus mit seinem Bart, der Jacke und den langen Haaren, länger als die von jedem anderen Mann in der Stadt. Jedenfalls empfand Dayton das so. Er war der Einzige, der mit ihr flirten durfte. Der Einzige, bei dem sie sogar zurückflirtete.

Es kam so weit, dass Ethan wartete, bis Dayton mit der Arbeit fertig war, sie einen Joint zusammen rauchten und durch die Stadt spazierten. Gras hatte er immer. Schließlich fing er an, sie abzuholen und mit rauf zur Farm zu nehmen. Wie sich zeigte, konnte er dort ein wenig Hilfe gut brauchen, sie hatte eh nie gern im Yard gearbeitet.

Es war ungezwungen und leicht. Für knapp zwei Monate.

•••

Es passierte an einem kühlen Sommernachmittag. Ethan war wegen Viehfutter in die Stadt gefahren. Dayton hatte die Haustür offen stehen, das Fliegengitter wackelte im Luftzug. Sie hatte die

Wäsche von der Leine genommen und den Stapel auf den Küchentisch gelegt, um alles zusammenzulegen. Stattdessen aber trank sie Tee und lauschte dem kleinen Kofferradio. Ein Rock'n'Roll-Sender spielte gerade einen Song von Bob Dylan: … *Tief im Herzen weiß ich, dass ich nicht entkommen kan*n …

Sie hörte, den Truck über die Auffahrt fahren, schenkte ihm aber keine Beachtung. Denn da war diese fette schwarze Fliege, die um sie herumsurrte. Dayton verfolgte sie mit den Augen. Sie hoffte, das Insekt möge sich irgendwo niederlassen und ihr die Zeit geben, die Fliegenklatsche vom Wandnagel zu nehmen. Dayton stellte sich schon den Blutfleck vor, den es gleich geben würde.

»Kannst du die Tür aufmachen?«, fragte Ethan da mit einem Mal durch das Fliegengitter.

Als sie ihn ansah, griff sie zur Fliegenklatsche. Sie wusste nicht genau warum, aber plötzlich war sie in ihrer Hand.

Seine beiden Augen waren purpurschwarz, die Nase zerschlagen und geschwollen, der Nasenrücken aufgeplatzt, sein Bart voller Blutfäden.

Er sagte: »Ich kann die Tür nicht aufmachen.« Mit der rechten Hand hielt er dabei seinen linken Unterarm fest.

Sie ließ die Fliegenklatsche fallen und stieß die Tür auf.

»Danke«, sagte er. Er schlurfte herein, ging um sie und den Küchentisch herum ins Wohnzimmer. Als er auf der Couch lag, warf er seinen Kopf zurück wie ein Vogel, der aus einem Wasserglas getrunken hat.

Sie öffnete den Küchenschrank neben der Spüle und brachte ihm Desinfektionsmittel und Verbandsmaterial. Er hatte seinen linken Arm in den Schoß gelegt, hielt die rechte Hand und studierte sie. Die Knöchel waren völlig unverletzt. Was immer sie mit ihm gemacht hatten, es war ohne Widerstand geschehen.

»Wer war es?«, fragte sie.

»Du weißt, wer es war«, sagte er. Er holte tief Luft durch den

Mund. Ein Pfeifen war zu hören. Ethan sah sie an und öffnete den Mund. Einer seiner Vorderzähne war schräg abgebrochen.

»War es das Marihuana?«

Er grinste sein neues Zahnlückengrinsen. »Sie hätten mich umgebracht.«

»Und dann?«

Durch seine blutunterlaufenen Augen schielte er sie an. »Was denkst du übers Heiraten?«

Das war es, was er sie fragte.

• • •

Dayton sperrt die Hütte hinter sich ab. Der Wind treibt den Schnee den Berghang hinunter, über die Wiese, ihr hart ins Gesicht. Sie steckt die Hände in die Taschen, marschiert über die Auffahrt, an ihrem Truck vorbei zum Feldweg. Dayton geht nicht gern zu ihren Nachbarn. Sie weiß, was Julie und Richard von ihr gedacht haben, als Ethan noch gelebt hat. Sie glaubt nicht, dass sich das geändert hat. Nichts ändert sich je.

Der Feldweg führt über einen Hügel und durch ein Wäldchen windzerzauster Espen, die sich gegen die Straße biegen, führt durch eine Viehsperre. Dann kommt ihre Blockhütte. Der Schnee peitscht durch die schwärzer werdende Nacht. Dayton zieht ihr Taschentuch heraus und putzt sich laut die Nase, bevor sie anklopft.

Julie kommt an die Tür in einem verwaschenen roten Kleid. Durch die geöffnete Tür dringt der Geruch von Plätzchen nach draußen, die ein wenig zu lange im Ofen gewesen sind.

Wie immer, wenn sie Julie sieht, fühlt Dayton sich wie eine Waise. Wie immer bringt es sie durcheinander. Sie ist alles andere als eine Verlorene, war das auch noch nie.

»Komm rein«, sagt Julie. »Bei dem Wetter will man nicht draußen sein.«

Dayton tritt ein. Das Wohnzimmer ist mit Fichtenbrettern getäfelt. Eine cremefarbene Couch, Aschenbecher, ein großer Fernsehschrank. Ihr Weihnachtsbaum steht noch, unbeleuchtet, aber perfekt kegelförmig. Es ist so ein Baum, wie man ihn in den Weihnachtstiteln der Kinderbuchreihe »Little Golden Books« findet, mit pastellfarbenen Ornamentkugeln und Lametta verziert.

Julie greift nach Daytons Jacke.

»Nein, lass«, sagt Dayton. Ihre Stimme klingt wie die einer Fremden in ihren Ohren. »Ich kann nicht länger als eine Minute bleiben.«

»Aber klar kannst du. Ich hab einen Braten. Ist das zu glauben?« Sie reibt sich die Knöchel der rechten Hand. Sie sind geschwollen und rot. Arthritis. »Einen ganzen Braten.«

»Alles in Ordnung?«

»Nur der da …« Julie deutet mit ihren roten Knöcheln zum Fernseher. »… funktioniert nicht. Ich hab schon alles versucht, was in meinen Möglichkeiten steht.«

Der Fernseher ist draußen an eine Antenne angeschlossen, die längste, die Dayton je gesehen hat. Dayton hofft, dass bei jedem Gewitter ein Blitz einschlägt.

»Was macht Richard, wenn der Fernseher nicht geht?«, fragt Dayton.

Julie gestikuliert wieder mit den Knöcheln. Sie lacht wie jemand aus einer Fernsehwerbung. »Er steigt dann hoch und fummelt daran herum.«

»Ich kann da hoch. Man muss nur an ihr drehen, oder?«

Das Knöchelreiben wird schneller, dann wieder langsamer. »Nein«, sagt sie. »Du kannst da nicht hoch. Es kann warten, bis er wieder da ist. Ich hab Zeitschriften.«

»Hat die Sirene geheult?«, fragt Dayton. »Ich bin mir nicht sicher, ob sie es war.«

»Oh, ja«, sagt Julie. »Das war die Sirene. Richard ist sofort los. Das Telefon ist auch außer Betrieb, aber sie reden im Radio darüber.«

»Und wer ist es?« Daytons Nase juckt, sie würde sie gerne an ihrem Ärmel abwischen, tut es aber nicht. »Wer ist ausgebrochen?«

Julies Augen werden schräg wie die einer Elster. Nur eine Sekunde, dann hat sie es weggeblinzelt.

Dayton mag diese Frau eigentlich nichts fragen. Sie hält sie für jemanden mit einem Missbrauchsfetisch. Wie sonst ließen sich die Schreie erklären, die das Tal hochschallen, wenn der Wind richtig steht? Denn es ist nicht Julies Ehemann, der da schreit.

»Wir machen uns Sorgen um dich allein hier draußen«, sagt Julie.

»Danke dir dafür«, sagt Dayton. Sie presst den Jackenärmel gegen ihre feuchten Augen.

»Wir wissen, wie es ist«, lacht Julie. »Nicht wir, vielmehr ich. Ich kann mir nicht vorstellen, was ich ohne Richard hier tun würde. Ich sage ihm dauernd, dass wir in die Stadt ziehen sollen.«

»Da würde es dir gut gehen.« Dayton holt ihr Taschentuch heraus und putzt sich, so leise sie kann, die Nase. Julies Gesichtsausdruck macht deutlich, dass es noch nicht leise genug war. »Du würdest dort klarkommen.«

»Du hast nicht einmal einen Fernseher. Und niemanden, mit dem du reden kannst.« Ihre Augen werden wieder elsterhaft. »Außer deine Besucher.«

»Ich bin nur heruntergekommen, um wegen der Sirene nachzufragen«, sagt Dayton. »Das war der einzige Grund.«

»Die Sirene hat geheult. Magst du nicht doch zum Essen bleiben? Ich hab einen ganzen Braten und hausgemachte Plätzchen. Sieh dich nur an, dich bläst dieser Wind gleich weg, so dünn, wie du bist.«

Dayton dreht sich zur Tür und öffnet sie. Im Gehen raunt sie etwas, von dem sie hofft, dass es wie ein Dankeschön klingt. Dann ist sie draußen.

Julies Elstergesicht bleibt zurück. Dayton schnäuzt sich zwischen Daumen und Zeigefinger und wischt die Hand an einer Espe ab.

7
– Der Fährtensucher –

Jim dreht den Kopf und spuckt Tabaksaft auf den Boden, sieht sich das Ganze an. Die Sträflinge haben Pearl Greene gefesselt und ihr einen Draht um den Hals verpasst wie den Wärtern, ihrer aber ist straffer gespannt. Jim befreit sie von der Halsfessel, indem er an dem Holzgriff in ihrem Nacken dreht. Sie sollte nicht so behandelt werden. Egal, was sie ist.

Sie bekommt wieder Luft, saugt sie durch die Nase ein. Jim bemerkt die Socke in ihrem Mund. Und dass der tote Wärter auf dem Boden vor ihr, dessen zerschlagener Kopf einen blutigen Heiligenschein hat, keine Schuhe und Socken trägt. Jim steckt Pearl einen Finger in den Mund und zieht die Socke heraus. Pearl sinkt auf dem Sofa zusammen, sie schnappt nach Luft.

Wir kriegen sie, denkt Jim. Wir kriegen sie, und wenn wir sie haben, werde ich mir in Erinnerung rufen, was sie dieser Frau angetan haben. Dafür werden sie büßen müssen.

Bellingham kümmert sich um die beiden Wärter, die noch am Leben sind. Sie lehnen aneinander wie zwei frisch gefällte Bäume, ihr Urin füllt die Luft.

»Kann einer von ihnen etwas sagen?«, fragt Jim.

»Ich bin nicht sicher, ob sie es überleben werden.« Bellingham hat den ersten Wärter von der Drahtschlinge erlöst. Er sperrt die Handschellen auf und legt den verletzten Mann behutsam auf den Boden. Dann wickelt er dem zweiten Wärter den Draht vom Hals. Dessen Augenlider flattern für etwa zehn Sekunden in einem seltsamen Rhythmus, bleiben aber geschlossen. Bellingham bettet auch ihn vorsichtig auf dem Boden, dann steht er auf und stemmt die Hände in die Hüften. Sein Gesicht, das im Schatten der Uniformmütze liegt, schimmert rot. »Ich melde das übers Telefon«, sagt er. »Diese Jungs brauchen Hilfe.« Er geht aus dem Wohnzimmer zum Telefon im Flur.

Pearls Atmung ist gut, aber ihr Gesicht ist zerknittert und gelb wie Wachspapier. Jim legt ihr eine Hand auf die Stirn.

Pearl reißt die Augen auf, und sie macht ein Geräusch, wie wenn eine Heuschrecke schabt.

»Nein«, sagt Jim. »Nein.« Er hält ihr seine Hand hin, um zu zeigen, dass sie leer ist. »Ich bin keiner von denen. Ich bin ein Wärter.«

Sie versucht sich aufzusetzen, Jim will ihr helfen. Doch sie schlägt seine Hand weg und schafft es alleine.

»Ich bin ein Wärter«, wiederholt Jim. »Wir haben euch gerade gefunden.«

Sie schlägt nach seinem Gesicht. Es ist ein kraftloser Schlag, er macht sich deshalb nicht die Mühe, ihm auszuweichen.

»Ich heiße Jim Cavey«, sagt er.

Sie hört auf, nach ihm zu schlagen und steckt ihre Hände in die Schürze. »Ich werde Sie anzeigen«, sagt sie.

Jim weiß es besser. Da gibt es niemanden, bei dem Pearl je Anzeige erstatten könnte. Pearl Greenes Haus mag zwar in der Stadt liegen, aber sie gehört genauso wenig dazu wie er. Sie existiert kaum. »Wissen Sie, wohin sie unterwegs sind?«

»Weiß ich nicht. Woher soll ich das wissen? Sie haben mich gefesselt.« Sie sieht sich im Wohnzimmer um. Da gibt es nicht viel, was nicht in Blut oder Müll liegt. »Diese Gestörten.«

»Weil sie hinter sich nicht aufgeräumt haben?« Kaum hat diese Bemerkung seinen Mund verlassen, merkt er selbst, wie neunmalklug das klingt, aber er hat es nicht so gemeint. Wenn Jim herauszufinden sucht, was Leute gemeint haben, klingt er immer neunmalklug.

Ihre Gesichtszüge frieren ein, erstarren wie von einer Eisschicht überzogen. »Sie wissen, wer ich bin.«

»Ja, Ma'am«, sagt Jim. »Ich weiß, wer Sie sind.«

»Warum sind Sie dann hier?«

»Ihr Haus liegt nicht weit weg vom Nordtor. Es war nur eine Vermutung.«

»Und nicht Direktor Juggs Idee?«

»Nein, Ma'am.«

»Wie lange sind sie schon auf der Flucht?«

»Eine Weile.«

»Und er hat noch keinen von denen wieder eingefangen?«

»Nicht, dass ich wüsste.«

Sie lacht krächzend. »Dann hätte er wissen müssen, dass sie hier sind. Wenn er sie sonst nirgends finden konnte.«

»Soviel ich weiß, hat er seine Tochter hier einmal hergebracht«, sagt Jim. Es war eine der Geschichten, die der Alte ihm erzählt hatte. Kaum hat er diese Vermutung geäußert, bereut er sie auch schon.

Mit eiskaltem Blick entgegnet sie: »Das war lang bevor er Direktor geworden ist. Und es war nicht seine Tochter.«

»Sie denken, er hat gewusst, dass sie hier sind? Er hat gewollt, dass man Sie tötet?«

»Ich bin die Einzige, deren Etablissement unter Direktor Jugg überlebt hat.«, sagt sie. »Wenn Sie mir nicht glauben, versuchen Sie, in der Stadt ein Bordell zu finden.« Ihre Augen flackern über die Anrichte in der Ecke. »Ganz hinten in der Anrichte ist noch eine Flasche Brandy. Die haben sie nicht entdeckt.«

Jim geht hinüber, findet die Flasche, eine Karaffe und Gläser. Er gießt ein Glas ein und bringt es ihr.

»Er ist ein verfluchter Schullehrer, dieser Direktor Jugg.« Sie leert das Glas in einem Zug. »Er würde mich auslöschen, wenn er könnte. Aber er tut es nicht, weil ich zu viel über ihn weiß.«

Jim nimmt ihr das Glas aus der zitternden Hand und stellt es auf den Beistelltisch.

»Da liegst du völlig falsch«, sagt Bellingham. Er lehnt in der Tür. »Der Direktor toleriert menschliche Schwächen nicht. Er lässt dich nicht in Ruhe, weil er Angst vor dir hat. Er lässt dich in Ruhe, weil du die Arbeit für ihn erledigst.«

»Das ist genau das, was du sagen musst«, sagt sie. »Direktor Juggs Schoßhund.« Sie nimmt das Glas und setzt es an den Mund, aber es ist leer.

»Du überschätzt dich«, sagt Bellingham. »Das passiert selbst den Besten unter uns.«

Jim nimmt ihr das Glas ab und geht zur Anrichte.

»Wenn du die Flasche anrührst, teile ich dich für den Rest deines Lebens zum Wochenenddienst ein«, sagt Bellingham.

»Es ist für sie.« Jim gießt den Brandy ein. »Sie sagt uns gleich, wohin sie gegangen sind.«

Beide Gesichter drehen sich ihm zu.

»Hat sie dir schon etwas verraten?«, fragt Bellingham.

»Noch nicht«, sagt Jim. Er geht hinüber zum Weihnachtsbaum und hebt den Torso des Jesuskinds hoch, dem Kopf und Arme abgerissen sind. Er dreht ihn in der Hand, setzt ihn vorsichtig in die Krippe, dann bringt er Pearl das Brandyglas.

»Ich hasse sie.« Ihre Stimme ist spröde wie eine Zigarre, die man in der Sonne liegen gelassen hat. Sie nimmt das Glas. »Ihr habt keine Ahnung, wie sehr.«

8
– Der Häftling –

»Verdammt noch mal, fahr nicht so schnell«, sagt Howard.

Bad News ignoriert ihn. Er fährt den Ford so, als säße ein Vogel mit spitzem Schnabel auf seiner Schulter und picke ihm ein Loch ins Ohr. Die Knöchel seiner dünnen Hand am Schaltknüppel sind weiß, wenn er den Gang wechselt. Seine Anstaltsstiefel malträtieren die Pedale.

»Ich meine es ernst, du Blödsack«, sagt Howard.

Sie schießen über eine Erhöhung und Mopar wird es flau im Magen. Er hat gewusst, dass es eine Schnapsidee war, als Bad News die Schlüssel genommen hat. Aber Howard hat ihn ans Steuer gelassen, damit er Ruhe gab. Das hat man davon, wenn man zu nachgiebig ist.

Es hilft auch nicht, dass Bad News mit sich selber redet. Ein langer Schwall von halben Silben und kehligem Grunzen, als ob er sich im Schlaf durch einen Traum vom Autofahren redet. Sie gehen so scharf in eine Kurve, dass Mopar beinahe das Bewusstsein verliert.

Howard will etwas sagen, aber da ist es schon passiert. Es war eine Kurve zu viel. Die Hinterräder rutschen von der gefrorenen Straße, der Wagen schießt in Richtung Graben. Bad News reißt das Lenkrad herum, der Wagen schlingert und sie sind nicht länger auf der Straße, sondern fahren neben ihr.

»Zurück auf die Fahrbahn«, schreit Howard. »Motherfucker, bring uns wieder auf Kurs.«

Sie pflügen durch eine Reihe von Schneezäunen. Ein Knirschen, dann das dünne Kreischen von zerreißendem Metall, zersplitterte Holzstücke fliegen über den Kühler. Bad News reißt wieder am Lenkrad, und sie rauschen eine Böschung hoch. Mitten hinein in eine verbogene Fichte, die aus einem Felsblock wächst. Wie ein Stein, den man an eine Wand wirft, knallen sie auf den Baum und kommen abrupt zum Stehen.

Niemand sagt etwas. Sie sitzen nur da und lassen das Auto wie einen erschöpften Jagdhund zusammenbrechen.

Dann stellt Bad News den Motor ab und steigt aus. Streckt seine Arme, als hätte er sich auf der langen Fahrt – von sage und schreibe zehn Meilen – seine Schultern verspannt.

• •

Sogar von hinten kann Mopar Howards Kinn mahlen sehen, als dieser grimassierend aus dem Wrack steigt. Es sieht aus, als kaue er an einem Stück Kaugummi herum. Er geht zur Mitte der Asphaltstraße und späht in die einsetzende Dunkelheit, die alles in Schwärze versinken lässt. Auf der anderen Straßenseite stehen zottelige Fichten voller Schnee, man könnte meinen, sie wären da, um den Staub des verschwindenden Tages einzusammeln. »Hühner fickender Schweinesack«, sagt Howard, ohne sich umzudrehen. »Hast du mich nicht gehört, als ich gesagt habe, dass du langsamer fahren sollst?«

Bad News zuckt die Schultern. Der Motor heult noch immer wütend. Kühlflüssigkeit und Öl laufen aus der Haube. »Ich hab noch nie ein so schickes Auto gefahren. Ich wollte sehen, was es kann.«

Howard starrt ihn an.

»Wenn ich bloß eine Zigarette hätte.« Bad News seufzt zufrieden. »Beim Fahren bekomme ich immer Lust auf eine Kippe.«

Howard tötet ihn mit Blicken.

»Das Eis war nicht zu sehen«, sagt Bad News. »Es hätte nichts geändert, wenn wir weniger draufgehabt hätten.«

»Red dir das nur ein«, sagt Howard. »Red dir das nur ein, wenn dich einer der Wärter ans Bett fesselt und dich mit dem Besenstiel in den Arsch fickt.«

»Wartet«, sagt Warrington. Sie alle halten inne. Wie Bad News trägt Warrington immer noch die Gefängnisklamotten, aber sein rundes Gesicht und der bleistiftdünne Schnurrbart lassen ihn mehr wie einen Banker als einen Sträfling aussehen. Bis man mit ihm redet. Er redet nicht wie ein Banker oder ein Sträfling. Er redet wie der Hundertjährige Bauernkalender, benutzt viele altmodische Wörter. Es ist eine dieser alten Weisheiten gewesen, die ihn ins Gefängnis gebracht hat, als ein Nachbarsfarmer seiner Schwester Versprechungen gemacht hat, die er nicht halten konnte. So hat es Mopar gehört. »Ich weiß, wo wir sind«, sagt er.

»Nutzloser Hühnerficker.« Howards Augen sind immer noch dabei, Bad News aufzufressen. »Nutzlos wie eine Fotze voll kalter Pisse.«

Bad News steckt seine Hände in die Taschen und pfeift vor sich hin. Etwas von The Doors.

»Nicht weitab von hier«, sagt Warrington. Die Borsten seines Bankerschnurrbarts sind vereist und zucken in der Kälte. »Weniger als eine Meile. Der Milchbauernhof.

»Was für ein Milchbauernhof«, fragt Howard. »Die Gefängnisfarm?«

»Ja.« Warrington nickt sich selbst zu. »Ich hab da gearbeitet.«

»Die haben ein Auto«, sagt Howard. »Und Waffen.«

»Kann eine Woche dauern, vielleicht länger«, trällert Bad News vor sich hin.

Mopar denkt für einen Moment, jetzt ist der Punkt gekommen. Jetzt streckt Howard seine Arme aus und bricht Bad News das Genick.

Aber Howard nickt Warrington zu, dass er vorausgehen soll.

•••

Mopar braucht nicht lange, um zu begreifen, dass sie in der Scheiße sitzen. Sie haben die Straße hinter sich gelassen und marschieren nach Südwesten, in Richtung der schneebedeckten Berge. Außer verstreuten Espen und schiefen Fichten gibt es hier keinen Schutz vor dem Sturm. Der Wind bläst eisig in Mopars Hosenbeine hinein. Die schneidende Kälte beißt im Gesicht und kriecht bis in die Knochen. Wenn sie es schafften, sich den Bergen weiter zu nähern, wären sie durch die dort dichter stehenden Bäume besser vor dem Wind geschützt. Aber Mopar kann nicht mehr sagen, wohin sie sich bewegen. In diesem Dämmerlicht weiß man nicht, ob etwas 25 oder 150 Meter weit weg ist.

Er hat auch nicht viel Vertrauen in Warringtons Fähigkeit, sich an den Standort der Farm zu erinnern. Er schlingt die Arme um seine Anstaltsuniform, als könnte er jede Minute erfrieren und tot umfallen.

Bad News scheint das alles nicht zu kümmern. Er pfeift immer noch diese blöde Doors-Melodie, sein Blick starr wie der eines toten Kindes. Es hat Momente gegeben, in denen Mopar überlegt hat, Bad News zu fragen, was genau er seiner Freundin angetan hat, um im Knast zu landen. Er hat es sich immer verkniffen.

Dann erkennt Mopar weit hinten im Purpur der Abenddämmerung ein Licht. »Da«, sagt er.

»Das ist nicht die Gefängnisfarm«, sagt Howard.

»Die ist wer weiß wo«, sagt Mopar. »Ohne richtige Mäntel schaffen wir es nicht bis dorthin. Wir halten keine zwanzig Minuten mehr durch.«

»Wir brauchen Waffen«, sagt Howard.

Mopar nickt in Richtung Warrington. Der zieht ein Bein nach wie ein Tier und man kann sehen, wie bei ihm Handgelenke und Finger blau werden.

»Ihr seid alle Hühnerficker«, sagt Howard.

• • •

Es ist ein Farmhaus in einem Tal voller Espen, aus dem Kamin steigt eine Rauchblume. Es ist so ziemlich der schönste Anblick, den Mopar je gesehen hat.

»Ihr bleibt hier, wo sie euch nicht sehen können«, sagt Howard zu Warrington und Bad News in ihren Anstaltsklamotten. »Du übernimmst das Reden«, sagt er zu Mopar.

Sie stampfen die Eingangsstufen hoch, und Mopar klopft, während Howard sich an der anderen Seite des Türrahmens postiert, mit dem Rücken an die Hauswand gelehnt.

Eine Frauenstimme antwortet durch die geschlossene Tür. »Ja?«

»Wir sind hier wegen dem Gefängnisausbruch«, sagt Mopar.

»Gefängnisausbruch?«

»Vermutlich haben Sie hier draußen die Sirene nicht gehört. Zwölf Gefangene sind ausgebrochen. Direktor Jugg hält die Leute über das Radio auf dem Laufenden.«

»Murry, hast du irgendwas über einen Gefängnisausbruch gehört?«, ruft die Frau. Hinten im Haus antwortet eine Männerstimme.

»Sie scheinen recht zu haben«, sagt die Frau. »Ich hab hier das Geschirr abgewaschen. Ich hasse dieses Radio, aber er hängt dauernd davor. Der verdammte Dummkopf.«

»Können wir reinkommen, Ma'am?«, fragt Mopar. »Hier draußen ist es ein bisschen kalt.«

»Wer sind Sie, haben Sie gesagt?«

Mopar fällt ein, dass er sich bei Pearl Greene nicht der schwarzen Krawatte hätte entledigen sollen. »Sehen Sie die Uniform?«, fragt er. »Wir klappern die Häuser ab, die ein Ziel der Ausbrecher sein könnten.«

»Gefängniswärter. Warum habe ich kein Auto gesehen?«

»Schwanzlutscherin«, sagt Bad News, der seinen Platz in der zweiten Reihe verlassen hat. Er tritt die Tür ein, sie schlägt der alten Frau gegen die Wange. »Da sind wir.« Bad News macht eine kleine Verbeugung. »Die beschissene Tür ist jetzt offen.«

»Du verfluchter Idiot«, sagt Howard.

Die Frau liegt am Boden. In einem Türrahmen zur Rechten erscheint ein Mann.

Howard richtet die Schrotflinte auf ihn. »Bleib genau da stehen, verdammt.« Er betritt das Haus.

Warrington und Bad News gehen hinter Howard hinein. Mopar folgt als Letzter und drückt die Tür zu, lehnt sich dagegen, damit sie geschlossen bleibt. Sie stehen im Wohnzimmer. Ein Sofa, Stühle, Beistelltische, Zierdeckchen. Ein Bücherregal ohne Bücher, nur Fotografien. Alles sauber und geputzt. Es riecht nach Zitrone.

»Wer ist sonst noch hier?«, fragt Howard den Mann.

»Ist sie tot?« Der Mann trägt einen braunen Anzug. Er greift nach seiner Krawatte, als würde er sie lockern wollen, wenn sie tatsächlich tot ist.

»Wer zum Teufel ist noch im Haus?«, fragt Howard noch einmal.

»Nur ich und Alice.«

Alice stöhnt und setzt sich auf. Ihre Wange ist rot. Die Stelle, an der die Tür sie erwischt hat, verfärbt sich schon schwarz.

Der Mann lässt seine Krawatte los. Er nimmt seine Brille ab und inspiziert sie auf Armeslänge, als würde er nur nachsehen wollen, ob sie es noch tut.

»Wer sind die Männer, Murray?«, fragt Alice.

Murray setzt sich die Brille wieder auf.

»Warum hast du sie ins Haus gelassen?«

»Keiner hat uns reingelassen«, sagt Bad News. »Ich hab dir die verdammte Tür ins Gesicht getreten, du Schnalle. Komm her und stell dich davor, dann tu ich es noch einmal.«

»Was machen wir mit dieser Tür, wenn jemand kommt und uns hier sucht?«, fragt Howard.

Bad News scheint nicht zu merken, dass sich die Frage an ihn richtet. Er starrt auf eine gerahmte Kreuzstickerei an der Wand. »Was heißt das?«

»Lies es halt, Blödsack.«

»Ich kann nicht mehr lesen. Ich hab einmal Acid eingeworfen und in die Sonne geschaut. Seitdem verschwimmt alles Geschriebene vor meinen Augen.«

»Mother. Fucker.«

»Im Ernst. Ich mag die kleine Eule, die sie da hat. Was steht da?«

»Dass man mutiger und klüger ist, als man denkt«, sagt Howard. »Aber für dich gilt das nicht. Du bist der blödeste Hund, den ich je getroffen habe.«

»Sicher«, sagt Bad News, als ob er nicht richtig zugehört hat. »Die Tür ist okay. Wir können sie so herrichten, dass sie hält.«

»Es geht nicht darum, ob sie hält«, sagt Howard. »Es geht darum, ob der erste Bulle, der hier vorbeikommt, merkt, dass man sie eingetreten hat.«

»Wenn die so nah herankommen, denk ich, müssen wir sie eh umlegen.«

Wann immer Bad News etwas sagt, verzieht Howard das Gesicht, nun noch einmal mehr. »Ihr zwei«, sagt er zu dem Paar. »Wir brauchen Waffen und Klamotten. Und die Schlüssel von eurem Auto. Ich weiß, dass ihr irgendwo eins habt.«

Die beiden Alten werden totenbleich.

»Fangen wir mit dem verdammten Auto an«, sagt Howard. »Wo ist es?«

»Es ist in der Scheune«, sagt Murray.

»Du hältst den Mund, Murray«, sagt Alice.

»Und was ist mit den Knarren?«

»Wir haben keine Waffen«, sagt Alice.

»Wenn sie wieder lügt, darfst du sie erschießen«, sagt Howard zu Murray.

Alice sieht ihren Mann an. »Was soll das heißen?«

»Ich weiß es nicht«, sagt Murray. »Frag den Mann da.«

»Du fragst mich gar nichts«, sagt Howard. »Wenn, sag ich dir was. Und jetzt gerade sag ich dir, dass ihr genau Zeit bis Drei habt, um mir zu sagen, wo die Knarren sind, bis ich Löcher in euch schieße. Ladies first.«

Murray steht stocksteif wie ein Blitzableiter.

»Du sagst kein Wort, Murray«, sagt Alice.

»Sie sind oben. Unterm Bett«, sagt er.

»Verdammt, Murray. Verdammt.«

Howard reibt einen Punkt auf seiner Stirn. »Warrington, du gehst hoch und holst die Knarren. Bad News, du suchst uns Klamotten. Mopar, du schaust nach dem Auto. Alice, du machst uns Kaffee. Wenn ich dich noch länger sehen muss, kann es passieren, dass ich dich totschlage.«

9
– Die Zeitungsleute –

Es ist die Art von Sturm, die dich jede kleine traurige Lüge bereuen lässt, die du je erzählt hast. Sie haben noch nicht die halbe Strecke zum Old Lonesome geschafft. Der Schnee bildet einen scheinbar undurchdringbaren Vorhang. Ihr Wagen schlittert im Lichtkegel des Frontscheinwerfers durch das Weiß. Garrett kämpft mit dem Lenkrad und nagt an seiner Unterlippe. Stanley trinkt eine Flasche Coors und sinniert über Garretts Leben, damit er nicht an sein eigenes denken muss. Das ist Teil der Abmachung gewesen. Garrett muss fahren, damit Stanley Bier trinken kann.

Garrett hat zu Hause kein Telefon, deshalb sind sie noch bei ihm vorbeigefahren, um seiner Frau von der Zeitungsgeschichte zu erzählen. Garretts Frau hatte auf dem Foto, das Stanley gesehen hatte, bereits nicht besonders attraktiv ausgesehen. In echt war sie noch unattraktiver. Dicke Hüften, klumpige Lippen und Akne-Blumen, einen Popel essenden Hosenmatz auf dem Arm und ein schreiendes Baby in der Korbwiege. Es war peinlich zu sehen, wie pleite sie waren. In der Spüle türmte sich das dreckige Geschirr. Und offenbar hatten sie die Heizkosten nicht mehr bezahlen können, Kleinkind und Mutter waren in abgenutzte Decken gehüllt. Nirgends ein Fernseher, nicht einmal ein Radio. Bücher auf Brettern, die auf Betonsteinen ruhen. Sogar ihr Weihnachtsbaum sah aus, wie etwas, das sie gebraucht gefunden hatten, geschmückt mit Popcorn und Cranberrys und auf Karton gemaltem Schmuck. Für Stanley war es genug, um an einem Auspuffrohr saugen zu wollen.

Die Sonne ist weg, und vom Dämmerlicht ist nichts mehr zu sehen. Das heißt aber nicht, dass die Nacht bereits ihre volle Schwärze erreicht hat. Stanley ist alt genug, um das kapiert zu haben. Es wird immer noch dunkler. Jeder, der das noch nicht verstanden hat, lebt hinter dem Mond.

Oder ist noch ein Kind.

So wie der hier.

Stanley schaut zu Garrett. Ich hätte ihm sagen sollen, dass er sich etwas anderes anzieht, denkt er. Er trägt immer noch den orangefarbenen Anzug und die Stiefeletten aus der Bar. Zumindest werden die Gefängniswärter ihn so nicht versehentlich erschießen. Und zur Hölle, vielleicht ersticken die Ausbrecher ja vor Lachen.

Garrett kurbelt am Lenkrad, der alte Wagen scheuert um eine Kurve. Sogar auf dem Beifahrersitz kann Stanley spüren, wie die Räder über das Eis rutschen. Sie fahren keine 40, aber dennoch ist es gefährlicher als die Male, die er nachts mit 160 die Colfax Avenue hinuntergerauscht ist.

»Können wir das Radio anmachen?«, sagt Garrett. »Vielleicht sind wir schon nah genug, um eine der Durchsagen hereinzubekommen.«

Stanley dreht am Programmknopf und bekommt eine knisternde Stimme herein: »… erinnern wir Sie daran, die Türen verschlossen zu halten, und wenn sie eine Feuerwaffe im Haus haben … alle … Männer sind immer noch …« Dann ist der Sender wieder weg.

»Das war Direktor Jugg«, sagt Garrett. Er schlägt aufs Lenkrad. Die Nachricht gefällt ihm so, dass er es noch mal tut. »Sie haben sie noch nicht.«

»Freu dich nicht zu früh, Junge«, sagt Stanley. »Die meisten Geschichten sind kalt, noch bevor du da bist. Sie haben noch Zeit genug, um sie alle zu erschießen. Und das werden sie auch tun.«

»Eine Schießerei ist doch auch eine Riesengeschichte.«

Stanley schließt die Augen. Dieser ganze Enthusiasmus ermüdet ihn.

»Okay«, sagt Garrett. »Ich beiße an. Warum sollte man sie erschießen?«

»Aus dem gleichen Grund, warum du einen Hund erschießt, wenn er eins deiner Hühner gerissen hat. Er tut es sonst wieder.«

Etwas wie Bedauern flackert über Garretts Gesicht.

Bedauern ist noch ermüdender als Enthusiasmus.

»Ich hab gehört, dass du mehr Schlitzaugen gekillt hast, als durch Napalm umgekommen sind«, sagt Stanley. »Hab gehört, dass du Khe Sanh ganz allein gehalten hast. Die ganze verdammte Stellung.«

Garrett umklammert das Lenkrad so fest, dass seine Knöchel weiß werden, und geht in eine Kurve. »Ich hab nur die gekillt, die mir vor die Flinte gesprungen sind.«

»Da hab ich was anderes gehört«, sagt Stanley. »Was ganz anderes. Ich habe gehört, du bist die ganzen siebenundsiebzig Tage da gewesen. Und auch genau dann, als Operation Pegasus gestartet wurde.«

»Ja. Und? So war es nicht«, sagt Garrett. »So war es überhaupt nicht.«

Die einzige Sache, die Stanley noch ermüdender findet als Enthusiasmus oder Bedauern ist Bescheidenheit. »Es ist ein Wunder, dass dich die Musterungsbehörde nicht auf Werbetour geschickt hat«, sagt er.

»Das stand nie zur Debatte«, sagt Garrett. »Wo hast du gedient?«

»Korea.«

»Wo in Korea?«

»Überall, wo ich mich verstecken konnte. Ich hab Artikel geschrieben.«

»Das ist doch auch ein wichtiger Job gewesen.«

»Das Gleiche haben sie mir auch gesagt«, sagt Stanley. »Die Moral der Männer ankurbeln.«

»Es war eine bedeutungsvolle Aufgabe.«

»War es das wirklich? *Stars and Stripes* hat bei euch Jungs die Moral angekurbelt?«

Garrett antwortet nicht. Er konzentriert sich so sehr auf die Straße, dass Stanley nicht einmal sicher ist, ob er ihn gehört hat. Es ist nicht nur sein oranger Anzug, der ihn so lächerlich macht. Es sind auch Haarschnitt und Bart. Und wie seine Wangen glühen, wenn er aufgeregt ist, was die ganze Zeit der Fall zu sein scheint.

Stanley zündet sich mit dem Zigarettenanzünder eine Lucky Strike an. »Hast du je *Das Herz der Finsternis* gelesen?«

»Hab ich«, sagt Garrett. »Sie hat mir immer Bücher geschickt. Wollte verhindern, dass ich verblöde und dafür sorgen, dass ich mich noch mit ihr unterhalten kann, wenn ich wieder nach Hause komme.«

»Erinnerst du dich an die letzten Worte von Kurtz?«

Garrett kneift die Augen zusammen, um sie kurz darauf weit aufzureißen. Er schnippt mit den Fingern. »Das Grauen. Das Grauen.«

»Ganz genau. Aber erinnerst du dich, was Marlow der Freundin von Kurtz bei seiner Rückkehr in die Heimat erzählt hat? Als sie ihn fragt, was seine letzten Worte gewesen sind?«

Garretts Augen sind nun fast vollständig geschlossen. »Ihr Name?«

Stanley lässt Rauch aus seiner Nase strömen. »Das war die Aufgabe von *Stars and Stripes*«, sagt er. »Für die Freundinnen daheim gab es immer eine extra Zeile. So hat es der Zensor für die Heimatpost vorgeschrieben.«

»Die wirklichen Geschichten konnten sie nicht drucken«, sagt Garrett.

»Da hast du es. Denk daran, wenn wir die Stadt erreichen. Hör ganz genau hin, wenn dir der Direktor erzählt, was passiert ist.« Stanley macht einen neuen Zug an der Zigarette und schließt die Augen. »Und verbeul mir mein Auto nicht.«

•••

Es war erst ein paar Wochen her, auf einer Party. Das war das endgültige Aus gewesen. Eine dieser Ferienpartys, die Stanley mehr als alles andere hasst. Wenn du einen Pfirsichgarten in Evergreen hast, wirst du auf viele Partys eingeladen. Immer läuft es so, dass die Kinder oben im ersten Stock eingesperrt werden, damit sie nicht sehen können, was die Erwachsenen unten so treiben. So eine Art von Party war es auch diesmal. Die Hälfte von ihnen hing um den Küchentisch, wo die Joints geraucht und die Kokslinien gezogen wurden. Die andere Hälfte war mit fremden Ehepartnern am Fummeln.

Stanley war einer von denen am Küchentisch. Er zog Kokainlinien auf einer chinesischen Porzellanplatte und erzählte dabei Geschichten. Als Erstes die Geschichte, wie er seine Frau Marjorie kennengelernt hatte. Wie er gerade aus Korea zurück war und auf dem Weg nach Montreal durch Denver trampte und in einer Oben-Ohne-Bar auf der Colfax Avenue Halt machte. Wo Marjorie tanzte. Wie sie nach ihrer Schicht etwas zusammen getrunken und über Bücher geredet hatten, darüber wie sehr sie das Fernsehen hassten. Und wie sehr sie Pfirsiche liebten.

Es war eine gute Geschichte, aber wie es einem mit Koks und Gras passiert, verlor Stanley den Faden und vergaß die Stellen, mit denen er die Leute sonst zum Lachen brachte. Dann kam er ganz aus dem Tritt und landete bei einer Kurzgeschichte von Melville, in der eine Frau auf einer Insel strandet und komplett von Schildkrötenfleisch lebt, bis ein paar Walfänger sie finden. Und wie niemand weiß, was weiter geschieht, weil Melville sagt, es gibt da ein paar Dinge, über die man nicht schreibt.

Das war jedoch nicht ganz die Geschichte, die Stanley eigentlich zu erzählen versuchte. Was er erzählen wollte, hatte etwas mit dem Schweigen zu tun und der Unmöglichkeit, wirklich über Gräueltaten zu reden. Wie man das lernen muss, wenn man in der Welt der Vietnams und Koreas überleben will. Menschen in religiösen Texten sind dauernd Zeugen schrecklicher Dinge oder bekommen sie selbst angetan. Vielleicht ist Spiritualität nichts anderes als etwas, das man sieht und erlebt und mit Sprache nicht vermitteln kann. Etwas, für das es keine Worte gibt. Was wäre in diesem Fall besser, als das Reich der Spiritualität durch Gräuel zu betreten? Es könnte ja Sinn machen, jemanden ans Kreuz zu nageln oder ein Dorf wegzubomben falls man so zu Gott finden könnte.

Diese Art Gedanken bekommt man auf Koks.

»In der Natur und in der Rechtsprechung mögen gewisse Wahrheiten verleumderisch klingen«, sagte Stanley. Als er aufsah, schenkte ihm niemand Beachtung. Und irgendwie war die Porzellanplatte mit all dem Koks weg. Alle andern auch. Er saß allein am Tisch.

Es war, wie aus einem Traum zu erwachen. Ihm gegenüber stand Marjorie. Eine Zigarette zwischen ihren Fingern, schmiegte sie sich an einen Kerl mit schwarzem Bart und Pferdeschwanz, der eine wollene Hose und Holzfällerstiefel trug. Sie beide sahen ihn an und grinsten. Kein freundliches Grinsen. Jene Art von Grinsen, die man aufsetzt, wenn man jemanden sieht, der am Rinnstein die eigene Scheiße aus einer Schuhschachtel isst.

Stanley erhob sich und ging zu ihnen hinüber. Die Bodenbretter knarrten unter seinen Schuhen. Von all dem schwammigen Licht, das die Lampenschirme warfen, torkelte er, passierte einen Mann und eine Frau in einem ramponierten Ledersessel. Der Mann hatte seine Hand unter ihrem Pullover, sie grunzte wie ein Ferkel auf der Suche nach der Zitze.

»Wir haben gerade über dich geredet«, sagte Marjorie. Ihr breites Gesicht war nicht schön. Nicht heute Abend. Heute Abend war es wild, angeschwollen vom Wein, die Person dahinter sichtlich angespannt, als sei sie drauf und dran, Stanley an die Kehle zu springen. »Ich hab Dusty hier gesagt, dass es nicht wirklich drauf ankommt, ob dir jemand zuhört, wenn du einmal loslegst. Wir haben uns gefragt, wie lange es wohl dauert, bis du es merkst.« Sie legte Dusty ihre Hand auf den Arm. »Wenn er auf Koks ist, zitiert er gerne Melville, bei Whiskey ist es Flaubert.«

Dusty sah plötzlich aus, als wäre es ihm unbehaglich.

»Man muss sich aber davor hüten, alle Zitate für bare Münze zu halten«, fuhr Marjorie an Dusty gerichtet fort. »Du darfst nicht davon ausgehen, dass alles, was er als Zitat ausgibt, tatsächlich eines ist. So wie du auch nicht darauf vertrauen kannst, dass alles, was er als eigene Gedanken ausgibt, nicht doch ein Zitat ist.«

Dusty wirkte, als würde er am liebsten hinter seinem Bart verschwinden.

»Mach dir nichts draus«, sagte Stanley zu ihm. »Sie blamiert einen jedes Mal.«

Marjorie schlug ihm ins Gesicht. Mit der offenen Hand schlug sie so fest zu, dass ihm der Ehering die Wange aufriss.

Stanley schlug zurück. Mit geschlossener Hand.

Er hatte vergeblich versucht, herauszufinden, ab wann es bei ihnen schiefgelaufen war. Sie waren so sehr von ihren Kämpfen gezeichnet und so dünnhäutig geworden durch all die Kritik, dass sie sich selbst nicht mehr wiedererkannten. Sie verachtete alles an ihm, und es war nicht mehr viel von ihm übrig, was er nicht selbst auch verachtete. Seine Welt war auf die Größe eines Vogelkäfigs geschrumpft.

Er schlug sie noch einmal. Hart genug, dass sie gegen den Kamin taumelte.

Sie hob den Schürhaken hoch und griff ihn an.

Dann war er von Leuten umringt. Sie rangen ihn nieder, zogen ihn zurück, drückten ihn gegen den Küchentisch, sodass dieser umkippte.

Und die ganze Zeit war er immer noch am Ausholen. Und Fauchen.

10
– Die Geächtete –

Vermutlich ist das, was Dayton vorhat, keine gute Idee. Ganz sicher nicht. Jedes Mal, wenn sie Verwandte besucht, läuft es schief. Sie hat Mopars Eltern über Jahre nicht gesehen, zuletzt, lange bevor Mopar ins Gefängnis gekommen ist.

Es gibt keinen Grund, Dayton für das verantwortlich zu machen, was aus Mopar geworden ist. Seitdem er laufen konnte, war Mopar fest entschlossen, sein Elternhaus bei der erstbesten Gelegenheit zu verlassen. Jeder wusste, wie Ed war, wenn er trank. Und jeder wusste, dass es kaum Tage gab, an denen er es nicht war. Das war einer der Gründe, warum er seinen Laden nicht am Laufen halten konnte. Ed war billiger als alle anderen Mechaniker in der Stadt, aber man riskierte etwas, wenn man zu ihm ging. Da gab es Leute, die ihr Fahrzeug zum Ölwechsel brachten und dann ohne Ölwanne davonzogen. Und so brutal Ed auch mit den Autos umging, seinem Sohn gegenüber war er noch brutaler. In der ganzen Stadt gab es niemand, der nicht gewusst hätte, wie es in diesem Haus zuging. Dayton wusste es mit Sicherheit. Als Mopar sechzehn Jahre alt war, ließ er die Schule sausen und nahm einen Job bei Schmidts Autofriedhof an. Er schmiss den Laden ganz allein, bekam aber so gut wie keinen Lohn dafür – außer einem zusammengebrochenen Wohnwagen, in dem er hausen konnte.

Nein, eigentlich hat niemand einen Grund, sie dafür verantwortlich zu machen, dass Mopar sein Elternhaus verlassen hat. Aber sie tun es trotzdem. Die ganze Familie tut es. Dabei war sie nicht einmal in der Stadt, als er ausgezogen ist. Sie war in Kalifornien. Aber trotzdem ist es Dayton gewesen, die zuerst die Schule abgebrochen hat und ausgezogen ist, die gezeigt hat, dass man das machen kann. Und obwohl Mopar nie weiter als bis zu Schmidts Autofriedhof gekommen ist, war es für sie das Gleiche. Dayton und Mopar gehören der gleichen Generation an, teilen die gleiche Enttäuschung. Es lässt sich meist nicht nachvollziehen, warum jemand einen Groll auf einen anderen hat.

• • •

Heute wünscht Dayton sich manchmal, dass sie geblieben wäre und wenigstens die Schule fertiggemacht hätte. Aber damals passierten draußen in der Welt so viele Dinge, die bei ihnen in der Stadt nicht passierten. Man las in Zeitschriften darüber, hörte davon im Radio oder verfolgte sie im Fernsehen. Man wusste, da draußen ist was los, aber auch, dass man nicht die ganze Wahrheit über all das erfuhr. Nie.

Die Stadt war schuld. Perkins Drug Store und Limonaden, Mädchen, die herauskamen und in Richtung der Jungs kicherten, die rauchend auf der Bordsteinkante standen. Vollgepackte Autos und überfrisierte, halbgare Angeberschlitten am Samstagabend. Gewaltbereite Halbstarke, die vor dem Morgengrauen umherziehen, um Mülltonnen anzustecken und Schwarzen etwas auf die Nase zu geben. Rotzbengel, die sich herumtrieben und in Fenster spähten, auf der Suche nach einer von zu vielen Drinks benebelten Hausfrau, die vor dem Ausziehen die Gardinen nicht zugezogen hatte. Jungs, die ihre kleinen Schwänze herausholten und in die Büsche wichsten. Die Reißverschlüsse ihrer Jeans rubbelten rote Striemen in die Eier.

Und am Sonntag nach der Kirche das Chilly Bear Drive-In, wo kurzgeschorene Gefängniswärter am Bestellfenster anhalten und Kartons mit Coors und Papiertüten voller Burger für zu Hause mitnehmen. So viel, dass es auch noch für die Nachbarn reicht. Besonders für diesen Zahnarzt mit seiner Frau, die einen so heiß macht, dass man den Schwanz gegen eine Autotür rammen möchte. Oder für den alten Mann mit Strohhut und Cowboystiefeln, der aus dem Yard torkelt, dabei auf eine Familie stößt, die auf dem Weg ins Kino ist, und ihr von der Zeit erzählt, als die Indianer uns das verdammte Dach anzünden und jeden von uns massakrieren wollten. Oder für die Mutter, die ihre Kinder von dem Alten wegscheucht und dem Jüngsten beim Weggehen die Ohren zuhält. Für den Familienvater, der zurückbleibt und dem alten Schwätzer sagt, dass er sein dreckiges Maul halten soll, bevor er es ihm stopft.

Zum Stadtbild gehört auch das Gebäude der Dos Tortugas Credit Union mit einem Spitzturm wie eine Kirche. Wo die ausdruckslosen Frauen der Gefängniswärter hineingehen, um den schmelzenden Kontostand zu checken und die Tage zu zählen, bis sie ihre alten Ehemänner verlassen müssten – in der festen Absicht nicht zurückzukommen, nie mehr.

Das ist alles, was diese Stadt zu bieten hat. Barmherziger Himmel, mehr gibt es hier nicht. Da wünscht man sich doch, dass man sein Herz unter der Matratze in einer Bettpfanne verstecken könnte.

Dann fing dieses ältere Mädchen bei ihnen an. Sie hieß Betty und sollte sich um Daytons Mutter kümmern, während Dayton in der Schule war. Kein Arzt hat je herausgefunden, was mit Daytons Mutter nicht stimmte, aber sie alle waren sich einig, dass sie viel Ruhe brauchte. Und weil Dayton an den Schultagen nicht da sein konnte, um ihrer Mutter etwas zu Essen zu bringen oder das Fernsehprogramm umzuschalten, wurde Betty ins Haus geholt.

Wenn Dayton von der High School nach Hause kam, gab Betty ihr eine Zigarette, und sie saßen auf den Stufen der Haustür und rauchten. Betty war ein großes Mädchen mit einer Knollennase und braunen Augen, die hübsch gewesen wären, hätten sie nicht immer gewirkt, als würde sie dir beim Sabbern zusehen. Diesen

Blick hatte sie aus Boulder mitgebracht, wo sie an der Fachhochschule studiert und einen Abschluss in etwas mit Gestein gemacht hatte.

Es war einer dieser Nachmittage im Herbst. Im Vorgarten stand eine schmalblättrige Pappel, die ihre gelben Blätter über dem Vordereingang verstreute. Betty gab Dayton eine Marlboro und steckte sich die eigene, nicht angezündete Zigarette in den Mund während sie das Zellophan von einem pinkfarbenen Sno Ball Schokoküchlein wickelte. »Ich weiß, sie ist deine Mam«, sagte sie zu Dayton. »Aber ich würde so nicht leben wollen.«

»So schlecht hat sie es doch gar nicht.« Dayton strich ein Zündholz auf dem Betonboden an und steckte sich ihre Zigarette an. »Seit Dad den Fernseher nach oben gebracht hat, muss sie nicht einmal mehr runter ins Erdgeschoss.«

»Ich wünschte, ich hätte jemand, der mir das Fernsehprogramm umschaltet.« Betty biss in den kleinen Schokoladenkuchen. Sie schluckte das Stück, ohne zu kauen, und leckte sich Kokoskrümel von der Lippe, dann gab sie sich Feuer. »Was macht ihr, wenn ich weggehe?«

Dayton war vertieft in den Anblick der sonnenbeschienen Pappelblätter und hörte sie beinahe nicht. »Weggehen?«

»Weggehen«, sagte Betty. »Ich gehe weg. In zwei Tagen.«

»Wohin?«

Betty hielt den Sno Ball nun zwischen zwei Fingern und zog an der Zigarette. »Nach Moab.«

Dayton musste lachen. »Moab?«

Betty warf ihr einen dieser geringschätzigen Blicke zu. »Da ist ein Schriftsteller in Moab. Bei den Arches. Er schreibt ein Buch darüber.«

»Okay«, sagte Dayton. »Moab.« Sie dachte nach. »Ich denke, wir werden jemand finden.«

»Werdet ihr nicht«, sagte Betty. »Du hörst die Sachen nicht, die sie zu mir sagt. Niemand sonst mutet sich das zu.«

»Ich weiß, was sie sagt«, antwortet Dayton.

»Und das Beißen.« Betty bricht ein Stück von dem Kuchen ab und steckt es sich in den Mund. »Diese Frau beißt wie ein verdammter Pitbull. Man kann solche wie sie sogar mit dem Stock schlagen, und sie lassen trotzdem nicht locker.«

»Ich weiß, dass sie beißt.«

»Ihr fehlt nichts.«

»Der Arzt sagt, doch.«

»Sicher. Aber nur in ihrem Kopf.«

Daytons Zigarette schmeckte wie Asche und Kalk. Mit den Pappelblättern darauf sah der Bürgersteig aus wie eine Schlange. Nicht die Art Schlange, die beißt, sondern die Art, die sich um dich windet und dich erwürgt. »Kann ich mitkommen?«

»Kannst du fahren?«

»Bin ich noch nie, aber ich kann es lernen.«

Bettys Blick war mit einem Mal nicht mehr ganz so abweisend. Es war, als ob sie auf etwas weniger Abstoßendes schauen würde, als auf sabbernde Menschen. »Das wär gut, denke ich.«

Also fuhren sie an diesem Wochenende los und Dayton sagte niemand etwas. Sie löste ihr kleines Konto auf, leerte Mutters Geldbörse und verschwand mitten in der Nacht. Aber wie es so war, hatte der Schriftsteller seit Jahren nicht mehr im Arches-Nationalpark gelebt. Also entschlossen sie sich, nach Las Vegas zu fahren. Und Vegas war Party. Vegas ist das immer. Aber Vegas ist die Art Party, die immer in einem billigen Hotelzimmer endet mit dem weißen Bein eines Kartenspielers über deinem Bauch. Diese Party war da nicht anders, zumindest was Betty anging. Also leerte Dayton dem Spieler die Taschen und kaufte sich ein Busticket nach Los Angeles.

Es war nicht so, dass Los Angeles für Dayton irgendetwas bedeutete. Nicht mehr als Vegas. Sie stieg aus dem Bus und in einen grauen Smog, der wie eine Decke über der Stadt lag. Bei der ersten

Imbissstube, die ein Schild mit »Wir stellen ein« im Fenster hatte, hielt sie an. Und hatte den Job.

Sie sog das alles auf: Die Fitness-Freaks von der Venice Beach, die für die Fotografen die Muskeln spielen ließen. Die breiten, von Cadillacs gefluteten Straßen, während man unter einem Verkehrsschild stand und auf einen Bus wartete. Die Neon-Clubs, in denen man die ganze Nacht sitzen und umsonst trinken konnte. Das Trinken aber war ein Nippen und man musste dem Mann zuhören, der einem den Drink spendiert hatte. Es wurde schnell ziemlich flach. In dieser Stadt wickelte man sich selbst in Papier ein, mit einer Schleife oben drauf, und vergaß, dass man ganz woanders herkam. Auch wenn hier nicht wirklich viel mehr als in ihrer Heimatstadt passierte, so war es doch ein anderes Nichts.

So ging es bis zu der einen Nacht, als sie ein wenig high von etwas Gras war, das sie von einem Tellerwäscher der Imbissstube gekauft hatte. Sie bekam Heimweh und rief aus einer Telefonzelle ihre Mutter an. Ihre Mutter klang beinahe ganz normal, fast wie die Mutter von früher, an die Dayton sich erinnerte. Sie überredete Dayton zum Heimkommen und klang dabei so, als wäre alles ganz und gar in Ordnung mit ihr.

Aber das war es nicht.

Los Angeles war nicht das große Abenteuer gewesen, wie jeder glaubte, aber Dayton verriet das niemandem. Sie war weggegangen und wieder heimgekommen, bevor es wirklich angefangen hatte. Das Nachtleben auf dem Sunset Strip, die billigen Schallplatten-Produzenten und Rockstars, die in Limousinen auf dem Fischzug nach Mädchen waren, der große Underground-Maskenball samt Orgie, die Beatniks gegen die Sperrstunde mit Schildern wie *Gott ist nicht tot, er ist pleite*, die langhaarigen Freaks, die über die Straßen stolperten und die ganze Stadt als Wunderland halluzinierten. Dayton vermisste das alles. Es war eine Frage des richtigen Timings. Sie war wieder zurück, arbeitete sechs Nächte die

Woche im Yard und kümmerte sich tagsüber um ihre Mutter. Sie ertappte sich dabei, wie sie über L.A. in Zeitschriften las und die Berichterstattung im Fernsehen verfolgte. Sich wünschte, wieder dort zu sein. Sie wünschte, einfach irgendwo anders zu sein.

Und jetzt könnte sie jederzeit gehen, wann immer sie will. Noch aber geht sie nicht. Nicht jetzt, wo kein Ethan mehr da ist und ihr die Farm allein gehört. Das nächste Mal, wenn sie geht, wird es endgültig sein. Das nächste Mal kommt sie nicht zurück.

Als sie in den Truck steigt, um in die Stadt zu fahren, ist es diese eine Sache, der sie sich absolut sicher ist.

11
– Der Fährtenleser –

Jim Cavey wusste bereits, dass die Knackis nicht nach Denver oder Mexiko unterwegs waren. Zumindest die Klügeren, die, für die Direktor Jugg seine Hilfe brauchen würde, um sie zu erwischen. Er weiß es, weil er schon so oft von seiner eigenen Flucht geträumt hat, so viele Male, dass er aufgehört hat, sie zu zählen. Als Pearl ihm erzählte, dass die Ausbrecher nach Fort Collins unterwegs seien, hatte ihn das nicht überrascht. Er rechnete damit, dass die Sache damit erledigt sei. Direktor Jugg konnte in Fort Collins anrufen, die Cops dort vor Ort konnten sich um die Sache kümmern.

Sie sitzen im Wagen, sind auf dem Weg zurück ins Gefängnis. Die Heizung läuft auf Hochtouren, hilft aber wenig gegen die Kälte. Aus den Luftschlitzen quillt der süßliche Geruch des Frostschutzmittels. Bellingham kocht, das kann man sehen. Er mag es nicht, dass Pearl Greene ihn den Schoßhund von Jugg genannt hat. Aber das ist er. Es ist sein Job, so wie der von Jim auch. Niemand wird gerne daran erinnert, dass er jemand anderem gehört.

»Wie sollen die überhaupt runter nach Fort Collins kommen?«, fragt Bellingham.

Bei Jim verursacht diese Frage das Gefühl, als schlage ihn jemand mit einer Schneeschaufel in den Magen. Er antwortet nicht.

»Ich hab dich was gefragt«, sagt Bellingham.

»Die einzige Chance, die sie hätten, wäre der Highway 52«, sagt Jim. Er hat es schon durchdacht. »Es gibt keinerlei Alternativrouten, die man bei diesem Wetter in Betracht ziehen könnte.«

»Highway 52«, sagt Bellingham. »Raff dich auf, Cavey.«

»Ich bin mir nicht sicher, ob wir bei diesen Schneemengen wirklich nach Fort Collins runterfahren wollen«, sagt Jim. »Es schneit jetzt noch mal heftiger als vorhin.«

»Dein Daddy wäre als Erster hinter ihnen her.« Bellingham reißt das Lenkrad herum, wendet den Wagen. »Er hätte keine Ausreden gesucht.« Bellingham drückt auf die Tube, dass der Motor heult.

Der Wagen schleudert, dann haben die Räder Griff und sie schießen vorwärts. Ins Dunkel. Der Schnee ist so dick, als ob sie in den Weltraum wollen, zu den Sternen.

• • •

Was Bellingham gesagt hat, stimmt nur zum Teil. Der Alte wäre einem Ausbrecher sicher durch jede Art von Wetter hinterher, aber wenn er mit einem Gefangenentransporter unterwegs sein musste, dann hüllte er sich in tödliches Schweigen, die Hände an die Schenkel gepresst.

Der Alte war schon alt, als er Vater wurde. Jim hat nie herausgefunden, wie alt genau, vermutlich Mitte Fünfzig. Als sein Vater Dreiundsechzig starb, hieß es in der Zeitung, er sei zwischen zweiundachtzig und vierundachtzig Jahre alt geworden, doch niemand wusste es genau. Der Alte redete in Gleichnissen und hatte wenig für Zahlen übrig. Oder für Autos.

In seinen besten Jahren spielten Autos noch keine Rolle. Und da Jims Mutter so jung schon gestorben war, gab es niemanden, der seine Verachtung dafür hätte zügeln können. Ganz zu schweigen von Klimaanlagen oder Badezimmern mit Toiletten, deren Erfindung er für pervers – ja geradezu geistesgestört hielt. Sich vorzustellen, wie jemand im Haus seine Geschäfte erledigt, macht mich krank, sagte er oft.

Wenn der Alte gesehen hätte, was die Ausbrecher Pearl Greene angetan hatten, hätte er keine Gnade gekannt. Er hätte die Flüchtigen so lange verfolgt, bis sie entweder tot oder wieder hinter Gittern gewesen wären.

Jim erinnert sich an einen anderen Gefängnisausbruch im Winter. Nur sein Vater und er nahmen mit den Pferden die Verfolgung auf. Sie waren den drei flüchtigen Häftlingen bis zu einer kleinen Hütte gefolgt – etwa zwölf Meilen östlich der Stadt. Dort lebte eine mexikanische Familie. Es waren ein Vater und eine Mutter und ein Mädchen in Jims Alter, elf vielleicht. Das Mädchen wirkte krank. Völlig verängstigt lag es in eine Decke eingepackt auf dem Schoß der Mutter und zitterte, als hätte es Fieber. Es versteckte sein Gesicht vor Jim und dem alten Mann, bebte und schluchzte. Sein Anblick erschütterte Jim, am liebsten hätte auch er geweint.

Am folgenden Tag holten sie die Ausbrecher ein. Sie waren dabei, unter einem Felsüberhang ein Feuer zu machen. Der Alte stellte sie mit seiner Winchester.

»Ich möchte, dass du zu diesem Felsblock hochgehst«, sagte der Alte zu Jim. »Geh hoch und mach die Augen zu, steck dir die Finger in die Ohren und sing *Brown Eyed Lee.* So laut du kannst. Ich will dich hören.«

Jim tat, was ihm gesagt wurde, und sang so laut er konnte, wieder und wieder. Er hatte das Lied fünfmal gesungen, als der Alte ihm auf die Schulter tippte. Seine braunen Augen glühten. In seinem Bart war Blut, vermischt mit Tabaksaft. Sie gingen in die Stadt zurück und sagten dem Direktor, wo er seine Häftlinge finden konnte.

»Du hast sie da draußen gelassen?«, hatte der Direktor gesagt. »Was ist, wenn sie abhauen?«

»Werden sie nicht«, sagte der Alte.

Und das taten sie auch nicht. Zwei von ihnen sind nie wieder irgendwohin gelaufen.

•••

»Immer noch sauer?«, fragt Bellingham.

»Ich denke nach«, sagt Jim.

»Darüber, dass ich wieder umdrehen soll?«

»Ganz im Gegenteil.«

»Gut.« Bellingham rückt sich die Mütze gerade. »Es könnte Leute geben, die deine natürliche Vorsicht für etwas anderes halten.«

»Ich habe Pearl dazu gebracht, uns zu verraten, wo sie hin sind.«

Der Wagen schleudert wieder, und Bellingham kämpft mit der Lenkung. Jim umschlingt seine Beine. Er erinnert sich an eine Äußerung des Alten über Bellingham. Dieser sei wie ein umgestülpter Mann, alle groben Seiten innen und die empfindlichen außen. Das hatte der Alte gesagt, nachdem Bellingham aus dem Krieg zurückgekommen war, und er hatte es als Kompliment gemeint.

»Ich kann dich nicht verstehen, Jim«, sagt Bellingham. »Ich kann dich ums Verrecken nicht verstehen.«

»Ich denke, da gibt es nichts zu verstehen«, sagt Jim.

Bellingham lenkt um eine Kurve. »Ich habe von der Sache mit Chris Hansen gehört.«

Jim sagt nichts.

»Sechs Wochen Krankenhaus. Er hat Jugg gesagt, er sei die Stufen im Block 6 hinuntergefallen und Jugg hat ihm geglaubt. Was war das für ein Gefühl? Dass niemand auf die Idee kam, dich zu verdächtigen?«

Wie Kometen flitzen die Schneeflocken am Beifahrerfenster lang. Jim schließt die Augen, lässt seinen Magen sich beruhigen.

»Ich wette, du hast gedacht, dass es was bedeutet, dass die anderen Wachen dich alleine gelassen haben«, sagt Bellingham.

»Es ist mir egal, was die andern von mir denken.«

»Nicht alle, Jim.« Bellinghams Stimme hat etwas von ihrer Schrillheit verloren. »Lass uns diese Jungs schnappen, dann gibt dir Direktor Jugg den Job, den du verdienst. Wenn du willst, macht er dich zum Schichtführer.«

»Das wäre nichts für mich.« Jim wird es ein wenig schwindlig dabei, den Schneeflocken zuzuschauen. Das ist es, was er an Autos hasst. Alles bewegt sich zu schnell, und man kann nirgendwohin fliehen, wenn Leute anfangen zu quasseln.

Plötzlich wird Bellinghams Gesicht breit wie ein aufgestoßenes Fenster. Er tritt auf die Bremse, schlittert mit dem Wagen an den Straßenrand.

»Was ist da?«, fragt Jim. »Was hast du gesehen?«

Bellingham ist schon ausgestiegen, rennt die Straße zurück, die sie gekommen sind. Seine Taschenlampe sticht ins Dunkel.

Jim geht ihm nach. Beinahe läuft er in Bellingham hinein, ehe er das Auto sieht.

Es ist ein nagelneuer Ford LTD. Eine neugepflügte Spur niedergedrückter und zerbrochener Schneegatter endet an einer Felszunge, auf der eine Nevada-Kiefer steht. Die Beifahrertür des verkanteten Wagens steht halb offen.

Bellingham reißt sie ganz auf. Seine geriffelte Taschenlampe flackert, und er schlägt sie gegen seinen Handteller, um den Lichtstrahl zu stabilisieren. Er leuchtet hinein. »Kein Blut«, sagt er. »Ich denke, das wäre zu viel erwartet gewesen.«

Der Schnee besteht nicht mehr aus einzelnen Kometen, er ist eine Dusche. Jim sieht sich nach Spuren um. Nichts. »Ich sehe nichts.«

»Die Gefängnisfarm«, sagt Bellingham. »Dahin wollen sie. Sie werden wissen, dass sie dort Waffen und Autos kriegen können.«

»Und sie wissen auch, dass sie erschossen werden können.«

»Wohin dann?«

»Da gibt es ein Paar, das hier wohnt. Die Olivers. Wenn sie in Richtung der Gefängnisfarm gehen, kommen sie direkt bei denen vorbei.«

»Warum sollten sie bei Farmern einbrechen, wenn es in der Gefängnisfarm Waffen und Autos gibt? Das macht keinen Sinn.«

Jim antwortet nicht. Es ist sinnlos, mit Kriegshelden zu streiten. Mehr als die Hälfte seines Lebens hat er damit zugebracht, diese Lektion zu lernen.

12
– Der Häftling –

Die Bretter knarren im Wind, und das Blechdach singt, Schnee rieselt durch die Ritzen im Scheunendach und bestäubt Mopars Arme. Dort in der Scheune steht das Auto der Olivers, vor einem Traktor geparkt, dessen ganze Ölwanne in das Sägemehl ausgelaufen ist. Es ist ein 1956er Ford Parklane. Er war nicht angesprungen, hatte keinen Mucks gemacht, und jetzt schaut sich Mopar im Licht einer Scheunenlaterne den Motor an.

Mopar kennt sich aus mit Autos. Es ist das Einzige, was er kann. Er hat es als Handlanger seines Vaters gelernt, hat ihm die Werkzeuge gereicht und ihm beim Reparieren zugesehen. Sein Vater hatte nur dann Geduld mit der Welt, wenn er sein Gesicht unter eine Motorhaube stecken konnte. Mopar hat diesen Charakterzug geerbt. Auch die Rastlosigkeit, die ihn packt, wenn ein Auto nicht anspringen will, hat er von seinem Vater. Als ob man in ein besseres Leben starten könnte, wenn man nur die verdammte Karre zum Laufen bringen würde.

Aber dieses bessere Leben kommt nicht. Es kommt nie.

Verdammte Karre. Und verdammter Bad News.

Mopar steht da, die Motorhaube mit seinem Kopf hochgehalten, die Hände feuerrot und mit Eis verkrustet. Er kann sich nicht konzentrieren, egal, wie lange er auf den Motorblock schaut. Nur aus einem einzigen Grund hat er noch nicht aufgegeben. Wenn er diese Karre zum Laufen bringt, fährt er damit aus der Scheune und direkt den Berg hinunter nach Fort Collins. Er hat genug davon, von Howard herumkommandiert zu werden, das ist ihm scheißklar. Der kann ihn mal.

Ein Windstoß trifft die Scheune, das ganze Gebäude zittert. Und Mopar dämmert es, dass weder Howard noch Bad News das Problem sind.

Es ist die, die es immer schon war.

Molly.

Verfluchte Molly. Verflucht, dass du diesen Scheiße fressenden Hilfssheriff Rose geheiratet hast und dich mit einem Arsch wie Peter Perkins eingelassen hast. Verdammt, dass du auf meine Briefe nicht geantwortet und mich nie besucht hast. Verflucht sollt ihr alle sein.

Mopar versucht, sich wieder auf den Motor zu konzentrieren, aber der rührt sich nicht. Sein Gehirn ist wie eine dieser alten Maschinen, die nicht mehr anspringen. Manchmal kann man das Gehirn in Gang bringen, indem man seine Hände benutzt. Der Alte nannte es, mit den Händen denken. Man muss einfach mit irgendetwas anfangen, auch wenn man noch nicht genau weiß, wie man vorgehen soll, früher oder später lösen die Hände das Problem dann von allein. Das hat früher tatsächlich funktioniert.

Aber nicht jetzt. Mopar kann nicht mal seine Hände bewegen. Sie schmerzen, als ob die Kälte ihm das Fleisch von den Knochen schält, und er ist so müde, dass er sich in Hirngespinsten verliert und in den dunklen Ecken im Motorraum Bilder zu sehen glaubt.

Zum Beispiel Molly.

Er sieht ihr Gesicht vor sich auftauchen und verschwinden, ihre Augen rund wie Bonbons.

Zum Teufel mit mir selbst, denkt er. Ich selbst bin so bekloppt mein Leben wegen einer Frau zu versauen. In der verfluchten Hölle soll ich schmoren, weil ich dabei bin, es zum zweiten Mal zu tun. Verflucht soll ich sein, da mir nichts, aber auch gar nichts in meinem Leben gelingt.

Er lässt die Motorhaube zufallen.

•••

»Und wie sieht es aus, Sportsfreund?«, fragt Howard. Er sitzt auf einem Lehnstuhl am Radio. Es ist ein großer Lehnstuhl, aber mit ihm darin sieht er aus wie ein Puppensessel.

»Wenn wir ein paar Pferde hätten, könnten wir die Karre wahrscheinlich zum Laufen bringen«, sagt Mopar.

Howard verzieht den Mund. Bad News und Warrington trampeln oben im ersten Stock herum. Ziehen Schubladen auf, leeren den Inhalt auf den Boden, stellen Möbel auf den Kopf. »Dieser schwanzlutschende Dreckskerl«, sagt Howard. »Ich sollte ihm den Kopf spalten und ihn in den Arsch ficken.«

Mopar geht zum Ofen und hockt sich davor, um seine Hände zu wärmen. Er hält sie so dicht davor, dass er beinahe das heiße Metall berührt. »Ist das Jugg im Radio?«

»Das ist er«, sagt Howard.

Mopar hört zu. Direktor Jugg hat nicht viel zu sagen. Das Übliche für die Leute in der Stadt. Im Haus bleiben und die Türen geschlossen halten. Er reitet seinen Gesetzeshüter-Scheiß und Mopar nimmt es persönlich.

Warrington trampelt in seinen schweren Anstaltsstiefeln die Treppe herunter. Er legt zwei Waffen auf den Couchtisch. Vorsichtig. Als wären sie aus Glas.

Mopars Herz pumpt alles Blut in seinen Bauch. Es ist ein .38er Kipplaufrevolver, der aussieht, als sei er seit dem Zweiten Weltkrieg nicht mehr abgefeuert worden, und ein .22er Unterhebel-Repetiergewehr mit einem verrosteten, angefressenen Lauf.

»Was ist das?«, fragt Howard.

»Das ist alles«, sagt Warrington.

Howard macht sich keine Mühe, eine der Waffen anzufassen. »Und was ist mit Munition?«

»In dem .38er sind fünf Patronen, und ich habe eine 50er-Schachtel für die .22er. Aber zwölf davon fehlen.

Howard reibt sich die Stelle zwischen seinen Augen. »Wenn wir mit denen geschnappt werden, können wir nur noch hoffen, dass die Bullen sich totlachen.«

»Es tut uns leid.« Alice kommt mit einem silbernen Kaffeetablett herein, Murray folgt ihr mit einem Geschirrtuch über der Schulter. »Wenn das nächste Mal eine Bande von Degenerierten bei uns einbricht, werden wir schauen, dass ein richtiges Waffenarsenal bereitliegt.«

»Wenn du sie weiter atmen hören willst, dann sorg dafür, dass diese Bitch ihr Maul hält«, sagt Howard zu Murray.

Murray zwinkert ihm zu. Der Gedanke, sie zum Verstummen zu bringen, scheint ihm nicht ganz fremd zu sein. Er hat wohl nur noch nicht die richtige Methode dafür gefunden.

»In meinem eigenen Haus, Murray«, sagt Alice. »Du lässt diesen Nigger in meinem eigenen Haus so mit mir reden?«

»Schaff die Schlampe hier raus«, sagt Howard. »Jetzt sofort.«

Murray nimmt Alice am Ellbogen und zieht sie in die Küche.

Bad News kommt die Treppe heruntergehüpft. Er steckt in einem braunen Anzug und zupft sich die ausgefransten Manschetten. Es ist eine etwas schäbigere Version des Anzugs, den Murray trägt. »Der hat meine Größe.« Bad News knöpft den obersten Hemdknopf zu.

»Ich bin froh, das zu hören«, sagt Howard. »Hast du zufällig etwas gefunden, das jemand anderem passen könnte?«

Bad News ignoriert ihn und betrachtet die Waffen auf dem Couchtisch. »Was soll das denn sein?«

»Gibt's denn keine Mäntel?«, will Howard wissen.

Bad News studiert immer noch die Waffen. »Das ist alles?«

»Das ist alles«, sagt Howard.

»Niggertitten.«

»Was zur Hölle hast du gesagt?«

»Ist nur ein Ausdruck.« Bad News nimmt die .38er hoch. »Geladen?«

Howard nickt.

»Schwingt eure Ärsche raus«, schreit Bad News in Richtung Küchentür.

Murray kommt aus der Küche.

Bad News richtet den Revolver auf ihn. »Wo, verdammt, sind die Mäntel?«

Murray starrt auf den Revolver. Seine Hände zittern. »Im Garderobenschrank.«

»Wo ist der, du Wichser?« Bad News spannt den Hahn. »Nein, noch besser, warum bringst du mir die nicht?«

Murray tippelt weg, Bad News dreht die Pistole um. »Ich glaube, damit können wir nicht einmal einen Kampf gegen ein bewaffnetes Kaninchen gewinnen«, sagt er.

»Scheißkerl«, sagt Howard.

»Es gibt immer noch die Gefängnisfarm da drüben«, sagt Warrington.

»Scheißkerl«, sagt Howard noch einmal.

Murray kommt mit zwei Mänteln zurück.

»Einen nehme ich.« Bad News nimmt Murray den obersten Mantel ab.

»Gib ihm den anderen.« Howard nickt Richtung Warrington. »Mopar und ich haben die von den Wärtern.«

Warrington probiert den Mantel an. Die Ärmel sind viel zu kurz. »Was ist mit dem Auto?«

»Du warst bei den Waffen erfolgreicher,« sagt Mopar.

»Kein Kampf und keine Flucht«, sagt Bad News. »Wenn das keine Scheiße ist.«

»Klingt beinahe als ob der Unfall keine gute Idee war«, sagt Howard.

»Musst du jetzt wieder darauf herumreiten«, sagt Bad News.

»Nein. Hat keinen Sinn. Du verfluchter Scheißkerl.«

»Da hast du recht«, sagt Bad News. »Man kann nicht mehr

ändern, was schon passiert ist. Das ist gelaufen, ein für alle Mal. Wenn das jedem klar wäre, hätten wir eine bessere Welt. Aber um das zu lernen, habe ich LSD gebraucht. Das kann ich nicht von jedem erwarten, dass er das kapiert.«

Howards Gesicht arrangiert sich zu so etwas wie einer Totenmaske.

»Es gibt immer noch die Gefängnisfarm«, sagt Warrington.

»Du wiederholst dich«, sagt Howard.

»Aber nur, weil es sie immer noch gibt.«

Bad News nickt Richtung Küche. »Ich bin nicht gern unhöflich. Wie heißen sie verdammt noch mal gleich? Ich hab's vergessen.«

»Alice und Murray«, sagt Mopar.

»Alice und Murray, schwingt eure Ärsche rüber«, ruft Bad News.

Murray kommt wieder herein, Alice hinter ihm. Was immer Murray zu ihr gesagt hat, scheint sie nicht eingeschüchtert zu haben.

»Wo geht's zur Gefängnisfarm?«, sagt Bad News.

»Geht ihr?«, fragt Alice.

Bad News nimmt den Revolver hoch und feuert. Die Kugel fährt keine Armlänge am Kopf von Alice vorbei und schlägt ein Loch in die Kuckucksuhr. Als Mopars Ohren sich vom Knall erholt haben, braucht es einen Moment, bis ihm klar wird, dass das Schwirren in der Luft von den Uhrfedern kommt.

»Wenn du die noch mal hier drinnen abfeuerst, bekommst du richtig Ärger mit mir«, sagt Howard.

»Den kannst du mit dir selber haben«, sagt Bad News. »Ich mach' mich hier weg, und Warrington kommt mit. Du auch, Mopar?«

Bei jedem anderen außer Bad News wäre seine Antwort ja. Bad News hat recht, dass sie zur Gefängnisfarm müssen. Da gibt es Waffen und Autos und alles, was sie brauchen. Aber da ist eben auch Bad News. Und sobald du mit ihm gemeinsame Sache machst, hat die Welt eine Neigung, außer Kontrolle zu geraten.

Mopar kennt Howard nicht gut. Er kennt niemand von den Schwarzen gut. Sie machen ihn argwöhnisch, sie versetzen ihn in höchste Alarmbereitschaft.

Aber niemand von ihnen ist wie Bad News.

»Ich bleibe«, sagt Mopar.

13
– Bad News –

Es ist Bad News, der an die Haustür der Gefängnisfarm klopft. Er denkt, sein brauner Anzug lässt ihn seriöser aussehen als Warrington, auch wenn dieser ein Bankiersgesicht hat. Auch bei den Olivers hat er seine Sache gar nicht schlecht gemacht, findet er. Sogar der Autounfall hat sich als Segen erwiesen. Jetzt sind sie dabei, sich ein paar richtige Waffen und ein neues Auto zu besorgen. Alles, was sie brauchen.

Bad News denkt an all sein Glück, und während er darauf wartet, dass jemand auf sein Klopfen antwortet, fängt er wieder an, die Melodie von vorhin zu pfeifen. Von den Doors gibt es nichts, was er nicht mag. Du setzt dein Vertrauen auf das Universum, und wirst nie enttäuscht werden. Bad News kann immer noch nicht verstehen, warum Mopar sich entschieden hat, bei Alice und Murray zu bleiben. Ganz zu schweigen von diesem dummen Nigger Howard. Dieser Affenficker ist eh ein halber Bulle, so gerne wie er Befehle gibt.

Es ist eine alte Frau, die an die Tür kommt und sich die Hände an ihrer Schürze abtrocknet. Sie ist dick, vom Hals bis zu den Knöcheln, hat strähniges Haar und ein Gesicht, vor dem man Reißaus nimmt. »Ja?«

»Hallo, Ma'am«, sagt Bad News. »Ist Inspektor Bowman da?«

»Er ist draußen auf der Farm und kümmert sich darum, dass alles für den Schneesturm gesichert ist.«

»Sind Sie seine Frau?«

»Ich bin Mrs. Bowman.«

»Haben Sie etwas dagegen, wenn wir hereinkommen und drinnen auf ihn warten?«

»Worum geht es?«

»Gefängnisangelegenheiten.«

»Ich hab Sie noch nie gesehen.«

Bad News seufzt und zieht den .38er aus dem Hosenbund. Mit Frauen und mit Niggern hat man es nicht leicht. »Rein.«

Sie weicht zurück, und Bad News und Warrington drängen in den Salon.

»Sie haben das Radio wohl nicht angehabt?«, sagt Bad News.

»Da kam noch nie etwas, was für mich von Nutzen gewesen wäre«, sagt sie.

»Die Leute reden immer solchen Blödsinn. Verdammte Idioten. Wäre es für Sie jetzt etwa nicht von Vorteil, wenn Sie gewusst hätten, dass wir kommen? Wo sind die Waffen?«

»Macht es Ihnen etwas aus, wenn ich mich setze?«

»Die Waffen.«

Sie setzt sich in einen Sessel neben einem kleinen künstlichen Weihnachtsbaum mit Lichterkette. Die Art Baum, die Leute ohne Kinder haben. »Danke«, sagt sie, und wedelt mit der Hand. »Durch die Küche in die Schmutzschleuse. Wir haben sie dort griffbereit für so etwas wie jetzt.«

»Pass auf, dass sie nicht aufsteht«, sagt Bad News zu Warrington. Gerne möchte er etwas über die Sinnlosigkeit sagen, Waffen griffbereit zu haben, wenn man nicht auf das Radio achtet, aber er ist sich nicht mehr sicher, mit wem er darüber streiten sollte. Er geht durch die Küche in die Schmutzschleuse.

Drei .30-30er Winchester-Repetierer in einem Wandgestell, darunter Schachteln mit Munition auf einer Leiste. »Mist«, sagt Bad News. Er hat auf etwas mit mehr Schmackes gehofft. Auf eine Thompson M1A1 Maschinenpistole zum Beispiel. Aber er greift sich dennoch zwei der Gewehre und so viel Munition, wie er tragen kann, und geht zurück ins Wohnzimmer.

Warrington sitzt auf dem Sofa und schnattert mit der alten Frau.

Beide hören sie auf, als Bad News ins Zimmer kommt. Er gibt Warrington ein Gewehr und lässt die Munition auf den Couchtisch fallen. »Lad es, und steck dir so viel in die Taschen, wie du tragen kannst«, sagt er.

»Die Nationalgarde wird sicher gleich hier sein«, sagt Mrs. Bowman. »Mit denen legt ihr euch besser nicht an.«

»Wie viele Autos gibt es?«, sagt Bad News.

»Zwei.«

»Welches hat den volleren Tank?«

Sie denkt einen Moment nach. »Der Ford. Wir sind diesen Morgen damit in der Stadt gewesen und haben vollgetankt.«

»Geben Sie mir die Schlüssel, und ich lasse Sie in Ruhe«, sagt Bad News.

»Die Schlüssel.« Sie steht auf und geht zur Haustür, zu einem kleinen Tisch. »Schlüssel, Schlüssel, Schlüssel.« Sie geht in die Küche und streift Anrichte und Tisch mit einem Blick. »Oh«, sagt sie. »Sie waren in seinem Mantel, in dem, den er in der Stadt angehabt hat. Er hat seine Arbeitsjacke angezogen, als er zurückgekommen ist.«

»Ich brauch nicht eure verdammte Lebensgeschichte«, sagt Bad News. »Nur die Schlüssel.«

»Ja, ja«, sagt sie. »Ich versuche nur, mich zu erinnern, junger Mann. Geben Sie mir einen Moment.« Sie legt die Finger auf die Lippen. »Oben. Er hat sich ganz umgezogen.« Sie führt sie an die Treppe. »Er hat wahrscheinlich alles aufs Bett geschleudert. Männer, Sie wissen schon.«

Bad News macht sich nicht die Mühe einer Antwort, nur in seinem Kopf. Sie lautet, dass er ihr am liebsten in ihr Maul schießen würde.

»Verflixt und zugenäht«, sagt sie im Schlafzimmer. Es ist ein großes Bett mit Holzrahmen, aber kein Mantel liegt darauf. Wieder legt sie sich die Finger an die Lippen. »Der Schrank«, sagt sie.

»Sie werden im Schrank sein. Er muss den Mantel aufgehängt haben. Ist das möglich?«

Bad News ist es absolut egal. Er sieht ihr zu, wie sie den Schrank öffnet.

Und dann, wie sich ihre Schultern senken, als sie nach rechts taucht.

Bad News schiebt Warrington zur Seite. Mit einem M1 Gewehr in der Hand dreht die alte Frau sich um und feuert. Knapp an Warrington vorbei. Bad News hechtet sie an.

Sie sieht aus, als ob sie ihn erschießen will, aber sie kann nicht auf ihn zielen. Sie fuchtelt nur herum.

Bad News greift den heißen Gewehrlauf. Seine Hand wirft Blasen, die Haut schält sich. Er haut ihr voll auf die Nase, bricht sie ihr. Reißt ihr das Gewehr so heftig aus der Hand, dass sie umfällt. Er kniet sich auf sie, schlägt immer noch auf sie ein. Hat seinen Gürtel schon halb offen, als Warrington ihn wegzieht. Er schüttelt ihn ab und geht wieder auf die Frau los. Schlägt ihr den Gürtel ins Gesicht, bis das Blut an die Wände spritzt.

»Hör auf«, sagt Warrington. »Das reicht.«

Und dann ist da noch etwas.

Eine Männerstimme, die ins Haus hineinruft. Worte wie aus einem Drehbuch. »Hier spricht Inspektor Bowman. Wir haben das Haus umstellt. Kommen Sie mit erhobenen Händen heraus und niemand geschieht etwas.«

Nach einer Pause kommt der nächste Abschnitt aus dem Skript dran. »Und wenn Sie meiner Frau nur ein Haar krümmen, schieße ich Ihnen in den Bauch und verfüttere Sie dann an meine Schweine.«

Die Frau macht etwas mit ihrem Gesicht, was vermutlich ein Lächeln sein soll. Mit all dem Blut und der geplatzten Haut ist das schwer zu sagen.

»Gibt es etwas, was du sagen willst, du Schnalle?«, schnarrt Bad News zu ihr hinunter. »Sollen wir wetten, dass du das verfickte Radio das nächste Mal anmachst?«

14
– Der Fährtenleser –

Sie schleudern die Auffahrt zum Hauptgebäude der Gefängnisfarm hoch, und das Erste, was sie sehen, sind die Lichtstrahlen der Taschenlampen an der Hauswand. Dann die zwei Männer, die mit ihren Lampen hinter einem alten Pritschenwagen kauern.

»Das da drüben ist Inspektor Bowman.« Bellingham ist aufgeregt. »Sie sind im Haus.« Er lässt den Wagen ausrollen und hält direkt neben dem alten Arbeitsfahrzeug. Jims Seite ist vom Haus abgewandt, und er springt aus der Tür. Bellingham rutscht über die Sitzbank und folgt ihm.

Sie krabbeln zu Inspektor Bowman. Er ist gut sechzig und schwabbelig, hat einen dünnen schwarzen Schnurrbart und trägt einen braunen Stetson. Der Mann bei ihm kann keine Zwanzig sein, aber auch er hat einen braunen Stetson auf dem Kopf und einen leichten Flaum über der Oberlippe, eine schlechte Imitation von Bowmans Schnurrbart.

»Wie viele sind da drin?«, fragt Bellingham.

»Mindestens zwei«, antwortet Bowman. »Kann sein, dass ich Warrington gehört habe. Verdammt sicher habe ich Terry Dixon gehört.«

»Bad News?«, sagt Jim.

»Genau.«

Das ist nicht gut. Jim hat keine Zweifel, dass sie Warrington zum Aufgeben bringen können. Überhaupt keine. Er weiß sehr wohl, dass man nicht einfach auf jemand schießen darf, selbst wenn der sich an deiner Schwester vergriffen hat, aber der Kerl scheint es überlebt zu haben. Und soweit Jim richtig informiert ist, konnte sogar ein Großteil seines Unterkiefers wiederhergestellt werden. Mit Bad News ist es etwas anderes. Jim hat schon viele Geschichten über ihn gehört. Einmal soll Bad News wegen einer Blödelei unter der Dusche komplett ausgerastet sein. Ein Zwei-Meter-Kerl aus Georgia hatte wohl irgendeinen blöden Spruch gemacht. Bad News war daraufhin zwischen seine Beine gerutscht, hatte ihn von unten an den Eiern gepackt und so lange daran gedreht und gezerrt, bis er das Gemächt fast ganz abgerissen hatte.

»Haben Sie es Direktor Jugg durchgegeben?«, fragt Bellingham.

Bowman sieht ihn an. »Das Telefon ist im Haus.«

»Gibt es keins in der Scheune? Oder in der Schlafbaracke?«

Bowman starrt ihn immer noch an.

»In Ordnung«, sagt Bellingham. »In Ordnung.«

»Ich war bei den Texas Rangers«, sagt Bowman. »Kann sein, dass Ihnen das niemand gesagt hat.«

»Hab's kapiert«, sagt Bellingham. »Sind welche von Ihnen da drin?«

Bowmans Gesichtsausdruck verändert sich nicht, aber die Luft scheint zum Zerreißen gespannt. Dazu dieser Geruch. Erst kann Jim ihn nicht einordnen, dann aber weiß er es. Es ist dieser Fischgeruch, den eine Katze ausströmt, wenn sie erschreckt wird. »Meine Frau«, sagt Bowman.

»Gibt's eine Hintertür?«, fragt Jim.

»Gibt es«, sagt Bowman. »Aber sie haben gesagt, was sie tun, wenn wir uns dort hinbewegen. Und Bad News hält sicher Wort. Diese Missgeburt wartet schon lange drauf, dass er eine Frau in die Finger kriegt.«

Bellingham senkt den Blick, schaut zu Boden. Jim hustet in seine Handschuhe. Schon möglich, dass es in der Stadt eine noch hässlichere Frau gibt, aber bisher ist niemand einer solchen begegnet.

»Wollen wir wirklich einfach untätig hier herumsitzen?«, fragt Bellingham.

»Wenn sie ihr wehtun, fessle ich sie mit Stacheldraht und schlage sie mit einer Abschleppkette tot«, sagt Bowman. »Wir warten hier, bis sie rauskommen und ich ihnen das Licht auspusten kann.«

»Das klingt nicht so, als würden Sie ihnen eine Wahl lassen«, sagt Bellingham.

Bowman will etwas sagen, aber hält inne. Denn die Tür geht auf, und da steht sie. Seine Frau. Oder das, was von ihr übrig ist. Eine grobe Zeichnung in Kreide und Blutgeschmier. Sie taumelt die Haustürstufen hinunter, als ob ihr das Rückgrat gebrochen worden wäre und nur noch Teile ihres Körpers funktionieren.

Bowman ist sogar in seinen Cowboystiefeln schneller. Er ist Jim und Bellingham um Längen voraus, lässt sich in den Schnee sinken und legt ihren Kopf in seinen Schoß. »Mrs. Bowman«, sagt er zu seiner Frau.

Ihre Augen blinzeln durch das Blut. »Mister Bowman.«

»Wo sind sie hin?«, fragt Bellingham.

»Sie haben gedacht, ich sei tot«, sagt sie. Sie tränkt die Hose ihres Mannes mit Blut, es läuft in den Schnee. »Sie haben gedacht, sie hätten mich umgebracht, aber sie haben es nicht geschafft. Nicht bevor ich dich sehe, Mister Bowman.«

»Hör mit dem Reden auf, Mrs. Bowman.« Bowman dreht sich zu seinem Mitarbeiter. »Warum stehst du hier herum? Geh rein und ruf Jugg an. Sag ihm, dass wir einen Arzt brauchen.«

»Haben Sie gesehen, wo sie hin sind?«, fragt Bellingham.

»Ich habe ihnen gesagt, dass du ihnen das Licht ausbläst, Mister Bowman«, sagt sie. »Ich hab es beinahe selbst geschafft. Wenn ich schneller gewesen wäre, hättest du stolz auf mich sein können.«

»Mach dir darüber keine Gedanken, Mrs. Bowman«, sagt er. »Ich kümmere mich um sie. Sobald der Arzt hier ist.«

Sie lächelt dünn. Dann zieht sie scharf die Luft ein, und die Augen werden groß. »Mister Bowman?«

»Ich bin hier, Mrs. Bowman. Ganz bei dir.«

»Mrs. Bowman?«, hakt Bellingham nach. »Haben Sie vielleicht irgendetwas mitbekommen, was uns einen Anhalt geben könnte, wohin sie sind?«

Bowman zieht mit seiner freien Hand seinen Revolver aus dem Holster und hält ihn Bellingham unter die Nase.

»Ich muss fragen«, sagt Bellingham. »Verdammt noch mal.«

Bowman spannt den Hahn.

»In Ordnung«, sagt Bellingham. »In Ordnung. Verdammt.« Er geht auf Jim zu, der ein paar Schritte zurückgewichen ist.

Jim läuft los.

»Wohin gehst du?«, fragt Bellingham.

»Er hat gesagt, es gibt eine Hintertür. Komm.«

»Manchmal falle sogar ich auf deine verrückten Ideen herein«, sagt Bellingham.

Hinter dem Haus wirft Jim einen Blick auf die Tür und die Stufen und betrachtet dann den Schnee. Geht in die Hocke.

Die Tür öffnet sich, und Bowmans Mann mit dem imitierten Schnurbart kommt heraus. Er starrt zu Jim hinunter. »Ich weiß nicht, was ich machen soll«, sagt er.

»Wie heißt du?«, fragt Jim.

»Calvin.«

Jim zeigt auf die Spuren. »Gibt es hier entlang etwas, wo sie sich verstecken können?«

»Es gibt eine Hütte. Bowman ist da manchmal.«

»Was tut er da?«

Calvin wird rot. Dann zuckt er die Achseln.

»Was?«, fragt Jim.

»Er trinkt.«

»Wie weit ist es?«

»Vielleicht fünfzehn Minuten, wenn man schnell läuft.«

»Kann man mit dem Truck da hinunter?«

»Kann man. Unter dem Schnee ist ein Feldweg.«

»Wir gehen diesen Weg jetzt zu Fuß runter, Calvin«, sagt Jim. »Ich will, dass du Folgendes tust. Gib uns ungefähr zwanzig Minuten, dann kommst du mit dem Truck hinter uns her. Mach das Radio an, fahr durch jede Bodenwelle, drück' auf die Hupe. Ich will, dass du so viel Krach wie möglich machst. Und wenn du da bist, will ich, dass du so parkst, dass die Scheinwerfer auf die Hütte zeigen. Schaffst du das?«

»Schaffe ich.«

Jim streckt seine Hand aus, der Mann schlägt ein. »Schön, dich kennenzulernen, Calvin.«

• • •

Jim und Bellingham marschieren los. Die Äste hängen niedrig, Schnee wirbelt um sie herum. Die Spuren der Häftlinge führen den verschneiten Weg hinunter. Jim hat immer ein mulmiges Gefühl, wenn er einer Menschenspur folgt. An solchen Spuren im Schnee ist immer etwas faul. Der Abdruck der gespaltenen Elchhufe oder die Punkte und Striche, die eine Pazifik-Kängururatte hinterlässt, hingegen machen Sinn. Aber die Spur eines Mannes im Schnee bedeutet immer, dass etwas passieren wird.

Bellingham versucht, hinter ihm zu bleiben, versinkt aber in jeder Schneewehe und bricht in jeden Hohlraum ein. Mal steckt er knietief im Schnee, mal kippt er zur Seite und muss sich mit der behandschuhten Hand abstützen. Jim wartet darauf, dass er sich den Knöchel verstaucht, aber er kann ihm nicht erklären, wo es sich gut laufen lässt. Das ist eins der Dinge, zu denen er nicht fähig ist.

»Es kann sein, dass sie auf uns warten.« Bellingham grunzt und fällt auf die Knie. »Die Spuren sind ganz frisch. Der Schnee hat sie kaum wieder aufgefüllt.«

Jim hilft ihm hoch. »Wir sind an die fünf Minuten hinter ihnen.«

»Meinst du damit, dass es keine so gute Idee ist, mitten auf dem Weg zu bleiben?«

»Sie sind müde. Wenn sie etwas zum Anhalten finden, werden sie anhalten.«

»Wie um Himmels willen kannst du wissen, dass sie müde sind?«

»So wie sie sich dahinschleppen.«

»Schleppen?«

Jim kniet sich neben eine der Spuren und bläst den Schnee weg. »Genau hier. Siehst du, wie der Schnee hineinfällt?«

»Das ist, weil es schneit, Jim. Es schneit, und es schneit in die Spuren. Ich bin nicht unbedingt ein Meister im Spurenlesen, aber sogar ich kann dir sagen, was passiert, wenn es schneit.«

Jim steht auf und geht weiter. »Es ist die Art, wie der Schnee in sie fällt, nur das sage ich.«

»Wie du meinst, Jim. Glaub, was du willst. Jedenfalls handelt es sich immer noch um verzweifelte Männer.«

»Sie stecken in einem Schneesturm, und sie haben kein Auto«, sagt Jim. »Das Einzige, was sie jetzt wollen, ist etwas zu essen und ein Bett. Wenn sie noch länger hier draußen bleiben, sind sie tot. Und für das, was sie getan haben, gehen sie noch in keine Gaskammer. Es sei denn, Bowmans Frau stirbt.«

»Sie wird's überleben. Es war nur ihr aufgeplatztes Gesicht. So etwas blutet.«

»Vermutlich«, sagt Jim.

Sie kommen an einer Gruppe Tannen vorbei. Der Wind rauscht, die Äste krachen aneinander, Schnee fällt wie ein Vorhang herunter. Ein Rabe fliegt auf und schlägt seine Flügel gegen den Wind. Er kommt nicht weit und fliegt langsam einen Bogen, geht in einen Sturzflug.

»Sie picken den neugeborenen Lämmern die Augen aus«, sagt Jim.

»Über was in Gottes Namen redest du da?«

»Raben.«

»Ich dachte, wir reden über Bowmans Frau.«

»Auch wenn sie es überlebt, verdienen sie die Gaskammer«, sagt Jim.

»Sie hat es herausgefordert.«

»Vermutlich.«

»Was sagst du dazu, dass Bowman eine eigene Saufhütte hat?« fragt Bellingham. »Es schert dich wahrscheinlich nicht, dass alle glauben, er sei Abstinenzler, oder?«

»Mir ist es egal, was Leute über andere Leute sagen.«

»Einen Ruf zu haben, bedeutet genau das. Es ist das, was Leute über Leute sagen.«

Jim bleibt stehen, findet seine Packung Cannon Ball Plug in der Jackentasche und öffnet sie.

»Was kümmert es dich überhaupt?«, fragt Bellingham. »Warum schiebst du deinen traurigen Arsch nicht aus der Stadt, wenn du das alles so sehr hasst?«

Jim nimmt sein Taschenmesser, um sich etwas von dem Kautabak abzuschneiden, schiebt sich die Prise auf der Klinge in den Mund. Er kann das Leder seiner Handschuhe riechen. »Es ist der einzige Ort, an dem ich je war.«

»Nach dieser Aktion hier schlage ich dich zur Beförderung vor«, sagt Bellingham. »Das wird dich etablieren.«

»Das wird alle kaltlassen«, entgegnet Jim.

»Ich sorge dafür, dass du Männer hast, die dir Meldung machen müssen.«

Sie kommen um eine scharfe Kurve und vor ihnen liegt die Hütte.

15
– Die Geächtete –

»Hast du etwas gehört?«, fragt Tante Patsy durch das Türfenster. Ihr Make-up scheint vor einem Spiegel angelegt worden zu sein, der so verzerrt ist, dass alles einen halben Zentimeter verrutscht ist. Aber es ist nicht das Make-up. Patsys Gesicht ist öfter ausgetauscht worden als der Vergaser von Daytons Truck.

»Nichts«, sagt Dayton. Sie schnieft und drückt sich den Handrücken gegen die Nase. »Ich bin hier, weil ich gehofft habe, dass du etwas weißt.«

»Komm rein.« Tante Patsy öffnet die Tür und packt Dayton am Jackenkragen, zieht sie herein. Bevor Dayton auch nur protestieren kann, nimmt sie ihr die Jacke ab und setzt sie auf die Couch.

Ed sitzt in seinem Sessel. Es ist die Art Sessel, die unter Paaren zu Ehestreit führt. Er raucht eine Zigarette und starrt auf das Radio, aus dem aber nur Rauschen kommt. Ed ist gealtert wie ein Kürbis. An manchen Stellen hat sein Kopf Beulen und an anderen Dellen. Was von seinem schwarzen Haar noch übrig ist, hängt wie Seidenfäden herunter.

Alle Möbel sind mit einem braunen, ausgeblichenen Schottenstoff überzogen, eine schwache Lampe auf einem Beistelltisch sorgt für das einzige Licht. Es gibt einen Lametta-Weihnachtsbaum, einen von der Art, die es schon fertig geschmückt gibt. Er steht schief, als ob jemand über Wochen betrunken an ihm vorbeigewankt ist und ihn jedes Mal zur Seite gedrückt hat.

»Lass mich dir eine Tasse Kaffee holen«, sagt Patsy. Sie trägt ein braunweißes Polyesterkleid. Im Lampenlicht kann Dayton sehen, dass ihre gebleichten Haare einen unnatürlichen Blauton besitzen.

»Brauch ich nicht«, sagt Dayton. Ihre Hände fühlen sich rau und lächerlich an. Aufgesprungen vom Wind und vernarbt von all dem Blumen- und Rebscheren. Sie steckt sie zwischen ihre Schenkel und wünscht sich, sie hätte das Taschentuch aus der Jacke genommen, bevor Patsy sie weggehängt hat.

Patsy setzt sich neben sie auf die Couch. »Mach dir um ihn hier keine Sorgen«, sagt sie. »Er ist beunruhigt, das ist alles.«

»Beunruhigt, meine Güte«, sagt Ed. »Wenn ich diesen Jungen erwischen könnte, müsste niemand beunruhigt sein. So eine idiotische Nummer.«

Als sich Patsy zu ihm dreht, fällt Licht auf ihr blaues Haar. »Hört auf damit.« Sie nimmt eine von Daytons Händen. »So ist er immer, wenn ihn etwas beunruhigt.«

»Du musst dich nicht für mich entschuldigen«, sagt Ed. »Ich würde jeden von denen abknallen.«

»Mopar auch?« Patsys Haar leuchtet auf wie ein blauer Blitz. »Du würdest deinen eigenen Sohn erschießen?«

»Ich hab Mopar nicht gesagt, dass er diesen Jungen umbringen soll«, sagt Ed. »Ebenso wenig hab ich ihm eine Pistole an den Kopf gehalten und gesagt, er solle niemanden töten. Was er getan hat, hat er ohne meine Hilfe getan.«

Patsy hält sich den Mund zu und macht ein paar Geräusche, die sich anhören wie das krächzende Bellen eines Präriehunds. Jeder Ton fährt mitten durch Dayton, als würde sie an einen elektrischen Zaun fassen. Dann macht Patsy eine Bewegung, als würde sie Dayton umarmen wollen, aber sie fängt sich, bevor Dayton ihr ausweichen muss, und wedelt gegen ihre feuchten Augen an. »Tut mir leid, Liebes«, sagt sie. »Es war ein langer Abend.«

»Ist Mopar wirklich einer von denen, die ausgebrochen sind?«

»Ist er«, sagt Ed. »Mindestens zwei Wärter sind im Krankenhaus, einer ist tot. Ein Freund von mir. Ich hab sein Auto dreißig Jahre lang in der Werkstatt gehabt.«

»Er hat niemanden verletzen wollen«, sagt Patsy.

»So wie er diesen Deputy auch nicht verletzten wollte.« Ed gibt ein grunzendes Lachen von sich. »Verfluchter Baby-Dillinger.«

»Ed.« Patsys scharfe Stimme ist beinahe schrill. »Nicht in meinem Haus.«

Ed schüttelt nur den Kopf. Im Lampenlicht wirkt er wie ein brutal deformierter oranger Kürbis.

»Wie sind sie ausgebrochen?« Dayton zieht es in Richtung Garderobe, wo ihre Jacke hängt. Das Haus ist noch haargenau so, wie sie es in Erinnerung hat.

»Sie sind durchs Nordtor raus.« Patsy hält sich wieder den Mund zu, aber dieses Mal macht sie nicht das krächzende Geräusch. »Sie haben Geiseln genommen.«

»Habt ihr irgendeine Idee, wohin er will?«, sagt Dayton.

»Wenn ich das wüsste, hätte ich es längst Direktor Jugg erzählt«, sagt Ed.

Der Blick, den Patsy ihm zuwirft, braucht Jahrzehnte von Ehejahren bis er so perfekt ist. Wieder nimmt sie Daytons Hand. »Wie geht es dir, Liebling?«.

»Alles fein.« Dayton muss zwei Mal schlucken, um den Wunsch zu unterdrücken, ihre Hand aus Patsys zu befreien. »Bin nur ein wenig erkältet.«

Patsy steht auf und verschwindet im Halbdunkel des Zimmers. Sie kommt mit einer Schachtel Papiertaschentücher wieder. »Das bist du sicher. Kümmerst dich da oben ganz allein um die Farm. Mein Gottchen, ich kann mir kaum vorstellen, wie krank und müde du sein musst.« Sie legt Dayton die Schachtel in den Schoß.

Dayton zieht zwei Taschentücher heraus. »Es ist eine kleine Farm.« Sie presst sich die Tücher an die Nase, holt Luft und schnäuzt. Ob es höflich ist oder nicht, ist ihr egal.

»Als Ethan gestorben ist, wollte ich dich bitten, zu uns herunterzukommen und bei uns zu bleiben«, sagt Patsy. »Ed hat das auch gewollt.«

Ed grunzt wenig überzeugend.

Daytons Augen werden feucht und sie hickst in das Taschentuch. Sie sieht Mopars ganze Kindheit vor sich. Natürlich hat er weggemusst. Das kann ihm niemand vorwerfen. Mit dem zweiten Hickser kommt Galle hoch.

»Du kannst die Nacht bei uns bleiben.« Patsy tätschelt ihr das Bein, als ob sonst nichts zu sagen wäre. »Direktor Jugg macht Durchsagen im Radio. Sobald etwas passiert, erfahren wir es.« Das Bedürfnis nach Gesellschaft steigt wie Dampf von ihr auf.

Dayton steht auf und knüllt die Taschentücher in ihrer Faust. »Ich sollte gehen, bevor es draußen zu schlimm wird«, sagt sie.

Patsy blinzelt sie an. »Gehen?«

»Wenn das so weitergeht, komme ich nicht mehr nach Hause.«

»Sicher, Liebes.« Patsy wedelt sich wieder die Augen, dann steht sie mit ihr auf und holt ihr die Segeltuchjacke aus dem Garderobenschrank. »Es wäre schön, wenn du ab und an zum Abendessen herunterkommen würdest. Wenigstens sonntags. Wir haben deinen Daddy jeden Sonntag da. Er würde dich gerne sehen.«

»Ich ruf ihn manchmal an, wenn ich in der Stadt bin.«

»Anrufen ist nicht dasselbe wie Besuchen.«

Der Schleim ist wie ein zugezogener Knoten. Dayton hustet zweimal. Dann sagt sie: »Ich besuche ihn aber nicht.«

Patsys Augen flackern, als wäre sie geschlagen worden. »Willst du wirklich nicht bei uns bleiben? Du kannst doch hier übernachten.«

»Ich muss in der Früh zum Füttern da sein.«

Plötzlich wird sie von Patsy umarmt und auf die Wange geküsst. Und als Patsy ihren Mund zurückzieht, an ihrem Ohr vorbei, wispert sie ein einzelnes Wort.

16
– Der Fährtenleser –

Es ist eine Hütte aus Dachpappe, wie man sie manchmal im Wald findet. Das Dach verrottet, die Hohlräume in den Wänden von Buschschwanzratten besetzt. Sogar Jim hat von so einer Hütte ab und zu Gebrauch gemacht, wenn er wandern war und Schutz brauchte. Oder als Kind, wenn der Alte ihn aussperrte, damit er bei den Hühnern schlafen sollte. Und der verdammte Checkers sowieso.

Die hier aber ist besser in Schuss als die meisten. Es gibt sogar einen Ofen, darauf deutet die dünne Rauchsäule, die aus einem verrosteten Rohr an der nördlichen Wand aufsteigt.

»Sie haben Feuer gemacht.« In Bellinghams Stimme liegt ein wenig Verwunderung.

»Sie sind völlig fertig«, sagt Jim. »Was hab ich dir gesagt.«

Bellingham holt einen Messingknackfrosch aus der Tasche und reicht ihn Jim.

»Du bist ja wirklich voll bei der Sache«, sagt Jim.

»Ich geh hinten rum. Wenn du irgendetwas von dem Truck hörst, gib mir drei ordentliche Klicks. Dann zählst du bis zehn und fängst an, in das Dach zu schießen. Schieß das ganze Magazin leer.«

»Das hatte ich auch vor. Ich hab nur keinen solch feinen Knackfrosch gehabt.«

Bellingham antwortet nicht und geht ums Haus. Jim bewegt sich von der Straße weg zu einer Gruppe von Murray-Kiefern, zieht die .45er aus dem Hosenbund, hockt sich hin, den Rücken gegen einen der Stämme gelehnt.

Der fallende Schnee stottert, erst nimmt er zu, dann lässt er wieder nach. Jim denkt an das, was ihm Bellingham gesagt hat. Wie er meinte, dass Direktor Jugg ihn befördern wird, wenn er erst weiß, wie gut er ist. Es ist lange her, dass Jim daran gedacht hat, sein Leben zu verbessern. Natürlich hätte er gerne die Farm behalten, nachdem der Alte gestorben war. Aber es war daran gescheitert, dass er diesen Wunsch in der einen und Scheiße in der anderen Hand hatte, wie der Alte gesagt hätte.

Jim lässt sich auf den Gedanken ein. Was Ruby wohl sagen würde, wenn er seine eigene Truppe hätte. Mit so einer Beförderung müsste ja auch mehr Geld verbunden sein. Genug, um aus der kleinen Bretterbude in ein richtiges Haus zu ziehen, wo jeder sein eigenes Zimmer hätte. Und wäre Rubys Tochter Judith nicht auch stolz auf ihn? Als Erstes würde er ihr etwas kaufen. Und Ruby auch. Sogar ihrem älteren Sohn Wayne. Vielleicht sogar ihrem Vater, den sie aus Minneapolis holen könnte, damit er bei ihnen einzieht.

Aber zuerst Judith.

Oder zieht Bellingham ihn nur auf? Ist er so blöd, dass er wieder darauf reingefallen ist?

Jim lässt Schnee in den Pistolenlauf rieseln. Denkt nach. Und er kann sich nicht erinnern, dass Bellingham jemals irgendwen geneckt hätte, nur um ihn zu necken.

• • •

Jim hört den Truck. Von ferne. Er klickt drei Mal und beginnt zu zählen. Er ist erst bei acht, als Bellingham hinter dem Haus fünf Schüsse abfeuert.

Jim richtet seinen Colt auf das Dach und lässt es krachen. In der Kälte hallen die Schüsse, als würde man ihm Nägel in die Ohren jagen. Pulverdampf weht ihm ins Gesicht, hart und beißend. Jim wischt sich die Augen und schnäuzt in den Handschuh, wischt den Rotz an den Baum.

»Verdammt.« Die Stimme von Bad News. »Verdammt noch mal.«

»Hier sind ein Dutzend Männer«, schreit Bellingham. »Werft eure Waffen raus.«

»Quatsch, von wegen ein Dutzend Männer«, ruft Bad News zurück.

»Aber einer von denen bin ich«, ruft Bellingham.

Jim spuckt Tabaksaft aus. »Und ich bin auch da.« Er lädt seine Pistole nach.

»Bist du das, Jim Cavey?«, ruft Warrington.

»Das bin ich.«

»Was machst du hier draußen?«

»Hoffen, dass du mit erhobenen Händen rauskommst, damit ich dich nicht erschießen muss.«

»Da brauchst du dir keine Sorgen zu machen«, ruft Bad News. »Wir haben auch ein paar Gewehre.«

Der Truck biegt um die Kurve. Der Motor war immer lauter geworden, sie waren aber zu beschäftigt damit gewesen sich anzuschreien. Er hört sich wie ein brennender Panzer an, Calvin drückt auf die Hupe und hat das Radio laut gestellt. Die Stones. Der Truck trifft eine Bodenwelle und die Scheinwerfer gehen nach oben, zucken über die Hütte.

»Da kommen die anderen von uns«, schreit Bellingham. »Zähl von zehn runter, Jim. Wenn wir euch beide nicht mit den Händen überm Kopf herauskommen sehen, geben wir euch Zunder wie am Strand von Omaha.«

»Zehn«, ruft Jim.

»Für euch Schwanzlutscher habe ich meinen eigenen Countdown«, schreit Bad News zurück.

»Neun.«

»Mein Countdown ist, bei drei komme ich raus und mache euch die Hölle heiß.«

»Acht.«

»Kann sein, dass ihr mich kriegt. Aber deinen Arsch kriege ich auch, Jim Cavey.«

»Sieben.«

»Ich parke dir etwas direkt zwischen den Augen, du blöder Scheißkerl.«

»Sechs.«

»Du machst mir nicht die Bohne Angst.«

»Fünf.«

»Ich war an keinem verfickten Omaha Beach, aber ich war auf Hügel 499, ihr Fotzen. Bellingham, du bist nicht der einzige Kriegsheld auf der Welt.«

»Vier.«

»Und du warst nirgends, Jim Cavey. Die nehmen keine verdammten Schwachköpfe.«

»Drei.«

»Verdammt. Hör mit dem Zählen auf. Ich kann nicht denken.«

Jim stellt das Zählen ein.

»Wenn wir friedlich rauskommen, kannst du uns die Einzelhaft dann ersparen?«, will Bad News wissen.

»Kann ich versuchen«, sagt Bellingham. »Jugg hört auf mich. Ich kann ihm sagen, dass du kooperiert hast.«

»Das muss mehr sein als nur ein Versuch.«

»Mehr kann ich dir nicht sagen.«

»Zwei«, sagt Jim.

»Hör auf mit dem verdammten Scheiß«, schreit Bad News. »Ich denke nach.«

»Eins«, sagt Jim.

»Verdammt. Geht klar. Wir kommen raus. Nicht schießen.«

Es gibt eine kurze Pause.

Dann öffnet sich die Vordertür.

Jim spuckt Tabak aus, als Warrington mit erhobenen Händen heraustritt und in die Scheinwerfer blinzelt.

»Ihr Arschlöcher, da sind ja nur zwei.«, sagt Bad News von irgendwo hinten in der Hütte.

Warrington zuckt, als ob ihn jemand am Gürtel zurückgerissen hat. Erst danach kommt der Gewehrknall. Dann noch ein Schuss, der Warrington verfehlt und in die Hütte schlägt. Dann ein weiterer, der Warrington ein Loch unters linke Auge reißt. Warrington fällt um.

»Aufhören«, ruft Jim. »Wer schießt da?«

Dann weiß er es.

Inspektor Bowman kommt aus dem Schatten des Pritschenwagens, der Lauf seiner 1892er Winchester dampft.

»Sie Schweinehund«, sagt Jim

»Pass auf, was du sagst«, antwortet Bowman.

»Er war dabei, sich zu ergeben.«

»Für mich sah es so aus, als hätte er nach hinten gegriffen«, sagt Bowman.

»Er hat seine Hände über dem verdammten Kopf gehabt.«

Bowman stoppt. Er hebt seine Waffe. »Ich warne dich ein letztes Mal, zügele deine Zunge.«

Jim dreht sich um. »Bellingham«, ruft er.

Niemand antwortet.

»Bellingham«, ruft er noch einmal.

Nichts.

»Verdammt«, sagt Jim. Er geht hinter die Hütte.

Bellingham krümmt sich im Schnee. Er hat seine Uniformmütze verloren, das dunkle Haar verdeckt sein geschocktes Gesicht.

»Bellingham?«

Bellingham sieht zu ihm hoch. Seine linke Wange hängt herab wie ein blutiger Vorhang, man sieht Kiefer und Zähne. Blut läuft aus der Wunde, wie Regen von einem Blechdach. Er deutet auf etwas. Es ist ein mannsgroßes Loch in der Hauswand, die abgerissene Dachpappe wellt sich im Schnee, Fußspuren gehen Richtung Wald.

Jim ignoriert die Fußabdrücke und beugt sich zu Bellingham hinab. Es ist schlimm, aber nicht so schlimm, dass er es nicht überleben kann. Die Kugel hat ihre meiste Energie auf dem Weg durch die Hütte verbraucht, ist an Bellinghams Kinn abgeprallt und zu seinem Ohr hochgeschnellt, hat die ganze Haut aufgerissen. Jim hilft Bellingham hoch, geht mit ihm um die Hütte herum und setzt ihn in den Truck.

Dann dreht er sich um, spuckt Tabaksaft in den Schnee. Ihm geht alles durch den Kopf. Die Socke im Mund von Pearl Greene, die blutende Frau Bowman, der niedergeschossene Warrington. Und jetzt Bellingham, dem das halbe Gesicht weggeschossen wurde.

Bowman kniet bei der Leiche von Warrington an der Tür, tastet seine Kleidung ab. Jim nimmt Anlauf und tritt Bowman hart genug, dass es ihn umwirft. Er tritt ihn immer noch, als Calvin ihn wegzieht.

17
– Der Häftling –

Von dem Moment an, in dem Direktor Jugg im Radio Arthur Mooney zum Anführer der ausgebrochenen Sträflinge macht, achtet Mopar darauf, Howard ja nicht anzusehen. Er will ihm möglichst keinen Angriffspunkt geben.

Es hat seinen Grund, dass die Schwarzen Arthur Mooney den Spitznamen Turd verpasst haben. Vielleicht ist es sogar Howard selbst gewesen, der ihn so getauft hat. Es hat mit Martin Luther King angefangen. Als King ermordet wurde, ließ Direktor Jugg alle Schwarzen in ihre Zellen sperren, er fürchtete einen Aufstand. Für die Weißen aber war es eine Party im Hof. Sie klatschten sich auf die Schultern, überschlugen sich vor Freude und verteilten Zigaretten. Und ihr Anführer war Arthur Mooney, der sich anheischig machte, eine Rede darüber zu halten, wie dieses verdammte Land jetzt wieder in die rechte Spur finden könnte, jetzt, wo der King Nigger von der Platte sei.

In jedem anderen Gefängnis hätte es einen Rassenkrieg gegeben. Zur Hölle, in den meisten anderen Gefängnissen gab es einen. Mit dem Attentat auf King explodierten all die Jahre unterdrückter Gewalt. In Direktor Juggs Etablissement aber gab es keine Rassenkriege. Wann immer es auch nur den Anflug eines Problems gab, kümmerte sich sein Wärter Nummer Eins, Shitkick Johnson, darum. Wer die Linie überschritt, landete für Monate im Krankenhaus und verließ es mit einem dauerhaften Humpeln, falls er überhaupt herauskam. Und bereits beim ersten Anflug eines Aufstands hielt Direktor Jugg die Rassen getrennt. Er schickte Shitkick und seine Schlägertruppe hinein, um ein paar schwarze Köpfe platzen zu lassen. Sie schleiften sie am Hals in ihre Zellen, zogen sie nackt aus, verpassten ihnen eine weitere Abreibung, und dann kamen sie in Einzelhaft, ohne Brot und Wasser. Das funktionierte jedes Mal.

Dieses Mal aber zahlten es ihnen die Schwarzen ein wenig heim. Sie erwischten Arthur Mooney in der Wäscherei und bevor die Schlägertruppe kam, stopften sie ihm sechs Hände voller Scheiße aus einem Eimer in den Hals. Jeder von ihnen musste dafür bezahlen, einer mit gebrochener Wirbelsäule, aber sie hatten ihre Rache. Und Arthur Mooney bekam seinen Spitznamen.

»Turd Mooney.« Howard beugt sich vor und dreht das Radio leiser.

Alice steht in der Küchentür, öffnet den Mund und schließt ihn wieder. Zum ersten Mal in ihrem Leben, denkt sich Mopar.

»Ich hab Turd gesehen, wie er sich beim Zähneputzen einmal selbst ins Gesicht gestochen hat«, sagt Howard. »Er hat eine Zahnbürste spitz geschliffen und dann Isolierband darüber gemacht, um es zu verstecken. Nur zum Schutz, hat er gesagt. Und dann war er am Zähneputzen, und ein großer Nigger schlägt ihm auf die Schulter. Turd hat die Zahnbürste ausgespuckt, als er sich von dem Schreck erholt hat, war er so durch den Wind, dass er sie umgekehrt herum wieder in den Mund gesteckt hat. Das ist direkt durch die Wange gegangen. Alles war voll Blut.«

»Von Schwarzen umgeben zu sein, das hat ihn halt hibbelig gemacht«, sagt Mopar.

»Ich hab bis dahin noch niemand gesehen gehabt, der sich beim Zähneputzen fast umgebracht hätte«, sagt Howard. »Und wahrscheinlich werde ich so was auch nie wieder sehen.«

»Niemand wird es glauben, dass Turd irgendwas organisiert hat«, sagt Mopar.

»Doch, werden sie, Sportsfreund«, sagt Howard. »Was denkst du, wie so etwas in die Zeitung kommt? Einer erzählt einem anderen eine Geschichte, und dann steht sie in der Zeitung. Und jeder glaubt sie. Was hast du mir über Dillinger erzählt?«

»Der Reporter war scharf auf ihn.«

»Aber sie haben dich trotzdem Kid Dillinger genannt, oder nicht? Kapierst du, was ich dir sage?«

»Verstehe.«

»Turd ist der Kopf hinter dem Ausbruch, wenn sie behaupten, dass er es ist, dann ist er es. Einfach nur, weil sie es sagen, ist er es. Und wenn die Zeitungen es drucken, dann ist er es tatsächlich.«

»Ich weiß.«

»Ich schätze, du denkst, dass mich das aufregt«, sagt Howard. »Das denkst du doch.«

»Ärgert es dich nicht?«

»Ein wenig«, gibt Howard zu. »Vielleicht ein wenig. Aber das heißt auch, dass Direktor Jugg sich dumm und dämlich jagen wird, um dieses kleine Arschloch zu finden. Denn finden muss er ihn jetzt natürlich. Und uns anderen lässt das deutlich mehr Spielraum.«

Jetzt ist Mopar tatsächlich beeindruckt.

»Ich hab Bad News und diesen dummen Redneck Warrington abgeschüttelt«, sagt Howard. »Du bist der Letzte und Einzige, den ich vielleicht mitnehme. Aber du musst mich davon überzeugen, dass uns deine Geschichte nicht alles vermasselt.«

»Was für eine Geschichte?«

»Dillinger. Wir sind hier nicht in einem alten Buch über Gangster. Das hier sind wir, und wir versuchen, hier lebendig herauszukommen.«

»Ich hab's dir ja bereits erklärt. Das hat irgendein Reporter erfunden. Ich hab nie etwas über Dillinger gesagt.«

»Aber ich wette, du hast seitdem noch einmal darüber nachgedacht.«

»Sicher«, sagt Mopar. »Aber das bringt mich nicht durcheinander.«

»Genau das bist du aber. Völlig durcheinander«, sagt Howard. »Du bist der verpeilteste Hundesohn, der mir je begegnet ist. Warum zur Hölle bist du hier?«

Das ist eine gute Frage. Und Mopar selbst ist die Antwort nicht ganz klar. Es gibt nicht nur einen Grund, weshalb er beim Ausbruch mitgemacht hat. Es sind eine ganze Reihe von Gründen gewesen. Im Gefängnis sammelst du die Zeit an. Du stapelst sie beim Klappern von Löffeln auf Blechtellern, beim Geruch von Reinigungsmitteln und Schweiß, bei Prügeleien im Hinterhof, beim Brummen von nackten Zweihundert-Watt-Lampen, während du in eine Hand voller Haargel wichst, beim Zischen und Klirren der Rohre in der Wand, beim Anblick der abgenutzten Schwuchteln mit kaltem Schorf auf den Lippen. Du stapelst das alles wie ein Kartenhaus, und Mopar hatte gemerkt, dass er nicht mehr weiter stapeln konnte. »Ich war es leid, eingesperrt zu sein. Ist das nicht Grund genug?«

»Das ist überhaupt keiner. Das ist genau die Art Wichser, die sich aufgibt.«

»Nun. Was ist deiner?«

»Ich hab ein Stück Land in Missoula. Ich hab vor, es dorthin zu schaffen und alt im Bett zu sterben. So etwas ersehnt man so sehr, dass man es sich möglich macht.« Howards Augen sind schwarz und blicken starr vor sich hin. »Nicht eingesperrt sein wollen, das ist kein Grund. Das ist ein Zustand.«

»Wenn ich etwas unbedingt will, ist es ein Grund, das kann ich dir garantieren«, sagt Mopar.

»Gut.« Howard dreht das Radio auf und Juggs Stimme flutet in den Raum. »Gut.«

• • •

Dieser Dillinger-Quatsch hatte sich im Gefängnis genau so schnell verbreitet wie in den Zeitungen. Die Wahrheit war, dass

Mopar nie vorgehabt hatte, Deputy Rose zu töten. Er wollte ihm nur eine ins Bein verpassen, um ihm klarzumachen, dass es ihm ernst war. Es war Zufall, dass die Kugel eine der großen Arterien traf, groß genug, dass er binnen zehn Minuten verblutet war. Es war einfach Pech.

Sicher, Mopar hätte die Geschichte korrigieren können. Oder es zumindest versuchen. Aber er wollte Molly nicht die Genugtuung verschaffen, dass alle erfuhren, dass er wegen ihr im Gefängnis saß. Vielleicht hätte er dann nicht Lebenslänglich bekommen. Aber er konnte es nicht. So ist die Welt, in der wir leben. Lieber lässt du dich bestrafen, als dass die Welt weiß, was du für ein Idiot bist.

Jetzt ist Molly mit diesem mickrigen Peter Perkins verheiratet, der Ohren hat, die wie angespitzt aussehen. Dayton hat ihm davon erzählt. Dayton weiß alles davon, und sie hasst Molly genug, um Mopar mit all ihren Katastrophen auf dem Laufenden zu halten. Wie der Drugstore von Peters Vater von Direktor Jugg geschlossen wurde, weil es da gewisse Verstöße gegen die Vorschriften gab. Wie Peter den einzigen Job verlor, für den er je geeignet war – Soda-Zapfer –, um den einzig anderen Job anzunehmen, den es in der Stadt gibt. Wie sie das große Haus verloren und in die Hütte zurückmussten, in der Molly mit Hilfssheriff Rose gewohnt hatte.

Mopar sieht Perkins ab und zu im Gefängnis, wie er sich unsichtbar machen will. Diese große rote Nase und diese Ohren, die aussehen wie mit der Spitzzange langgezogen. Mopar hat sich sogar überlegt, ihm eine zu verpassen. Aber so, wie Perkins läuft, den Kopf eingezogen wie ein Schneeglöckchen, kann Mopar sich nicht dazu überwinden.

Besonders nicht nach den Fehlgeburten. Und nach dem einen Baby, das eine Woche lang gelebt hat. Wenn man das so nennen kann.

•••

»Hör mit dem Denken auf«, sagt Howard.

»Ich denk' nichts.« Mopar streift seinen Uniformmantel ab und wirft ihn neben dem Sofa zu Boden. »Worauf zur Hölle warten wir?«

»Wir warten auf das Radio. Wenn diese beiden Idioten in der Gefängnisfarm Mist bauen, wird Direktor Jugg Leute dort hinschicken. Und das kann er nur übers Radio.«

»Woher weißt du das?«, fragt Mopar.

»Ich hab im Büro gearbeitet, erinnerst du dich? Ich hab ihre Briefe getippt, in denen sie den Gouverneur um mehr Funkradios in ihren Wagen anflehen. Sie haben nur fünf davon. Jugg ist am Radio, weil er damit die Suche koordiniert. Wenn wir etwas über die Gefängnisfarm hören, ist klar, dass wir dort nicht in die Nähe wollen. Wenn wir nichts hören, gehen wir da hin und greifen uns ein Auto und ein paar Gewehre.«

»Du hast sie direkt da hingeschickt«, sagt Mopar. »Bad News und Warrington. Du hast sie nur dahingeschickt, um zu sehen, ob Direktor Jugg das im Blick hat.«

Howards Gesichtsausdruck bleibt gelassen. »Das ist das Mindeste, was Bad News für uns tun kann. Das blöde Arschloch.«

18
– Die Zeitungsleute –

Das Büro von Direktor Jugg befindet sich nicht im Gefängnis, sondern in einem Zuckerbäckerbau auf einem Grundstück nebenan. Fast alle Wände im Erdgeschoss sind herausgerissen. Es gibt Aktenschränke, Garderobenhaken und Mitteilungsbretter, einen Gewehrständer mit Schrotflinten und Browning Automatikgewehren, Fackeln und Tränengasflinten. Männer in Gefängnisblau neigen sich an Armeeklapptischen über Landkarten, ein anderer Wärter sitzt an der Kommunikationszentrale, bei der viereckige Knöpfe leuchten und im Zwei-Wege-Radio Stimmen zu hören sind. Noch mehr Wärter sitzen an einer Reihe von Telefonen, man hört, wie Hörer aufgelegt werden, hört knappe Unterhaltungen. Und da ist ein ausgestopfter Grizzly. All diese Eindrücke rollten wie Wellen auf Stanley zu.

Direktor Cyprus Jugg ist ein fetter Zapfen von Mann mit einem fetten Zapfen von Zigarre im Mund, er trägt Hosenträger und ein weißes, im Nacken und den Achseln gelb gewordenes Hemd. Sein schütteres schwarzes Haar ist glatt über die rosafarbene Kopfhaut gekämmt. Sein Schreibtisch ist voller Stifte, Papier, Aschenbecher, Kaffeetassen und Munitionsschachteln. Um einem Mikrofon Platz zu machen, ist das alles ein wenig zur Seite geschoben.

»Meine Herren.« Direktor Jugg springt auf und streckt die Hand aus, um Stanley zu begrüßen. Sie ist weich und kalt und glatt vom Puder. Es sieht fast aus, als würde er gleich anfangen zu weinen vor Freude, sie zu sehen. Zeitungsleute aus Denver. Aber er tut es nicht. Sein Gesicht ist rundlich und rötlich, aber er weint nicht. »Meine Herren«, sagt er wieder. »Ich habe nicht erwartet, dass die *Rocky Mountain News* mitten in einem Blizzard zwei ihrer Besten zu uns herunterschicken würden. Das habe ich nicht erwartet.« Immer noch hält er Stanleys Hand fest, und verbreitet diesen Geruch von Babypuder.

Stanley gelingt es, seine Hand zu lösen, er wischt sie an seiner Jeans ab. »Dies ist der Ort, an dem sich die ganze Geschichte abspielt. Woanders würde ich jetzt nicht sein wollen.«

»Das stimmt, das stimmt. Die größte Geschichte hier draußen seit geraumer Zeit.« Jugg deutet mit der Hand auf eine Pinnwand auf Rollen. »Diese Fünf haben wir schon«, sagt er. »Den Rest kriegen wir auch noch, das steht fest. Wir haben mehr als hundert Männer da draußen, die sie suchen.«

Stanley hat Stenoblock und Stift in der Hand. »Wie haben sie ausbrechen können?«

Direktor Jugg schürzt die Lippen. Der Geruch nach Babypuder wird stärker, so als würde sein sich anstrengendes Gehirn ihn verbrennen. »Die Insassen werden nach dem Abendessen in ihre Zellen gebracht und die Nacht über eingesperrt. Vertrauensleute, die man Riegelmänner nennt, ziehen die Zellriegel hoch, damit die Gefangenen in ihre Etage können. Weil sie die Zellen öffnen sollen, müssen sie als Erste vom Essen weg. Zwei von den Ganoven, Mopar Horn und Mitch Howard, haben sich als Riegelmänner für Block Sechs ausgegeben und sind mit ihnen zurück zu den Zellen. Das hat niemand bemerkt, bis sie im Block waren. Zwei Wärter haben sie aufzuhalten versucht. Einer von ihnen hat ein Auge verloren, der andere hat zweiundsiebzig Messerstiche abbekommen«

»Mopar Horn?«, sagt Stanley.

»Das ist richtig«, sagt Jugg.

»Mich laust der Affe.«

»Ihre Ausdrucksweise ...«, sagt Jugg. »Wir versuchen hier ein Vorbild zu sein.«

Stanley nickt über seinen Notizblock hinweg. »Ich hab damals die Horn-Geschichte geschrieben, als es passiert ist. Kid Dillinger, nicht?«

»Sie sind das gewesen?«, sagt Jugg. »Wissen Sie, dass er schwört, dass er nie etwas über Dillinger gesagt hat?«

»Es war das Buch. *Die Dillinger Tage* von John Toland. Es war gerade herausgekommen. Ich war vertieft in Dillinger.«

Garrett öffnet seinen Fotokoffer und nimmt die Kamera heraus. Direktor Jugg studiert ihn von Kopf bis Fuß, den orangefarbenen Anzug und die Stiefeletten, zeigt einen Anflug von Abscheu. Dann aber bemerkt er die Kamera und zieht die Wangen ein, lässt eine Art edle Schwerkraft über seine Augen fallen. Garrett macht ein Foto.

»Zwei Häftlinge haben also die Wärter überwältigt?«, hakt Stanley nach. »Habe ich Sie da richtig verstanden?«

»Nicht überwältigt.« Wieder steigt der Babypudergeruch auf. »Sie haben hausgemachte Waffen gehabt. Selbstgebastelte Schrotflinten. Die Rohre hatten sie aus der Werkstatt, einer der Gefangenen hat sie zusammengebaut. Er bastelt sonst immer Modellboote. Dann hat Ihr Mopar Horn sich im Privatbesuchszimmer versteckt. Das ist der einzige Ort im Gefängnis, wo sogar die Wärter klopfen müssen.«

»Okay.« Stanley ist am Schreiben. »Sie sind also im Block Sechs und haben die Wärter auf ihrer Zellenreihe überwältigt. Wo sind die andern?«

»Die restlichen Wärter waren mit den Sträflingen im Speiseraum. Das ist es ja. Sie bringen die Knackis erst in die Zellblöcke zurück, wenn die Riegelmänner bereit sind. Bis dahin hatten Horn und Howard schon den ganzen Block befreit. Und Block Sechs ist der, in dem wir unsere härtesten Knackis haben. Und die Einzelhaft.«

»Sie haben alle rausgelassen? Auch die in Einzelhaft?«

»Jeden. Aber nur zwölf haben den Ausbruch versucht. Der Rest von ihnen hat gewusst, dass ich sie kriege. Und sie haben gewusst, was passiert, wenn ich sie habe.« Er kaut auf seiner Zigarre, macht ein böses Gesicht. »Jetzt habe ich sieben mehr, die ich darüber aufklären muss.«

»Daran zweifle ich nicht.« Stanley macht sich Notizen. »Zweifle ich gar nicht. Und was ist dann passiert?«

»Als Nächstes sind die restlichen Häftlinge vom Essen zurückgekommen, gefolgt von den Wärtern. Sobald die Wärter durch die Tür waren, sind die Knackis über sie hergefallen. Sie haben ein paar von ihnen nackt ausgezogen und ihre Uniformen genommen. Den Rest haben sie in einem Kreis um sich gestellt und sind direkt aus dem Nordtor marschiert. Die Männer in den Wachtürmen haben zu viel Angst gehabt, die eigenen Leute zu erschießen.« Jugg macht wieder ein finsteres Gesicht. Mehr Babypuder. »Auch darum werden wir uns kümmern.«

»Und das war's?«, fragt Stanley. »Dann waren sie weg?«

Direktor Jugg nickt und watschelt etwas krummbeinig zu seinem Schreibtisch zurück. Der Holzstuhl ächzt unter ihm, er legt sich die Hände auf die Oberschenkel und öffnet sie vorsichtig.

Garrett macht drei schnelle Aufnahmen, die Klicks und das Winden der Filmspule folgen so schnell, dass es wie ein einziges Geräusch klingt.

»Die sind nicht gut genug«, sagt Direktor Jugg. »Ich bin noch nicht bereit gewesen.«

»Der ungeplante Schuss ist manchmal der beste«, sagt Garrett.

»Nicht bei einem Ausbruch. Bei einem Gefängnisausbruch müssen mich die Leute von meiner besten Seite sehen. Sonst fühlen sie sich nicht mehr sicher und glauben mir nicht, dass so etwas nie wieder passieren wird.« Die geschmeidige Art, mit der sich seine Wangen einziehen, erinnert an das Verschwinden eines Regenwurms im Schlamm. »Jetzt bin ich bereit.«

Garrett knipst eine neue Serie.

»Sie sind immer noch da draußen?«, sagt Stanley. »Alle, bis auf fünf? Sieben fehlen noch?«

»Die werden nicht mehr lange draußen sein«, sagt Direktor Jugg. »Ich habe hundert Männer, die hinter ihnen her sind, und ich koordiniere sie von hier.«

»Wie machen Sie das denn im Einzelnen?«

Direktor Jugg droht der finstere Blick fauchend aus dem Gesicht zu springen. Stanley hat inzwischen gelernt, die Luft anzuhalten, um dem Geruch auszuweichen, der dazu gehört. »Nur ein paar unserer Wagen haben Funk. Das macht mich verrückt. Die Städte kaufen zusätzliche Ausrüstung, die aus Vietnam zurückkommt. Los Angeles hat einen M8 Greyhound Spähpanzer und Detroit einen M3 Kettenpanzer. Von Karabinern und Munition zu schweigen. Und wir hier verwahren einige der härtesten Kriminellen im Land und haben nicht einmal Funkgeräte. Ich habe gehört, in Denver hatten sie für die Aufstände in Five Points sogar Helikopter.«

»Hatten sie«, sagt Stanley. »Ich hab darüber berichtet. Wie kommunizieren Sie denn dann mit ihren Männern?«

»Meistens benutze ich das hier.« Jugg deutet mit seinem dicken Finger auf das Mikrofon.

»Das Lokalradio?«

»Ja. Die Jungs rufen mich an, wenn sie etwas finden. Wir kriegen die Bastarde.«

»Was ist mit der Nationalgarde? Die haben Funkgeräte.«

»Die werden heute Nacht nicht mehr kommen. Nicht bei dem Wetter, das da aufzieht. Mich wundert, dass Ihr es geschafft habt.«

»Es wird also keine Hilfe geben. Sie haben keinen Funk. Und wir sind mitten in einem Schneesturm«, sagt Stanley. »Kann man das so zusammenfassen?«

»So ist es«, sagt Jugg. »Bevor Sie hier angekommen sind, habe ich gerade mit dem Gouverneur telefoniert. Er hat mir geraten, mit der Suche bis morgen zu warten, wenn die Nationalgarde kommt. Dann können wir sie bei Tageslicht aus den Schneebänken graben.«

»Für mich macht das Sinn«, sagt Stanley. »Mitten in einem Schneesturm gibt es keine Kommunikation. Da kann alles passieren.«

»Das ist unsere Stadt«, sagt Jugg. »Meine Stadt.«

Stanley tut so, als ob er das aufschreibt. Er kann sich nicht überwinden, wirklich etwas zu schreiben, also schreibt er drei Mal die Namen seiner Kinder. Adam, Iris, Adam, Iris, Adam, Iris. Dieser blöde Hundesohn.

»Wir kümmern uns selbst um unsere Probleme«, sagt Jugg. »Bis die Nationalgarde in die Stadt kommt, habe ich all diese Jungs wieder im Old Lonesome. Oder sie sind tot. Darauf können Sie wetten.«

Adam, Iris, Adam, Iris. Als Stanley vom Notizblock aufschaut, sieht er Garrett, dem die Augen fast aus den Höhlen treten, um auf die Knie zu gehen und ihn anzuflehen.

Natürlich will dieser Grünschnabel mir nicht genehmigen hierzubleiben, wo es warm ist, und wo die Story von selbst zu uns kommt. Adam, Iris, Adam, Iris, Adam, Iris. Schweinehund. »Kann ich telefonieren?«, fragt Stanley.

Direktor Jugg steht auf, verschiebt einiges Papier auf seinem Schreibtisch, bis ein Telefon zum Vorschein kommt. »Sie können das hier nehmen«, sagt er. »Nehmen Sie es einfach, wann immer Sie es brauchen. Ihr Zeitungsleute müsst euch immer zurückmelden, ich weiß.« Er nickt zum Apparat und rückt ein wenig weg, als wolle er Stanley etwas Privatsphäre geben. Aber er rückt nicht weit genug weg, um nicht jedes Wort hören zu können, das Stanley sagen wird.

•••

Stanley gibt sich einen Ruck. Er weiß die Nummer auswendig und wählt. Es klingelt zweimal, dann antwortet eine Frau. Stanley sagt seinen Namen und nennt das Aktenzeichen, sie bringt ihn auf den neuesten Stand. Dass die Zielperson ihre Kinder, Adam und Iris, bei einer Adresse gelassen hat, die er als das Haus ihrer Mutter erkennt, und auf der Interstate 25 nach Norden gefahren ist. Durchgegeben worden ist das Update von einem Agenten, während die Zielperson außerhalb von Denver beim Tanken war.

Stanley legt auf und steht da, die Hand auf dem Hörer. Wen zum Teufel könnte Marjorie nördlich von Denver besuchen wollen? Als er den Hörer loslässt, starren ihn Direktor Jugg und Garrett an. Stanley geht vom Schreibtisch weg, und Jugg setzt sich wieder auf seinen Stuhl.

Garretts Augen betteln wieder.

»Wissen Sie, was wir gerne tun würden?«, sagt Stanley zu Jugg. »Mit einigen von den Wächtern rausgehen. Bei der Jagd mitmachen.«

Direktor Jugg nimmt die Zigarre aus dem Mund und streift die Asche ab. »Die Jagd ist hier«, sagt er. »Die ganze Operation findet hier statt.«

»Wir werden eh nicht lange bleiben«, sagt Stanley. »Wir würden nur gerne draußen sein und das alles aus der Perspektive der Wärter erleben. Wir haben einen Wagen. Vielleicht könnten wir mitanpacken und ein paar Ihrer Leute herumfahren. Das würde sich gut machen in der Zeitung. Wir da draußen, wie wir dank Ihrer Koordination zur Jagd beitragen.«

»Vielleicht«, sagt Jugg. »Vielleicht auch nicht. Er wendet sich an einige Wärter, die bei den Landkarten stehen. »Johnson und Grace, schnappt eure Mäntel und Gewehre. Ihr fahrt mit den beiden hier raus.«

19
– Die Geächtete –

Jetzt schneit es richtig. Nicht heftig genug, um Schneeketten aufziehen zu müssen, aber doch stark genug, um froh darüber zu sein, sie auf die Pritsche des Trucks geworfen zu haben. Genauso froh ist Dayton über den großen Baumstumpf, den sie als Ballast für den vorderlastigen Truck mühsam über zwei Planken auf die Ladefläche gehievt hat.

»Schrottplatz«, war das Wort, das Patsy in Daytons Ohr geflüstert hatte. Es wäre eh der nächste Stopp gewesen. Wohin sonst? Mopars einzige andere Familie in der Stadt ist Daytons Vater, und dass Mopar dort hingeht, kann Dayton sich nicht vorstellen. Er ist kein Saufbold wie Mopars Vater, trinkt überhaupt nichts, aber auch er wäre keine Hilfe. Beide Männer sind vom gleichen Vater großgezogen, verkörpern seine beiden Seiten. Mopars Vater ist der Samstagabend-Trinker geworden, der auf der Suche nach einem Prügelopfer durchs Haus tigert, Daytons Vater der Sonntagmorgen-Patriarch, der sich seines Gürtels entledigt. Vielleicht, wenn Daytons Mutter noch am Leben wäre. Aber das ist sie nicht.

Dayton hält den Truck vor der vergitterten Einfahrt zum Schrottplatz an. Sie kramt den Bolzenschneider heraus, den sie immer in der Werkzeugkiste hinter dem Sitz hat, knackt die Vorlegekette, die das Tor zuhält, und fährt durch. Der Truck rumpelt zwischen verrosteten und verbeulten Wracks durch die Fahrgassen. Türen sind ausgebaut und lehnen an den Karosserien, Kühlerhauben stehen offen, Leitungen hängen wie abgetrennte Nabelschnüre aus dem Motorraum.

Sie muss um sechs Ecken, bis sie endlich den Fünf-Meter-Trailer findet, in dem Mopar gelebt hat. Es ist ein Planwagen, der einmal in einem blassen Grün gestrichen war, jetzt aber so ausgebleicht ist, dass man die ursprüngliche Farbe fast nicht mehr bestimmen kann. Überall soll Grundierfarbe Rostflecken verdecken. Flecken, die schon da waren und überstrichen wurden, noch bevor Mopar eingezogen ist. Jetzt aber sind sie ganz durchgerostet, und neben ihnen gibt es neue Löcher. Als Mopar dort hauste, war es kaum wohnlicher, jetzt aber taugt der Planwagen nur noch für Mäuse und Schlangen.

Dayton stellt den Ganghebel auf Parken, schaltet den Motor aus. Er rumpelt dunkel, zittert leicht, verstummt. Sie steigt aus. Hinter ihrem Sitz steckt ein .30-30er Repetiergewehr, aber sie verwirft den Gedanken, es mitzunehmen, sogleich wieder. Der Einzige, der hier sein könnte, wäre Mopar, und eine Welt, in der sie ihn erschießen müsste, kann sie sich nicht vorstellen. Es gibt mehr Welten, als man zählen kann, aber das ist keine von ihnen.

Um sich zu vergewissern, dass hier schon lange niemand mehr war, braucht sie drinnen keine zehn Sekunden. Sie schnäuzt ins Taschentuch, faltet es wieder zusammen, steckt es in die Jackentasche und steht mitten im Trailer. Starrt auf die von Mäusen zerfressen Polstermöbel, bekommt durch ein manngroßes Loch im Dach Schnee ins Gesicht.

Denk nach.

Wenn nicht hier, wo dann?

Das ist die Frage. Das war immer die Frage, wenn es um Mopar ging, sogar schon bevor er ins Gefängnis gesperrt wurde, um von dort wieder auszubrechen. Mopar war nie da, wo man ihn vermutet hat. Zum Beispiel auf einem Schrottplatz, wo er für ein paar Dollar die Woche auf alles aufgepasst hat und alle Teile, die er wollte, auf seinen Truck lud.

Molly.

Der Gedanke fährt wie ein Schlag durch Dayton.

Molly, du süßer barmherziger Fick.

Nein, nicht Molly. Das ist nicht einmal eine Überlegung wert. Es gibt keinen Grund für ihn, zu Molly zu gehen. Nicht mehr. Mopar kann dumm sein, aber nicht so dumm.

Ein Windstoß trifft den Trailer, fährt durch die Löcher und treibt ihr harten Schnee ins Gesicht. Der Trailer wackelt.

Oder könnte er doch?

Mopar war nie richtig dumm. Aber er hat es noch nie fertiggebracht, einer blöden Idee einfach auszuweichen. Wenn er sich etwas in den Kopf setzt, treibt es ihn um, bis es durchgekaut ist oder sich verflüchtigt. Es gibt Schlamassel, in die man gerät, oder welche, in die man sich selber hineinmanövriert. Mopar ist Experte dieser zweiten Art.

Aber nicht Molly. Molly, das macht keinen Sinn, nicht einmal für Mopar. Dayton hat ihm erzählt, dass Molly wieder geheiratet hat, dabei hat sie auf jede kleinste Reaktion von ihm geachtet. Dasselbe mit Mollys Fehlgeburten, von denen ihm Dayton ebenfalls erzählt hat. Mopar hat ausgesehen, als wäre ihm das völlig egal. Es gibt keinen Grund, dass er zu ihrem Haus geht. Dayton ist sich fast sicher.

Wohin also dann?

Dayton erinnert sich, dass Mopar sich nie weit von der Stadt entfernt hat. Dafür ist sein Truck nie lang genug gelaufen. Sie hat immer damit gerechnet, dass er einfach verschwindet, wenn er es doch schafft. In dieser Stadt zu sein, ist, wie erwürgt zu werden, und zwar langsam. Diese Art von langsamem Ersticken, für die man ein Leben lang braucht, um sich daran zu gewöhnen. Und dann bist du tot.

Wohin also?

•••

»Was zur Hölle machst du hier?« Es ist eine Männerstimme, direkt draußen vor dem Trailer.

»Bist du das, Schmidt?«, fragt sie.

»Ja, das bin ich. Und wer verdammt bist du? Ich hab eine Schrotflinte hier draußen und einen Hund.«

Sie kommt durch die Öffnung, wo einst die Tür hing. »Ich bin's, Dayton.«

Die übrig gebliebenen Strähnen von Schmidts weißem Haar wehen um seinen Kopf, die roten Augen sehen aus, als ob er gerade aufgewacht ist oder getrunken hat. Der Hund ist ein Mischling mit etwas Schäferhund drin, Schmidt hat die Leine um sein Handgelenk gewickelt, in der anderen Hand hält er das Gewehr. »Wie bist du hier reingekommen?«

»Hab deine Kette geknackt. Zahle ich dir. Hätte dir auf dem Weg hinaus einen Zettel dagelassen.«

Er legt den Lauf seiner Schrotflinte an die Schulter. »Warum? Brauchst du etwas für den Truck? Du hättest anrufen können.«

»Mopar ist ausgebrochen. Ich hab gedacht, vielleicht versteckt er sich hier, bis der Sturm abgeflaut ist.«

Schmidt beäugt den Trailer. »Ich glaub nicht, dass der ihm viel Schutz bieten könnte.«

»Das sehe ich auch so.«

»Was wolltest du tun, wenn ja?«

»Was ja?«

»Wenn er hier gewesen wäre.«

Wieder ein harter Windstoß. Sie muss ihr Gesicht vor dem Schnee schützen.

»Ich hab immer gedacht, dass Mopar schlecht behandelt worden ist.«

»Ich auch.«

»Ich hab ihm mal eine Hündin aus einem Wurf geschenkt. Einen guten Wachhund.«

»Mopar?«

»Deputy Rose. Dann habe ich gehört, dass er sie mit einem Schlauch geschlagen hat, um sie scharf zu machen. Einen Welpen. Ich bin rüber zu ihm deswegen, und er saß auf seiner Hollywoodschaukel, hat Limonade getrunken. Als ich ihn gefragt habe, ob es stimmt, hat er ja gesagt, aber er sei durch mit ihr. Er könne sie nicht dazu bringen, auf ihn zu hören, egal was er tue. Also sagte ich, dass ich sie zurücknehme, und er hat hinters Haus gezeigt. Ich hab sie dort gefunden, tot. Er hat ihr Hackfleisch mit Glasscherben gefüttert, nur um ihr beim Sterben zuzuschauen.«

»Was hast du gemacht?«

»Ich hab sie hierhergebracht und begraben. Hätte ihn gleich erschießen sollen, aber er war damals schon Deputy.« Eine weitere Böe treibt ihm die dünnen Haarsträhnen vor die Augen. »Mopar ist ein besserer Mann, als ich es je war.«

20
– Der Häftling –

»Wesley Warrington wurde heute Abend gegen acht Uhr erschossen, als er sich Zugang zur Gefängnisfarm verschaffen wollte.« Direktor Jugg redet im Radio. »Um weitere Todesopfer zu vermeiden, fordern wir alle Häftlinge, die noch auf der Flucht sind, dazu auf, sich zu stellen.«

Howard kann mit der Kicherei nicht aufhören. Jedenfalls könnte es so etwas wie Kichern sein. Sein Gesicht hat sich nicht sonderlich verändert, aber seine große Brust zuckt, als könnte es vom Kichern sein.

»Warrington war kein schlechter Kerl«, sagt Mopar. Er rollt eine von Howards Zigaretten.

Das Kichern hört auf. »Wo zur Hölle hast du das her?«

»Seine Schwester. Er hätte deswegen nicht in den Knast gehört. Ich hätte das Gleiche getan, wenn ich eine Schwester hätte.«

Das Kichern ist wieder da. »Du dummer Hund«, sagt Howard. »Seine Schwester. Du hast gehört, er hat irgendeinen Farmer erschossen, den er erwischt hat, wie er seine Schwester vögelt?«

»Genau das habe ich gehört.« Mopar dreht sich Richtung Küche und ruft: »Murray.«

Alice steckt ihr Gesicht aus der Tür.

»Hab ich nach dir gerufen?«, sagt Mopar. »Hol deinen Mann.«

Ihr Gesicht verschwindet, das von Murray erscheint. Blinzelt.

»Warum habt ihr keinen Weihnachtsbaum?« Mopar klebt die Zigarette zu.

»Wir bauen ihn einen Tag nach Weihnachten ab. Jedes Jahr.«

»Das wette ich, dass ihr das tut«, sagt Mopar. »Ich brauche was zu trinken. Wo habt ihr was?«

»Wir machen gerade Essen«, sagt Murray. »Ich bringe gerne ein Glas Milch dazu.«

Mopar schaut ihn an.

»Kaffee?«

Mopar schaut ihn weiter an.

Murrays Gesicht verschwindet.

»Diese Welt«, sagt Mopar zu niemand Besonderem.

»Ich würde das nicht persönlich nehmen«, sagt Howard. »Sie lässt ihn zuhause nichts trinken. Es würde mich wundern, wenn er beim Pinkeln stehen darf.«

»Warrington verdient einen Drink«, sagt Mopar.

»Scheiß auf Warrington. Hat er dir erzählt, dass er seine Schwester auch erschossen hat? In den Bauch?«

Mopar könnte jetzt wirklich einen Drink gebrauchen. »Nein.« Er zündet sich die Zigarette an und wirft Howard den Tabakbeutel zurück.

Howard fängt ihn und lässt ihn auf den Couchtisch fallen. »Das war noch nicht der schlimmste Teil der Story.«

Eine Flasche kaltes Bier. Coors. Alles, was dem Anstaltstabak den Jodgeschmack nehmen könnte. »Natürlich nicht.«

»Willst du den Rest hören?«

»Nein.« Es gibt nichts Besseres als ein kaltes Coors und eine Zigarette. Und nichts Schlimmeres als ein warmes Coors. Wenn man es in der Sonne lässt, schmeckt es wie verfaulte Banane. »Ja.«

»Sie ist schwanger gewesen.« Howards kleine schwarze Augen tanzen hinter dem Brillenglas. »Das haben sie festgestellt, als sie aufgeschnitten wurde. Und es war nicht von dem Farmer.«

Ich könnte jetzt eine Flasche direkt von der Herdplatte trinken, denkt Mopar. Er stößt etwas Rauch durch seine Nase aus.

»Es war von Warrington«, sagt Howard. »Es ist von ihm gewesen.«

»Wo hast du das gehört?«

»Weil der Richter mit ihm Mitleid hatte, hat er nicht die Todesstrafe bekommen. Und das hier wird dich fertigmachen. Er hat ihn bedauert, weil Warrington bei der Sache einen Sohn verloren hat. So hat es der Richter gesagt. Wenn dich das nicht zum Lachen bringt, weiß ich nicht, wie ich dir helfen soll.«

»Sie sind nie verliebt gewesen.« Murray steht in seinem braunen Anzug in der Tür, beäugt sie verärgert durch seine Brille. »Das ist Ihr Problem.«

»Oh, halt die Klappe, Murray«, sagt Alice. Sie kommt mit einem Tablett durch die Küchentür. Zwei dampfende Schüsseln darauf. »Ihr Jungs seht hungrig aus«, sagt sie fast herzig. »Wir haben euch ein paar Bohnen gemacht und Hot Dogs.«

»Bohnen und Babyschwänze«, sagt Howard. »In Vietnam, im Gefängnis, und jetzt hier. Es sind immer Bohnen und Babyschwänze.«

»Es ist Essen. Wenn Ihr den Bauch voll habt, zieht Ihr vielleicht weiter.«

Howard deutet mit seinem .22er Gewehr auf die Schüssel. »Nimm einen Bissen, Murray.«

»Das ist nicht für ihn.« Sie klingt leicht angesäuert.

»Sicher«, sagt Howard. »Ich wette, es ist zu drei Vierteln Rattengift. Los, Murray, Einen schönen, großen Bissen. Zier dich nicht. Diese .22er schießt dich genauso tot wie eine 45er, wenn ich dich an der richtigen Stelle treffe.«

Murray nimmt einen Löffel vom Tablett und holt sich eine kleine Kostprobe aus einer der Schüsseln. Er schneidet ein Gesicht wegen des Geschmacks, aber er stirbt nicht. »Bohnen«, sagt er.

»Und jetzt die andere Schüssel«, sagt Howard.

Murray löffelt aus der anderen Schüssel. Immer noch stirbt er nicht.

»Gut.« Howard lockert seine Hand am Gewehr. »Bring es hier rüber.«

Alice trägt das Tablett zu ihm. Als sie direkt vor ihm ist, lehnt sie sich vor, als ob sie ihm eine Schüssel servieren will.

Aber das tut sie nicht.

Sie kippt das Tablett hoch und wirft Howard die beiden Schüsseln ins Gesicht. Blitzschnell zückt sie einen Hammer aus ihrer Schürze, schwingt ihn in einem eleganten Bogen und dellt Howards Schädel wie Sperrholz ein. Aus dem Krater in Howards Kopf quillt Blut, er versucht, seine Hände dazwischen zu bekommen, bevor sie den Hammer wieder schwingt, schafft es aber nicht. Der zweite Schlag versenkt den Hammerkopf, sie muss ihn mit einem Ruck herausreißen.

Howards Gesicht gefriert, die Hände fallen ihm in den Schoß, von seinem Kinn tropfen Bohnen und Blut, die Brille hängt nur noch mit einem Bügel am Ohr. Er scheint zu schrumpfen, entleert sich zur Größe eines normalen Mannes. Was immer er war, jetzt ist es verschwunden.

»Nicht bewegen«, sagt Murray zu Mopar. Er hat sich das Gewehr geschnappt und richtet es auf ihn.

Mopar stellt überrascht fest, dass er seine Zigarette fallengelassen hat und seine Schrotflinte auf Murray richtet. Das Zimmer verschwimmt in seinem Blick, der Geruch von Blut und Bohnen geht mitten durch seinen Kopf. Alles ist wieder rot. »Lass es fallen.«

»Wenn du es fallen lässt, knöpf ich dich mir vor, Murray«, sagt Alice. Sie blinzelt zu Mopar, wischt den blutigen Hammer an ihrer Schürze ab. »Ich kenne dich«, sagt sie.

»Sie kennen mich nicht.«

»Oh doch. Du bist der Junge, der Deputy Rose umgebracht hat.«

»Was wissen Sie davon?«

»Ich weiß, dass Deputy Rose immer auf der Suche nach Frauen war, die alleine im Dunkeln unterwegs waren. Und ich weiß auch, was er mit ihnen gemacht hat.«

»Ja und? Darüber weiß ich nichts.«

»Nimm deine Schrotflinte runter und lass uns dich an Direktor Jugg übergeben. Wir erzählen ihm, dass du geholfen hast, den Nigger zu töten. Er hat etwas Schlimmeres vorgehabt, als mich Bohnen für ihn kochen zu lassen. Das weiß ich genau. Du wirst ein Held sein.«

»Das wird nicht passieren«, sagt Mopar.

»Dann musst du abhauen«, sagt Alice. Ihre Schürze ist voller Blut, Spritzer von Schädel und Gehirn kleben daran. »Und du musst weit rennen. Wenn du hierher zurückkommst, mache ich mit dir das Gleiche wie mit dem Nigger.«

21
– Der Fährtenleser –

Jim stapft die Stufen zu der kleinen Hütte hoch. Das Licht ist an, und schon von der Terrasse aus kann er Juggs Stimme im Radio hören. Er steht da und atmet durch den Mund. Kann den Geruch von Bellinghams Blut riechen, schmeckt es in der Luft. Er will nicht in die Hütte hineingehen.

Er und Calvin hatten Inspektor Bowman in den Truck geholfen und ihm einen Öllappen gegeben, den er sich an den Kopf pressen konnte. Dann hatten sie Bellingham auf die Bank neben ihm verfrachtet, wo er versuchte, seine aufgerissene Wange zusammenzuhalten.

Dann verfolgte Calvin die Spuren im Schnee. »Verkrüppelter Jesus Christus«, sagte er. »Jim, ich muss sie ins Krankenhaus fahren. Was zur Hölle soll ich Direktor Jugg über Bowman erzählen?«

»Mir ist egal, was du ihm sagst.«, antwortete Jim.

»Nun, er wird mit dir reden wollen.«

»Scheiße in der einen Hand und Wünsche in der anderen, schau mal, welche früher voll ist. Das hat mir der Alte immer gesagt.«

»Jesus, Jim. Es wird mein Arsch sein, der dran glauben muss, wenn ich dich nicht dabeihabe.«

Bellingham stöhnte. Er lehnte mit der Stirn gegen das Armaturenbrett, hat seine Hand an die Wange gepresst. Blut lief ihm durch die Finger.

Jim drehte all dem den Rücken zu und ging Richtung Highway. Der Wind röhrte, große Schneeklumpen fielen von den Bäumen. Das Dach der Welt war am Zusammenbrechen.

Immer noch war er meilenweit von Zuhause entfernt, als eine Wagenladung von Gefängniswärtern ihn aufpickte, und den Rest des Weges mitnahm, nicht ohne ihm Vorwürfe zu machen, wie dämlich es sei, mitten in einem Schneesturm und während eines Gefängnisausbruchs herumzulaufen. Aber sogar das war in Ordnung. Weil genau dann Zuhause richtig gut klang.

Jetzt, wo er Juggs Stimme im Radio hört und weiß, dass alle um ihn herumsitzen und zuhören, ist er sich nicht mehr so sicher.

Aber sich unsicher zu fühlen, das ist er gewohnt.

• • •

Als Jim die Tür aufmacht, drehen sich alle zu ihm um. Ruby sitzt in einem der schäbigen Lehnstühle, Judith und Wayne, ihre beiden Kinder, sitzen auf dem Sofa und spielen Dame.

»Hallo Jim«, sagt Rubys Vater aus dem anderen Lehnstuhl, dem, den sie sich von der örtlichen Müllhalde geholt haben.

Jim zieht seine Uniformmütze ab und stopft sie in die Tasche. Ihm fällt auf, wie ihn alles in diesem Haus müde macht. Jedes Möbelstück wurde da gefunden, wo jemand es weggeworfen hat. Sogar der Weihnachtsbaum sackt müde unter dem Gewicht der angemalten Tannenzapfen und Cranberry-Ketten zusammen. So ist es eben. Alles von Jims eigenen Möbeln, die, mit denen er auf der Farm aufgewachsen ist, ist von der Bank versteigert worden. Es gibt nicht ein einziges Möbelstück, dessen er nicht überdrüssig ist.

Bis Judith von der Couch springt und ihn von der Seite um die Hüfte packt.

Judith.

Sie ist etwas, was Jim nie für möglich gehalten hätte. Wenn er sich ein anderes Leben wünscht als das, das er führt, ist es Judith, die ihn wieder ins Jetzt zurückholt.

»In Ordnung«, sagt Jim. Er legt seine Hand auf ihren blonden Kopf. Er hat übergroße Finger, aber sie stört das nicht, im Unterschied zu ihm. »Warum weinst du?« Er hebt sie hoch, geht zum Radio und dreht so lange am Lautstärkeknopf, bis es aus ist. »Nun.«

»Sie weint, weil du nicht nach Hause gekommen bist.« Ruby schiebt sich die Brille auf die Nase. Ihr Gesicht hat Kummerfalten, es sagt etwas über die Art Leben aus, das sie führt. Jim hat die Narben auf ihrem Rücken gesehen, die, über die sie nie spricht. Sie sehen aus, als ob jemand einen metallenen Kleiderbügel auf dem Herd heißt gemacht und damit überall auf ihr gezeichnet hat. »Du bist eine halbe Nacht über deiner Schicht.«

»Es hat einen Gefängnisausbruch gegeben«, sagt Jim.

»Du hättest anrufen können.«

»Ich bin auf der Straße vom stellvertretenden Direktor Bellingham aufgesammelt worden. Wir waren nirgendwo, wo es ein Telefon gegeben hätte.«

»Mami hat gesagt, du bist vielleicht tot.« Judiths Kinn wabbelt. Sie vergräbt ihr Gesicht an seinem Hals und zuckt zurück, als sie die nasse Kälte seines Mantelkragens spürt.

»Die können mich nicht umbringen«, sagt Jim.

»Wer würde das auch wollen?«, ergänzt Wayne.

Wayne sagt immer solche Sachen. Jim stellt sich manchmal gerne vor, was der Alte mit einem Teenager gemacht hätte, der so redet wie Wayne. Aber dann denkt Jim darüber nach, was der Alte mit ihm selbst machen würde, dafür dass er einen Jungen so zu sich reden lässt. Und dann hört Jim wieder auf mit dem Grübeln.

»Lass ihn in Ruhe, Judith«, sagt Ruby. Sie zieht das kleine Mädchen aus Jims Armen und setzt sie ab. »Du bist mit Bellingham unterwegs gewesen? Wir haben gehört, was mit ihm passiert ist. Das hättest du sein können.«

»Ich doch nicht«, sagt Jim. »Ich hab nur dabeigestanden.«

»Und hast getan, was du am besten kannst«, sagt Wayne.

»Vermutlich«, sagt Jim.

»Wir haben unsere Schrotflinten bereit gehabt«, sagt Rubys Vater. »Obwohl, Munition dafür haben wir keine gefunden.« Er murmelt aus dem Mundwinkel. Er ist geschrumpft, seit er bei ihnen eingezogen ist.

»Sie ist unter meinem Bett«, sagt Jim. Er greift nach Judith und streichelt ihr noch einmal übers Haar. Er will sie wieder hochnehmen, aber er weiß, was auf Rubys Gesicht passiert, wenn er es tut. Es passiert jedes Mal. »Du gehst in dein Zimmer. Ich komme dann und sage dir Gute Nacht.«

»Du hast schon genug getan«, sagt Wayne. »Ich bring sie ins Bett. Und hole die Patronen.« Er führt seine Schwester den Flur entlang zu ihrem Zimmer. Die zwei Schlafzimmer sind in der Mitte, das Wohnzimmer auf der einen und die Küche auf der anderen Seite. Rubys Vater schläft auf dem Sofa. Das Sofa, das sie in der Stadt an einer Straße gefunden haben.

»Nicht ein einziges Telefon?«, fragt Ruby, sobald Wayne seine Schwester in ihr Zimmer gebracht hat.

»Gibt es hier keine Limo?«, sagt Jim zu Rubys Vater.

»Ich hol dir eine Flasche«, sagt Rubys Vater.

Und dann klopft es an der Tür,

Ruby schiebt sich so ruckartig die Brille hoch, dass sie ihr schief auf der Nase sitzt.

Jim öffnet die Tür.

Zwei Wärter. Einen hat er noch nie gesehen, der andere aber ist Dickie Carr. Jim war mit ihm auf der Schule. Er ist die Art Rüpel, die einem Hundescheiße auf das Pult schmieren, seitdem hat er sich nicht sonderlich gebessert. Nach Jims Erfahrung tut das eh niemand.

»Direktor Jugg will dich sehen.« Dickies Stimme klingt, wie wenn ein kleiner Hund bellt. Er hat teigige braune Augen, die zu dicht zusammenliegen.

»Ich komme morgen für meine Schicht herein«, sagt Jim.

Dickies behämmertes Gesicht verbiegt sich noch mehr. »Es soll heißen: Jetzt.«

»Gibt es ein Problem?«, fragt Jim.

»Oh ja. Wie kommt es, dass du Bellingham allein gelassen hast?«

»Da war nichts, was ich für ihn hätte tun können.«

»Nun. Deshalb will Jugg dich sehen. Er ist auch nicht glücklich. Er sagt, einer von ihnen sei in den Wald abgehauen, und anstatt hinter ihm her zu sein, hast du dich dafür entschieden, aufzugeben und dich auf deinen Hintern zu setzen.«

Jim zieht Dickie die Tür vor der Nase zu. Er hatte es nicht richtig vor, aber es ist passiert.

»Hier ist die Limo«, sagt Rubys Vater und gibt Jim eine Flasche Royal Crown Cola. Er hat sie in der Küche aufgemacht und es geschafft, auf dem Weg hier herein nicht mehr als ein Drittel zu verschütten. Obwohl er ein wenig seine Balance verloren und beinahe den Weihnachtsbaum umgestoßen hat.

Jim trinkt aus der Flasche, starrt auf die Tür und wartet.

Sie geht auf.

Jim setzt die Flasche ab. Jetzt stürmt alles auf ihn ein.

»So wie Jugg uns das gesagt hat, hast du keine Wahl«, sagt Dickie. »Du kommst mit uns mit.«

Jim schaut Dickie direkt in seine verkorksten kleinen Augen. »Wie geht's Bowman?« Alles. Die ganze verdammte Stadt.

»Bowman ist okay«, sagt Dickie. Seine Augen verdrehen sich auf eine andere Art, er wirkt konfus. »Ist einer Kugel aus dem Weg gehüpft und hat seinen Kopf an einen Felsen geschlagen, aber er wird es überstehen.«

»Das hat er dir so gesagt?«

»Wenn du keine Lust hast, soll es mir auch recht sein«, sagt Dickie. »Ich tret dir in den Arsch und schleif dich rein, und dann wird Jugg dich ganz sicher feuern.«

Ruby zieht den Atem ein, als ob sie ohnmächtig würde. Jim vermutet, der Auslöser dafür ist das mit dem Arschtritt gewesen. »Hat Jugg gesagt, dass ich gefeuert bin?«

»Wenn du nicht mitkommst. Und wenn du die Wahrheit wissen willst, hoffe ich, dass du nicht willst. Das wäre das Schönste, was mir seit Jahren passiert.«

»Besser als damals, als deine Frau abgehauen ist?«, lallt Rubys Vater.

Dickie presst die Lippen so fest zusammen, dass sie weiß werden.

»Hat er nicht nur ein Ohr gehabt? Ein kleiner Kümmerling von Mann? Ein Einpacker im Supermarkt?«

»Du schwingst deinen Arsch besser in unser Auto«, sagt Dickie zu Jim. »Direktor Jugg ist es egal, in welchem Zustand ich dich anliefere.«

»Er hatte irgendeine Hautkrankheit, oder?«, ergänzt Rubys Vater.

Dickie hat den Schlagstock draußen. Aber da ist auch die .45er, die Bellingham Jim gegeben hat. Sie ist einfach in Jims Hand aufgetaucht und zeigt auf Dickies Bauch.

»Immer mit der Ruhe«, sagt Dickie. Der Schlagstock senkt sich. Er leckt sich die Lippen. »Immer mit der Ruhe.«

Jim dreht die .45er in seiner Hand und hält sie Dickie hin. »Ich denke, die will Bellingham zurückhaben.«

Dickie greift die Waffe. »Will er.«

Und dann holt er mit dem Schlagstock aus und zieht ihn Jim über den Kopf.

Zwischen Jims Ohren zerrt etwas und reißt.

22
– Die Geächtete –

Dayton sitzt in ihrem Truck oberhalb des Chilblain Canyons, in den Bergen über der Stadt, hat neben dem Highway geparkt und schaut auf ein vom Schnee halb getarntes und verformtes kleines Haus auf einer Wiese. Als würde er durch ein monströs großes Sieb gerüttelt, fällt der Schnee darauf. In einem Fenster brennt Licht, wie ein sich trübender Stern, der nur wenige Momente davon entfernt ist, ganz ausgelöscht zu werden.

Dayton sitzt schon mindestens zehn Minuten hier draußen, sie hockt in ihrem Truck und schiebt es auf, an die Tür zu gehen und zu klopfen. Heilige Scheiße, Mopar kann da nicht sein.

Aber natürlich könnte er.

Dayton stößt die Trucktür auf und springt in den Schnee. Aber sie geht nicht zur Tür, um anzuklopfen. Stattdessen läuft sie quer über die Wiese, sinkt bis zum Schienbein in den Schnee. Sie erreicht das Haus und schlängelt sich zum Fenster mit dem Licht.

Sie zählt auf drei und hebt den Kopf, bis sie ins Fenster schauen kann.

Die Frau dort drin sieht aus wie eine halb ausgedrückte Zigarette. Ihr einst blondes Haar ist verblichen wie Stroh in der Sonne und sie sitzt in einem Morgenmantel am Küchentisch, der so schmutzig und ramponiert ist, dass man ihn nicht mit dem Abfall verbrennen würde, weil man die Dämpfe fürchtet. Sie starrt auf eine leere Wand, hat eine Kaffeetasse in der Hand. Auch wenn sie trinkt, weicht ihr Blick nie von der Wand. Sie sieht aus, als habe man sie vor Jahren dort hingesetzt, und noch habe es keinen guten Grund gegeben, sie von dort wegzulassen.

Dayton wird klar, dass sie Molly schon lange nicht mehr gesehen hat. Und auch sonst niemand aus der Stadt. Dayton kann sich nicht erinnern, dass sie seit dem letzten Baby überhaupt das Haus verlassen hat. Das, das beinahe überlebt hat. Wenn sie Lebensmittel brauchen oder man sich um etwas kümmern muss, ist es ihr Ehemann Peter Perkins, der sich auf den Weg macht.

Dayton späht wieder.

Beim zweiten Mal ist es sogar noch schlimmer. Ein solcher Anblick kann einen, wenn man nicht aufpasst, dazu bringen, sich mit einer großläufigen Schrotflinte ins Herz zu schießen. Stell dir vor, so zu leben. Stell dir vor, in diesem Kopf zu sein. Da kann man genauso gut in einem Schlangennest wohnen.

Aber es kommt nur auf das einzige Ding an, dessen Dayton sich sicher ist.

Molly ist dort drin alleine.

• • •

Dayton fährt zurück in die Stadt, überdenkt noch mal alles. Mopar ist weder auf dem Schrottplatz noch bei Molly. Ihr fällt kein anderer Ort ein, aber sie muss weitersuchen. In ihrem Kopf geht sie zu Schmidt zurück, der sie fragt, was sie getan hätte, wenn Mopar tatsächlich beim Schrottplatz gewesen wäre. Und dann zu dem, was sie hier mit Ausbrechern machen, sogar mit denen, die sie lebend kriegen.

Die Häuser in der Stadt sind Geister ihrer selbst im Schwarz und Grau, sind Fragmente im Schnee. Maschendrahtzäune, ungleichmäßige Gärten, Hühnerställe. Sie driftet aus der Stadt und kommt an Holzstapeln vorbei, der langgestreckte dämmerige Schatten des Sägewerks folgt.

Und dann bringt sie den Truck mitten auf der Straße zum Halten.

Was sie mit Ausbrechern machen.

Eine Böe trifft den Truck auf der Breitseite, rüttelt ihn durch. Sie denkt an Mopar und an sich selbst und an die vielen Möglichkeiten des Scheiterns.

Es ist ein Gefühl, das die Stadt in einem hochbringt. Die Stadt legt ihr die Nerven blank, lässt sie jedes Mal hochschrecken, wenn jemand ihren Namen sagt. Wenn sie in einem Laden ist, versucht sie am Fenster zu stehen, damit sie die Berge sehen kann.

Sie putzt sich die Nase mit dem Taschentuch und stopft es wieder in die Tasche, dann schaltet sie in den Rückwärtsgang, wendet und fährt nach Hause.

Fragt sich, ob es ihr in allen Städten so geht. Oder nur hier.

• • •

Als sie auf dem Feldweg über die Anhöhe kommt und es hinunter zu ihrer Wiese und ihrer Blockhütte geht, erahnt sie durch das Schneetreiben einen Rauchkringel. Sie reckt ihren Kopf über das Steuerrad und starrt durch das Gestöber.

Es sind Auspuffdämpfe. Die verschwommene Form eines Wagens vor ihrer Hütte.

Sie ist schon so müde. Die Ellbogen tun ihr weh, und ihr Kopf fühlt sich wie mit Helium gefüllt an. Sie bremst den Truck ab, findet in der Jackentasche ihr Taschentuch wieder und putzt sich die Nase, während sie den Wagen beäugt. Dann nimmt sie den Fuß von der Bremse und rollt aus.

Ein schwarzer Mustang Fastback. Dayton parkt dahinter, aber blockiert ihn nicht. Sie weiß, wer das ist. Er kann einfach um die Blockhütte herumfahren.

Sparrow entsteigt dem Wagen. Er hat Zottelhaare, eine lederne Motorradjacke und sein linkes Auge fehlt, die Höhle pockennarbig und verschrammt, als hätte man es mit einer Spitzhacke herausgerissen. Der Rest seines Gesichts sieht noch schlimmer aus.

Er geht nicht auf sie zu, sondern weicht in die Auspuffwolken zurück, die sich wie Ranken um seine Motorradstiefel winden. »Seit zwei Stunden warte ich auf dich.« Er schreit, um sich im Schnee Gehör zu verschaffen, und das Echo kommt aus dem Canyon. »Zwei verfickte Stunden.«

»Ich kann mich nicht erinnern, darüber informiert worden zu sein, dass du kommst.« Sie lässt die Tür ihres Trucks offen und steht daneben, von hinten fährt ihr der kalte Wind durchs Haar. »Ich kann mich nicht erinnern, dass dich jemand zu mir hier hochgebeten hat.«

»Du bittest mich um nichts. Aber du bist besser zuhause, wenn ich etwas brauche. Das ist das Arrangement. Wenn du ein verdammtes Telefon hättest, wäre das alles kein Problem.«

»Wir machen Termine. Das ist das Arrangement.«

Sparrow klopft die Taschen seiner Motorradjacke ab und schaut zur Seite, in den Vorhang aus Schnee, dahin, wo die Wiese ist. »Ich brauch alles, was du hast.«

Sie drückt ihre Nase ans Handgelenk. »Ich hab es nicht gewogen oder eingetütet.«

»Ich hab die ganze Nacht Zeit.« Sparrow sieht immer noch in Richtung Wiese. Sein Profil könnte von einer Ratte aus Karton gebissen worden sein.

»Nicht heute Nacht. Heute Nacht ist nicht gut.«

Sparrow dreht sich ihr zu, verpasst ihr den vollen Anblick der verstümmelten Augenhöhle. Man merkt, dass es ein Trick ist, den er perfektioniert hat. Verstecken und zeigen. Wenn sie etwas über diese Biker gelernt hat, dann das, dass ihre Eitelkeit nur noch von ihrem Selbstmitleid übertroffen wird. »Halt dich trotzdem dran.«

»Das kann ich nicht.« Sie zieht das Taschentuch heraus und schnäuzt. »Komm nächste Woche wieder. Nächste Woche habe ich alles für dich fertig.«

»Du hörst mir nicht zu.«

Sie nickt zur Wiese, wo er hingeschaut hat, der Schnee bläst jetzt in Wellen. »Siehst du das? Bis wir fertig sind, bist du hier eingeschneit. Vielleicht tagelang.«

»Daran habe ich gedacht. Ich hab alles dabei für einen Tag oder zwei.« Sein Lächeln zieht die Augenhöhle zusammen, macht sie zu einer Linie. »Hast du je den Witz gehört über den alten Knaben, der aufs Land gezogen ist?«

Sie legt die Unterarme auf die Autotür und wartet. Sie ahnt, in welche Richtung sich das Ganze entwickelt.

»Er kam von Denver hoch oder so was. Als er am ersten Tag in seiner Hütte ist, kommt sein Nachbar vorbei und sagt: ›Hey Mann, ich gebe dir eine Willkommensparty. Heute Abend kommst du vorbei. Da wird getrunken, gekämpft, gevögelt. Mann, da wird's Haare an den Wänden geben. Alles, was du willst.‹ Und der alte Knabe aus der Stadt sagt: ›Das klingt ziemlich gut. Wer kommt denn alles?‹ Und der Nachbar antwortet: ›Nur du und ich.‹«

Dayton hat die .30-30 von hinter dem Sitz geholt. Sie lädt eine Kugel in die Kammer. »Runter von meiner Farm.«

Sein Lächeln flattert nicht, aber die Augenhöhle flackert auf. Es blitzt, als ob dort ganz hinten doch ein Augapfel sitzt und sie wie ein Tier aus einer Baumhöhle anstarrt. »Morgen kannst du jede Art von Fotze sein, die du willst. Aber heute Nacht brauch ich das Gras.«

»Du kannst nächste Woche wiederkommen.« Sie legt den Gewehrlauf auf den Türrahmen, richtet den Lauf mitten auf seine Brust. »Dann habe ich alles für dich fertig.«

»Ethan hätte so einen Scheiß nicht gemacht.«

»Ich bin nicht Ethan.«

»Ich bin der, der allen gesagt hat, dass wir mit dir weiterarbeiten sollen.«

»Und dafür danke ich dir. Aber jetzt runter von meiner Farm, verdammt.«

»Das ist es, warum niemand mit Frauen arbeiten will. Fotzenmist wie der hier.«

Sie sieht ihm nach, wie er aus ihrer Auffahrt fährt und dann bis zum Feldweg hinunter, wie sein Mustang schlittert und beinahe in einen Graben rutscht. Als sie ihn nicht mehr sehen kann, atmet sie aus, streift sich das Gewehr über die Schulter und sperrt ihre Haustür auf.

Als es Ethan am schlimmsten ging, hatte sie immer einen Rucksack fertig, der mit allem gefüllt war, was sie für ein paar Tage brauchte. Sie holt ihn aus der Zedernholzkiste im Schlafzimmer und wirft ihn sich auf den Rücken. Sie sperrt die Blockhütte hinter sich ab und geht den Pfad hinauf, am niedergebrannten alten Haus vorbei und am neuen, das sie daneben gebaut hat, zur kleinen Scheune.

Drinnen zieht sie eine lose Diele beiseite und holt mehrere Beutel mit Marihuana heraus, stopft sie über ihre Vorräte in den Rucksack.

Das ist überall Währung. Die einzige Art Währung, denkt sie, mit der Mopar etwas anfangen kann.

23
– Die Zeitungsleute –

Garrett sitzt wieder am Steuer von Stanleys Wagen. Sie stecken in einem Schneetreiben, in dem man keine eineinhalb Meter weit sieht. Die beiden Wärter Johnson und Grace, sitzen hinten, haben ihre Winchester-Gewehre zwischen den Beinen.

Soweit Stanley das erkennen kann, müssten sie eigentlich gleich in der Stadt sein. Hier und dort leuchtet der dünne blaue Lichtkegel einer Straßenlampe auf, vielleicht ist da ein Ziegelbau mit Holzfront. Aber sie fahren schon eine ganze Weile herum, und wer zum Teufel kann sich da sicher sein? Dann sieht Stanley ein gelbes Blinklicht. Die eine Ampel. Und, tatsächlich, ein Café, das blaue und rote Pepsi-Licht drinnen ist gerade noch zu erahnen. Innenstadt.

Johnson tippt Stanley von hinten auf die Schulter. »Wenn du darüber schreibst, nenn mich nicht Johnson«, sagt er.

Stanley dreht sich um, damit er ihn sehen kann. Johnsons Nase ist die imponierendste gebrochene Nase, die er je gesehen hat. Sie ist geschwollen und asymmetrisch, oben mit Narbengewebe, und unten tropft es wie von einem Baumblatt im Regen. »Wie soll ich dich dann nennen?«

»Du kannst mich Shitkick nennen. Das ist mein Name. Johnson, so hat mein Daddy geheißen«, sagt er. »Wenn Du mich Johnson nennst, fick ich dich mit meinem Armeemesser ins Ohr.«

»Dann wird es Shitkick sein«, sagt Stanley. Und er meint es so. Wie lange auch immer Shitkick zurück ist aus dem Krieg, ist nicht lang genug. Stanley steckt sich eine Lucky Strike in den Mund, schüttelt eine los und reicht die Packung nach hinten. Shitkick winkt ab.

»Wohin soll ich denn?«, fragt Garrett. Sein langer Hals ist so weit nach vorn gereckt, dass er mit dem Gesicht beinahe gegen die Windschutzscheibe stößt. »Hurensohn.«

»Du bist der Fahrer«, sagt Shitkick. »Ich hätte gedacht, sogar Hippies wissen, wie man Auto fährt.«

»Ich weiß, wie man fährt«, sagt Garrett. »Ich frage nur, wohin ich fahren soll.«

»Sogar Hippies aus Denver.«

»Ich war auch da, wo du warst«, sagt Garrett.

»Du bist noch nicht einmal in der Nähe von dem gewesen, wo ich gewesen bin«, sagt Shitkick. »Dafür hätte ich gesorgt.«

»Genau am gleichen Ort«, sagt Garrett. »Alles, was ich frage, ist, wohin ich fahren soll. Ich kenne mich in der Stadt nicht aus.«

»Die Knastis auch nicht. Wir finden sie, wie sie durch die Straßen irren.« Shitkick gähnt in seine Faust. »Dumme Ärsche. Wenn ich einen sehe, schieße ich ihm in den Hals, damit ich aus dieser Scheiße rauskomme.«

»Ich würd mir keinen Kopf machen, ob wir sie sehen«, sagt Grace. Er hat die Art Gesicht, die einen wünschen lässt, die Ecke wäre etwas dunkler, in der man selber sitzt. Es ist ein wunderschönes Gesicht mit den hohen Wangenknochen eines Models. Wie das Blatt einer exotischen Blume, die man sich an einem Lagerfeuer beim Haschrauchen vorstellt. Es ist beschämend. »Ich würd meinen Pimmel nicht einmal mit einem zusätzlichen Paar Hände finden«, sagt er.

Shitkick kichert.

Das Gesicht von Grace verfinstert sich. Soweit so ein Gesicht das kann. »Halt die verdammte Klappe.«

Stanley stößt Rauch aus. »Hat einer von euch was zum Trinken dabei?«, fragt er,

»Wir haben was«, sagt Grace.

»Was denn?«, fragt Stanley.

»Nichts.« Shitkick sieht Grace scharf an, dann leuchtet sein Gesicht auf. Soweit ein Gesicht wie seines aufleuchten kann. »Aber der Yard ist direkt hier vorn.«

»Die werden nicht offen haben«, sagt Grace. »Nicht nach der Sirene.«

»Barnes ist da drin. Er wird uns was geben«, sagt Shitkick. »Fahr hier irgendwo rechts ran«, sagt er zu Garrett.

»Wo zur Hölle ist rechts ran?«, fragt Garrett. »Wo siehst du einen verdammten Bordstein?«

»Rutsch einfach seitlich, bis du irgendwo anstößt«, sagt Shitkick. »Verfickter Hippie.«

»Demolier mein Auto, und es wird deine letzte Geschichte sein«, sagt Stanley zu Garrett.

»Wie kommst du darauf, dass uns Barnes reinlässt?«, sagt Grace zu Shitkick.

»Barnes ist ein verfickter Junkie«, sagt Shitkick. »Er ist am Durchdrehen da drin. Und wenn es etwas gibt, was Junkies gerne tun, wenn sie durchdrehen, dann ist es, über ihr miserables Junkieleben zu reden. Wie sie im Krieg den Arm verloren haben. Oder wie ihr Schwanz ihren Frauen nicht dick genug ist.«

Dieses Mal wird das Gesicht von Grace nicht nur finsterer, es wird hässlich. Soweit ein Gesicht bei so einem Mann hässlich werden kann. Shitkick kichert wieder dieses Kichern. Beinahe macht Stanley mit, aber es gibt fast nichts, was ihn dazu bringen könnte, sich einer Frau anzuschließen, die einen Mann verhöhnt. Sogar wenn es aus zweiter Hand und hypothetisch ist.

Der Wagen schlittert gegen den Bordstein. »Hab ihn.« Garrett macht den Motor aus.

»Guter Hippie.« Shitkick stößt die Tür auf und hastet den Bürgersteig lang, seine .30-30er über der Schulter und Grace im Gefolge. Über ihrem Gefängnisblau tragen sie lange graue Regenmäntel, haben die Schildmützen tief über ihre Stoppelköpfe gezogen.

Stanley schnippt die Zigarette auf den Gehweg und schnürt Shitkick hinterher, um ihn nicht zu verlieren. Der steht an einer der Türen und klopft. Die Reklame der Bar ist völlig vom Schnee verdeckt.

»Wer ist da?«, lallt eine Männerstimme hinter der Tür.

»Ich bin's, Shitkick. Mach die verdammte Tür auf.«

»Wir haben zu. Hast du die Sirene nicht gehört?«

»Ich brauch eine Pulle. Gib sie einfach raus.«

»Wir haben zu.«

»Verdammt, Barnes. Ich hab zwei Reporter hier draußen, und mindestens einer ist eine Schwuchtel. Wenn ich denen nichts einflößen kann, bläst es sie einfach weg.«

»Ich bin angewiesen, nichts mehr zu verkaufen, wenn die Sirene geht«, sagt Barnes.

»Ich hab das Geld passend. Da ist auch was für dich dabei.«

»In Ordnung. Moment.« Drinnen bewegt sich etwas. Shitkick reibt seine Hände aneinander und bläst hinein. Die Tür geht einen Spaltbreit auf, und zitternde Hände halten eine Flasche Evan Williams-Whiskey heraus. Shitkick greift die Flasche und drückt dem Mann einen Geldschein in die Hand. Die Tür geht zu.

»Na, bitte.« Shitkick öffnet die Flasche und nimmt einen Schluck, bevor er sie weitergibt. »Besser als nichts.«

Als Stanley dran ist, lässt er sich Zeit mit der Flasche. Dann blinzelt er die Straße hinunter in den Schnee. »Was zur Hölle ist das?« Er senkt die Flasche. »Kommt da jemand?« Er starrt angestrengt. Und tatsächlich, da wird der Umriss eines Mannes deutlich.

Dann bellt Shitkicks Flinte. Und dann die von Grace. In einem Trommelfeuer entladen sie ihre Waffen, feuern wie im Fieber.

Dann hören sie auf.

»Ich glaube, wir haben ihn«, sagt Grace.

Stanley läuft dort hin, wo er die Silhouette gesehen hat. Dann hält er an. Dreht sich um.

»Vielleicht willst du einen Moment warten«, sagt Shitkick. »Da können noch mehr sein.« Er ist dabei, Patronen aus seiner Manteltasche zu holen und sie in den Magazinschacht zu schieben.

»Wie hast du verdammt noch mal gewusst, dass das ein Häftling war?«, fragt Garrett. Er hat schon seine Kamera draußen.

»Jeder heute draußen ist ein Knasti«, sagt Shitkick.

»Und noch nie hat jemand die Sirene ignoriert? Ist spazieren gegangen? In dieser Stadt gibt es keine Gehörlosen?«

»Sobald die Sirene geht, ist das Indianerland.« Shitkick lädt eine weitere Patrone in die Kammer. »Wo schnell noch mal bist du im Krieg gewesen?«

Garretts Gesicht rötet sich, aber nicht der Kälte wegen. »Du hättest ihn ansprechen können? Ihm sagen, dass er aufgeben soll?«

Stanley legt ihm beruhigend die Hand auf die Schulter.

Garrett schüttelt sie ab. »Er hat keine Chance gehabt.«

»Ich würd es wieder so machen«, sagt Shitkick.

»Hätten wir ihn angesprochen, hätte er sich nur umdrehen und nur drei Schritte in den Schnee tun müssen, um zu verschwinden«, sagt Grace. Er seufzt zufrieden auf und zieht glatt, was immer in seinen Hosen glattzuziehen ist.

24
– Der Häftling –

Mopar verflucht sich selbst, nicht seine Wärterjacke und die Mütze mitgenommen zu haben, wenngleich er schnell weggemusst hatte, so wie sie dastand, den blutbespritzten Hammer in der Hand, das Gesicht verzerrt. Nichts gleicht der Gewalt, zu der sittsame Leute im Namen der Sittsamkeit im Stande sind. Für das, was einem die Wärter im Old Lonesome antun können, gibt es so etwas wie Regeln, aber hier draußen metzeln sie dich mit allem nieder, was ihnen in die Finger kommt.

Wenigstens hat er noch die Schrotflinte, auch wenn er sonst ein Idiot ist. Mopar schaut auf den Lauf hinunter und auf den an ihn mit Draht gewickelten Schaft, hasst sich noch ein Stückchen mehr.

Er muss Schutz vor dem Wind suchen, bis er eine neue Jacke hat. Aber der Wind ist überall. Kommt wie in Wellen, legt den Schnee schichtweise auf den Boden. Und auf diesem Stück hier gibt es nicht einen einzigen Baum. Nicht einmal einen gottverdammten Ast, um all das Weiß zu unterbrechen. Er würde vollends durchknallen, wenn es nicht direkt draußen im Westen die Berge gäbe. Um solche Gedanken zu haben, denkt er, muss man schon ein sehr komischer Kauz sein.

Verschiedene Hautstellen schwitzen, jucken, sterben ab. Er atmet durch den Mund. Seine Lungen rasseln, ziehen in der Brust, als ob sie sich gleich losreißen möchten. Kein Stück Himmel ist über ihm, kein einziger Stern, kein Hauch von Mond. Der Schnee wird zum Zyklon, schlägt ihm ins Gesicht, hämmert gegen seine Hände. Die Gefängnisbullen könnten direkt vor ihm sein, und er würde es nicht merken, bis ihn die Kugel trifft.

Dann geht es einen Abhang hinunter, den er nicht einmal sieht. Er taumelt gegen Weiden. Bachweiden. Krabbelt in ein Bachbett, versucht sich aufzurichten und fällt, verliert den Boden. Er schlägt auf, sein Fuß kracht ein und wird feucht.

Das war's. Du hast dir das Fußgelenk verstaucht. Jetzt kann er sich auch gleich hinsetzen und darauf warten, dass er erfriert.

Er wartet darauf, dass es wehtut. Aber da ist kein Schmerz. Und es kommt auch keiner.

Er lehnt sich vor und greift an seinen Stiefel, drückt mit dem Daumen dagegen.

Er hat sich nicht verletzt. Er ist durchs Eis gebrochen.

Und das ist nicht einmal schlecht. Er kann dem Wasser folgen. Er dreht sich zum Bach und beginnt ihm zu folgen.

Kalt, nass und elend. Natürlich muss er an Molly denken.

• • •

Molly hat nie viel über ihren Mann geredet, über Deputy Donald Rose. So wenig, dass es Mopar angepisst hat. Wenn sie zusammen waren, hat sie ihm gesagt, dass es keinen Ehemann gibt, und dass der Grund, dass sie nicht über ihn redet, der sei, dass sie ihn nicht zwischen sie kommen lassen will. Aber Mopar hat gewusst, dass es genau umgekehrt war. Dass Mopar derjenige ist, den sie jederzeit loswerden kann. Und das hat sie so beibehalten wollen.

Sie hat in diesem Haus gelebt. Ihre ganze Zukunft war an Deputy Rose gekettet. Bei einer verheirateten Frau hat man kein Recht, sich über irgendetwas zu beschweren. Man hat überhaupt keine Rechte. Man hat kein Recht auf Wahrheit, selbst wenn man die Wahrheit sagt, und man hat auch kein Anrecht darauf, sie zu hören. Wenn man am Lack kratzt, ist alles, was darunter zum Vorschein kommt, völlig verrottet. Also kratzt man besser nicht am Lack.

Und man hat auch verdammt noch mal kein Recht dazu, irgendwelche Pläne zu machen, aber Mopar hat es trotzdem versucht. Was zur Hölle hatte er denn für eine Wahl? Mit Molly in den Trailer ziehen? Das wäre er sofort, aber ihren Ehemann zu verlassen, um auf einem Schrottplatz zu leben, dazu war sie nicht bereit. Und da kam ein weiteres Recht ins Spiel, das er nicht hatte. Das Recht, sie anzubetteln, ihren Mann zu verlassen.

Wenn Mopar daran dachte, machte ihn das schlaflos. Er trank und blieb die ganze Nacht auf. Tigerte herum. Es blieb nicht aus, dass er sich sie und ihren Mann im Bett vorstellte. Und wenn nicht ihren Mann, dann einen anderen. Denn da wäre immer ein anderer. Man hat nicht einmal das Recht, sich selbst als jemand vorzustellen, auf den es ankommt. Dieses Recht hat man nicht und verdient es auch nicht.

Von der eigenen Fähigkeit, sich zu hassen, hat man keine Ahnung, ehe man sich nicht mit einer verheirateten Frau eingelassen hat. Genauso gut könnte man sein Herz in ein Plumpsklo werfen und seine Gedärme gleich oben drauf.

• • •

Der Frühling war noch jung, aber brachte bereits große Hitze mit sich. Der ganze Schrottplatz roch nach verrottetem Motorenöl und Wagenschmiere. Hob man irgendeine Motorhaube hoch, war da ein faustgroßer Klumpen Radlagerschmiere, der so schlimm stank, wie man es sich nicht vorstellen kann. In jeder dieser Schrottkarren. Und in der Hitze wurde das noch schlimmer.

Mopar hatte den Motor seines Trucks halb ausgebaut, als sie in ihrem Styline Wagen vorfuhr und vor seinem Trailer hielt. Sie stieg nicht aus, ließ nur ihr Fenster herunter und warf ihre Zigarette in den Dreck. Mopar trat sie aus und lehnte sich ins Fenster, um mit ihr zu reden. Ihr Atem war Wodka und Kotze, ihre Augen sahen aus, als hätte man sie sandgestrahlt.

Sie fing zu reden an, erzählte ihm das, was sie gerade gehört hatte. Dass es eine Party gegeben hatte.

Gefängniswärter-Ehefrauen, die Cocktails mit Betäubungsmitteln mischten. Miltinis und Guided Missiles. Und wie eine von ihnen einen Cocktail zu viel hatte und ohnmächtig auf den Rasen sank. Wie Deputy Rose dann den Anruf eines besorgten Nachbarn entgegennahm, die Frau hineintrug und aufs Sofa legte. Und es dann für besser hielt, dazubleiben und aufzupassen, dass die Ladies nicht in noch mehr Schwierigkeiten gerieten. So hatte Molly es gehört.

Mopar wartete auf die Pointe. Sie kam nicht. Aber er wusste, dass Molly es nicht fertigbringen würde, ihm den Rest zu verschweigen. Wenn sie einmal anfing zu erzählen, konnte sie nicht aufhören. Die Geschichte hatte so sehr von ihr Besitz ergriffen, dass sie keine Chance hatte, sich zu zügeln und abzubrechen.

»Das alles hat mir Loretta Parkman erzählt.« Sie redete immer noch durch das Seitenfenster. »Dass er gesagt hat, er wolle nur dafür sorgen, dass niemand von ihnen etwas passiert. Aber dann hat er angefangen, ihnen Drinks zu machen und danach erinnern sie sich an nichts mehr. An nichts, bis sie aufgewacht sind, und er weg war. Und nicht eine von ihnen hat sich gut gefühlt. Dort unten, meine ich.«

Mopar wischte sich die Hände an einem Lappen ab. Seit sie mit dem Erzählen begonnen hatte, war er dabei sie abzuwischen. Hatte die Schmiere von seinen Händen auf den Lappen gewischt, dann vom Lappen wieder auf seine Hände. Andauernd sah er sie an. Er wusste, wie unwohl sich die Leute fühlten, wenn er sie so ansah, wie er Molly jetzt gerade ansah. »Warum zur Hölle erzählst du mir das?«, fragte er.

Sie schluckte, als würde ihr zum ersten Mal bewusst, mit wem sie redete. »Eine von ihnen hat ins Krankenhaus gemusst. Sie war eingerissen. Und das nicht an der normalen Stelle.«

Um sie herum schien die Luft stillzustehen. Das Knarren der Grashüpfer verebbte in seinen Ohren. »Warum verdammt erzählst du mir das?«

»Ich hab niemand sonst, dem ich das erzählen kann.« Ihre Lippen umschlossen die Zigarette, aus ihren Augen schossen Tränen. Sie wischte sie nicht ab.

»Es gefällt dir nicht, dass dein Mann eine andere fickt, obwohl du es mit mir treibst?«

»Mopar«, sagte sie.

»Wo ist er?«

»Wer ist wo?«

»Du weißt wer.«

»Ich will das nicht«, sagte sie.

»Du kommst zu mir heraus, um mir diesen Scheiß zu erzählen. Dann ist es genau das, was du willst.«

»Mopar«, sagte sie.

Er sah sie weiter an.

»Mopar.«

Mopar hörte auf, sich die Hände abzuwischen. Ein Rabe flog langsam vorbei. Die schweren Flügel ein dumpfes Geräusch wie der Druck in seinem Kopf. Er landete auf dem Überrollbügel eines zerschrammten Cabrios. Während er an all die Rechte dachte, die ihm nicht zustanden, hielt Mopar eine lange Zeit den Öllappen in seiner Hand.

Und dann warf er ihn ihr ins Gesicht. »Steig aus dem verdammten Auto, oder ich zieh dich an den Haaren raus.«

»Mopar«, sagte sie.

Der Rabe krächzte so laut, dass Mopar einen Satz machte. Er griff durch das Seitenfenster und packte sie am Haar. Vom Haarspray war es hart wie Stroh. Er zog sie durchs Fenster. Sie schrie. »Mopar, hör auf«, und »Mopar, bitte«, und »Mopar, nicht« und allen möglichen anderen Mist. Als sie halb durchs Fenster war, ließ er sie los, sie fiel mit dem Gesicht voran in den Dreck. Ihre Hände krallten sich um ihren Kopf, schluchzend sank sie zusammen.

Mopar stieg in ihr Auto und fuhr davon. Er hätte nicht sagen können, ob er etwas dachte. Nicht während der Fahrt, die nicht sehr lang war, und auch nicht einmal, als er bei dem kleinen weißen Haus vorfuhr, in dem sie und ihr Mann wohnten.

Es kam ihm nicht in den Sinn, bis er die Autotür öffnete. Dann legte er eine Hand auf die sonnenheiße Motorhaube und kotzte sich die Seele aus dem Leib.

• • •

Mehr davon brauche ich nicht. Mopar schreckt hoch und merkt, dass beide Füße nass sind, weil er mitten im Bach läuft. Was so gottverdammt dumm ist, dass sich seine Finger um die selbstgemachte Schrotflinte krampfen, und er das Verlangen unterdrücken muss, sich den Lauf an die eigene Schläfe zu halten, diese gottverdammte Kugelspritze.

Er steigt aus dem Bach ans Ufer, dahin, wo er immer schon hätte laufen sollen.

Hör auf zu denken, du Scheißarsch. Komm runter. Gedanken sind nichts als Flügelschläge.

Wenn er am Leben bleiben will, sollte er besser aufpassen. Es wird keine zweite Chance geben, und kalte Füße können dich so schnell umhauen wie eine Kugel. Nasse Füße, müde Füße, wunde Füße.

Leck mich fett, wunde Füße. Es ist mehr als nur eine heiße Stelle hier und dort. Sie pochen überall. Die Anstaltsstiefel haben nie richtig gepasst, noch nie musste er in ihnen so weit laufen. Was er sehen wird, wenn er sie auszieht, will er sich nicht einmal vorstellen. Er bezweifelt, dass es noch Stellen ohne Blasen gibt.

Dann springt Bad News aus einem Dickicht von Bachweiden, seine 38er auf Bauchhöhe. »An die Wand, du Wichser. Das ist ein

Überfall.« Der Wind treibt ihm die Stimme aus dem Mund und wirft sie drei Meter weiter.

Bevor Mopar seine Schrotflinte hochnehmen und ihn erschießen kann, wird er von Bad News umarmt. »Oh wie schön«, sagt er. »Ich bin so verdammt glücklich, dich zu sehen.« Er küsst Mopar auf die Wangen.

Mopar schiebt ihn weg und wischt sich das Gesicht ab.

»Sei nicht so«, sagt Bad News. »Hier draußen ist es einsam. Dieser Shit ist gruselig.«

Mopar geht weiter das Bachbett entlang.

»In Ordnung, Entschuldigung, Arschloch. Du bist zu fein für mich? Fick dich und deine behaarte Fotze. Ich werd in die andere Richtung gehen.«

»Du kriegst einen Hundert-Dollar-Schein von mir, wenn du genau das tust«, sagt Mopar.

Bad News lacht. »Hast du gesehen, was ich mit der Bowman-Bitch gemacht habe?«

»Nein.«

»Ich hab sie fertiggemacht. Ich bin über diese Bitch hergefallen wie ein Nigger über eine blonde Pussy.«

»Mir egal«, sagt Mopar.

»Hab sie meinen Gürtel spüren lassen, und nicht nur das. Als ich meinen Gürtel abgezogen habe, hat Warrington gedacht, dass ich sie ficken will, aber sie hat es ins Gesicht bekommen.« Bad News macht Peitschengeräusche. »Ohne einen Kampf bekommen die mich nicht wieder zurück ins Loch.«

»Hundert Dollar«, sagt Mopar. »Wenn du jetzt sofort in die andere Richtung gehst.«

»Ich frage mich, ob Warrington nicht ein Undercover-Früchtchen ist, so wie er sich benommen hat. Das frage ich mich wirklich.«

»Zweihundert Dollar.«

»Quatsch, du hast keine zweihundert Dollar.«

25
– Die Zeitungsleute –

»Sie schießen sie einfach nieder?« Garrett Milligan ist dicht vor Juggs Gesicht. Er kann seinen orangen Anzug flattern fühlen, und er faucht beim Schreien. Er faucht und schreit schon eine ganze Weile. Er war am Fauchen und Schreien, als sie die Leiche in den Kofferraum gelegt haben, am Fauchen und Schreien, als sie die Leiche ausgeladen, hineingetragen und vor Juggs Schreibtisch abgeliefert haben, als würden sie ihm Wild fürs Abendessen bringen. Und er hat noch nicht aufgehört. Er muss aufhören mit dem Fauchen und Schreien, er fühlt, wie es sich in ihm zusammenzieht, aber er kann nicht. »Sie sehen sie auf der Straße laufen, und Sie eröffnen das Feuer? Als wir das in Khe Shan gemacht haben, haben sie einen Namen dafür gehabt.«

Stanley holt ein Zippo-Feuerzeug aus seiner Carhartt-Jacke und zündet sich eine Zigarette an, bläst Rauch in Richtung von Juggs Telefon. Garrett findet Stanleys coole Nummer zum Kotzen.

»Halte meinen Jungs keine Predigt«, sagt Jugg. »Sie sind damals schließlich auch dabei gewesen.« Er erhebt sich hinter seinem Schreibtisch, geht in seinem Watschelgang zur Pinnwand, Babypuder weht hinter ihm her. Mit einem Stift streicht er Klingers Fahndungsbild an der Pinnwand durch.

Garrett sieht, dass noch ein weiteres Gesicht mit einem Kreuz versehen ist. Der Name Wesley Warrington steht auf dem Bild. »Sie haben auch ihn umgelegt?«

Jugg geht zu seinem Schreibtisch zurück und wirft seinen Stift hin. »Er wurde in einem Feuergefecht mit Inspektor Bowman und dem stellvertretenden Direktor Bellingham erschossen.« Er pafft an seiner Zigarre, aber es kommt kein Rauch. Um sie auf ein Lebenszeichen hin zu untersuchen, nimmt er sie aus dem Mund, dann findet er irgendwo zwischen den Papierstapeln und den Patronen ein Tischfeuerzeug und gibt sich Feuer. »Bellingham ist angeschossen worden. Aber obwohl man ihm die Hälfte seines liebreizenden Gesichtes weggeschossen hat, konnte er Warrington noch erledigen.«

Stanley notiert alles in seinen Stenoblock. Er hat sich auf einen der Klappstühle gesetzt, hat einen seiner Cowboystiefel über dem Knie liegen und drückt beim Schreiben seinen Stenoblock dagegen. So cool wie es nur geht, der Wichser.

»Jim Cavey war auch dabei«, sagt ein Wächter am Kartentisch. »Ich hab den Anruf von Bowmans Jungen angenommen.«

»Wie wäre es, wenn du die Nacht draußen im Schnee verbringst?«, sagt Jugg zu ihm. »Du könntest da viel suchen, ohne in einem geheizten Zimmer mit einer Landkarte zu sitzen.«

»Jawohl.«

»Jawohl, das würdest du mögen?«

»Nein Sir, das würde ich nicht.«

»Bist du sicher? Mehr Männer draußen können wir immer brauchen.«

»Nein Sir, ich glaube, man braucht mich hier.«

»Gut zu hören«, sagt Jugg. »Der einzige Beitrag von Cavey ist es gewesen, Inspektor Bowman anzugreifen.«

»Jawohl. Tut mir leid, Sir.«

»Das mit Jim Cavey können Sie sich sparen«, sagt Jugg zu Stanley. »Sie müssen nicht einmal seinen Namen aufschreiben.«

»Werden Sie Cavey wegen des Angriffs festnehmen?«, fragt Stanley. »Zwölf entkommen und dreizehn zurückgebracht. Das klingt gut. Das ist eine Überschrift.«

»Es hat keinen Angriff gegeben«, sagt Direktor Jugg. »Das ist nur ein Gerücht.«

»Sie selbst haben das doch gerade gesagt, verdammt«, sagt Garrett. »Gerade eben, verflucht noch mal. Sie verdammter Schnösel. Gerade haben Sie gesagt, er habe Inspektor Bowman angegriffen. Dieser Ort hier ist eine verdammte Klapsmühle.«

»Das hier ist kein Ort, an dem man solch eine derbe Sprache kultiviert, Sohn«, sagt Jugg. »Taylor«, sagt er zu einem Mann mit Fliege, der seinen Filzhut tief ins Gesicht gezogen an der Wand lehnt und dessen Brust sich gleichmäßig bewegt, als ob er am Schlafen wäre.

Taylor rührt sich nicht.

»Taylor«, sagt Jugg etwas lauter.

Taylors Augen öffnen sich. »Ja, Sir.«

»Ich bin bereit für eine neue Durchsage.«

Taylor bewegt sich zum Schreibtisch, fummelt einen Moment am Mikrofon herum und hebt dann für Jugg den Daumen.

»Hier ist Direktor Cyprus Jugg«, sagt Jugg ins Mikrofon. Seine Stimme klingt anders. Ganz Edgar J. Hoover. »Der ausgebrochene Strafgefangene Robert Klinger hat dank der Wächter James Grace und Rupert Johnson vor weniger als dreißig Minuten auf der Main Street sein verdientes Ende gefunden. Klinger hat auf sie mit einer selbstgemachten Schrotflinte angelegt, die einen Mann in der Mitte auseinanderreißen kann, Grace und Johnson blieb nichts anderes übrig, als das Feuer zu erwidern. Die Aktion ist von zwei Reportern beobachtet worden, die Grace und Johnson begleitet hatten. Lesen Sie die komplette Geschichte morgen in der *Rocky Mountain News*.« Jugg gibt dem Mann mit der Fliege ein Signal und schaltet das Mikrofon aus. »So«, sagt Jugg zu Stanley, »das sollte etwas für die Auflage morgen tun.«

Im Raum hört es sich an, als würde eine Katze stranguliert. Garrett realisiert, dass er es ist, der das Geräusch macht.

»Das können Sie lassen«, sagt Jugg zu ihm.

»Wir sind Reporter«, sagt Garrett. »Keine Propagandakompanie.«

»Das ist keine Propaganda, Sohn«, sagt Jugg. »Das ist ein Schuss vor den Bug. Lassen Sie sich nicht täuschen. Das kann den Ausschlag geben, dass sich ein paar von ihnen stellen. Es kann deren Leben retten.«

»Ich bin nicht auf den Kopf gefallen«, sagt Garrett. »Ich sehe glasklar, was hier gespielt wird.«

Etwas landet auf seiner Schulter. Es ist Stanleys Hand. Seine blauen Augen dahinter sind flach und hart. »Kann ich eine Sekunde mir dir reden?«, fragt Stanley.

Garrett versucht, Stanleys Hand abzuschütteln, aber es misslingt. »Zum Teufel. Ich bin in Ordnung. Du musst nicht mit mir reden.«

Stanleys Finger fahren seinen Nacken hinauf, heiß und hart. »Lass uns nach draußen gehen«, sagt Stanley. »Ein wenig Luft schnappen.«

»Ich brauch keine verdammte Luft.«

Stanleys Hand versteift sich in Garretts Nacken, und er zieht ihn nahe zu sich heran. So weit, dass Garrett den Rauch der Lucky Strike und ein wenig Schweiß riechen kann. Stanley drückt seine Nase fast in Garretts Ohr. »Du hast mich in diesen verdammten Schlamassel geritten. Du hast mich angebettelt, dich mitten in einem verfickten Schneesturm hier hochzufahren. Ich hab dir gesagt, wie es werden wird, und jetzt winselst du wie ein Schwächling, weil es genau so ist, wie ich es dir prophezeit habe.«

»Ich kann das nicht«, sagt Garrett. Alles in ihm steigt hoch. »Kein einziges Detail von diesem Bullshit. Ich kann's nicht.«

»Aber sicher kannst du«, sagt Stanley. »Weißt du, was passiert, wenn wir diese Geschichte vergeigen?« Meine Frau wird mich schreiend anrufen, wenn sie ihren nächsten Scheck nicht kriegt. Ich, ich werde auflegen. Die einfachste Sache auf der Welt. Und du, ich wette, deine Frau wird nicht ein einziges Wort sagen. Sie wird nur einfach weniger essen, damit ihr anderen genug habt.

Vielleicht findet sie etwas, was sie verkaufen kann, damit euer Baby Medikamente hat. Vielleicht findet sie nichts Geeignetes, aber wenn, verkauft sie es. Und ich wette den vollen Einsatz, dass sie keinen Pieps sagen wird.«

Garrett merkt, wie sich sein Atem normalisiert, als er Stanleys ruhiger Stimme zuhört. Jedoch fühlt sich dieses zur Ruhe kommen ganz anders an, als wenn seine Frau ihn nach einem seiner Albträume in die Arme schließt. Es ist mehr wie ins Koma fallen. »Ich hab's kapiert.«

»Gut. Denn wenn du Karriere machen willst, musst du mit einer Geschichte zurückkommen, die unsere Zeitung will. Und das hier ist diese Story. Auf diese Weise bekommt deine Frau genug zu essen und dein Kind die Medizin.« Stanley schnippt ihm zweimal gegen den Hals. »Prinzipien sind für Junggesellen. Hör auf, eine Memme zu sein.« Er lässt los.

Garrett reibt sich das Genick.

»Besteht vielleicht die Möglichkeit, dass ich Ihr Telefon noch einmal benutze?«, fragt Stanley an Jugg gewandt.

Der winkt in Richtung Telefon, und Stanley geht hin und wählt eine Nummer. Er telefoniert mit leiser Stimme.

Aber nicht so leise, dass Garrett nicht sicher ist, seinen Namen gehört zu haben.

26
– Der Häftling –

Das Licht kommt nicht von einem Haus, sondern von etwas anderem. Es ist eine lange, niedrige Baracke, vielleicht ein Stall, hinten in einem Gehölz von Gelbkiefern und einzelnen Espen. »Da sind wir, Scheißkerl«, sagt Bad News. »So arbeitet das Universum. Man braucht etwas, und es liefert. Man kann entweder sein Sklave sein oder sein Herr. Deshalb ist mir alles scheißegal.« Er hebt seine Hände vors Gesicht wie zum Gebet. »Das Universum ist meine Bitch.«

Mopar geht als Erster um das Gebäude herum. Bei der Vordertür findet er die Spurrinnen eines Feldwegs.

»Verdammt, wo gehst du hin?«, fragt Bad News.

Mopar vollendet den Rundgang und zieht einen neuen, größeren Kreis, geht zwischen den Bäumen durch. Der Schnee haftet nur an der Windseite der Kiefern, und diese Seiten sind fast ohne Äste von all dem früheren Schnee und Wind, die Bäume stehen schief wie Betrunkene. »Das ist eine Stallung. Wo eine Stallung ist, da ist auch ein Haus. Wir können im Schnee nur nichts sehen.«

»Das ist dein beschissenes Problem. Das Universum gibt dir eine Hütte, und du willst ein verdammtes Haus. Das wird dich noch umbringen.«

Mopar geht weiter. Aber hier gibt es nichts. Nichts. Nicht nur kein Haus, einfach nichts. Mopar lehnt sich an eine Kiefer.

»Das ist, wie wenn du im Park sitzt, die Tauben fütterst, und diese Blonde kommt auf dich zu. Nicht bloß irgendeine Blonde, ich meine, eine wie aus dem Katalog. Und sie sagt: ›Mister, ich bin so geil, dass ich meinen Rock hebe, wenn Sie einen Besenstiel in einem Fünfundvierzig-Grad-Winkel stehen haben.‹ Und du fütterst weiter die Tauben. Weil du denkst, was soll's, ich warte auf ihre Schwester. So bist du.«

Mopar ignoriert ihn, während sich seine Gedanken verhärten wie langsam gefrierendes Eis. Er stößt sich vom Baumstamm ab und bewegt sich so leise er kann zum Gebäude. Seine Stiefel knirschen im Schnee und der Wind röhrt. Er legt sein Ohr an die Tür und lauscht.

Die Worte kann er nicht verstehen, aber Turd Mooneys Stimme ist unverkennbar. Der sogenannte Anführer des Ausbruchs.

»So ist es besser.« Bad News horcht direkt neben Mopar an der Tür. »Es ist bereit für dich. Das Universum. Du fingerst es und es schnurrt wie ein Pferd, dem du einen Apfel fütterst. Greif zu.«

Mopar zittert jetzt so stark, dass er Angst hat, seine Schrotflinte zu verlieren. Seine Finger fühlen sich an wie Stöcke. Er weiß, dass er nicht mehr viel Zeit hat, bevor auch das Zittern aufhört.

Lang genug für eine neue Runde, um das Haus zu finden?

Es gibt nie eine Garantie für irgendetwas. Und noch weniger hier.

Mopar schiebt die Tür auf.

• • •

Turd Mooney und A.B. Shotwell sitzen auf zwei Stühlen vom Sperrmüll. In der Hütte um sie herum Haufen von Lumpen, alte Möbel und verrostetes Farmwerkzeug, ein Kanonenofen bullert und dampft, aus einem Loch im Dach tropft es alle paar Sekunden darauf und zischt.

Mopar geht geradewegs darauf zu, kniet sich nieder und versucht, seine Schnürsenkel zu lösen.

»Mopar Horn«, sagt Turd. »Wie zur Hölle hast du uns gefunden?« Ein Gewehr lehnt neben ihm an der Wand. Es ist alt genug, ein großes Fünfziger Sharps zu sein, ist es vermutlich auch. »Und Bad News auch. Müssen wir da nicht Party machen?«

Mopar zerrt an seinen Schnürsenkeln. Seine Finger lassen sich kaum mehr bewegen.

»Er ist mit ihnen eine Weile unterwegs gewesen«, sagt Bad News. »Lasst ihn machen. Der Hundesohn hat keine Manieren.« Er stellt sich auf der anderen Seite neben den Ofen und seufzt, lehnt sich an die Wand, schließt die Augen und seufzt noch einmal. »Das Universum ist eine verdammte Bitch«, sagt er mit noch einem Seufzer.

»Einer von euch bewegt seinen Arsch da rüber und hilft Mopar«, sagt Turd.

Er scheint mit einem Haufen Lumpen neben einem Stapel alter Kataloge zu reden, die gegen die Wand lehnen. Mopar muss drei oder viermal in Richtung der Lumpen blinzeln, bevor ihm klar wird, dass da zwei Leute sind. Zwei Männer mit eingesunkener Brust, keilförmigem Gesicht und Rauschebart bis zum Bauch. Einer von ihnen trägt nur eine lange Hemdhose, der andere eine Latzhose ohne Hemd.

Mopar kennt sie. Es sind die Smith-Brüder. Zwillinge, die seit Jahrzehnten hier draußen hausen. Trödler. Zu ihnen geht man, wenn man etwas sucht, was man sonst nirgends findet, ein kleines Maschinenteil, das noch nie jemand gesehen hat oder das man sich gerade ausgedacht hat. Das Einzige, was sie nicht haben, sind Sachen, die als Ganzes funktionieren, zum Beispiel eine Waffe für einen Überfall oder ein verdammtes Auto. Sie sind die größten Freaks der Stadt, bis vielleicht auf einen idiotischen Wärter, dessen Vater ihn gezwungen hat, bei den Hühnern zu schlafen.

Von ihren Eltern haben sie eine Farm geerbt. Ein gutes Stück Land, aber keiner von ihnen hat mehr Verstand als ein Zaunpfosten. Es wird erzählt, dass es da auch mal eine Frau gab. Als sie jünger waren, brachte einer von ihnen sie aus Cheyenne mit. Und man weiß ja, was passiert, wenn eine Frau in ein Haus mit zwei Männern zieht. Innerhalb eines Jahres war sie weg, aber die beiden leben immer noch zusammen und verkaufen ihren Schrott, um sich hier und dort etwas Schnaps zu kaufen. Und wenn sie genug Schnaps gekauft haben, landet immer einer von ihnen mit einem gebrochenen Kiefer oder einem aufgeschlagenen Kopf im St. Leonards-Krankenhaus. So ist es Mopars ganzes Leben lang gewesen.

Der Smith-Bruder mit der Latzhose spuckt aus. Sein Gesicht ist grünlich und mit roten Flecken überzogen wie eine überreife Avocado. »Ich geh' nirgends hin«, sagt er. »Das kannst du dir hinstecken, wohin es dir beliebt.«

Turd lacht, die Einstichnarbe an seiner Wange verfärbt sich weiß. Auch A.B. Stockwell lacht. Sein Gesicht ist so schmal, dass es aussieht wie mit der Axt behauen. Dann klappt Turd ein Rasiermesser auf, das er aus der Hosentasche geholt hat, und er lacht nicht mehr.

Die roten Flecken auf dem Gesicht von Latzhose werden noch roter, und er öffnet seinen Mund, um etwas zu sagen, was mit »Fick dich« beginnt. Aber bevor er es aussprechen kann, hüpft sein Bruder in eine Hocke hoch und hoppelt zu Mopar. Seine Finger wandern wie eine Spinne über die Schnürsenkel und im Nu sind die Schuhe ausgezogen. Mopar taumelt gegen den Ofen, fängt sich gerade noch mit der Hand, bevor sein Gesicht das heiße Eisen berührt.

»Du bist ja halb erfroren.« Turd klappt das Rasiermesser zu.

»Ich bin in Ordnung«, sagt Mopar.

Turd klopft das Rasiermesser gegen sein Knie. »Wollt ihr hören, wobei wir sie erwischt haben?«

»Nein.« Mopar reibt sich am Ofen die Hände. Sie fangen an, weh zu tun, und in seinem Haar schmelzen Eis und Schnee. Brocken davon fallen ihm auf die Schultern, kaltes Wasser tropft ihm hinter die Ohren und in die Augen.

»Wir haben nichts getan«, sagt Latzhose. »Wir haben uns nur wärmen wollen.«

»Wärmen wollen. So habe ich das auch mal genannt. Mein erstes Mal Gefängnis war wegen warmbleiben wollen. Du Wichser.« Turd schaut zu Shotwell hinüber. »Hast du dich je bei einem Mädchen aufgewärmt?«

Shotwells Gesicht bricht mit einem seiner Lacher auf, und er schüttelt den Kopf. Dann aber ziehen sich seine Augenbrauen zusammen, und er nickt ein paar Mal sehr schnell. »Ja, habe ich«, sagt er. »Aufgewärmt mit einem Mädchen.«

»Wie ein Paar Negerlein«, sagt Turd. »Niggerjungs halten sich gern gegenseitig warm. Ich hab davon gelesen.«

Mopar sollte sich aus der Tür machen. Aber er schaut auf seine Socken hinab und auf all die geldstückgroßen Blut- und Eiterflecken. Seine Arme und Beine zucken und jucken beim Aufwärmen.

»Es ist ein Buch über Nat Turner gewesen«, sagt Turd. »Hast du von Nat Turner gehört, Mopar?«

So vorsichtig wie es nur geht, zieht sich Mopar die Socken aus. Er kann fühlen, wie sich die Haut dort ablöst, wo sie festgeklebt ist. Er legt die Socken auf einen Balken nahe dem Ofen.

»Er war ein Niggersklave, der beinahe hundert Weiße umgebracht hat«, sagt Turd. »Das solltest du lesen, Mopar. Da drin gibt es alles. Was die beiden hier miteinander getrieben haben, ist das, was Niggerjungs tun, wenn sie sich vorstellen, dass sie weiße Frauen vergewaltigen. Sie machen es lieber miteinander, als es mit einem Niggermädchen zu tun. Das kann man ihnen nicht vorwerfen.«

Mopars Socken und Stiefel dampfen, ihm steigt der Geruch in den Kopf. Endlich haben seine Gliedmaßen zu zucken aufgehört. »Wir können nicht alle so schlau sein wie du«, sagt er. Er sagt es, um nicht auf seine Füße zu schauen. Er weiß, dass das nicht klug wäre.

»Ich hab nicht behauptet, dass ich schlau bin«, sagt Turd. »Ich bin nur gerne über die Nigger informiert. Ich hab versucht, an ein Exemplar von *Seele auf Eis* von Eldridge Cleaver zu kommen, seit es herausgekommen ist.« Turd deutet mit dem Rasiermesser auf Latzhose. »Der da ist ein Unterling. Das kann ich dir garantieren.«

Latzhose hechtet auf Turd. Aber Shotwell ist schneller. In einer einzigen fließenden Bewegung steht er auf, greift seinen Stuhl und schwingt ihn Latzhose ins Gesicht. Das Holz kracht und splittert, der alte Mann fällt um, als hätte ihn ein Maultier ins Gesicht getreten.

»Ich glaub, mich laust der Affe«, sagt Turd. »Shotwell, du bist ein schneller kleiner Bastard. Wo hast du gelernt, dich so zu bewegen?«

»Früher hab ich geboxt.« Shotwells Gesicht leuchtet. Er ist mit sich sehr zufrieden. Er hebt seinen Stuhl hoch und stellt ihn auf, um sich hinzusetzen. Der aber fällt um, zwei Stuhlbeine sind abgebrochen. Wieder ziehen sich Shotwells Augenbrauen zusammen, er ist unentschlossen.

»Mach schon, setz dich auf den verdammten Boden«, sagt Turd von seinem Stuhl. »Dafür bist du nicht zu vornehm.«

»Nein«, sagt Shotwell. »Zur Hölle nein, das bin ich nicht.« Wie ein Kind setzt er sich in den Schneidersitz.

»Wie kommt ihr denn an Wasser?«, fragt Mopar.

»Sie haben einen Brunnen, gut fünfzig Schritt hinterm Haus.« Turd nickt in Richtung einer hölzernen Waschtrommel, der ein paar Latten fehlen. Daneben steht ein Eimer. »Der ist voll.«

Mopar geht hinüber, trinkt aus der Blechkelle. Das tut er drei oder vier Mal, dann wischt er sich das Wasser vom Kinn und studiert die Schrotthalde. »Gibt es was, in dem man es transportieren kann?«

»Sie haben Feldflaschen gehabt«, sagt Turd. »Die haben jetzt wir.«

»Wie sieht es mit Stiefeln aus?«

»Deine stehen genau hier«, sagt Turd.

»Die zerfetzen mir die Füße.«

»Zeig mir deine verdammten Füße«, sagt Turd zu Hemdhose, der weint.

Hemdhose hält den linken Fuß hoch. Die Schuhgröße ist gut drei Nummern kleiner als die von Mopar.

»Wirst du dir das verdammt noch mal anschauen?«, sagt Turd. Er verdreht den Kopf so, dass er die Füße von Latzhose sehen kann. Sie sind genauso klein. »Diese Zwei sind schon ne Nummer.«

»Eine Jacke?«, fragt Mopar an Hemdhose gewandt.

Hemdhose schnieft und wischt sich den Rotz am Ärmel ab, dann zieht er aus einem Stapel Lumpen einen Poncho. Er muss mindestens vierzig Jahre alt sein. Er wirft ihn Mopar zu, dann setzt er sich wieder und weint weiter.

»Du hast ihm das Herz gebrochen«, sagt Turd zu Shotwell.

Mopar würde nichts lieber tun, als den Poncho direkt überzuziehen, aber bevor er mit ihm nach draußen in die Kälte geht, will er sich nicht schon an seine Wärme gewöhnt haben. Denn er wird sich bald davonmachen. »Ich denk mal, das Gewehr ist das einzige Schießzeug, das ihr habt?«

»Ist es«, bestätigt Turd.

»Aber gegen meine Schrotflinte eintauschen wollt ihr es wahrscheinlich nicht?«

»Eher nicht.«

»Hab ich mir gedacht. Was sind deine Pläne?«

»Pläne?«

»Was du als Nächstes vorhast.«

»Diese beiden kaputten Hurensöhne haben keinen fahrbaren Untersatz. Aber ich werd mir einen suchen, sobald der Schnee nachlässt. Dann gibt es Whiskey und Frauen.«

»Du willst nicht versuchen, aus der Stadt rauszukommen?«

»Hier rauskommen? Das ist doch eh zwecklos. Diese Stadt dehnt sich ewig weit aus.«

»Warum, verdammt, bist du dann überhaupt ausgebrochen?«

»Das hab ich dir schon gesagt.«

»Ne Pussy scheint mir nicht Grund genug zu sein. Nicht bei all der Zeit, die sie dir aufbrummen werden.«

»Ich hab in Denver jemand umgebracht. Hab es getan, hab es gestanden, hab mich schuldig bekannt. Die können mir nicht noch mehr Zeit anhängen.«

»Sie werden dir eine Abreibung verpassen, die du nicht vergisst.« Mopar spuckt auf den Boden. »Vielleicht noch schlimmer. Das ist ein verdammt hoher Preis für Pussy und Schnaps.«

»Quatsch, für beides würd ich jeden Tag der Woche Prügel riskieren.« Turd ist wie verzückt. Er ist ein Mann, der den Sinn des Lebens in der Hand hält. »Sei etwas demütiger, Mopar. Dir zu Füßen liegt eine ganze Welt.«

»Was immer zur Hölle du meinst«, entgegnet Mopar. »Du siehst das auch so, Shotwell?«

Shotwell nickt. »Ich gehe dahin, wohin er geht.«

»Ich auch«, meldet Bad News sich zu Wort. »Ich geh mit ihnen. Nimm's nicht krumm, Mopar, aber ich hab versucht, dir das Gleiche zu sagen.«

»Du bist uns willkommen, Bad News«, sagt Turd. »Jetzt sind wir eine richtige Bande.«

Mopar sieht wieder nach seinen Socken und Stiefeln. Trocken genug. Er zieht die Socken an, steif und dampfend, zuckt dauernd wegen seiner Blasen zusammen. Dann schlüpft er in die hart gewordenen Stiefel. Mit dem Poncho überm Arm steht er auf. »Nun«, sagt er.

»Wenn ich du wäre, würde ich bleiben«, sagt Turd. »Zumindest, bis der Schnee weniger wird.«

»Sie werden die Hütte finden. Und lange werden sie dafür sicher nicht mehr brauchen. Ich bin ja auch darüber gestolpert.« Mopar nickt zu Bad News. »Und diese Schweinebacke hier bedeutet Unglück.«

»Schlechte Nachrichten«, korrigiert ihn Bad News. »Das ist nicht dasselbe.«

»Bei diesem Mistwetter sind die nicht draußen«, sagt Turd. »Auf keinen Fall.«

»Glaubst du das wirklich? Du kennst Jugg!«, sagt Mopar. »Hältst du ihn für die Sorte Mann, die Ausbrecher entkommen lässt, weil das Wetter zu schlecht ist?«

»Da drüben ist die Tür.« Turd zeigt mit dem Rasiermesser in die Richtung. »Nur für den Fall, dass du vergessen hast, wie du reingekommen bist.«

In dem Moment, trifft der Wind das Haus wie ein Güterzug. Die Bohlenwände wackeln und scheppern, es gibt ein grollendes Geheul, das Ofenrohr verrutscht und aus dem kleinen Kanonenofen quillt Rauch.

»Verdammte Hacke.« Mopar greift einen Lappen vom Boden und dreht die Ofentür auf. »Jemand muss die verdammte Haustür aufmachen.« Shotwell macht es, und Mopar beginnt, Holz aus dem Ofen zu ziehen und hinaus in den Schnee zu werfen. Als er fertig ist, klopft er seine rußigen Hände an seinen Jeans ab. Seine Augen brennen. Shotwell versucht, den Rauch zur Tür hinaus zu wedeln, aber er erreicht nur, dass kalte Luft hereinkommt.

Bad News lacht wie ein Idiot, schlägt sich auf die Schenkel.

»Ich hab dir gesagt, er bringt Unglück«, sagt Mopar. Er geht zur Tür. Dann hält er an. »Wofür hast du den Mann umgebracht?«, fragt er Turd. »Den in Denver?«

Die Narbe auf Turds Wange wird weiß und kräuselt sich bei seinem Lächeln. Es ist ein solch friedseliges Lächeln, dass Mopar feuchte Augen bekommt. »Es gibt immer nur zwei Gründe«, sagt Turd. »Wie oft muss man sie dir noch sagen?«

27
– Der Fährtenleser –

Jim Cavey sitzt hinten im Streifenwagen, den Kopf mit etwas Stoff verbunden, und fragt sich, wo seine Uniformmütze geblieben ist.

»Ich hab dich nicht so heftig treffen wollen«, sagt Dickie Carr.

Blut rinnt aus dem Verband und läuft über Jims Gesicht. Er pustet etwas davon weg und sagt: »Ich bin okay.«

»Ich hab nicht gesagt, dass es mir leidtut, dass ich dir eine verpasst habe. Ich hab nur gesagt, ich hab dich nicht so hart treffen wollen. Kannst du Jugg vielleicht sagen, dass du ausgerutscht bist oder so etwas?«

Jim öffnet den Knoten seiner triefenden Bandage und wirft das Unterhemd, mit dem sie ihn verbunden haben, auf den Boden. Spuckt darauf. »Du erzählst es ihm.«

»Ich rieche was«, sagt Dickie. »Ich rieche Scheiße oder was anderes.«

»Das kommt vermutlich aus deinem Mund«, sagt der andere Wärter. »Von diesen verfluchten Dingern bekommt man einen Atem, der wie eine tote Schlange stinkt.«

»Das ist nicht mein verdammter Atem.« Dickie hebt die Nase hoch und schnüffelt. »Hast du dir in die Hosen geschissen, Jim?«

Jim findet den Tabak in seiner Jackentasche, macht die Packung auf und schneidet sich eine Prise ab. Steckt sie in den Mund und kaut.

»Es sind die Pillen«, sagt der andere Wärter.

Dickie hört nicht mehr zu. Er hat sein Gesicht an die Windschutzscheibe gepresst und sieht aus wie ein kleiner Hundemischling, der ein Eichhörnchen stellt. »Verdammt, was ist das?« Er steigt auf die Bremse. Zu hart. Der Wagen schlittert, er reduziert den Druck aufs Pedal.

Es ist ein anderer Streifenwagen. Im Graben.

Dickie hält davor und stellt den Motor ab. »Sehen wir mal, was wir da haben.«

Jim macht seine Tür auf.

»Cavey, wohin gehst du?«

»Noch hat Jugg mich nicht gefeuert.«

»Da hast du wahrscheinlich recht.« Dickie öffnet das Handschuhfach, greift seine Taschenlampe und steigt aus.

•••

Der Fahrer sitzt immer noch im Wagen. Es ist ein kleiner, drahtiger Rotschopf namens Brent Beesecker. Von der Stirn bis zum Kinn halbiert ein dünner Blutfaden sein Gesicht, aber sonst scheint er in Ordnung zu sein. Und dann sieht er zu ihnen hoch. Seine Augen sind nur Pupille, obwohl er direkt in den Strahl von Dickie Carrs Taschenlampe starrt. Sie sind riesig, schwarz wie Tinte, keine Spur seiner Iris ist zu sehen. »Ich hab was angefahren«, sagt er. »Es ist mir einfach vor den Kühler gelaufen.«

Dickie schwenkt seinen Lichtstrahl die Straße lang. Dann an den Kühler. »Ich seh keine Delle.«

»Ich hab was getroffen. Das hab ich gespürt.«

»Wie lange sitzt du da schon?«

»Seit dem Zusammenstoß.«

Dickie leuchtet im Wagen herum. »Du bist ganz allein?«

»Natürlich nicht. Allein wär ich sicher nicht hier draußen. Verdammte Dinger, die dir aus dem Nichts vor die Scheibe springen.«

»Wo ist der Rest?«

»Wahrscheinlich zu den Smith Brüdern. Dahin hat er gewollt.«

»Die Smith Brüder?«

»Die seltsamen Kerle, die in dieser Hütte hausen. Schrott verkaufen.«

»Warum seid ihr da hin?«

»Wir haben gehört, dass zwei Knackis in ihrer Hütte untergeschlüpft sind.«

»Es ist noch weit zu den Smith Brüdern. Ist ein anderes Auto vorbeigekommen und hat den Rest von euch mitgenommen?«

»Weiß ich nicht«, sagt Beesecker. »Woher soll ich das wissen?«

»Ich sollte dir eine scheuern, dass dir die verdammten Augäpfel wackeln, das sollte ich tun«, sagt Dickie. »Was zur Hölle stimmt nicht bei dir? Wohin sind sie?«

Beesecker schüttelt den Kopf. »Ich weiß nicht. Die Straße lang. Sie sind losgelaufen. Die Karre springt nicht mehr an, seit ich das Ding angefahren habe.«

»Du hast nichts angefahren. Welche Richtung?«

»Was?«

Dickie ballt die Faust und klopft an Beeseckers Stirn wie an eine Tür. »Welche Richtung? In welche verfickte Richtung sind sie losgelaufen?«

»Da lang. Hör auf, mich zu schlagen. Genau da lang.«

»Da lang?«

Es gibt eine Pause. »Könnte auch da hin gewesen sein.«

»Leck mich.« Dickie dreht sich um und geht zu seinem Wagen.

»Und was ist mit mir?«, fragt Beesecker.

»Deine Karre hat keinen Kratzer«, sagt Dickie über die Schulter. »Du blöder Hund hast wahrscheinlich den Motor absaufen lassen.«

• • •

Sie sind wieder im Wagen. »Jugg gibt die Marschpillen aus«, sagt Jim. Es ist keine Frage.

Dickie grinst breit. »Tut er.« Sein Partner kichert.

»Wie viele hast du genommen?«

»Nicht mehr als nötig«, sagt Dickie. »Willst du eine?«

»Nicht, wenn ich gleich auf Jugg treffe.«

»Wir fahren nicht zu Jugg.« Dickie wirft ein Röhrchen Dexedrin-Tabletten auf den Rücksitz, es landet direkt in Jims Schoß. »Das sind die gleichen, wie wir sie drüben gehabt haben. Die guten. Die machen dich nachtsichtig. Wie wenn du die Welt durch ein Nachtsichtgerät siehst.«

Mit dem Daumen drückt Jim die Deckelkappe auf, holt eine heraus. Es ist eine grün-weiße Gelkapsel. »Ich war nicht drüben.«

»Hab ich mir gedacht«, sagt Dickie. »Die geistig Behinderten nehmen die nicht.«

»Der ganze Quatsch, den du quasselst.«

Jim zieht die Kapsel auf, leert sie auf seiner Zunge aus, stopft dann die Hülle wieder in das Röhrchen. Denkt daran, sie Judith zu zeigen. Steckt sie sich dann doch in die Hemdtasche. »Die behalt ich.«

»Ich hab noch reichlich.«

»Wenn wir nicht zu Jugg fahren, wohin geht's dann?«

»Dahin, wo die Smith Brüder wohnen. Ich kassier diese Hundesöhne ein, und dabei könntest du eine Hilfe sein.«

Jim streckt die Beine aus, dass es ihn in den Sitz drückt. Er ist nicht besonders scharf darauf, jemandem zu helfen, der ihm gerade einen Schlagstock über den Kopf gezogen hat. Aber er sagt nichts. Denkt an das, was die Ausbrecher Pearl Greene und der Frau von Bowman angetan haben. Das sind Männer, die man kriegen muss.

Und dann ist da noch Jims eigene Schicht, von der Bellingham geredet hat, der stellvertretende Direktor. Er weiß nicht, ob das jetzt noch geht, aber er muss ständig daran denken. Ruby verdient etwas Besseres als das, was sie hat. Sie alle verdienen das.

Besonders Judith.

•••

Als Dickie auf den schneeverwehten Feldweg einbiegt, der durch das Kieferwäldchen zu den Smiths führt, sind Jims Augäpfel bereits eine Nummer zu groß für ihre Höhlen. Es ist, als ob ein Blitz mitten durch ihn durchgefahren ist. Zwischen Kiefern rollen sie den Weg hinab. Der Schnee fällt dicht, der Wind schüttet sie damit zu. Sie fahren kaum schneller als Schrittgeschwindigkeit.

Sie kommen an einen von Weiden gesäumten Bach, der unter der Straße durchläuft. Nur eine enge, kleine Brücke führt darüber. Sie sieht aus, als könnte sie keinen schweren Hund tragen, geschweige denn ein Auto mit drei Männern darin. Dickie hält an.

»Fahr einfach durch den Bach«, sagt Jim. »Das Wasser ist nie sehr tief. Und jetzt ist es gefroren.«

Dickie schlägt das Lenkrad ein und hält an. »Nie im Leben«, sagt er. »Das ist mein verdammtes Auto.«

»Wie weit ist es noch?«, fragt der Wärter ohne Namen.

»Nicht mehr als zwei oder drei Meilen.« Dickie öffnet seine Wagentür. »Vielleicht vier.«

»Ne halbe Meile«, sagt Jim. »Wenn überhaupt.«

Dickie geht zum Kofferraum und macht ihn auf. Holt eine Thompson M1A1 Maschinenpistole heraus und eine schwere Umhängetasche, in der es klirrt, als er sie sich über die Schulter wirft.

Sie gehen. Ohne Licht. Dank der Nachtsicht-Wirkung der Dexedrin-Tabletten. Alles flackert. Jim kann trotzdem kaum einen Meter weit sehen. Erst ist der Weg da, dann ist er wieder weg. Er orientiert sich an den Schneebänken. Schnee und Eissplitter schlagen ihm so schnell ins Gesicht, dass das Atmen schwerfällt. Es ist, wie wenn man Napalm einatmet. Nur anders herum.

Oder liegt es vielleicht an ihm? Das Dexedrin ist wie eine ungesteuerte elektrische Kraft, die seine Gelenke auslaugt und die Muskeln zucken lässt.

Moment mal. Napalm? Sie setzen Napalm ein?

Das ist es, was Jim denkt.

Und dann denkt er, dass er besser den Mund hält. Wenn er ihnen nicht beweisen will, dass er genau so dumm ist, wie sie eh schon denken.

Etwas bewegt sich zwischen den Kiefern. Springt von Baum zu Baum.

»Klappe«, sagt Jim zu Dickie.

»Ich hab nichts gesagt«, sagt Dickie. Er sieht den anderen Wärter an. »Du?«

Der andere Wärter fällt seitwärts in den Schnee. Aus seiner Kehle fehlt plötzlich ein Stück. Dann kommt der Knall. Er klingt wie eine Kanone.

»Hühnerscheiße«, schreit Dickie. »Hühnerscheißender Wichser.«

Noch ein Schuss. Keine Ahnung wohin er geht. Jims Schienbeine schlagen schräg gegen den Schnee, so schnell ist er. Er erreicht den Waldrand, geht auf ein Knie, Schnee stäubt hoch und beißt ihm ins Gesicht. Dickie kracht gegen ihn, wirft ihn fast um.

»Hast du ihn gecheckt?«, sagt Jim.

»Die haben ihm den halben Hals weggeschossen. Verdammt, womit schießen die?«

Jims Blick verschwimmt. Ihm kommt in den Sinn, selbst zu dem Wärter zu laufen. Dann denkt er an Judith. »Hat er Familie gehabt?«

»Ich weiß nicht mal seinen verdammten Namen.«

»Ich auch nicht.« Jim späht in den Wald. Spuckt aus. Er hat jetzt genug von diesen Ausbrechern. Und von Frauen, die geschlagen, und von Männern, die erschossen werden.

»Verdammt, wie haben die uns sehen können?«, sagt Dickie. »Ich seh nichts.«

»Sie sind in der Hütte von den Smith Brüdern«, sagt Jim. »Direkt da drüben.«

»Wo?«

»Ist nur ein Umriss. Versuch nicht, danach zu suchen. Achte nur auf das, was anders ist.«

Dickie blinzelt. Blinzelt weiter. Dann schüttelt er den Kopf. »Schau auf das, was anders ist. Wir sind am Arsch. Einer ist tot und der andere hat so viel Hirn wie ein Türgriff.«

Jim geht in die Hocke. Er greift hoch, zieht einen niedrigen Ast zu sich herab und bricht ihn ab.

»Was machst du da?«

Jim ist schon in Bewegung. »Auf der Ostseite stehen die Bäume am dichtesten. Und da ist auch ein Fenster.«

»Das kannst du nicht sehen. Wie zur Hölle kannst du das?«

»Ich bin schon mal hier gewesen.«

»Das hättest du mir sagen können.«

»Bis eben war mir das nicht klar«, sagt Jim. »Der Schnee hat mich durcheinandergebracht. Ich habe gedacht, wir sind zwei Biegungen weiter hinten.« Er schließt die Augen und drückt die Handflächen gegen sie, zählt bis zehn. Dann öffnet er sie und lässt das Weiß aus seinem Blick schwimmen. Und da ist es. Eine nur unwesentlich dunklere Form. Man kann sie kaum sehen, aber da ist sie.

28
– Der Häftling –

Du bist der blödeste Wichser, der je gelebt hat, denkt Mopar. Du bist lahm. Bewegst dich lahm, denkst lahm. Du verdienst es, dass sie dich erwischen.

Er hat nur Glück gehabt, dass er von der Straße weggekommen ist, bevor die drei Bullen direkt in ihn hineingelaufen wären. Drei schummrige Gestalten im Schnee, keine von ihnen deutlich genug, um sie zu erkennen. Und dann einer am Fallen. Blut, das ihm aus dem Hals spritzt. Das unverkennbare Röhren einer Big Fifty Sharps und die anderen beiden Wärter, die in den Wald verschwinden.

Mopar versteckt sich zwischen den Kiefern und beobachtet sie. Sie kauern nebeneinander und flüstern, bewegen sich dann in gebückter Haltung auf die Hütte zu. Sobald er sich sicher ist, dass sie außer Sichtweite sind, flitzt Mopar aus seinem Versteck über den Feldweg. Im Schnee gleitet er auf ein Knie und greift den Wärter am Kragen, richtet sich in einer einzigen Bewegung auf und schleift ihn zu einem Baum auf der anderen Straßenseite.

Dann lässt Mopar ihn los, hält sich die Faust vor den Mund, schnappt nach Luft und stemmt sich gegen den Husten, den er aufsteigen fühlt. Seine Füße sind schon wieder schlüpfrig von Eiter und Blut. Die kalte Luft reißt ihm Stücke aus der Lunge. Sobald er den Husten abgewürgt hat, untersucht er die Leiche. Das Gesicht des Wärters ist blau und verformt, das Loch in seinem Hals schon am Vereisen. Die Kälte hat ihm die Augen aufgerissen. Sie heulen zu Mopar hoch. Wie verdammt konnten die mir das antun?

Daran bist du selbst schuld, du Bullenschwein. Mopar klopft ihn nach allem ab, was eine Trinkflasche sein könnte. Nichts. Er öffnet das Holster am Gürtel. Ein 38er Police Special Revolver. Er hält ihn seitlich gegen den Schnee, erspäht Messing im Zylinder und steckt ihn in seine Jackentasche. Dann klopft er dem Wärter weiter die Taschen ab, bis er eine Schachtel Munition findet. Er untersucht die Stiefel. Zu klein. Schon wieder. Leck mich.

Er späht den Feldweg hinab zur Hütte. Wo sind sie?

Der Schneefall setzt aus. Da sind sie. Der kleinere Bulle reicht dem größeren ein Gewehr und macht dann etwas mit seinen Händen. Wühlt in einer Umhängetasche? Mopar drückt sich die Handballen vor die Augen, bis sie weiß werden, dann späht er wieder.

Gerade rechtzeitig, um den Bullen etwas Apfelgroßes aus dem Tornister ziehen zu sehen. Etwas, das er gegen die Hütte schleudert.

Das gedämpfte Scheppern, mit dem es landet, kann man sogar durch den Wind hören. Mopar hält die Luft an und zählt bis vier. Es braucht bis fünf. Die Granate explodiert mit einem dunkel hallenden Wumms, wirft Schnee hoch und lässt ihn in Wellen von der Hütte wegstäuben.

Die Vordertür fliegt auf. A.B. Shotwell sprintet heraus. Er dreht sich nach rechts und läuft direkt gegen eine beinahe astlose Kiefer. Wie von einem Schuss in die Stirn getroffen, fällt er um.

Turd Mooney und Bad News? Mopar starrt weiter auf die Hütte. Da sind sie, sie rennen auf den Wald zu. Sie müssen direkt hinter Shotwell gewesen sein. Die Wärter haben sie gesehen. Der größere legt sein Gewehr an die Schulter und nimmt Bad News ins Visier.

Mach die Augen zu.

Mopar tut es nicht. Der Teil von ihm, der Bad News erschossen sehen will, ist viel größer als der andere Teil, der das nicht will.

Ohne geschossen zu haben, setzt der große Wärter das Gewehr ab.

Der Kleine hüpft auf und ab. Wedelt mit den Armen. Wütend.

Mopar verzieht sich in die Bäume.

• • •

Mopar läuft. Alle seine Pläne sind am Arsch, jeder einzelne von ihnen.

Als ob es irgendwelche meiner Pläne gäbe, die es nicht wären.

Bis hierhin hat er nicht eine einzige richtige Entscheidung getroffen. Er hat den 38er, seine Schrotflinte, eine Jacke, das ist nicht schlecht. Aber der Schnee lässt nicht nach, die Temperatur geht stramm nach unten, und seine Füße sind nass und fühlen sich an wie sandgestrahlt.

Was also jetzt? In diesem Schneesturm kommt er nirgendwo hin. Er ist so müde, dass er fühlen kann, wie sich sein Gehirn aus der Verankerung löst. Er kann kaum noch laufen. Selbst wenn er ein Auto hätte, hätte er keine Chance, hinunter nach Fort Collins zu kommen.

Er bleibt stehen. Du Arschgesicht brauchst einen Platz, wo du den Schneesturm überstehen kannst. So denkt er über sich. Du könntest einen Unterstand bauen. Wahrscheinlich könntest du sogar ein Feuer machen und niemand würde es sehen. Oder doch?

Er ist schon früher in schlechtes Wetter geraten. Öfter als er es zählen kann, hat er irgendwo unterschlüpfen und die Nacht verbringen müssen. Aber noch nie in solch einem Wetter. Und damals hat er in seinem Rucksack Wasser gehabt und etwas zu essen und etwas für den Unterstand. Wie lange das hier noch dauern wird, lässt sich nicht sagen.

Er war schon öfter auf der Flucht, aber noch nie so wie jetzt.

• • •

Molly hat ein ganzes Stück weit außerhalb der Stadt gewohnt, oben über dem Chilblain Canyon, versteckt auf einer kleinen Wiese, an die Mopar sich erinnert, wie sie besonders an heißen Frühlingstagen voller gelber und blauer Gebirgsblumen und weißer Schmetterlinge war.

Wenn er sich allerdings jenen einen Tag in Erinnerung ruft, dann ist da nichts von Blumen und Schmetterlingen, sondern nur das, was von Deputy Rose übrig geblieben war. Der Staub von ihrer Schlägerei lag noch in der Luft. Und die Sonne war dabei, über dem Berg zu versinken.

Mopar stieg wieder in Mollys Wagen und fuhr langsam und vorsichtig durch die Stadt. Und dann gab er bis Denver Gas, wo er auf der Larimer Street neben einem Billardsaloon Unterschlupf fand. Die Schlüssel warf er in den Rinnstein, sah sich nicht mehr danach um.

Es dauerte keine drei Tage, bis sie ihn erwischten. Er war gerade dabei, Molly und das, was von ihrem Ehemann übriggeblieben war, wegzutrinken. Es war ein Colfax Motel mit einem Kaninchen in der Leuchtreklame, er und eine Flasche Evan Williams.

Die Polizisten aus Denver traten ihm die Tür ein. Sie wussten, was er gemacht hatte. Dass er einen Deputy umgebracht hatte. Mopar merkte das ziemlich schnell. Sie hängten ihn an den Handschellen über die Zimmertür, seine Zehen kamen kaum auf den Zement, und dann wechselten sie sich ab mit ihren Schlagstöcken.

Er muss vermeiden, dass ihm so etwas noch einmal passiert.

• • •

Richtig langsam durch die Stadt fahren.

Stadt.

Mopar schließt die Augen und stellt sich vor, wie die anderen Ausbrecher ausgeschwärmt sind. Wie sie sich vom Old Lonesome aus wie ein Schrotschuss in Richtung Osten verteilt haben.

Die Antwort kommt wie von selbst.

Er muss da sein, wo die Bullen ihn nicht jagen. Und sie jagen die, die sich vom Old Lonesome wegbewegen. Was heißt, dass er mit dem Wegrennen aufhören muss. Er muss aufhören, aus der Stadt kommen zu wollen. Sie alle bewegen sich ostwärts, Richtung Denver oder Fort Collins, jeder Einzelne von ihnen. Nur ein Idiot würde mitten in einem Schneesturm nach Westen oder Süden unterwegs sein. In diese beiden Richtungen gibt es nichts.

Und genau das ist es, was er tun muss. Einen Bogen schlagen und nach Westen in die Berge ziehen. Dann auf besseres Wetter warten und einen Weg aus dieser Scheißstadt finden.

Es ist kein schlechter Plan. Er klatscht sich den Lauf seiner Schrotflinte gegen die Hand, in der kalten Luft hört sich das Geräusch an wie ein Pistolenschuss.

Blöder Idiot.

Er klemmt sich die kurzläufige Schrotflinte unter den Arm und steckt seine Hände in die Taschen.

29
– Die Zeitungsleute –

Garrett hat sich ein wenig beruhigt. Er faucht nicht mehr wütend herum, hat sogar aufgehört, mit sich selbst zu reden. Er fährt nur Richtung Osten, weg von den Bergen, folgt Shitkicks Anweisungen, die er von der Rückbank gibt.

Stanley hat keine Ahnung, wohin sie unterwegs sind oder warum. Juggs Büro hat einen Anruf bekommen, plötzlich sind alle losgehetzt, und jetzt folgen er und Garrett einem alten Mann und seinem Truck. Er heißt Perry, hat Schlupflider, trägt eine Wollkappe mit Ohrklappen und riecht nach Hundekot. Er und Direktor Jugg zusammen in einem Raum waren genug, um das Kotzen zu kriegen.

Draußen vor dem Fenster perforiert der treibende Schnee das Weiß. Stanley schüttelt sich unwillkürlich. Diese Unterhaltung, die er mit Garrett hatte, Prinzipien seien für Junggesellen. Und was ist er gerade? Kein Junggeselle, aber so etwas Ähnliches. Um Marjorie hungern zu lassen, müsste er lediglich diese Geschichte in den Sand setzen. Wenn er es darauf anlegt, kann er in weniger als einem Monat arbeitslos sein.

Aber da ist Adam. Neun Jahre alt und flachsblond. All die Nachmittage im Sommer, an denen er mit ihm durch die Plantage gewandert ist und sie die Pfirsichbäume auf Wurmlöcher inspiziert haben. Die Abende im Herbst, an denen der Junge Stanley dabei geholfen hat, in der Grube im Obstgarten ein Lagerfeuer zu schichten. Stanley kippte dann Benzin auf das Holz und wenn er es anzündete, sah er das gelbe Lachen in seinem Gesicht. Und Iris, vier Jähre älter als Adam. Die Wintertage, die sie mit Schachspielen am

Tisch nahe dem Fenster verbracht haben. Die Nächte, wenn sie weinend aus einem Traum aufgewacht ist, an den sie sich nicht erinnern konnte, Stanley mit ihr aufgeblieben ist und ihr Geschichten von Robin Hood vorgelesen hat, bis sie wieder eingeschlafen war.

Durch die Schneeschleier vor ihnen blitzt das Bremslicht des Trucks und reißt Stanley aus seinen Gedanken.

»Das wird nichts Gutes sein«, sagt Garrett leise.

Shitkick streckt sich, als ob er von einem Nickerchen erwacht. »Das wird verdammt wunderbar sein«, sagt er. Er schlägt Grace auf die Brust.

Dessen Augen flackern. »Was zur Hölle?«

»Sei keine Pussy. Wir haben was.« Shitkick ist schon ausgestiegen, Grace folgt ihm.

»Bist du bereit?«, sagt Stanley zu Garrett.

Garrett stellt den Motor ab. Seine Wangen wirken gerötet unter dem schütteren Bart. »Was denkst du wird passieren?«

»Keine Ahnung«, sagt Stanley. »Aber du wirst es nicht mögen.«

»Du aber schon?« Garretts Gesicht wird bis zur Stirn rot. »Du wirst es mögen?«

»Mir macht selten was aus.«

• • •

Der Wagen, der sie zum Anhalten gebracht hat, steckt ein paar Meter von der Straße entfernt in einem Weidengebüsch, Räder nach oben, wie ein umgeworfenes Spielzeug. Es ist ein Ford Mustang Fastback. Schwarz mit einem weißen Rennstreifen, die Scheinwerfer noch an.

Perry dreht seine Fensterscheibe herunter. »Schaut ihr nach?«

»Bleib schön sitzen«, sagt Shitkick. »Kann sein, dass wir die Hunde brauchen.« Er geht auf den Mustang zu. »Willst du dir das anschauen?«

»Tu ich«, sagt Grace.

Der Kofferraum steht offen. Shitkick tritt gegen etwas, beugt sich vor und hebt es hoch. Es ist eine Papiertüte. Er dreht sie um und leert sie aus. Irgendein Klumpen fällt heraus. Shitkick stößt mit der Stiefelspitze dagegen und schnaubt angeekelt.

»Was ist das?«, sagt Grace.

»Marihuana.«

»Kein Scheiß?«, fragt Grace.

Shitkick geht zur Fahrertür und Stanley wartet, bis Grace ihm folgt, dann hebt er einen kleinen Ballen auf, der im Schnee liegt, und riecht daran. Nicht schlecht. Colorado-Gras. Sicher besser als das Zeug, das er und Marjorie in ihrer Pfirsichplantage gezogen haben.

Shitkick reißt die Tür auf, und der Fahrer sackt aus dem Wagen. Shitkick beugt sich vor und zieht den Mann heraus, legt ihn auf den Rücken.

Stanley kann das Gesicht im Schein des Innenlichts sehen. Ein Biker. Möglicherweise der hässlichste Mann, den Stanley je gesehen hat. Sein Gesicht sieht aus, als hätten sich an ihm Generationen von Nagetieren über Jahrzehnte vergnügt. »Das ist keiner von unseren Ausbrechern«, sagt Stanley.

»Ist er nicht«, sagt Shitkick. »Das ist jemand anders.«

Die Augenlider des Mannes flattern. Blut von einem Schnitt auf seiner Stirn maskiert sein Gesicht. »Wie geht's dir, Bruder?«, sagt er.

Shitkick lacht. »Bruder?« Er stellt ihm seinen Stiefel auf die Brust. »Nach dir haben wir eine Weile gesucht.«

»Nach mir?« Das lädierte Auge des Bikers verzieht sich zu einem Riss. »Mann, ich bin hier nur auf der Durchfahrt. Wenn ihr mich zu einem Telefon bringt, seht ihr mich nie wieder, das kann ich euch garantieren. Diese verdammte Stadt.«

»Diese verdammte Stadt?«, sagt Shitkick. »Du weißt nicht die Bohne über diese verdammte Stadt. Erzähl mir nichts davon.« Er legt sein Gewicht nach vorn, auf den Stiefel, mit dem er dem Mann auf der Brust steht. »Letzte Woche haben wir ein vierzehnjähriges Mädchen gehabt, das seiner Großmutter mit einer Tischlampe den Schädel eingeschlagen hat, um an Geld für Drogen zu kommen. Wie heißt du?«

»Sparrow.«

»Sparrow? Was für ein beschissener Name ist das denn?«

»Es ist ein Familienname«, sagt Sparrow. »So was haben alle bei uns. Das unterscheidet uns von euch.«

Garrett hält sich an seinem orangen Anzug und dem blauen Stutzermantel fest, als könne er nicht glauben, dass es wieder geschieht.

Stanley schubst ihn. »Warum gehst du nicht zum Wagen zurück? Und setzt dich hin, wo es warm ist.«

»Leck mich«, sagt Garrett.

»Hast du mich gehört«, sagt Shitkick zu Sparrow. »Sag mir, dass das nicht du bist, der seinen Stoff an die Kinder in meiner verdammten Stadt verkauft.«

Sparrow grinst. Seinem Gesicht tut das nicht gut, aber Stanley muss ihn dafür bewundern. »Das war nicht ich, du Wichser.«

»Na dann.« Shitkick hebt seinen Stiefel von der Brust und steigt dem Biker auf den rechten Bizeps. »Letzte Chance.«

»Nimm ihn einfach fest«, sagt Grace. »Wir müssen nichts weiter tun, als ihn auf den Rücksitz zu verfrachten und beim Sheriff abzusetzen.«

»Halt die verdammte Klappe«, sagt Shitkick.

»Ich hab dich Gras rauchen sehen«, sagt Grace. »Das Kambodscha Black, das die kleinen Schlitzaugen verteilt haben, erinnerst du dich? Die Papiertüte ganz schmierig vom Harz. Ich hab's gesehen, Shitkick.«

»Das war drüben«, sagt Shitkick. »Das hier ist meine verdammte Stadt.«

»Du heißt Shitkick?«, sagt Sparrow. »Ich will verdammt sein, wenn das kein Name ist, der zu dir passt. Namen sagen alles.«

»Darauf kannst du Gift nehmen«, sagt Shitkick.

»Dann mach schon«, sagt Sparrow. »Und du kannst darauf wetten, dass wir uns wiedersehen.«

Shitkick beugt sich hinunter und packt die Hand, die zu dem Arm gehört, an dem er steht. Er zieht. Sogar von dort, wo Stanley steht, kann man die Knochen brechen hören.

Sparrow verliert sein Grinsen nicht. Nicht einmal, als Stanley die Handschellen nimmt und den gebrochenen Arm an die Autotür fesselt. Sparrow rutscht nur näher an den Wagen, damit er seinen Rücken an die Tür lehnen und so den Druck auf seinen Arm verringern kann. Er grinst immer noch. Und dann dreht er den Kopf auf die Seite und spuckt einen Mund voller Blut und Erbrochenem in den Schnee. Immer noch grinsend.

»Du bleibst schön sitzen«, sagt Shitkick. »Wir kommen zurück. Kann bis zum Morgen dauern, aber wir kommen wieder.«

30
– Der Fährtenleser –

Keiner der Smith Brüder rührt sich. Hemdhose liegt schlaff auf dem Boden und blutet aus den Ohren. Latzhose sitzt neben ihm, hält seine Hand über ein Stück Kopf, wo ihm die Granate ein Stück Haut abgerissen hat, und schaukelt vor und zurück. Shotwell geht es nicht besser, er lehnt an der Wand, wo Jim ihn abgesetzt hat. Als er gegen den Baum gerannt ist, hat es ihm drei Zähne ausgeschlagen und die Nase gebrochen.

Dickie Carr ist an der Tür und ballt und öffnet seine Fäuste. »Warte nur, bis ich bei Direktor Jugg bin«, sagt er zu Jim.

Jim ignoriert ihn. Er ist dabei, ein Segeltuchstück vor das Loch zu nageln, das die Granate in die Wand gerissen hat. Er schlägt den letzten Nagel ein und wirft den Hammer auf einen Stapel Schrott. Dass Leute so leben können.

»Hast du mich gehört?«, sagt Dickie.

Jim zieht seinen Kautabak aus der Tasche, schneidet sich ein Stück ab, schiebt es sich in den Mund und kaut, bis es im Mund an der richtigen Stelle sitzt.

Die Hand, mit der Latzhose seine Kopfhaut zusammenhält, scheint von einer Art Lähmung befallen zu sein. Wie ein müder Rabe flattert sie auf seine Brust hinab. Er greift sie mit der anderen Hand und legt sie sich wieder auf den Kopf. Blut rinnt ihm durch das schmutzige Haar in den Bart, tropft von seinem Ellbogen auf den speckigen Boden. Das alles lässt Jim beinahe würgen.

Sie können doch nicht wirklich so wohnen? Sie können doch nicht glauben, dass so etwas ein lebenswertes Leben sei?

Das sind keine Fragen, die dich etwas angehen, denkt Jim.

»Hörst du mich, du blöder Hundesohn?«, sagt Dickie.

»Ich könnte die beiden verfolgen, die abgehauen sind.« Jim spuckt Tabaksaft auf den Boden. »Wir können sie schnappen.«

»Du hättest sie aufhalten können. Du hast sie direkt im Visier gehabt. Du geistesschwacher Mistkerl.«

»Ich schieße niemanden in den Rücken«, sagt Jim.

»Du schießt niemanden in den Rücken, du Feigling. Was zur Hölle glaubst du, was die mit dir tun, wenn sie dich kriegen?«

Jim spuckt wieder aus. »Was jemand anderer tut, hat nichts mit mir zu tun.«

»Du lässt sie einfach laufen, damit sie jemand anderen erschießen können? Oder vielleicht eine von unseren Frauen vergewaltigen? So bist du, Jim. Das ist es, was du tust, damit du ein reines Gewissen haben kannst.«

»Ich kann sie kriegen.«

»Das ist es, was du sagen willst? Wenn Jugg dich in die Finger kriegt, wirst du dieses Liedchen nicht singen. Mit dem ersten Telefon, das funktioniert, rufe ich ihn an und gebe ihm den vollen Bericht.«

Jim klappt sein Messer zusammen und steckt es in die Tasche.

»Verdammt, wohin willst du?«, sagt Dickie.

Jim schaut wieder zu den Smith Brüdern und zu Dickie. Dessen Gesicht ist aufgedunsen, wie wenn er versucht hätte, einen Baseball durch einen Strohhalm zu saugen. »Deinen toten Partner holen.«

Dickies Gesicht zuckt, als er das zu verarbeiten sucht. Dann stößt er heftig die Luft aus, sackt zusammen. »Nur, bring ihn ja nicht hier herein«, sagt er schließlich. »Brauchst ihn auch nicht aufzutauen, bis es notwendig ist.«

• • •

Es gibt immer einen wie Dickie Carr. Und immer, immer, arbeiten sie im Gefängnis. Ein langer, lückenloser Stammbaum kläffender Männer, die aus allem einen Gefängnishof machen.

Der Alte hat gewusst, wie man mit ihnen umgeht. Jim erinnert sich an einen, der in einem Chevy Master DeLuxe schreiend die Zufahrt lang fuhr. Er brachte ihn direkt vor Jim und dem Alten zum Halten, auf dem Arbeitstisch an der Scheunenseite hatten sie gerade einen noch dampfenden, frisch ausgenommenen Maultierhirsch vor sich. Der Alte hielt damals drei Hunde, mit denen er auf die Jagd nach Berglöwen ging. Es war ein kalter Herbsttag, die drei Hunde standen um den Tisch herum und lauerten darauf, dass der Alte für einen Moment unaufmerksam war und sie sich einen Brocken vom Hirsch reißen konnten.

Ein blonder Mann sprang aus dem DeLuxe und stürmte zum Tisch, sein Chauffeur folgte. Der blonde Mann trug eine Augenklappe. Nicht eine von der Art, die man dauerhaft trägt, sondern eine, die man als Verband bekommt, wenn einem jemand ins Auge gestochen hat. »Mitkommen«, sagte er.

Die grauen Augen des Alten wurden zu einer Patrone, die man in die Kammer schiebt. »Jetzt?«

»Wir haben einen Ausbrecher«, sagte der blonde Mann. »Sie müssen Ihren Arsch in den Wagen schwingen. Los.«

Der Alte griff zu einem Beil, das neben dem Arbeitstisch an der Scheune lehnte. »Wie heißt du, Junge?«

»Hilfswärter Engle.«

Der Alte richtete sich auf, die grauen Augen fixierten Hilfswärter Engle. Wenn der Alte einen ins Visier nahm, konnte man das nicht ignorieren. Er war vor dem Ende der Indianerkriege geboren, war mit Roosevelt persönlich den Hügel von San Juan hinaufgeritten. Nur wenn er betrunken war, redete er darüber. Ein verdammter Hochstapler war das, sagte er dann. Und er erzählte, wie Roosevelt den Namen für seine Rough Riders von Buffalo Bills Wildwest-Show gestohlen hatte. Bei der gab es eine Nummer mit dem Titel »Der Kongress der Rough Riders der Welt.« Nachdem der Spanisch-Amerikanische Krieg zu Ende war, hatte Buffalo Bill den Schluss seiner Wildwest-Show geändert und Custers letztes Gefecht durch Roosevelts Erstürmung des San Juan Hill ersetzt. Buffallo Bill selbst spielte Roosevelt, der war im Zuschauerraum, stampfte auf und ballte seine Fäuste, während er »Du, Bully« rief.

Von dieser Stelle des Berichts an nannte der Alte Roosevelt nicht länger bei seinem Namen, nur noch bei seinem Spitznamen: Cholera Morbus. Was, so der Alte, nichts anderes bedeutete als nervöser Durchfall. Seiner Ansicht nach brachte das Roosevelt ziemlich auf den Punkt, hatte sich der alte Profitmacher doch nur einen Namen als Naturbursche machen können, weil er sich mit Helfern umgab, die ihn vorm Verhungern schützten. Das unterschied ihn nicht sehr von Buffalo Bill. Es gab zwei Arten von Männern, die der Alte nicht leiden konnte. Solche wie Roosevelt – und solche wie Buffalo Bill.

Dann spuckte der Alte immer Tabaksaft ins Feuer, dass es zischte, und sagte, dass es so vielleicht am besten gewesen sei. Denn wenn er Roosevelt nicht gehabt hätte, der ihn aus der Zivilisation geführt hätte, dann wäre er nie hierher gelangt, um selbst zu jagen und Fallen zu stellen. Und er hätte auch Jims Mutter nie getroffen.

Wenn der Alte einen ins Visier nahm, sah man all das und noch Jahrzehnte mehr, kondensiert in zwei grauen Augen, die einen wie durch zwei Gewehrläufe aus diesem vom Wetter ruinierten Felsgesicht anstarrten.

Und genauso sah er jetzt Hilfswärter Engle an.

Engle klopfte in die Hände. »Los«, sagte er.

Der Alte wandte sich ab und ließ das Beil auf die Hirschschnauze, direkt unterm Auge, niedersausen. Die sauber abgetrennte Schnauze fiel herunter und rollte Engle vor die Füße. Die drei Hunde schnappten nach der Schnauze und stießen mit Engle zusammen, der umfiel und in Staub und Kieseln landete. Der Alte schleuderte das Beil neben dem Tisch ins Gras. »Wenn der Direktor mich will, kann er selber kommen und mich holen«, sagte er dem Fahrer. »Wenn ich diesen Hundesohn hier noch mal sehe, ist es seine Schnauze, die ich an die Hunde verfüttere.«

•••

Jim schreckt plötzlich aus seinen Gedanken auf, hält mitten auf dem Weg an. Der tote Wärter ist nicht mehr da. Keine Spur von ihm zu sehen. Und da ist der Zweig, den Jim abgebrochen hat, um die Stelle zu markieren. Er kann ihn sehen.

Rings um ihn weht der Schnee, auf der Windseite bläst es eisig in sein Ohr. Er zieht die Schultern hoch und spuckt braunen Tabaksaft aus. Irgendwo in den Bäumen bricht ein Ast wie ein Gewehrschuss, aber Jim zuckt nicht zusammen.

Dann gibt er auf, irgendeinen Sinn in die Situation zu starren. Er geht zu dem abgebrochenen Zweig, umkreist ihn, zieht den Radius vorsichtig größer und kickt in die Schneeverwehungen, falls der Körper dort irgendwo eingesunken ist.

Keine Leiche. Nicht innerhalb der sechs Meter, wo sie liegen müsste.

Er geht dahin zurück, wo sie gelegen hat, und scharrt mit seiner Stiefelspitze den Schnee beiseite. Und tatsächlich, da ist das verdammte gefrorene Blut auf dem Boden.

Aber keine Leiche.

Ein Bär?

Hör auf, Jim. Hör auf mit all dem Blödsinn, den du dir zusammenspinnst.

Er schaut über den Weg hinweg zu der Stelle, von der aus er und Dickie die Hütte entdeckt haben, noch bevor der Wärter erschossen wurde.

Dann richtet er sich auf, als würde man ein Seil geradeziehen.

Da lehnt etwas gegen einen Baum.

Jetzt ist er vorsichtig. Bewegt sich langsam darauf zu. Nicht zu nah.

Es ist der verdammte Wärter.

Er starrt auf den Körper, versucht, es zu verstehen. Er ist immer noch am Starren, als er das Heulen und Rumpeln eines Motors hört. Etwas Schweres, für diese alten Holzwege gebaut.

Jim tritt vom Weg zurück und wartet.

Es ist ein Frontlenker-Truck mit einer Plane über der Pritsche. Dahinter kommt, noch nass und dampfend von der Fahrt durch den Bach, ein Personenwagen, der den Eindruck macht, als würde er in die Knie gehen, wenn er stehen bleibt.

Der Truck hält an, das Seitenfenster wird heruntergekurbelt, eine Welle von Zigarettenrauch und Hitze quillt heraus. »Jim«, sagt der Fahrer, als würden sie sich auf der Straße begegnen. Das Gesicht des Fahrers ist wettergegerbt und grau, sein linkes Augenlid, wo ihn sein eigener Hund vor ein paar Jahren gebissen hat, hängt herunter. Er trägt eine schwere grüne Wollmütze mit Ohrwärmer auf dem Kopf.

»Perry«, sagt Jim.

»Was machst du hier draußen?«

»Nach einer Leiche suchen, denke ich.«

»Denkst du?«, sagt Perry. »Hast du sie gefunden?«

»Sie ist direkt da drüben.«

Perry späht aus seinem Fenster. »Ist es einer von uns oder von denen?«

»Uns.«

Perry grunzt mit so etwas wie Mitgefühl. Nicht genug, um nach dem Namen zu fragen, aber schon ein wenig. Perry weiß mehr über Hunde als irgendjemand sonst westlich des Mississippi, das hat der Alte immer gesagt. Als er angefangen hat, Berglöwen zu jagen, ist es Perry gewesen, von dem er die Hunde gekauft hat.

»Und du?«

Perry deutet mit dem Daumen nach hinten zum Truck. »Ich hab die Hunde dabei, um euch bei der Jagd auf die Burschen zu helfen.« Er nimmt eine kleine Flasche Old Crow vom Beifahrersitz, schraubt sie auf, nimmt einen Schluck und bietet sie Jim an.

Jim spuckt aus.

»Für Grant war das gut genug«, sagt Perry. »Könnte dir auch helfen mit deinem verdammten Mundgeruch.«

»Das ist es nicht«, sagt Jim. Durch den Schnee spät er zu dem Wagen hinter Perrys Truck.

»Rat mal, wer das ist«, sagt Perry.

»Ich bin nicht gut im Raten.«

»Nicht einmal so gut, wie du sagst?«, sagt Perry.

»Ich schätze nicht.«

Perrys hängendes Auge verengt sich. Dann schüttelt er sich. »Es sind Zeitungsleute.«

»Zeitungsleute?«

»Zwei Jungs von den *Rocky Mountain News*. Zeitungsleute. Sie chauffieren Wärter durch die Gegend.«

Jim nickt die Straße hoch. »Die Hütte ist gleich da drüben.«

»Weiß ich.« Perry dreht das Fenster hoch, dann stoppt er. »Du hast nicht zufällig was von den Marschpillen?«

»Ich nicht«, sagt Jim.

»In Ordnung. Viel Glück mit deiner Leiche.« Perry legt einen Gang ein, und der Truck pflügt weiter, das Auto folgt ihm rauchend und fauchend über den zerfurchten Weg. Auf der hinteren Stoßstange ist ein Aufkleber, auf dem steht *Auch Freizeitrancher brauchen Liebe*. Jim hat keine Ahnung, was das heißen soll.

Er geht zu der Leiche zurück, packt sie am gefrorenen Kragen und schleift sie den Weg entlang zur Hütte. Bis er dort ist, hat Perry den Truck geparkt, ist ausgestiegen und redet nun mit Dickie Carr. Shitkick Johnson und James Grace stehen neben ihnen.

Daneben ein Hippie in einem orangen Anzug und Stutzermantel und noch ein anderer Zeitungsfritze, der ohne seinen Notizblock wie ein Farmer aussehen würde.

Jim verfrachtet die Leiche neben die Tür und lehnt sich dicht daneben an die Wand. Mit den Zähnen zieht er die Handschuhe aus, reibt seine Hände und steckt sie sich dann in die Armhöhlen.

Dickie reißt sich von den anderen Männern los und stolziert zu ihm herüber. »Auf geht's.«

»Auf geht's wohin?«

»Hab ich dir schon gesagt. Ich finde ein Telefon und melde mich bei Direktor Jugg. Ich hoffe, er bringt dich vor ein Erschießungskommando, du Hundesohn.«

»Weshalb werde ich erschossen?«

»Weil du diese Männer hast entkommen lassen. Was immer sie jetzt tun, geht auf deine Kappe.«

»Ich hab sie nicht entkommen lassen«, sagt Jim. »Ich schieße ihnen nur nicht in den Rücken.«

»Wir werden sehen, was Jugg dazu sagt.«

»Er wird dir sagen, dass ich genau jetzt dabei helfen soll, sie einzufangen«, sagt Jim. »Ich bin die beste Chance, die du hast.«

»Wir haben jetzt Hunde. Mir ist egal, wie gut du bist. Besser als ein Hund bist du nie.«

»Vermutlich.«

»Vermutlich. Vermutlich was?«

»Vermutlich sollten wir tatsächlich Jugg aufsuchen. Vermutlich sollten wir schauen, ob er bereits jemanden ausgesucht hat, der mich erschießt.«

Dickie zieht die Handschellen aus dem Holster an seinem Gürtel.

Jim spuckt aus. Es ist, als ob all die Schwärze zwischen den Schneeflocken rings um ihn herum gerinnt.

»Versuch ja nicht, mir diese Dinger anzulegen«, sagt er.

31
– Die Geächtete –

Dayton ist herumgefahren. Wenn einem sonst nichts einfällt, fährt man herum. So ist das Leben in der Stadt. Herumfahren, damit man sich vormachen kann, dass man wegfährt. Dass man sich selbst sagen kann, ein Griff ins Lenkrad und es geht nach Denver oder Cheyenne oder Las Vegas, wann immer man will. Aber man macht es nicht. Und wird es nie tun. Niemand. Und selbst wenn du es tun würdest, kämst du am Ende doch wieder zurück. Weil du genau diese Sorte Idiot bist.

Aber so zu denken, bringt einen nirgendwo hin.

Jetzt im Moment fährt Dayton auf dem Highway 52 aus der Stadt heraus Richtung Osten. Sie war schon überall. Norden, Süden, und durch die ganze Stadt. Jede Straße, auf der sie sich Mopar vorstellen kann. Sie fährt weiter umher und hat keine Ahnung, was sie überhaupt finden will.

Die eine Sache, die sie nicht zu finden erwartet, ist ein Ford Mustang Fastback. Schwarz, mit einem weißen Rennstreifen, in einem Weidendickicht, auf dem Dach.

Dayton steuert ihren Truck an den Straßenrand, stellt ihn schief, damit die Scheinwerfer den Mustang ins Visier nehmen. Sie putzt sich die Nase, dann nimmt sie ihre .30-30er Winchester hinter dem Sitz vor, stößt die Tür auf und geht auf das Wrack zu.

Hinter ihr setzt der alte Motor ihres Trucks beinahe aus, der Schweinwerferstrahl wird dünner, dann kriegt er wieder Schwung und heult auf. Das Licht strömt über sie hinweg und erleuchtet einige Papiertüten, die aus dem offenen Kofferraum des Mustangs gefallen sind.

Sie hebt eine der Tüten auf, macht sie auf und steckt ihre Nase hinein. Es sind ihre. Sogar mir ihrer verstopften Nase kann sie das riechen. Der Schweinehund muss zurückgekommen sein und sich den Rest von dem geholt haben, was sie noch hatte. »Sparrow«, ruft sie.

»Hier drüben«, krächzt eine Stimme zurück.

Sie geht um den Wagen herum. Er lehnt am Fahrzeug, ein Arm ist per Handschelle an die Tür gefesselt. Er ist verkrümmt, als hätte er ein paar Zentimeter über dem richtigen noch einen zweiten Ellenbogen.

»Hallo, Schätzchen.« Die Stimme von Sparrow ist undeutlich, er hat Eis in Bart und Haar. Sein Gesicht ist blau marmoriert.

»Du hast dir alles genommen«, sagt sie.

»Ich hab dir Geld dagelassen«, sagt er.

»Das ist mir egal.«

»Das hier haben deine Gesetzeshüter getan«, sagt er. »Ich hab sie lieber machen lassen, als ihnen deinen Namen zu verraten. Hinter dem sind sie nämlich her. Hinter dem, der die Stadt mit Dope versorgt.«

»Welche Gesetzeshüter?«

»Ein großer alter Kerl, der sich Shitkick nennt. Kennst du ihn?«

»Ich kenne ihn.«

»Er hat nicht gerade eine freundliche Einstellung zum Marihuana-Geschäft, das kann ich dir sagen.«

»Die haben hier zu nichts eine freundliche Einstellung außer zum Old Lonesome.«

»Das hab ich gemerkt«, sagt er. »Ich nehme an, du hast nicht vor, mich loszumachen.«

Dayton dreht sich um, geht zu ihrem Truck zurück.

»Whoa, jetzt aber«, sagt er. »Whoa.«

Sie hebt den Bolzenschneider von der Ladefläche und kommt zurück.

»Ja, leck mich«, sagt Sparrow. »Hast du den immer mit dabei?«

»Geh nie irgendwo hin ohne deinen Bolzenschneider«, sagt Dayton. Sie durchtrennt die Handschellenkette und sein unbrauchbarer Arm sackt ihm in den Schoß.

Er ist nicht taff genug, es sich nicht anmerken zu lassen. Niemand wäre es. Sein Mund verzieht sich zu einer harten Linie und da ist so etwas wie ein Wimmern. Als er sich erholt, ist sein gutes Auge nass und rot. »Und was tun wir jetzt?«

»Jetzt bringe ich dich ins St. Leonard«, sagt Dayton. »Über den Rest können wir später reden.«

»St. Leonard?«

»Das Krankenhaus.«

• • •

Sparrow sitzt gegen das Seitenfenster gesackt im Truck. Man sieht, dass er sich aufzurichten versucht, dass er zeigen will, dass er es kann. Aber er schafft es nicht. Dayton hat die Heizung volle Kanne aufgedreht und es sieht aus, als wäre er am Schmelzen. Mit all dem Wasser, das ihm aus Bart und Haaren läuft.

»Das lasse ich nicht auf mir sitzen«, sagt er.

»Sind sie hinter mir her?«, fragt Dayton. Es fällt ihr schwer, das zu glauben. Sie hat gedacht, dass sie in Vergessenheit geraten ist, seit Ethan gestorben ist. Sie lebt oben in den Bergen außerhalb der Stadt, und es gibt kaum jemand, der von ihrer Existenz weiß. Der Gedanke fällt ihr schwer, dass sie eine Bedrohung sein soll, die irgendjemand kratzt.

»Sie haben keine Ahnung, wer du bist«, sagt Sparrow. »Aber sie sind scharf darauf, es herauszukriegen.« Der Truck trifft eine Bodenwelle und er zischt durch die Zähne. »Diesem Drecksack schneide ich die Gedärme raus«, sagt er.

Aber natürlich ist sie eine Bedrohung. Sie ist genau das, was Jugg hinter Schloss und Riegel haben will. Und wenn sie jetzt hinter ihr her sind, werden sie nicht Halt machen, ehe sie nicht vertrieben worden ist oder in den Boden gestampft. »Da fällt uns noch etwas Besseres ein«, sagt Dayton.

Im Armaturenlicht ist Sparrows Gesicht grün wie eine Totenmaske. »Du bist ne Marke«, sagt er.

»Es ist meine Farm«, sagt sie. »Ich hab das schon einmal durchgemacht.«

»Das merkt man.«

»Du kommst mich dann später besuchen.« Sie fühlt das kleine Kalkül in ihren Worten und hofft, dass es nicht so klingt, dass es zum Auslachen ist. Er muss tatsächlich lachen. Oder gluckst. Aber es ist kein unfreundliches Lachen, er lacht sie nicht aus. »Klar, ich komm zu dir zurück, Schätzchen«, sagt er. »Ich glaube nicht, dass irgendwas auf der Welt mich davon abhalten könnte.« Er gluckst wieder. »Verdammter Bolzenschneider.«

32
– Die Zeitungsleute –

Es ist eine gespenstische Schneelandschaft. Klaustrophobisch und kalt im unheimlichen Mondlicht. Alles wirkt dünn und in die Länge gezogen, als hätte man die Schwerkraft einen Zacken mehr aufgedreht. Das kaum hörbare Zischen von Schnee, der durch die Luft schlägt. Die Bäume stehen dunkel und verschwommen, starren schwarz zu Stanley zurück. Alles ist festgefroren, wie auf ein Blatt Papier geklebt. Hohl und kalt und voller Echo. Über allem liegt Einsamkeit.

Die Fremdartigkeit kann Stanley auch in seinen eigenen Bewegungen spüren. Der aufgetürmte Schnee, in dem sein Stiefel versinkt. Das Knarren und Ächzen rings um ihn herum, das nicht genau zu orten ist. Es müssen Schneeklumpen sein, die von Bäumen und Ästen fallen, wenn die Last zu schwer wird. Das muss es sein.

Sie haben jetzt die Hunde. Perrys Hunde. Sie überqueren Schneewehe um Schneewehe, sind voraus. Aber man braucht sie nicht. Nicht wirklich. Der Schnee hat noch nicht einmal begonnen, die Fußspuren der Ausbrecher zu verdecken.

»Können die im Schnee Witterung aufnehmen?«, fragt Stanley an Perry gewandt.

»Die können überall Witterung aufnehmen«, antwortet Perry. Er geht mit Stanley hinter seinen Hunden her, Garrett ist etwas weiter hinten. Stanley möchte Perry fragen, warum sie die Hunde überhaupt mitgebracht haben, aber Perrys hängendes Augenlid zuckt jedes Mal, wenn Stanley ihn etwas fragt.

Shitkick und Grace sind zu den Seiten ausgeschwärmt, sind im

Schnee mal zu sehen und dann wieder nicht. Ersterer hat irgendwo ein M1918 Browning-Automatikgewehr aufgetrieben und trägt es am Handgriff. Mit einer Stimme, die gerade so laut ist, dass man sie trotz des Windes noch hören kann, intoniert er ein Marschlied. Man merkt, dass er von ihnen gehört werden will.

Napalm, son, is lots of fun.
Dropped in a bomb or shot from a gun,
It gets the gooks when on the run,
Napalm sticks to kids.

Stanley wird langsamer, lässt sich zu Garrett zurückfallen. Um die Augen des Jungen sind Falten, die zu einem fünfzehn Jahre älteren Mann gehören. Und sie sind alle von dieser Nacht. »Das ist für dich«, sagt Stanley.

»Ich weiß.«

»Wenn die Schießerei anfängt, will ich, dass du in Deckung gehst. Schwing ja nicht deinen dummen Arsch raus und versuch nicht, es zu verhindern.«

»Es sollte lieber keine Schießerei geben.«

»Shitkick trägt seine Wumme sicher nicht zum Spaß herum.«

»Genau dafür hat er es dabei.« Von dem, was ihm aus der Nase rinnt, hat Garretts Schnurrbart kleine Eiszapfen. »Ich würd gern wissen, wer ihnen die Dexies gibt. Das würd ich zu gerne wissen.«

Shooting women's lots of fun,
Try killing one that's pregnant, son,
You'll get two for the price of one,
Napalm sticks to kids.

»Nichts leichter als das«, sagt Stanley. »Es ist Jugg.«

»Der Direktor?«

»Wer sonst?«

»Warum dopt der Direktor sie mit Amphetaminen?«

»Wenn du gewisse Leute um die Ecke gebracht haben willst, musst du genau das tun. Diesen dummen Hinterwäldlern weismachen, dass da draußen welche sind, die es auf sie abgesehen haben, sie dann mit Amphetaminen füttern und die Waffenkammer aufschließen. Das funktioniert immer.«

»Jugg sagt, die Ausbrecher haben selbstgemachte Schrotflinten, die einen Mann in Stücke reißen«, sagt Garrett.

»Hast du die gesehen, die sie Klinger abgenommen haben? Ein Blechrohr als Lauf, keinerlei Mündungsverengung. Eine einzelne Patrone Vogelschrot.«

Als ob all seine Knochen flüssig geworden sind, verschwindet Garretts Kopf zwischen den Schultern.

»Wie viele Dexies hast du genommen?«, fragt Stanley.

Garrett zieht den Kragen seines orangen Anzugs hoch, dann den von seinem blauen Mantel.

Flying low and feeling mean,
See that family by the stream,
The gooks you kill, they make you clean,
Napalm sticks to kids.

Die Schlitzaugen, die du killst, machen dich sauber. Verdammt noch mal, denkt Stanley. Sie wirken nie kindischer, als wenn sie protzen. Wie kann man da nicht loslachen?

Das hier wird eine der Geschichten, die Stanley mit Marjorie lesen würde, wenn sie dann in der Zeitung stünde. Zusammen im Bett einen Joint rauchen, und er erzählt ihr, was wirklich passiert ist. In seiner Erinnerung ist es immer ein Morgen an einem Wochenende, bevor die Kinder wach sind. Wie Spinnweben hängt ein hauchdünner Kater über seinem Kopf und die Sonne streift die Bettdecke gelb. Mit der Story hier aber werden sie es nicht so machen. Obwohl es wahrscheinlich die beste ist, an der er je dran war.

Garrett hustet. Seine Wangen sehen aus wie gesalzene Schweineschwarte. Stanley hofft, dass sie die Geschichte unter Dach und Fach haben werden, ehe der Junge völlig zusammenbricht.

Als sie im Büro von Direktor Jugg waren, hat Stanley bei der Zeitung angerufen und sich nach Garrett erkundigt. Er hat einen der Setzer von der Nachtschicht für die Frühausgabe erreicht. Es gibt nichts, was die Nachtschicht-Setzer nicht wissen, und sie hassen die Zeitungsleute. Jeder, der sich mit Zeitungsleuten herumschlagen muss, hasst sie. Immer die Krawatte gelockert, den Kragen und den Mund. Ihre Unfähigkeit, irgendetwas zu lesen, das nicht in Zeilengeld gemessen werden kann. Es macht sie so schlau, dass man ihnen die Finger abhacken will. Aus genau diesem Grund, strengt Stanley sich an, sich nicht so zu kleiden und zu benehmen wie ein Zeitungsmann, obwohl er der Schlimmste von ihnen allen ist.

Der Schriftsetzer wusste gut über Garrett Bescheid. Er war in Khe Sanh, das stimmt. Er hat die ganzen siebenundsiebzig Tage in dem Dorf verbracht, zurückgelassen und belagert von der vietnamesischen Volksarmee.

Stanley stellt sich das vor. In einem Bunker hungern, siebenundsiebzig Tage lang Ratten zum Essen fangen zu müssen. Nichts zum Leben zu haben und erzählt zu bekommen, dass der ganze Krieg von dir abhängt. Garrett war hundertachtzig Pfund schwer, als er reinging, mit einhundertzwanzig ist er herausgekommen. Als Operation Pegasus die Schleusen geöffnet hat und er den Bunker verließ, muss das ganze Dorf einer Mondlandschaft geglichen haben. Es muss die Art Erfahrung gewesen sein, die einem das Gehirn verbrennt.

Auf Befehl von General Westmoreland nahmen die Marines den Rest von Khe Sanh komplett auseinander. Sie sprengten die Bunker, ebneten alles mit dem Bulldozer ein. Die Leichen der toten Marines stapelten sie auf einem Haufen, schnitten ihnen mit dem Bajonett die Ausrüstung ab und stopften sie in die Leichensäcke.

Südvietnamesische Soldaten standen dabei, hatten dieses Scheiße essende Grinsen im Gesicht. So etwas hatte Stanley in Korea auch gesehen. Wenn sie nervös wurden, bekamen sie diese eingefrorene Grimasse. Unseren Jungs ging das nahe. All diese grinsenden Schlitzaugen, die um sie herumstanden, während sie ihre Kameraden in Leichensäcke packten und das Dorf dem Erdboden gleichmachten. Einen Ort, den sie siebenundsiebzig Tage gehalten hatten. Den sie bis zum Ende des ganzen Krieges hätten halten sollen.

Anscheinend fraß es Garrett richtig an. Er stürzte auf einen der grinsenden Vietnamesen los und rammte ihm sein Bajonett in den Bauch. Die Spitze drang genau unter dem Nabel ein, und er zog es bis zum Brustbein hoch. Der Vietnamese versuchte, seine Gedärme wieder hineinzustopfen, fiel zur Seite. Garrett stach ihm in den Kopf.

Das war seine Tat als Kriegsheld. Der Schriftsetzer von der *Rocky* hatte keine Informationen, warum die Marines ihn laufen ließen, anstatt ihn zur Rechenschaft zu ziehen, aber Stanley hatte da so seine Vermutungen. Ahnte, was für eine Story das werden sollte.

• • •

Sie gehen. Folgen den Hunden in den Wald. Nevada-Kiefern und Espen, die Landschaft hügelig. Ein scharfes Jaulen in der Ferne. Noch einmal, und noch eins. Pause, und dann eine Kojoten-Sinfonie. Jaulen und Heulen, völlig vom Wind verzerrt. Man muss es Perry hoch anrechnen, dass seine Hunde es ignorieren.

Es gibt Leute, die Kojoten hassen. Viele. Die Rancher in der Nachbarschaft von Stanleys Wohnhaus in Evergreen veranstalten Jagden. Vergiften sie, erschießen sie, verbrennen sie auf Scheiterhaufen. Aber Stanley hat die räudigen Hundesöhne immer gemocht. All das, was anständige Leute verachten, kann nicht ohne Charme sein.

Stanley läuft fast direkt in Garrett hinein, der angehalten hat und seine an die Seiten angelegten Hände zu Fäusten ballt. Seine Augen sind weit aufgerissen und rundum nass, als hätte ihn gerade eine Schlange ins Ohr gebissen. »Rühr dich nicht vom Fleck«, flüstert er.

Stanley will etwas sagen, aber Garretts Augen werden noch größer, sagen ihm, dass er die Klappe halten soll.

Dann hört es Stanley. Ein schweres Schnüffeln, ein hartes Schnaufen.

Stanley umrundet eine Nevada-Kiefer. Und da ist es. Ein blutjunges, kastanienrotes Pony, vielleicht dreizehn Handspann groß, es atmet schwere Schwaden in den Schnee.

Garrett steht neben ihm. »Verdammt«, sagt er.

»Es ist 'ne Schönheit«, sagt Stanley.

Garrett öffnet die Kamerahülle.

»Shitkick erschießt dich, wenn er das Blitzlicht sieht«, sagt Stanley.

Garrett macht den Verschluss wieder zu.

Der Braune schüttelt den Hals, reckt den Kopf hoch. Seine Augen sind schwarze Himmelskörper, die all das wenige Licht aus der Nacht saugen. Wieder schüttelt er den Hals, dann dreht er um und trottet weg.

Die Kojoten weiter vorne sind verstummt und Stanley hört die Hunde bellen. »Verdammt«, sagt er und startet durch.

• • •

Perry und die Hunde stehen am Ufer eines breiten Bachs. Er ist schon lange zugefroren, und die Spuren verlieren sich im Eis. Perrys vier Hunde, allesamt Spürhunde, schnüffeln und wittern in der Luft.

»Was ist los?«, fragt Stanley.

Perrys Augenlid zuckt. »Ein Bach.«

»Auf dem Eis können sie nichts riechen?«

»Sie können die Witterung in der Luft aufnehmen. Braucht 'ne Minute.«

»Wo ist Grace?«, will Shitkick wissen.

»Ist er nicht bei dir?«, fragt Perry.

»War er nicht.« Shitkick zeigt mit dem Lauf seiner Maschinenpistole zu ihnen hinüber. »Er war da drüben.«

»Verdammt«, sagt Perry. »Ver … dammt.«

»Der blöde Hund hat sich verlaufen«, sagt Shitkick. »Ich geh zurück und hole ihn.«

Perry grunzt ein Grunzen, das klarmacht, er könne ohne sie alle auskommen. Dass er das hier ganz allein mit seinen Hunden erledigen könnte.

• • •

Stanley, Garrett und Shitkick gehen zurück. All die Orientierungspunkte, die Stanley auf dem Hinweg gesehen hat, sehen von der anderen Seite verzerrt aus. Halb entrindete Kiefern und Felsbrocken, die wie Dinge gegen die Nacht stehen. Das ist nicht gut. Er sieht zu Garrett, der schlottert so, als würde ihm gleich der Kopf vom Rumpf fallen. Vielleicht wäre es Zeit, zurückzugehen. Sie bekommen dann zwar nicht die ganze Story, aber immer noch genug davon. Sie werden keine Preise gewinnen, aber bei der Zeitung wäre man zufrieden.

Es gibt immer den Zeitpunkt, an dem man aufgeben will. Man muss dann an andere Dinge denken. An alles, was einen in Bewegung hält. Für Stanley ist es eine Straßensperre bei No Gun Ri. Diese eine hereinkurvende Mörsergranate, die genau in einem Haufen koreanischer Flüchtlinge landete, und dann Handfeuerwaffen. Die Flüchtenden schrien und bettelten, türmten ihre eigenen Familienmitglieder als Barrikade auf und versuchten, Löcher zu graben, um sich zu verstecken. Solche Art von Gedanken vermögen Stanley zu trösten. Er bewegt sich weiter vorwärts.

Und dann ist da Grace, der aus den Bäumen tritt. Sein Gesicht ist verkniffen, und er geht, als ob er gerade eine Gabel eine Handbreit unter dem Gürtel in den Bauch bekommen hat.

»Das ist ja ein ausgesuchter Bullshit «, sagt Shitkick. »Was zur Hölle ist mit dir los?«

»Ich bin in Ordnung.«

Der kleine perlengroße Punkt, der Shitkicks Nase ist, bebt wie Wasser. »Du hast dir in die Hosen geschissen.«

»Hab ich nicht.«

»Hast du doch.«

»Ich wollt' es nicht.« Das schöne Gesicht von Grace ist plattgedrückt wie eine Papierblume. »Mir ist von diesen verdammten Pillen schlecht geworden.«

Shitkick lacht. Er krümmt sich vor Lachen. Er steckt den Gewehrlauf in den Schnee und lehnt sich darauf, um noch mehr zu lachen. Er hört mit dem Lachen nur kurz auf, um zu sagen, »Joe Shit der Lumpensammler«, dann lacht er wieder.

»Wo ist dein Gewehr?«, fragt Garrett.

»Verdammt.« Grace schaut mit einem verzweifelten Gesicht auf seine Hände. »Als mir schlecht geworden ist, muss ich es da drüben liegengelassen haben.«

»Wo?«, fragt Garrett.

»Ein Stück zurück.«

Es ist nicht schwer, die Stelle zu finden, wo ihm schlecht geworden ist. Erbrochenes im Schnee und ein Haufen Kot, den er aus der Hose geschaufelt hat.

Aber kein Gewehr.

33
– Der Häftling –

Mopar ist erschöpft. Nicht nur müde. Erschöpft. Und noch viel mehr als das. Es gibt noch kein Wort für diesen Zustand. Einen Zustand, der so weit jenseits von erschöpft liegt, dass noch niemand, der so etwas je erlebt hat, genug Energie übrig gehabt hätte, ihn zu benennen. Seine Brust wird von den Seiten her zu einem stechenden Schmerz zusammengepresst. Die kalte Luft schabt seine Kehle auf, lässt ihn husten. Und er kann nicht aufhören zu husten.

Gibt es Dinge, für die man einfach keine Worte finden kann? Wie, verdammt, soll man das wissen? Wie soll man damit umgehen? Mit etwas, das sich jeglicher Reflexion über seine Beschaffenheit widersetzt?

Die erste Nacht im Gefängnis ist vielleicht so etwas. Oder die erste Nacht in einem Motel in Denver, wenn man gerade jemand umgebracht hat. Vielleicht ist die Unfähigkeit, darüber nachzudenken, der einzige Schutz vor den damit einhergehenden Folgen, die unweigerlich eintreten werden. Wenn sie dich an Handschellen über eine Tür gehängt haben und dich mit Totschlägern bearbeiten. Wenn sie dir ins Ohr flüstern, dass das Nächste, was sie mit dir tun, dich zur Schwuchtel macht. Vielleicht willst du dann nicht mehr für alles Worte haben.

Genug damit.

Die wirkliche Gefahr bei Erschöpfung ist, dass man einfach aufgibt. Sich nur hinsetzt und darauf wartet, dass sie dich schnappen. Das ist mehr als nur einem Ausbrecher passiert. Du wirst so gehetzt, dass es einfacher ist, sich erschießen oder gefangen nehmen zu lassen. Mopar versteht, dass es bei den meisten, die erwischt werden, auf genau diese Weise passiert.

Und wie viele kennst du, die nicht gefasst worden sind, du Blödmann?

Auch diesen Gedanken lässt er nicht länger zu.

Die andere Gefahr besteht darin, zu erschöpft zu sein, um auf die kleinen Details zu achten, die am Ende den Ausschlag geben. Du zündest eine Zigarette an, ohne die Flamme abzuschirmen, oder du stellst dein Gewehr irgendwo ab und vergisst es dort. Oder du trittst in einen eiskalten Bach, machst dir die Füße nass und musst dann in einer Hütte bei einem Haufen verdammter Irrer eine Pause einlegen.

Hör auf, darüber nachzudenken.

Und genauso wenig darfst du über deine Füße nachdenken.

Nicht einmal den leisesten Gedanken darfst du daran verschwenden.

Hinten im Gaumen ist ein metallischer Geschmack. Mopar versucht ihn durch Ausspucken loszuwerden, aber der Speichel hängt ihm wie ein Faden von der Lippe. Er braucht Wasser.

•••

Da ist ein Felsblock. Er lehnt sich dagegen und blinzelt dreimal, um klarer sehen zu können.

Dieses Mal hast du echt Scheiße gebaut. Du bist im Gehen eingeschlafen.

Zu seiner Rechten liegt ein Espengehölz, alle Baumstämme sind untenherum schwarz, von Elchen entrindet, zu Knorren verheilt.

Er erinnert sich daran, dass er links daran vorbeigekommen ist. Nun liegt es zu seiner Rechten.

Du bist im Gehen eingeschlafen und wieder zurückgelaufen. Du musst aufhören mit dem ständigen Grübeln.

Verdammt, worüber soll ich jetzt also nicht nachdenken?

Fang mit deinem Bauch an. Mopar fühlt, wie er sich zusammenkrampft. Dein Bauch ist die Antwort und das Problem. Wenn du etwas zu essen hättest, würdest du nicht den Verstand verlieren.

Er sieht Molly vor sich. Wie sie am Tisch ihrer kleinen Küche ein Buch liest. Oben herum trägt sie nur einen BH, dazu eine durchlöcherte Jeans, ein Loch an der Hüfte hat sie mit Klebeband abgedeckt. Dicke Wollsocken, weil der Holzofen in ihrer Küche zwar alles auf Hüfthöhe erwärmt, auf dem Boden aber eine kalte Strömung bleibt, die einen die Zehen einrollen lässt wie Tomatenblätter.

Dann setzt sie das Buch ab und fragt ihn, ob er jemals über seine Gefühle redet. Sie hat in ihrem Buch gelesen, dass Männer das nicht tun, über Gefühle reden. Sie hat gelesen, dass das den Unterschied zwischen Männern und Frauen ausmacht.

»Verdammt, ja«, sagt Mopar. »Wenn ich hungrig werde, rede ich darüber.«

Sie hat ein Lachen, das einem ins Herz fahren kann.

Leck mich am Arsch, wach auf.

Überhaupt nichts denken. Nur weitergehen. Das ist das Einzige, was du tun musst. Wenn du stehen bleibst, bist du tot. Wenn du über deine Lage nachdenkst, bist du tot. Weitergehen ist alles, was dir geblieben ist.

• • •

Aus den Espen heraus auf eine Gebirgswiese. Der Schnee bläst so stark, dass er keinen Meter weit sieht. Er legt das Kinn auf die Brust, bietet dem Wind die Stirn. Der Schnee peitscht auf ihn ein. Hämmert ihm wie mit einem Schlosserhammer eine schmerzhafte Stelle zwischen die Augen. Um der vollen Kraft des Sturms zu entgehen, hat er sich nahe an den Bäumen gehalten. Auf diesem Wegabschnitt aber gibt es keine Bäume.

Du gehst. Keine Molly, kein Rauskommen aus der Stadt. Du

gehst einfach. Du setzt einfach nur einen verfickten Fuß vor den anderen. Das ist alles, was du tun musst.

Er läuft in einen Zaun. Voll hinein. Hat ihn nicht einmal gesehen. Ein Zickzackzaun, der in eine Kurve geht. Zur Orientierung legt er den Ellbogen an die obere Latte und geht daran entlang. Zäune führen immer irgendwohin, sagt er sich.

Das sagt er sich andauernd, bis er wieder dahinkommt, wo er gerade gewesen ist.

Der Zaun, dem er folgt, macht einen Kreis.

Du bist nur noch einen Fehler weit weg vom Erfrieren.

Er bückt sich und schlüpft durch den Zaun. Wenn sie es einzäunen, muss etwas drin sein.

Und da ist es. Sobald er es berührt, weiß er genau, was es ist.

Ein Heuschober.

Er klettert wieder durch den Zaun hinaus. Und hat keine Ahnung, in welche Richtung er geht.

Es fühlt sich an, als ob sich die Augäpfel lösen. Das linke Ohr schmerzt vom Wind. Keine Orientierungspunkte im Schnee. Nicht ein einziger verfickter Baum.

Da ist er schon, der eine Fehler.

Optionen?

Keine.

Dich im Heu verstecken und warten bis sie dich rausziehen?

Denk nach, du Blödmann.

Er hält sich eine Hand ans Ohr. Das, das den Wind abbekommen hat. Es fühlt sich an wie ein Salzstein fürs Vieh.

Der Wind. Von welcher Seite hat er dich getroffen, bevor du gegen den Zaun gelaufen bist?

Der Schmerz zwischen seinen Augen. Er ist direkt in den Wind gegangen.

Er atmet durch. Na also. Einfach einen Fuß vor den anderen. Beweg dich.

Nach etwa fünfzig Metern kommt ein anderer Zaun. Er hebt den oberen Stacheldraht an und drückt sich durch, spürt die Zacken im Rücken.

Es gibt nichts, was Mopar mehr hasst als Zäune. Aber direkt hinter diesem Zaun liegt eine Straße. Und es gibt nichts, was Mopar jetzt mehr liebt als eine Straße.

Er läuft schneller, die Fußgelenke werden ihm steif. Die Achillessehnen schwellen und pochen. Er kommt an einem Stapel gefällter Ponderosa-Kiefern vorbei, die Äste schon entfernt und die Stämme zugeschnitten, zum Abtransport ins Sägewerk bereit. Das gute Gefühl lässt ihn über sich hinauswachsen.

• • •

Das Haus, zu dem Mopar kommt, ist ein heruntergekommenes einstöckiges Holzhaus mit einer Rundumveranda. Er hält den Atem an. Obwohl er im Sturm vereinzelte matte Lichter ausmachen kann, gibt es in Sichtweite kein anderes Haus.

Aber das ist nicht der Grund, warum er die Luft anhält. Es ist der lange Fahrweg, der hinter dem Haus zu einer Scheune führt. Zu einer Scheune mit einem schneeverwehten Hühnerstall daneben. Eine Scheune, die vor den Bergen sitzt, deren zerklüftetes Grau ein blinder Mann in den Himmel gestickt haben könnte. Eine Scheune, der die Hälfte eines Doppeltors fehlt – und Mopar kann darin einen alten Chevrolet erspähen.

Es dauert eine Minute, bis er wieder Luft bekommt. Mopar steht auf der Straße, die Espen rascheln hinter ihm im Wind. Ihm klopft das Herz, brennt ihm in der Brust. Er hält ein trockenes Aufschlucken zurück. Diese Art Glück hast du im Leben noch nie gehabt. Dies ist deine letzte Chance.

Denk nicht darüber nach. Denk auch nicht an deine Füße. Denk einfach an nichts. Beweg dich einfach.

Wieder schaut er die Straße auf und ab. Wieder sieht er nichts,

Nichts außer dem matten Lichtschein. Ist das die Stadt? Muss es sein. Aber das Risiko hast du gekannt, wieder auf Old Lonesome zuzugehen. Du hast gewusst, dass du näher ran musst.

Mopar hasst jede einzelne verdammte Straße in der Stadt. Hat er immer schon.

Beweg dich.

Er stapft die Stufen der Veranda hoch und klopft an die Haustür. Zwei Mal. Er versucht, es amtlich klingen zu lassen.

Ein schnelles Schlurfen. Dann ein Krachen, wie wenn jemand gegen einen Eiskübel rennt. »Was ist los?«, fragt eine weibliche Stimme. »Was wollen Sie?«

»Ich überprüfe die Häuser, Ma'am«, sagt Mopar. »Wir haben einen Ausbruch.«

»Die Sirene haben wir gehört.«

»Ich war mir nicht sicher, ob man das hier draußen kann.«

»Doch haben wir.«

»Sind Sie allein, Ma'am?«

»Mein Mann ist auch da. Und sein Bruder. Sie sind bewaffnet.«

Mopar stößt den Lauf seiner Schrotflinte durch das Glas der Haustür.

Sie dreht sich um und rennt weg. Dann ein dumpfer Schlag, ein Krachen.

Mopar greift durch das zerbrochene Türfenster. Fummelt nach dem Riegel und entsperrt die Tür.

Sie krächzt und schlägt mit den Armen um sich, versucht sich aus der Umarmung eines Flurläufers zu befreien, der sich wie eine Schlange um sie windet. Sie ist den ganzen Flur entlanggerutscht und mit einem Telefontisch zusammengekracht.

»Ich bin bewaffnet«, sagt er.

Sie schlägt sich den Teppich aus dem Gesicht. Sie ist eine hübsche Frau, und sie ist schwarz. Anfang dreißig, breites Gesicht, kurze Locken. Sie trägt ein grün-weißes Kleid.

»Ist sonst noch jemand hier?«, fragt Mopar.

»Meine Kinder sind in ihrem Zimmer.« Sie klopft sich Staub vom Kleid.

»Kein Ehemann?«

»Er ist bei Mrs. Atkinson nachschauen. Direkt die Straße runter. Er muss jeden Moment wieder da sein.«

Natürlich wird er das. Und ihr Mann wird das verdammte zerbrochene Türfenster sehen. Die ganze verdammte Welt soll verflucht sein. »Funktioniert das Telefon?«

»Bis jetzt schon.«

»Rufen Sie ihre Mrs. Atkinson an, und sagen Sie Ihrem Mann, dass er heimkommen soll. Sagen Sie ihm, dass der Wind eins der Türfenster eingedrückt hat.«

»Er ist nicht dumm.«

Mopar hält die Schrottflinte hoch, nur für den Fall, dass sie ihn nicht ernst nimmt. »Dann überzeugen Sie ihn.«

Sie richtet den umgefallenen Telefontisch wieder auf, stellt das Telefon darauf, nimmt den Hörer hoch und wählt. »Hallo, Mrs. Atkinson. Ist Charles da?«

Schritte auf der Veranda.

Mopar nimmt ihr den Hörer aus der Hand. Wirft ihn auf die Gabel.

»Mary Lou? Ist jemand da drin?« Es ist ein Mann.

»Ich hab deine Mary Lou«, sagt Mopar. »Komm rein. Die Hände da, wo ich sie sehen kann.«

Die Tür schwingt auf. Ohne zu zögern. »Da sind meine Hände«, sagt der Mann. Er hält sie vor sich, wie jemand, der darauf wartet, dass ihm Handschellen angelegt werden. Seine Brille beschlägt. Er ist riesig. Vielleicht zwei Meter zehn, ein Kopf wie eine Kanonenkugel und ein Gesicht, als hätte jemand einen bösen schwarzen Scherz machen wollen.

»Verdammt, Charles«, sagt Mary Lou.

»Ist doch in Ordnung«, sagt Charles zu ihr. »Dieser Herr will niemandem weh tun.«

»Auf geht's«, sagt Mopar. »Dahin, wo ihr die Kinder habt. Ich will euch alle beisammen.«

»Kann ich mir die Brille putzen?«, fragt Charles. »Ich seh' nichts.«

»Nur zu.«

Charles zieht sich das Flanellhemd aus der Hose und wischt die Brillengläser daran ab. Er hat die Art Schultern, die man bei einem Ochsen erwartet. Er zieht seine Jacke aus und hängt sie an die Garderobe.

Keiner tut, was man ihm sagt. »Habe ich gesagt, dass du deine Jacke ausziehen sollst?«, sagt Mopar.

»Gehen wir irgendwo hin?«, fragt Charles.

»Die Kinder. Jetzt.«

»Sind Sie sich sicher?«

»Charles, fang mit ihm keinen Streit an«, sagt Mary Lou.

»Ich streite nicht mit diesem Jungen. Ich frage ihn nur, ob er das tun will. Noch kann er immer noch durch diese Tür verschwinden. Alles, was es bisher gibt, ist eine kaputte Glasscheibe.«

»Sehe ich für dich nicht sicher genug aus?« Mopar hofft, dass Charles nicht hört, wie unsicher er ist. Dieser große schwarze Hundesohn hat etwas, was ihn am liebsten wieder rückwärts in den Schneesturm hinausgehen lassen will. Er fängt sich. Stellt sich das Auto in der Scheune vor. »Auf geht's.«

Charles hebt die Hände und lässt seinen Kopf auf die Brust fallen, wie einen Eimer in den Brunnen. Eine Geste der Kapitulation. Vorgetäuschte Kapitulation, der Schweinehund. »Ich will nur sichergehen, dass du das auch willst, Junge.«

»Im Moment hab ich keine andere Möglichkeit.«

»Man denkt immer, dass man keine andere Möglichkeit hat, bis man sich für die falsche entscheidet.«

Mopar deutet mit der Waffe den Flur entlang. »Können wir verdammt noch mal einfach gehen?«

»Sicher«, sagt Charles. »Sicher.« Leichtfüßig tritt er um Mopar herum und geht zu seiner Frau.

Sie nimmt seine Hand und drückt sie. »Bei mir alles okay.«

»Lass uns diesem Mann was zu Essen geben«, sagt Charles. »Bist du hungrig, Mopar?«

Mopars Lungen stellen die Arbeit ein. »Zum Teufel, woher weißt du meinen Namen?«

Die Brille von Charles ist wieder angelaufen. Er nimmt sie ab und wischt sie wieder an seinem Hemd ab. »Ich kenne deinen Daddy.«

»Nein, tust du nicht.«

»Soll ich ihn anrufen? Ich kann das auf der Stelle tun.«

»Ich will nicht, dass du diesen verdammten Scheißkerl anrufst. Ich will, dass ihr diesen Flur lang geht und eure Kinder holt. Ich will uns alle im gleichen Raum. Und das will ich verdammt jetzt sofort.« Mopars Stimme ist schrill. Es ist ihm egal.

»Sicher«, sagt Charles. »Machen wir.«

• • •

Es ist ein Wohnzimmer am anderen Ende des Hausflurs. Ein Radio, das mindestens zehn Jahre alt ist, eine Nähmaschine, ein paar Lampen und Sessel, und ein derart perfekt getrimmter Weihnachtsbaum, dass Mopar sich zurückhalten muss, ihn nicht zu berühren, um zu sehen ob er echt ist.

Dann sieht er das vielleicht zwölf Jahre alte schwarze Mädchen, das vor der Couch auf dem zerschlissenen Teppich sitzt. Und auf der Couch, in Decken eingemummelt, ein vielleicht halb so alter Junge. Ein kleiner Junge, der mit leerem Blick die Zimmerdecke anstarrt, dem die Tränen das Gesicht hinablaufen. Das Mädchen ringt die Hände. »Ich hätte weglaufen sollen, aber ich hab ihn nicht alleinlassen wollen«, sagt das Mädchen. »Tut mir leid, Daddy.«

»Leck mich fett«, sagt Mopar. Und beinah gibt er in diesem Moment auf.

34
– Der Fährtenleser –

Das erste Gebäude, zu dem sie kommen, ist ein kleines weißes Farmhaus. Die Telefonleitung auf den Masten scheint intakt und Dickie schlittert in die Einfahrt. »Du bleibst da«, sagt er zu Jim, bevor er aussteigt.

Jim bleibt da. Ihm sind zwar keine Handschellen angelegt, er sieht aber auch keinen Anlass, wegzurennen. Er wartet im Wagen und sieht dem Schnee zu, wie er weiße Löcher in die Nacht bläst. Dann, wie die Nacht schwarze Löcher in den Schnee bläst. Er denkt an Ruby und an seinen Job, hauptsächlich aber daran, wie wenig von seinem jetzigen Leben am nächsten Morgen noch übrig sein wird.

Er muss nicht lange sinnieren. Es dauert keine fünf Minuten, bis Dickie zurückkommt, den Mund zusammengekniffen, die Nase am Zucken wie bei einem sehr kleinen Hund, der seinen Kopf gerade in einen sehr großen Haufen warmer Bärenscheiße gesteckt hat. Er schlüpft ins Auto und sitzt einfach nur da. Die Hände auf dem Lenkrad, starrt er durch die Windschutzscheibe.

»Fahren wir zurück, um Jugg zu sehen?«, fragt Jim.

Dickies Gesicht ist beinahe blutleer. »Was mich fertigmacht, ist, dass du die eine Sache wirklich gut machst. Die ganze verdammte Stadt kann dich nicht ausstehen. Deine eigene verdammte Frau kann dich nicht ausstehen. Aber eine Sache kannst du gut.«

»Gehen wir zu Jugg?«

»Scheißkerl.« Dickie schlägt aufs Lenkrad. »Scheißkerl.« Er schlägt aufs Armaturenbrett. »Scheißkerl.« Er schlägt sich an den

Kopf. Dann sitzt er eine Minute da und schlägt nirgends hin. »Kennst du Billy Hughes?«, fragt er.

»Ich denk schon«, sagt Jim. Zumindest kann er das Gesicht vor sich sehen. Ein trotteliger Junge mit Henkelohren und einem dummen Grinsen. Einmal hat er sein Auto hochgetunt und ist eines Nachmittags betrunken durch Denver gekurvt. Er hat die Kontrolle über den Wagen verloren und ist in eine Bäckerei gepflügt, in der ein halbes Dutzend Schulkinder am Essen waren. Vier von ihnen waren tot. Billy Hughes gehört nicht ins Gefängnis, aber man kann nicht einfach jemand vier Schulkinder umbringen lassen. »Ist er einer von denen, die ausgebrochen sind?«

»Ist er. Hast du gewusst, dass er in der Stadt eine Freundin hat?«

»Nein.«

»Wenn du Jugg wärst, würdest du das wissen. Wenn du Jugg wärst, hättest du eine ständig aktuelle Liste von allen, die in die Stadt ziehen. Vielleicht würdest du sie sogar unter Beobachtung halten und sicherstellen, dass sie nicht dabei sind, einen Ausbruch zu unterstützen. Darum ist Jugg der, der er ist, und du bist ein dummer Wichser, der halt ein einziges Ding gut macht.«

Draußen vor dem Fenster, ein Blitz im Schnee, schwarz und kantig. Ein Diademhäher im Sturzflug, der auf dem Ast einer Konifere am Waldrand landet. Jim kann sich nicht erinnern, schon viele von ihnen bei Nacht gesehen zu haben, aber er ist auch nicht überrascht. Es sind Nesträuber. Sie töten andere Vögel und fressen ihre Brut. »Diese verfluchte Stadt.« Jim schließt die Augen und verschränkt die Arme vor der Brust, als Dickie losfährt.

Aber er schläft nicht. Mit den Marschpillen intus ist er sich nicht sicher, ob er jemals wieder schlafen wird. Eine Minute lang aber träumt er. Er weiß nicht genau von was, aber es hinterlässt ein warmes, unbeschwertes Gefühl in ihm. Wie durch ein Espengehölz in einer Sommerbrise gleitet er in den Traum hinein und wieder heraus, und die Blätter werfen Schatten aufs Gras.

Und so sieht er auch, was er mit Dickie machen wird, als würde er sich selbst von außen aus tausend Metern Höhe betrachten. Dieses Gefühl hat er schon öfter gehabt.

• • •

Was die Sache mit Hansen anging, so eskalierte die Situation nicht etwa deshalb, weil Jim von Chris Hansen schlechter behandelt wurde als von den anderen. Der Unterschied lag darin, dass Hansen einfach nie genug bekommen konnte. Auch andere Leute in der Stadt machten sich über Jim lustig, aber nicht jedes Mal, wenn sie ihn sahen. Hansen aber ging nie an ihm vorbei, ohne etwas zu sagen. Hässlicher Schwanzlutscher dies und hirnkranker Wichser das. Es fing an, als Jim die Farm des Alten verlor und einen Job als Wärter im Gefängnis annehmen musste. Und es hörte nie auf.

Hansen hatte gerade eines der kleinen blonden Bishop-Mädchen geheiratet, die Hübscheste des ganzen hübschen Haufens, und es war schon ein Baby unterwegs. »Ich würde meine Eier vierzig Meilen über Glasscherben schleifen, wenn ich dann wenigstens ihren Schatten fingerficken könnte«, hörte Jim Checkers über sie sagen. Es gab keinen Wärter, der nicht dasselbe oder noch etwas Derberes über sie sagen würde. Und Hansen wusste das. Er war stolz darauf.

Jim konnte sich nicht erklären, warum Hansen sein Leben nicht einfach genießen konnte. Es war einfach nicht nachzuvollziehen, dass er jedes Mal etwas sagen musste, wenn er an Jim vorbeikam, obwohl er selbst vom Leben doch so verwöhnt war. Aber er tat es. Und es wurde so schlimm, dass Jim ihn nicht mehr aus dem Kopf bekam. Er wachte nachts auf, weil er von Hansen träumte. Eines Morgens dann, als Jim zur Arbeit kam und an den anderen Wachen vorbeilief, hörte er sie lachen. Er drehte sich um, da war Hansen. Er äffte Jims lange Schritte nach und formte die

Worte »Ich denke …«. Seine Lippen bewegten sich dabei langsam und klebrig.

Es war nur eine Kleinigkeit, dachte Jim. Aber es war die Letzte, die er ertragen konnte. Und so war es später am Tag Jim, der hinter Chris Hansen herlief, als der die Stufen zum Gefängnisblock Sechs hochstieg. Jim packte ihn am Genick, schlug ihm das Gesicht zwei Mal gegen das Geländer, dann hob er ihn hoch warf ihn die ganze lange Treppe hinunter. Es dauerte lange, bis Hansen wieder zur Arbeit erschien, und als er wieder kam, war er nicht mehr der Alte.

Ich mache nur eine Sache gut, denkt Jim. Das stimmt. Also werde ich das auch tun. Ich werde jeden von ihnen erwischen. Ganz allein. Und ich bringe sie alle lebend zurück. Diese ganze Stadt kann mich mal. Kann sein, dass ich nur eine Sache gut kann, aber die kann ich besser als jeder andere.

•••

Der Wagen hält an. Jim steigt aus. Es ist eine der baumgesäumten Straßen der Stadt, auf jeder Seite eine Reihe kleiner Bungalows. In seinem Traum tauchte genau so eine Straße auf, nur in einer anderen Stadt als dieser. Eine Stadt, in der er nie war und die auch nicht existiert. Als wäre es ein eingerosteter Gangschalthebel, fühlt er, wie sich in ihm etwas verschiebt.

»Genau das hier ist es.« Dickie steht auf der anderen Seite des Wagens.

»Ist sonst noch jemand da?«

»Sie sind im hinteren Teil des Hauses. Sie vermietet nur das halbe Haus.«

»Und es gibt keinen zweiten Ausgang?«

»Nur die eine Tür.« Dickie gibt Jim den alten 45er Colt von Bellingham zurück. »Dieses Mal will ich dich schießen sehen«, sagt er. Er nimmt die Maschinenpistole und den Tornister aus dem Kofferraum. »Den buchten wir ein.«

Jim mag den 45er. Mag es, wie er in der Hand liegt. Er schwingt den flachen Schlitten seiner Waffe genau an Dickies Schläfe. Dickie fällt um und quiekt wie eine Maus, deren Bein von einer Hantel eingeklemmt wird. Jim geht einen Schritt zurück, holt aus und tritt ihm zwischen die Beine. Dickie klappt nach vorn wie ein mechanisches Spielzeug und bleibt so liegen, Gesicht im Schnee, Hintern in der Luft. Und immer noch das quieckende Geräusch.

»Ich mag's nicht, wie du Leute behandelst«, sagt Jim. »Du hättest mich nicht vor meiner Frau schlagen müssen.« Er steckt den Colt in den Gürtel und nimmt Maschinenpistole und Tornister.

• • •

Jim folgt dem Weg an der Seite des Hauses, versucht die Fenster zu vermeiden. An der Ecke bläst ihm scharf der Schnee entgegen, und um ihm zu entgehen, presst er sich an die Wand. Dann knurrt ihn ein großer deutscher Schäferhund an und schlägt die Zähne in den Maschendraht eines an das Haus gebauten Hundezwingers. Jim streckt die Hand aus, damit der Hund sie durch den Draht riechen kann, und er beruhigt sich.

»Bist du das, Dickie?« Es ist ein Flüstern. Ein Mann.

Jim schaut von links nach rechts, um zu sehen, wer da redet.

Nichts.

»Wir sind hier drüben«, kommt die Stimme wieder.

Jim kann sie orten.

Er geht zu einer kleinen Veranda hinüber, die zu einer Seitentür führt. Es sind zwei Wärter. Sie stehen auf beiden Seiten der Veranda. Und sie haben einen Ausbrecher, er ist mit Handschellen an einen Zaunpfahl gefesselt.

»Wir haben ihn gerade erwischt«, sagt einer der Gefängniswärter. Er hält eine kurzläufige Winchester M97-Schrotflinte, wie sie im Ersten Weltkrieg bei den Grabenkämpfen im Einsatz war. Die

Knochen unter seiner Haut scheinen verrückt zu spielen. »Billy Hughes ist immer noch da drin.«

»Wo ist Dickie Carr?«, fragt der andere Wärter. Er kratzt sich unter dem Mantel an der Brust. »Hat Dickie nicht mit dir kommen sollen?« Er beäugt die Maschinenpistole in Jims Hand, kratzt sich noch immer. »Glaubst du, ich kann die nehmen? Ich habe sonst nur einen Revolver.«

»Weiß Billy, dass ihr hier draußen seid?«, fragt Jim. Damit er ein Stück Tabak abschneiden kann, klemmt er sich die Maschinenpistole zwischen Ellbogen und Oberkörper.

»Er hat keinen blassen Schimmer. Dieser Kerl hier ist herausspaziert, als wenn es keine Sorgen auf der Welt gäbe, und wir haben ihn geschnappt. Wir waren grade dabei, Billy herauszulocken. Irgendeinen Aufruhr veranstalten oder so etwas.«

Genau dann geht die Tür auf und ein flachsblonder Kopf mit Segelfliegerohren blitzt auf. Billy.

»Schweinepriester«, sagt Jim.

Dann ist der Junge wieder drinnen. Die Tür kracht hinter ihm zu.

»Bewacht alle Fenster, die groß genug für ihn sind, um abzuhauen«, trägt Jim den Wärtern auf. »Und macht ein wenig Krach, damit er euch hören kann.«

»Wo gehst du hin?«, fragt der mit der Schützengraben-Schrotflinte.

Jim stellt sich neben den Türknauf. Er zählt bis drei, dann drückt er die Türklinke runter und schiebt die Tür auf. »Billy, bist du da drin?«

»Komm rein und find's raus«, sagt Billy.

»Du willst mich nicht erschießen, Billy. Ich bin's, Jim Cavey.«

»Komm rein und find's raus, du retardierter Hundesohn.«

»Okay«, sagt Jim. »Vor jedem Fenster sind Wachen postiert. Wenn du auf mich schießt, knallen die dich garantiert ab. Aber ich will das nicht. Ich will das wirklich nicht.«

»Ich hab schon gewusst, was du sagen wirst, bevor du es ausgesprochen hast«, sagt Billy. »Wir haben ein Radio. Ich hab gehört, wie das hier ausgeht.«

»Das war nicht ich«, sagt Jim. »Ich bin hier, um dich sicher rauszubringen.«

Weil ich dazu da bin, denkt Jim. Morgen werde ich keinen Job mehr haben, aber heute Nacht mache ich meinen. Und ich werde ihn so machen, wie er gemacht werden soll. Er spuckt Tabaksaft auf den Boden und schultert das Maschinengewehr, presst die Wange an den Schaft aus Walnussholz und spuckt noch einmal aus. Dann rauscht er durch die Tür in die Küche.

Niemand.

»Ich bin drin«, sagt Jim.

»Gut für dich«, sagt Billy. »Ich hab eine Geisel. Wenn du den Flur langkommst, blase ich zuerst diesem Arsch den Kopf weg. Und dann dir.«

»Billy.« Eine Frauenstimme.

»Da wo ich bin, gefällt's mir«, sagt Jim. »Hier drinnen ist es angenehm warm, und ich bin aus der Kälte. Weiter muss ich nicht kommen. Aber vielleicht können wir ja ein wenig reden.«

»Scheiß aufs Reden, Jim Cavey«, sagt Billy. »Du musst mich hier rausgehen lassen, zusammen mit meiner Geisel. Raus zu deinem fahrbaren Untersatz, womit immer du auch gekommen bist, damit wir zusammen wegfahren können.«

»Darüber können wir reden«, sagt Jim. »Wir können über alles reden. Aber an den Fenstern hast du einen Haufen mit Pillen aufgeputschter Wachen. Ich fürchte, wenn du rauskommst, schießen die dich übern Haufen.«

»Weißt du überhaupt, was ich getan habe? Warum ich im Old Lonesome gesessen bin?«

»Du hast ein Auto gestohlen«, sagt Jim. »Das ist das, was ich gehört habe.«

»Einen Scheiß hab ich gestohlen. Es hat meinem Onkel gehört. Ich hab's gefahren, um ihm eine Unze Gras zu besorgen. Der Schweinepriester war gerade geschieden.« Billys Stimme wird lauter.

»Beruhige dich«, sagt Jim.

»Eine Unze beschissenes Gras. Das war alles. Der Hundesohn hat mir die Autoschlüssel gegeben. Ich hab nichts gestohlen.«

»Das kannst du mir gerne alles erzählen«, sagt Jim. »Mach nur einfach langsam.«

»Er hat geweint wie eine Memme. Mein Onkel. Er hat geheult, dass sein Leben vorbei sei, weil seine Frau ihn verlassen hat. Schluchz, schluchz.«

»Nimm die Waffe von dem Mädchen weg«, sagt Jim. »Erzähl mir das genauer.«

»Das ist der Grund, warum er ihnen erzählt hat, dass ich ihm die Karre gestohlen hab. Seine verdammte Frau. Schwuler Schweinesack. Kannst du dir denken, wie das für mich ausgegangen ist?«

»Kann ich.«

»Einen Scheiß kannst du, Jim Fickmich Cavey.« Er will noch etwas sagen, aber das wird vom Knall einer Schrotflinte unterbrochen.

Jims Ohren dröhnen, obwohl die Wand das dämpft. Er spuckt wieder aus und hofft, dass es nicht das ist, was er denkt.

»Das war keine Absicht.« Billys Stimme klingt gebrochen.

Jim bewegt sich den Flur entlang. Unter einem Türspalt hinten kommt Rauch. Jim tritt die Tür auf. Ein Mädchen von vielleicht Zwanzig liegt auf dem Boden. Eine Schädelhälfte ist wie ein Spitzendeckchen aus Blut, Gewebe und glänzend weißen Knochensplittern auf dem Boden verstreut.

Billy hält eine abgesägte doppelläufige Schrotflinte. »Es war keine Absicht«, sagt er etwas zu laut, offenbar kann er nicht richtig hören. Er atmet mit offenem Mund, Speichel rinnt ihm das Babykinn hinab. »Es war keine Absicht.«

Nur ein dummer Junge.

»Jim, alles mit dir in Ordnung da drin?«, ruft einer der Wärter.

»Alles klar«, ruft Jim zurück. »Bleibt, wo ihr seid.« Der Lauf seiner Waffe sitzt auf Billys Brust. Er kann jede Schramme und Kratzer auf dem Schaft sehen.« Wirf die Flinte weg, Billy.«

Billy scheint ihn nicht zu hören.

»Wir kommen rein«, ruft einer der Wärter.

»Nein, bleibt draußen«, ruft Jim zurück. »Du musst die Waffe weglegen, Billy. Sonst erschießen sie dich.«

Billy atmet immer noch mit offenem Mund. Man kann sehen, wie ihm das Herz zerbröselt.

Dann aber ist es, als wenn ihm jemand eine Kurbel an den Kopf setzt und die Haut straffzieht. Sein ganzes Gesicht wird flach, die Segelfliegerohren lang. »Du.« Er hebt seine Waffe gegen Jim.

SCHIESS.

Nein. Nicht schießen.

SCHIESS.

»Du«, sagt Billy.

Jim drückt ab. Er erwartet einen harten Schlag, aber der schwere Stahl und das Walnussholz dämpfen den Rückstoß. Er übertreibt es und verpasst dem dummen Jungen eine Naht vom rechten Schulterblatt bis zur linken Hüfte.

Billy lässt die Schrotflinte nicht fallen.

SCHIESS.

Schieß nicht.

SCHIESS.

Jims Finger zuckt wieder und treibt drei große 45er Löcher in Billys Gesicht.

»Verdammt«, ruft Jim. Aber er kann sich nicht hören. In jedem Ohr hat er einen Schwarm Bienen.

Dann sagt er nichts mehr. Er kann nicht. Er spuckt aus und verlässt das Haus.

35
– Der Häftling –

Mopar sitzt auf der Couch, die 38er im Schoß, die Schrotflinte neben sich, und tunkt das hausgemachte Brot ins Rührei. Mary Lou hat es ihm zubereitet, bevor sie die Kinder nach oben gebracht hat.

Er kann spüren, wie ihn Charles beobachtet. Der Riesenkerl sitzt nach vorn gelehnt in einem Ohrensessel, seine massiven Schultern bilden eine Diagonale. Er hat sich als Erster hingesetzt und Mopar hat die Couch genommen, weil sie am weitesten von ihm entfernt ist.

»Gut, das Rührei, nicht?«, sagt Charles.

»Verdammt gut«, sagt Mopar. Er wischt Eigelb mit dem Brot auf.

»Mary Lou kann gut kochen.« Charles nimmt einen Zug an seiner Zigarette und hält sich dabei die Hand vor den Mund, als ob er Mundharmonika spielt. »Sie kann eigentlich fast alles, wenn sie es nur will. Eine Frau wie sie gibt es kein zweites Mal.«

Und warum zur Hölle erzählst du mir das? Mopar sagt es nicht, weil er den Mund voll hat.

»Ich bin der beste Mechaniker der Stadt.« Charles streift die Zigarette an einem Stehaschenbecher ab, den er sich an den Sessel gezogen hat. »Da kannst du jeden fragen. Es gibt nichts, was ich nicht wieder zum Laufen bringe. Aber sogar ich komme manchmal nicht weiter. Dann ruf ich sie, dass sie in den Schuppen kommt, und ich will verdammt sein, wenn sie mir nicht exakt sagt, was das Problem ist, nachdem sie einen Blick drauf geworfen hat. Unglaubliche Frau.«

Mopar stellt den Teller neben sich aufs Sofa. »Mach das Radio an.«

»Nee. Nein, Sir. Das kann ich nicht tun.«

»Warum nicht, verdammt?«

»Es geht nicht. Es lässt sich nicht anmachen. Es gibt kein Radio.«

»Und du bist der beste Mechaniker in der Stadt?«

»Aber ja.«

»Und sitzt hier in deinem Wohnzimmer mit einem kaputten Radio.«

»Da hast du recht. Aber ein Radio ist nichts Mechanisches. Es ist elektrisch. Das ist eine völlig andere Sache.« Charles drückt die Zigarette aus. Dann rollt er die Schultern und hält sich die Hände vors Gesicht. »Willst du eine Geschichte über deinen Daddy hören?«

»Mein Daddy interessiert mich nicht. Nicht die Bohne.«

»Er hat versucht, mich niederzubrennen.«

»Ist mir egal. Ich frage mich, warum du ein Radio hast, das nicht funktioniert.«

»Er hat gesagt, ich stehle ihm Aufträge. Da hat er auch recht gehabt. Es gibt sicher schlimmere Männer auf dieser Erde als deinen Daddy, aber wahrscheinlich keinen schlechteren Mechaniker als ihn. Sogar mit einem Gummihammer kann er ein Kugellager verhunzen.« Charles grinst. »Entschuldige den Ausdruck.«

Mopar steht auf und geht zum Radio. Es ist ein Konsolenmodell. Hat vermutlich ordentlich was gekostet, als es neu war.

»Er war betrunken«, sagt Charles. »Dein Daddy war immer betrunken. Ich hab gehört, heute trinkt er weniger, aber damals war er nie nüchtern. Und er war schmutzig, wenn du die Wahrheit wissen willst. Dreckig. Seine Overalls haben immer ausgesehen, als ob er sie durch eine Ölwanne gezogen hat.«

»Nicht jeder kann so sauber bleiben wie du«, sagt Mopar.

»Ich hab ihn kommen hören«, fährt Charles fort. »Und als ich aus dem Schuppen komme, steht er da und hat einen Benzinkanister in der Hand.

›Ed‹, habe ich gesagt.

›Charles‹, hat er gesagt.

›Was hast du vor?‹

›Du bist nicht der, der die Fragen stellt, du Scheißnigger‹, hat er gesagt. ›Ich bin das.‹

Ich hab einen Lappen in meiner Gesäßtasche gehabt, hab ihn herausgezogen und mir die Hände abgewischt. ›Wenn ich dir eine Frage beantworten kann, Ed, dann tu ich das.‹

Er hat einfach nur dagestanden und hat ein paar Mal geblinzelt. Ich denke, was immer er für eine Frage gehabt hat, er ist nicht der Typ, dem das Fragenformulieren so leichtfällt.

Aber dann hat er endlich gesagt, ›Was denkst du, wie ich mich fühlen muss?‹

Da hab ich den Lumpen wieder in die Tasche gesteckt. ›Ed. Ich glaube nicht, dass ich mich jemals hingesetzt und über deine Gefühle nachgedacht habe. Ich glaub nicht, dass ich das je gemacht habe.‹

›Vielleicht ist es Zeit, dass du es mal tust‹, hat er gesagt. ›Vielleicht musst du dir mal Gedanken darüber machen, dass du mich aus dem Geschäft gedrängt hast, indem du deinen eigenen Laden aufgemacht hast.‹

›Ich hab zehn Jahre vor dir angefangen, Ed.‹

›Ich hab Frau und Kind.‹ Er hat Tränen in den Augen gehabt und sich mit dem Handrücken die Nase abgewischt. ›Scheiße.‹

›Ed, was hättest du gern, was ich tun soll?‹

›Ich will, dass du die verdammte Stadt verlässt. Und wenn du's nicht tust, brenn ich dich nieder.‹

Ich hab nur versucht, das zu begreifen. Und ich kann dir sagen, Mopar, ich hab's wirklich versucht. Dein Daddy war kein schlechter Kerl, das war mir klar. Oder nicht schlechter als jeder andere.

Aber wenn jemand dein Zuhause bedroht, dann ist er dabei eine Grenze zu überschreiten. Also habe ich gesagt, ›Nein, Ed, das tust du nicht.‹ Das habe ich gesagt. ›Du wirst dich umdrehen und nach Hause gehen. Das ist es, was du tun wirst.‹

›Wirklich?‹, hat er gesagt. Und dann hat dein Daddy den Deckel des Benzinkanisters abgeschraubt. Hat er wirklich. ›Das denkst du wirklich?‹, hat er gesagt.

Nun, für mich war da die Grenze überschritten. ›Ich will dir nicht auf die Füße treten, Ed‹, habe ich gesagt, ›aber du wirst in meinem Schuppen nicht einen einzigen Tropfen Benzin ausschütten.‹

Seine Augen haben sich geweitet, als hätte ihm jemand einen Nagel in den Hintern gesteckt. ›Hast du mich gerade bedroht, du scheiß Nigger?‹

›Überhaupt nicht‹, hab ich gesagt. ›Keineswegs. Ich käme gar nicht darauf, dir zu drohen. Ich bin überhaupt nicht an dir interessiert. Aber das hier ist mein Haus.‹

Er hat mich nur angeblinzelt. Ganz lange. ›Du hast mich also nicht bedroht?‹, hat er dann schließlich gesagt.

›Nein. Das würd ich auch nie tun. In meinem eigenen Haus hat mich niemand anzugreifen, aber bedrohen würd ich dich trotzdem nicht.‹

›Das tust du auch besser nicht, du Nigger.‹ Er hat den Verschluss wieder zugedreht. »Weil du denkst, dass du ein guter Mechaniker bist, denkst du vielleicht, du kannst herumlaufen und weiße Leute bedrohen. Aber das kannst du nicht. Scheiß Nigger.‹

›Genau. Yessir.‹

›Gut so‹, hat er gesagt. Dann hat er sich umgedreht und ist über meinen Rasen weggewackelt. Und weißt du, was ich gedacht habe?«

Mopar antwortet nicht. Er hat jeden Knopf am Radio gedreht, den er finden kann, und auch den Anschluss überprüft. Jetzt starrt er nur noch darauf. Bewegungslos. Wie in Trance. Denn er hört etwas. Es ist ein Rauschen, das in der Luft vibriert. Ein Rascheln, das von überall und nirgends herkommt.

Mopar rührt sich nicht vom Fleck. Er ist wie erstarrt.

Es ist das Radio. Leck mich am Arsch. Es hat Empfang.

Tatsächlich. Es ist kaum wahrnehmbar. Aber es hinterlässt ein Echo in Mopar, hallt in seinem Gedächtnis nach, ruft den Sound von Hunderten Gefangenen in ihm wach. Gefangene, die darauf bedacht sind, eine Welt jenseits der Wahrnehmung der Wächter zu kreieren. Flüstern und Grunzen. Bewegung im Speisesaal und im Hof. Der Friseur und das Bad mit den eisernen Badewannen. Den ganzen Weg durch das zweistöckige Steingebäude, Haus Drei, Mopars Zuhause, und dann hinaus durchs Haupttor.

Und da ist Mopar selbst, wie er hineingeht. Er hat es direkt vor Augen, als ob gerade alles geschieht, und er sich selbst aus hundert Metern Höhe dabei zuschaut.

Mopar ist neben dem Gefängnis aufgewachsen, hat es sein ganzes Leben lang gesehen, aber nichts hat ihn vorbereitet auf seinen ersten Gang hinein. Das schwere schwarze Eingangstor. Die Sechs-Meter-Mauern, deren Quader von den Sträflingen selbst aus dem Gebirgskamm hinter dem Gefängnis gehauen worden sind. So hatte man gebaut, als Colorado noch Indianergebiet war. Zwangsarbeit und Schweiß und Blut der Sträflinge. Man sagt, dass mehr als hundert Männer unter diesen Mauern begraben sind, sie haben sich totgeschuftet. Und für einige der Insassen war die Idee, ihre eigene Zelle zu bauen, nicht auszuhalten. Sie sind ausgebrochen und Richtung Gebirge geflüchtet. Auch sie sind unter diesen Mauern begraben.

Am stärksten ist die Erinnerung an die Wachmannschaften, die sich während seines langen Marsches auf den Mauern versammelt hatten. Ihre Gesichter weiße flache Steine zwischen dem Blauschwarz der Mützen und Mäntel. Er entsinnt sich, wie sie gelacht haben. Wie sie sich hinter ihren Gewehren über ihn lustig machten. Hinter jedem ihrer Gesichter eine Totenmaske. Todesmarsch, Totenkult, das Leben ist nichts wert. Hier gibt's keinen Weg hinaus, du Wichser. Es stieg ihm in den Hals, als würde der Sauerstoff aus seinen Lungen gesaugt. Dann die Leibesvisitation, die Zellenutensilien und der Marsch über den geteerten Hof. Es regnete an diesem Tag, und Mopar ist im Regen der Schweiß runtergelaufen. Er hat geschwitzt vom Drang, ihnen etwas anzutun, was ihr Leben auf immer verändern würde.

Sie haben mich hier drin geschlachtet, denkt Mopar. Als ob ich ein Stück Fleisch bin. Ich habe keine Vorstellung gehabt, wie viel sie aus mir herausschneiden werden. Aber jetzt hier, genau jetzt, kann ich den Wind durch die Löcher pfeifen hören.

• • •

»Ich glaube, du musst was trinken«, sagt Charles. Er gibt Mopar ein Glas mit etwas Braunem drin.

Mopar trinkt. Der Alkohol blubbert ihm die Kehle hinunter und sammelt sich in seinem Bauch. Er legt den Kopf zurück.

Mollys leicht schiefe Nase. Diese Augen, die dir das Herz aus dem Hals ziehen konnten. Sie sollte eigentlich da sein, wenn er aus dem Old Lonesome herauskommt. Das ist sie ihm schuldig. Wenigstens das, wenn schon sonst nichts. Sie war mein Lebensentwurf für diese Welt.

Denk nicht so.

Charles hat sein Glas schon wieder gefüllt. Hat es noch voller gemacht. Mopar trinkt erneut.

Der Whiskey wirkt plötzlich. Und für eine Sekunde sitzt Molly nicht auf ihm, würgt ihn nicht. Mollys Gesicht verschwindet. Löst sich langsam auf. Wie dein eigenes Spiegelbild in einer Pfütze, von der du wegtrittst.

Und er kann atmen. Es verringert nicht ihre Präsenz. Es lässt ihn nur neben sich treten und sich aus einer Entfernung sehen. Es gibt ihm Platz.

Ich bin so verdammt müde.

Es gibt Dinge, von denen man sich sagt, dass man sie nie wieder tun will. Löcher, in die man nie wieder fallen will. Manchmal aber ist es einfacher, dich in eins hinabgleiten zu lassen und dich dort eine Weile zu verstecken. Mopar taucht für eine Sekunde ab.

Dann wirft er das Glas auf den Boden. Es zerbricht. Er richtet den 38er-Colt auf Charles. »Versuch nicht, mich besoffen zu machen, Nigger.«

Charles ist immer noch in seinem Ohrensessel. »Ich hab nicht versucht, dich besoffen zu machen. Ich hab nur versucht, dir eine Frage zu stellen.«

»Welche?«

»Ich hab dich gefragt, ob du wissen willst, was ich gedacht habe, als ich deinem davongehenden Daddy nachsah. Willst du?«

Mopar wischt sich mit dem Ärmel die Stirn. Er schwitzt. »Sag schon.«

»Ich hab an dich gedacht«, sagt Charles. »Ich hab daran gedacht, wie groß deine Chance ist, nicht in den Knast zu kommen. Und ich hab gedacht, die ist gleich Null.«

»Du kannst meinem Daddy nicht anhängen, dass ich im Knast gelandet bin«, sagt Mopar. »Das hab ich ganz allein zu verantworten.«

36
– Die Zeitungsleute –

Sie bewegen sich jetzt schneller. Niemand von ihnen redet. Perry führt seine Hunde im Laufschritt durch den Wald, die Männer kommen gerade noch nach. Shitkick Johnson scheint es zu genießen. Er bewegt sich wie jemand, der gleich ein Lied anstimmen will. Sogar Garrett kann seine Lippen nicht geschlossen halten. Und Stanley fühlt es auch.

Der Einzige, bei dem das anders ist, ist Grace. Er watschelt hinter ihnen her. Schämt sich über sich selbst und hat Schiss, zu dicht hinter den anderen zu laufen. Wie er es eigentlich tun sollte. Sobald ihnen klar geworden war, dass Arthur Mooney nun im Besitz von Graces Gewehr sein musste, war es, als wäre ein zweiter, hellerer Mond hinter dem schneegetrübten ersten aufgegangen. Ein Mond, der hell mit Dexedrin brannte.

Dexedrin. Scheiß drauf.

»Hast du noch was von diesen Marschpillen?«, fragt Stanley Shitkick.

Shitkick hält das Sturmgewehr mit einer Hand. Keine schlechte Leistung. Er zieht eine Blechröhre aus seiner Jackentasche und wirft sie Stanley zu. Stanley öffnet den Deckel und nimmt zwei.

»Kann ich auch ein paar haben?«, bittet Garrett.

»Nimm dir, was du brauchst«, sagt Shitkick. Sein Drang, Garrett fertigzumachen, scheint völlig verdampft zu sein, jetzt wo sie auf der Jagd sind. Mordlust kann einen großzügig gegenüber den eigenen Leuten machen. Stanley wirft Garrett das Röhrchen zu, Garrett nimmt sich zwei Pillen und steckt es ein. Shitkick scheint es nicht zu bemerken.

Und dann hebt Perry die Hand. Das bedeutet, seid verdammt noch mal mucksmäuschenstill.

Sie alle bleiben reglos stehen.

Sie sind an einem weiteren Bach angelangt. Er ist kleiner als der, den sie überquert haben. Hinter einem Baumstumpf am anderen Ufer steigt Rauch auf.

Stanley schaut zu Garrett, der zu Shitkick blickt und ihn grinsen sieht. Sie riechen es. Zigarettenrauch.

»Ihr Hundesöhne seid nicht gerade gewieft«, tönt Turds Stimme hinter dem Baumstumpf hervor. »Ihr seid überhaupt nicht gewieft.«

»Ergibst du dich?«, fragt Shitkick. »Turd, du Stück Scheiße. Du könntest wenigstens ein wenig kämpfen.«

»Ich ergebe mich nicht. Ich hab ein Gewehr. Habe es dem Schönling abgenommen, den ihr dabeihabt. Hab es mir genommen, als er sich den Arsch mit seiner Hand abgewischt hat. Hab mir überlegt, ihm mit meinem Rasiermesser die Kehle durchzuschneiden, aber ich hab's nicht fertiggebracht, jemanden umzubringen, der sich gerade in die Hosen geschissen hat.«

»Was ich mit einem Rasiermesser tun kann, das zeig ich dir, wenn du rauskommst«, sagt Grace.

»Grace, halt dein Maul.« Shitkick sagt es milde, als wäre es eine Empfehlung und kein Befehl. Aber es ist einer. »Du bist erledigt«, sagt er zum Baumstumpf.

Turds Lachen klingt überrascht. »Das stimmt. Ich bin am Arsch.«

»Komm raus. Ich kümmere mich um dich.«

»Ich glaub nicht, dass ich das tue. Noch nicht.« Ein Rauchwölkchen über dem Baumstumpf. »Ich warte noch. Ich genieße gerade noch diese Zigarette.«

»Wenn du dein verdammtes Gewehr nicht abgesetzt hättest, wäre das hier jetzt kein Problem«, sagt Shitkick zu Grace.

»Es sind die Pillen. Die haben meinem Magen nicht gutgetan.«

»Worauf wartest du denn noch?«, sagt Shitkick zum Baumstumpf.

»Eine Frau. Oder Whiskey.«

»Du steckst mitten in einem verdammten Wald in einem Schneesturm. Wo denkst du, kannst du eine Frau oder Whiskey finden?«

»Oh, ich kann warten.« Turds Stimme klingt leichter, weht weg. »Ich hab alle Zeit der Welt. Ich kann hier ewig warten.«

Shitkick nimmt den Baumstumpf ins Visier. Stanley kann sehen, was er denkt. Eine .30-06er Springfield-Patrone ist eine mächtige Ladung. Sie dringt durch jedes gepanzerte Fahrzeug. Aber auch durch einen Baumstumpf? Vielleicht, wenn er angefault ist. Aber wie auch immer, sobald Shitkick mit seinem Sturmgewehr zu feuern anfängt, wird Turd sicher losrennen. Und dann geht es nur noch darum, ihn umzulegen.

»Ich hab Whiskey«, sagt Stanley zum Baumstumpf.

Shitkick wirft Stanley einen Blick zu, der besagt, dass er ihm dafür am liebsten eins in die Fresse schlagen würde.

»Whiskey?«, sagt Turd.

»Ich hab eine Flasche Whiskey dabei«, sagt Stanley. Er zieht die Flasche, die er im Yard gekauft hat, aus der Jackentasche. »Keine Frauen. Dann bleibt nur noch Whiskey übrig, oder?«

»Lass mich überlegen«, sagt Turd.

»Überleg ruhig, was du willst«, sagt Shitkick. »Du kannst einen Schluck haben und dann rauskommen. Oder wir können einen trinken, während ich diesen verdammten Baumstumpf mit meinem Browning Maschinengewehr zerlege. Aber du solltest dich schnell entscheiden. Streng dich an, du Wichser.«

»Okay«, sagt Turd. »Okay. Einen Schluck.«

»Gute Entscheidung«, sagt Shitkick. »Wirf das Gewehr weg, und wir bringen dir die Flasche.«

Noch einer dieser abgehackten Lacher. »Darauf falle ich nicht rein. Ihr werft die Flasche rüber, dann nehme ich meinen Schluck. Und dann kriegt ihr mein Gewehr.«

Stanley hat den Bach schon überquert.

»Verdammt, was tust du?«, fragt Garrett. Seine Stimme ist schrill vom Dexedrin.

Stanley geht um den Baumstumpf herum.

Es ist so, wie er es sich bei Turds brabbelnder Stimme gedacht hat. Er sitzt gegen den Stumpf gelehnt, die Beine ausgestreckt. Stiefel und Hose sind bis über die Knie vereist, und er hat seine von keinem Handschuh geschützten Hände im Schoß, das Gewehr lehnt an der Seite. Seine Augen sind glasig und glücklich. »Hast du den Whiskey gebracht?«, fragt er.

»Hab ich«, sagt Stanley. »Kannst du ihn halten?«

»Oh Mann, ich kann gar nichts halten.«

Stanley beugt sich hinunter und hält Turd die Flasche an den Mund. Er nimmt einen langen Schluck. Seine blauen Augen flackern und glühen wie ein Filmprojektor beim Rollenwechsel. Stanley zieht die Flasche weg. »Du kannst die Knarre nehmen«, sagt Turd.

»Die verdammte Knarre nehmen wir«, sagt Shitkick. Er kommt um den Baumstumpf herum, tritt Turd hart auf den Fußknöchel. Stanley hört die Knochen brechen.

Turd scheint es nicht einmal zu merken. Sein Gesicht ist voll sanften Lichts.

»Du bist königlich am Arsch«, sagt Shitkick. »Du kannst nicht mal was fühlen.« Er dreht seinen Stiefel noch einmal rein. Knochen knacken.

Turds Gesichtsausdruck ist glückselig.

»Das können wir ändern«, sagt Shitkick.

»Sicher können wir das«, sagt Grace. Er nimmt sein Gewehr am Lauf und stößt Turd den Schaft in den Mund. Turd grinst ihn an. Die Vorderzähne sind eingeschlagen, Blut läuft ihm das Kinn hinunter. Er grinst weiter.

•••

Es ist später. Sie haben Turd aufgesammelt und bringen ihn zum Wagen zurück. Da ist der Punkt erreicht, an dem Garrett zu Stanley sagt: »Ich kann diese Story nicht weiterverfolgen.«

Stanley hat gewusst, dass das kommen wird. Er hat darauf gewartet. Bis vor ein paar Minuten hat er sogar vorgehabt, Garrett beim Wort zu nehmen. Sie haben genug für eine Story. Es gibt nichts, was sie sich nicht von Direktor Jugg aktualisieren lassen könnten.

Das war bis vor ein paar Minuten. Aber jetzt nicht mehr. Jetzt ist es Stanleys Story geworden. Er sieht die Spalten der Kolumne bereits vor sich, klar wie Dexedrin. Und er stellt sich Marjorie vor, wie sie es liest. Sie schürzt die Lippen beim Lesen, das sieht er so deutlich, als stehe sie direkt vor ihm. Sie hat die Zeitung immer noch abonniert, und das hier wird eine Titelstory. Marjorie wird sehen, wie eine solche Story auszusehen hat. Sie wird kapieren, dass es darauf ankommt, sie richtig anzupacken. Und sie wird einsehen müssen, dass es genau das ist, was er tun muss, um sie und seine Kinder zu ernähren. Vielleicht zeigt sie ihnen sogar die Zeitung. Es ist jetzt seine Story.

»Wir gehen nicht, bevor nicht alle wieder eingefangen sind«, sagt Stanley zu Garrett.

»Warum? Verdammt? Warum?«

»Es ist, wie auf einem gesprungenen Kessel krude Rhythmen für Tanzbären zu trommeln«, sagt Stanley. »Nur, dass wir uns danach sehnen, eine Musik zu machen, bei der die Sterne schmelzen.«

»Ich hab keine Ahnung, wovon du redest«, sagt Garrett. »Nicht die geringste.«

»Es ist ein Zitat übers Schreiben. Gustave Flaubert.«

»Ich verarsch dich nicht, was soll ich damit anfangen?«

»Hier ist noch ein Zitat, von Flauberts Mutter«, sagt Stanley. »Gustave, die Liebe fürs Wort hat dir dein Herz ausgetrocknet.«

»Ich fühl mich, wie wenn mein Gehirn nach außen gedreht wird«, sagt Garrett. »Ganz nach draußen. Wie, wenn du mich verrückt machen willst, und das mit Absicht.«

»Ich denke überhaupt nicht an dich«, sagt Stanley. Und das ist die Wahrheit.

37
– Die Geächtete –

Dayton hat Sparrow im Krankenhaus abgeliefert, beide haben sie sich durch eine Lüge gemurmelt, wie er sich den Arm gebrochen hat, als sein Auto von der Straße abgekommen ist. Kann sein, dass das Krankenhaus ihn trotzdem meldet, aber bis dahin ist sein Arm gerichtet und jemand ist unterwegs, um ihn abzuholen. Auf dem Weg in die Stadt haben sie an einer Telefonzelle gehalten.

Jetzt sitzt sie wieder im Truck.

Bevor Ethans Gehirn verbrannt ist, hat Dayton nie richtig Lust aufs Fahren gehabt, zum Ende hin aber hat sie es lieben gelernt. Das Fahren war eine der wenigen Möglichkeiten, ihm für eine Zeit zu entkommen. Damals war sie froh, all die notwendigen Besorgungen machen zu müssen. Für seinen Schnaps ist sie jederzeit freiwillig in die Stadt gefahren. Ab und zu hat sie sogar seine Flaschen ausgeleert, damit sie Nachschub besorgen musste.

Ihre bevorzugten Fahrten waren genau wie die jetzt. Das Wetter so schlecht, dass man sich darin verirren kann. Beim richtigen Schnee konnte die Fahrt in die Stadt eineinhalb Stunden dauern. Und das waren eineinhalb Stunden, die ihr allein gehörten. Eineinhalb Stunden, um über alles Mögliche nachzudenken, außer an ihr Leben und ihr Versagen. Über ihre Mutter und die zerbröckelnde Unordnung, zu der sie geworden war. Über die brüchige Fassade einer aus Zigarettenasche und Tablettenröhrchen bestehenden Frau. Darüber, wie sie auf rohen Eiern gehen und die Dinge ignorieren musste, die aus ihrem Mund kamen. Wie sie die Vorhänge arrangieren musste, damit kein Sonnenstrahl hereinkam, oder wie sie ihre überquellenden Aschenbecher leeren musste. Und dabei im dickgrauen Mief des Zimmers die Luft anhalten.

Genau wie mit Ethan.

Bei ihm war auch etwas nicht im Lot. Dayton hatte das zuerst nicht so richtig gemerkt, aber schon kurz nach der Heirat erhielt sie Anschauungsunterricht darin. Sie hatten den größten Teil des Frühlings mit Holzmachen zugebracht. Ethan hatte bei einer Auktion einen 1941er Farmall-Traktor gekauft, und sie zogen Kiefern per Seil den Berg hinab. Eines Morgens stapelte Dayton bis zum Mittag Holz, ehe sie bemerkte, dass Ethan nicht zum Mitmachen herausgekommen war. Es irritierte sie, dass er so faul war. Sie mussten das Holz aufschichten, damit es bis zum Herbst trocknen konnte. Und Arbeit, die notwendig war, schob man nicht auf. Sie ging hinein, zog die Arbeitshandschuhe aus und legte sie auf den Tisch. »Ethan«, sagte sie.

Keine Antwort.

Sie schaute im Wohnzimmer nach. Kein Ethan. Sie ging die Treppe hoch. Oben war er auch nicht. Auch nicht in dem kleinen Zimmer oben im Flur. Auch nicht im Schlafzimmer. Sie hielt inne und stand einfach nur da.

Kann es sein, dass ich ihn übersehen habe, wie er aus dem Haus gekommen ist?

Natürlich konnte das sein.

Sie wusste, dass sie auf so gut wie nichts anderes geachtet hatte als aufs Holzschichten. Sie mochte es, mit den Händen zu arbeiten und den Kopf abzuschalten. Manchmal arbeitete sie so sechs oder sieben Stunden, bevor ihr auffiel, was sie da gerade tat. Er hätte herauskommen können, in seinen Truck steigen und in die Stadt fahren können, ohne dass sie irgendetwas bemerkt hätte.

Sie ging im Schlafzimmer ans Fenster, um nachzusehen, ob sein Truck noch in der Einfahrt stand.

Der Truck stand an seinem Platz.

Jetzt begann es sie zu beunruhigen. Sie konnte hören, wie ihr der Atem schwerer wurde.

Dann versteifte sich ihr ganzer Körper.

Sie war nicht die Einzige, die atmete.

Langsam drehte sie sich um. Im Schrank war keine Tür, sie konnte direkt hineinsehen. Leer. Und niemand passte in diese Zedernholztruhe. Unmöglich.

Sie bückte sich und setzte ein Knie auf die Dielen.

Ethan lag mit dem Rücken zu ihr zusammengerollt unter dem Bett. Er zitterte, als ob er lachte. Sie brauchte eine ganze Minute, um es zu begreifen. Er war am Weinen. Sie konnte sich nicht erinnern, je einen Mann weinen gesehen zu haben. Noch nie.

Schlagartig wälzte er sich herum, drehte ihr sein Gesicht zu. Seine Pupillen waren riesig und wie aus Tinte, in seinem Schnurbart hing Rotz. Wie ein Kind hielt er die Handgelenke. Dayton hatte bis jetzt noch nie bemerkt, wie dünn und weiß sie waren. »Wo hast du's hingetan?« Seine Stimme klang belegt, als sei ihm jemand mit einer Schneekette über den Hals gefahren.

»Was hingetan?«

»Verdammt, sag das nicht.« Er fauchte. »Mein rotes Halstuch.«

»Dein rotes Halstuch?«

»Mein Taschentuch. Bitch.«

Sie nickte. Einmal. Dann stand sie auf.

»Du hast gestohlen. Das Gras und das Geld. Das Taschentuch.« Seine Stimme unter dem Bett klang wie aus einem Tunnel.

»Ethan, hast du etwas getan, was du nicht tun solltest?«, fragte sie.

»Ich hab überhaupt nichts getan, du Fotze. Aber du.«

»Etwas gestohlen?«

»Es ist nicht nur das Stehlen, du verlogene Fotze.«

Um nicht laut aufzulachen, musste sie sich die Hände vor den Mund halten. »Und was noch?«, sagte sie in ihren Ärmel.

»Du und diese alte Bitch Pearl Greene. Was du mit meinen Babys gemacht hast.«

Sie ging Richtung Tür.

»Verdammt, wohin gehst du?«, schrie er. Und dann war da ein Geräusch, wie wenn ein Axtstiel einen Baumstamm trifft.

Sie blieb stehen. Lauschte. Sie hörte nichts.

»Ethan?«, sagte sie.

Nichts.

Sie ließ sich auf ein Knie nieder und sah unters Bett.

Er hatte die Hände wie Klauen an seinem Kinn, Blut lief ihm die Wangen hinab. Dieses Mal schaffte sie es nicht, die Hände vor den Mund zu bringen, bevor sie loslachte. Er musste vergessen haben, wo er war, und war aufgesprungen, um sie zu verfolgen. Und hatte sich den Kopf mit voller Wucht an einer der Bettlatten angehauen.

Beinahe hatte sie Mitleid mit ihm.

• • •

Ein paar Tage lang schämte er sich. Er kochte für sie und pfiff dabei Hank Williams-Melodien vor dem Holzherd. Er hackte und stapelte mehr als seinen Teil der Kiefern. Er begann, einen neuen Couchtisch für das Wohnzimmer zu tischlern. Er hielt sich selbst für einen Tischler, und das hieß, dass die meisten ihrer Möbel eine Winzigkeit ungenau waren. Nicht so viel, dass man es sofort sah, aber die Bleistifte rollten auf dem Tisch immer Richtung Osten, und der Stuhl knarrte.

Einen Monat später gab es einen neuen Anfall. Ethan unter dem Bett. Und dann wieder. Und innerhalb von sechs Monaten war das dann regelmäßig so. Die Anfälle dauerten länger, manchmal tagelang.

Seine Anklagen begannen sich um einen Sohn zu drehen. Er hatte einen ausgesucht und alles, was sie tun musste, war ihn für ihn auszutragen, aber sie wurde nicht schwanger. Er glaubte, sie und Pearl Greene hätten sich gegen ihn verschworen, um jeden seiner Söhne zu töten. Und dass Dayton Abtreibungen vornehmen ließ, damit Pearl Greene irgendetwas Grausames mit den Föten machen konnte. Irrwitzige Anschuldigungen. Dayton erfuhr nie, was genau Pearl Greene den Föten angeblich antat. Es war offenbar zu schrecklich, um es zu erzählen. Du weißt selbst am besten, was du da machst, du Fotze.

Und tatsächlich traf sie Vorkehrungen, um nicht schwanger zu werden. Sie nahm die Pille nicht, und sie ließ nicht abtreiben, aber sie ging zu Pearl Greene, und Pearl brachte ihr andere Methoden bei. Was immer mit Ethan nicht in Ordnung war, Dayton wollte es nicht austragen.

Dayton hatte das alles schon einmal mit ihrer eigenen Mutter durchgemacht, und sie wusste, wie die Leute in der Stadt über sie redeten. Dass sie aussah wie ihre Mutter. Knochenmager wie ein Strichmännchen. Die Schatten unter ihren Augen. Um Halloween herum gab es immer jemand, der sie fragte, ob sie eine Maske trug. Wie sie aussah, war ihr herzlich egal, aber sie wusste, dass alle dachten, dass auch sie auf dem besten Weg war, verrückt zu werden. Ein verrücktes Kind aber würde sie nicht austragen.

Sie nahm, was immer es an friedlichen Momenten mit Ethan gab. Autofahren war einer davon. Ein anderer, wenn Ethan seine Whiskeyflasche mit hinaus aufs Plumpsklo nahm, dort schief an die Planken gelehnt saß und trank, bis er ohnmächtig wurde und schnarchte. Sie verstand nie, warum er zum Trinken dort hineinging, aber vielleicht beruhigten ihn enge Orte einfach. Wie der Platz unter dem Bett. Sie war mehr als glücklich damit, wenn er sich selbst zum Verstummen brachte. Wo immer er wollte.

•••

Das sind die Dinge, die Dayton durch den Kopf gehen, während sie durch die Stadt fährt. Die Schneeketten knirschen und klackern an den Reifen. Das Radio ist gerade laut genug, damit »The Dark End of the Street« durch die Fahrerkabine hallen kann. Auf den Straßen türmt sich der Schnee und die Windschutzscheibe beschlägt an den Ecken.

Sie muss jetzt aufhören, daran zu denken. An Ethan, an ihr Leben. Sie muss an Mopar denken. Ganz ziellos fährt sie nicht, aber sie hat keine Idee, wo er sein könnte. Sie denkt nur, dass sie ihn wahrscheinlich eher findet, wenn sie herumfährt, als wenn sie in ihrem Haus sitzt.

Sie hätte etwas zu Essen mitbringen sollen. Den ganzen Tag lang hat sie kaum etwas gehabt, und sie ist erkältet. All die geballte Energie von der Begegnung mit Sparrow ist aus ihr gewichen, die Erkältung hat ihr den Kopf aufgebläht und ihre Nase zuschwellen lassen, sie fühlt sich an wie ein zu stark aufgeblasener Luftballon.

Und dann sieht sie den Mann auf der anderen Straßenseite.

Mopar?

Er ist es nicht.

Aber sie erkennt den Gang.

38
– Der Fährtenleser –

Jim hört hinter sich den Motor näher ruckeln. Dann ist er im Leerlauf und hält. Jim spuckt aus.

Er ist unterwegs nach Hause, warum, weiß er selbst nicht genau. Die Marschpillen verlieren ihre Kraft, und ihm wird klar, was er getan hat. Und was Ruby tun wird, wenn sie ihn dafür feuern. Die kleine Judith wird er nie wiedersehen. Ruby wird die Kinder nehmen und so schnell weg sein, dass er nicht mal eine Staubwolke sieht. Ein Teil von ihm will sich einfach an der Straße niedersetzen. Hinsetzen und sich ein neues Stück Kautabak abschneiden und darauf warten, dass es zu schneien aufhört.

Du hast gedacht, dass du diese Jungs alle alleine zur Strecke bringst? Dass du sie lebendig zurückbringst? Dass du mit Bellingham redest und deine eigene Schicht kriegst? Du hast Dickie niedergeschlagen, um eine Chance zu haben, Billy Hughes am Leben zu halten, aber es ist umsonst gewesen. Du hast den Jungen umgebracht. Es ist egal, was du gewollt hast. Es ist wie immer egal.

Sich einfach auf der Straße niedersetzen und darauf warten, dass der verdammte Schnee aufhört. Und dann noch eine Weile länger sitzenbleiben. Vielleicht, bis es wieder anfängt.

Der Motor hinter ihm ist immer noch im Leerlauf. Jim dreht sich um. Es ist nicht so, dass der den Lauf seiner Maschinenpistole hochnimmt, aber er hält sie vor sich. Er will Dickie Carr nicht erschießen, aber so ganz ist ihm die Idee nicht zuwider.

Aber es ist nicht Dickie Carr.

Es ist ein blauer Chevy Pickup-Truck, Jim erkennt ihn sofort.
Er spuckt wieder aus.

• • •

Jim traf Dayton das erste Mal auf einem seiner Spaziergänge. Einer, der ihn irgendwie den Jackleg Canyon hoch zu ihrer Farm geführt hatte. Es war Frühling, den ganzen Winter hatte hoher Schnee gelegen, der nun am Schmelzen war. Jim fand Dayton bei ihrer Milchkuh, die direkt neben dem Bach, der durch die Wiese läuft, am Muhen war. Sie steckte bis zum Bauch im Schlamm, und Dayton ruhte sich gerade auf ihrer Schaufel aus, wischte sich mit den Handschuhen Schlammspritzer aus dem Gesicht, die Augen wegen der Frühlingssonne zugekniffen, die gerade durch die Wolken brach.

Jim kannte ihre Geschichte. Oder etwas davon. Sie war mit diesem kleinen Kerl aus Ohio verheiratet gewesen, der sich einen Bart wachsen ließ und einen Arbeitskittel und Stiefel trug, aber nie ganz echt darin wirkte. Jim setzte sich auf einen Felsblock zwischen den Ponderosa-Kiefern und den Espen, schnitt sich etwas von seinem Tabak ab und steckte ihn sich in den Mund. Blütenstaub schwebte durch die feuchte Luft, schwer von Gras und Kuhscheiße. Gelbe Schmetterlinge flatterten über die Wiese.

Sie war ein seltsames Mädchen, diese Dayton. Seltsam ungelenk, mit unruhigen schwarzen Augen. Irgendwann war sie weggelaufen. Jim erinnert sich daran. Als klar wurde, dass sie weg war, hatten sie ihn gefragt, ob er sie verfolgen könnte. Zumindest, bis klar sei, dass sie die Stadt aus eigenem Antrieb verlassen hatte. Das war das erste Mal, dass Jim zu ihrer Farm hochgelaufen war, aber es war nicht das erste Mal, dass er das erwogen hatte.

Also setzte er sich und sah ihr zu, wie sie der Kuh zusah. Jim hatte so etwas oft genug gesehen, um zu wissen, dass manche Kühe einfach aufgeben im Schlamm. Sie sterben dann.

Und dann sah Dayton zu ihm hinüber. Direkt zu ihm.

Jim hob eine Hand und stand auf.

»Sie steckt fest«, sagte sie.

»So etwas passiert im Frühjahr«, sagte er.

»Ich hab gegraben und versucht, Bretter unter sie zu kriegen, damit sie raus kann, aber sie will nicht laufen.«

»Das kann passieren. Es ist, als ob sie vergessen, überleben zu wollen.«

»Weil der Schlamm kalt ist?«

»Ich hab immer gedacht, es ist der Geruch.«

Ihre schwarzen Augen blickten ihn an. »Der Geruch?«

»Es riecht wie was, wo man bleiben will«, sagt er.

Sie hatte Schlamm auf der Stirn, aber trotzdem konnte er sehen, wie ihre Stirn sich in Falten legte. »Na gut. Was würdest du tun?«

»Hast du einen Traktor?«

Sie nickte.

»Einen großen?«

»Einen Farmall«, sagte sie. »Modell H.«

»Der reicht«, sagte er. »Den werden wir brauchen. Und eine Rückekette. Oder ein Seil, wenn du nichts anderes hast, aber mit einer Rückekette geht es bei ihnen besser.«

Sie hatte eine Rückekette. Sie legten sie der Kuh um den Hals, verbanden sie mit einem Zugseil und zogen mithilfe des alten Traktors, während Jim all seine Kräfte mobilisierte und den Hinterleib der Kuh anhob. Endlich gab der Schlamm sie frei, und irgendwie gelang es ihnen, sie lange genug zum Laufen zu bringen, bis sie in der Scheune war und dort zusammenbrach.

Die Scheune roch sauber. Heu, darunter Mist. Jim vermisste diesen Geruch. »Hast du einen Platz zum Feuermachen?«

»Hinter dem Ackerwagen ist eine Esse«, sagte sie.

Es war eine alte, und sie war halb verrostet. Er schob den Ackerwagen aus der Scheune, häufte lose Kohle in die Feuergrube und machte Feuer. Dann sammelte er Heu zusammen und machte nahe am Feuer ein Bett. Sie bewegten die Kuh dorthin und Dayton deckte sie mit einem alten Teppich zu.

Sie warteten, ohne zu reden. Jim saß hinten auf dem Wagen und spuckte seinen Tabaksaft auf den Boden. Und als die kleine Milchkuh endlich auf die Füße kam, legte Dayton ihre Hand auf Jims Arm.

Einfach so. Jim hörte auf zu atmen.

Wie jetzt auch.

• • •

Auf der Fahrerseite geht das Fenster herunter. »Hallo Fremder«, sagt Dayton. Das sandgestrahlte Dreieck ihres Gesichts ist im Kragen ihres alten Arbeitskittels versteckt. Ihre Augen erinnern an geöltes schwarzes Walnussholz.

Jim geht um den Truck herum und steigt ein. Er richtet den Lauf seiner Maschinenpistole auf den Boden und hält den Schaft zwischen seinen Händen, faltet seine zu großen Hände darüber.

»Das ist eine ziemliche Wumme«, sagt sie.

»Kann sein.«

Ihre Lippen werden schmal. Aber nur ein bisschen. Sie zieht ein rotes Taschentuch aus ihrer Tasche und putzt sich die Nase. »Du solltest bei diesem Wetter nicht herumlaufen.« Sie steckt das Taschentuch wieder ein. »Nicht mal du, Jim.«

»Ich bin gerade auf dem Heimweg gewesen«, sagt Jim.

Sie wirkt nicht so, als ob sie den Truck irgendwohin bewegen will. »Haben sie ihn gefunden?«

»Wen gefunden?«

»Du weißt, wen. Mopar.«

»Mopar?«

»Er ist mein Cousin, Jim. Das hab ich dir erzählt.«

Jim erinnert sich nicht, dass sie ihm irgendwann je so etwas gesagt hat. Aber die Welt ist voll von Dingen, an die Jim sich nicht erinnert. Er kann hören, wie das Eis in seinem Bart schmilzt und auf seine Jeans tropft. Er kann es nicht fühlen, kann in seinen Beinen noch nichts spüren, aber er kann es hören. »Vermutlich.«

»Hör auf damit.« Ihre Lippen sind wieder schmal. »Beim Rest der Welt kannst du dich dumm stellen, aber nicht bei mir. Erinnerst du dich daran oder nicht?«

»Nein.«

»Nun. Er ist es. Seit ich gehört habe, dass er ausgebrochen ist, fahre ich herum, um ihn zu finden.«

»Was hast du vor?«

Wieder holt sie ihr Taschentuch heraus und putzt sich die Nase. Ganz unvornehm. »Sicherstellen, dass Jugg ihn nicht erschießt.«

»Er wird ihn trotzdem erschießen«, sagt Jim. »Jeder von ihnen wird erschossen. So viel habe ich bis jetzt gelernt.«

»Hör auf, Jim«, sagt sie. »Willst du helfen oder nicht?«

»Was soll ich denn tun?«

»Ich frag dich.«

»Ich hab's gehört. Aber was soll ich denn tun?«

»Ich werd sie Mopar nicht umbringen lassen. Ich hab vor, ihn zu finden und aus der Stadt zu bringen.«

»Warum?«

»Er ist mein Cousin, Jim. Es ist mir egal, wie schlecht dein Gedächtnis ist. Du kannst es nicht schon vergessen haben.«

Jim sieht auf seine Hände, auf den Dreck, der sich an seinen Fingerknöcheln festgesetzt hat. Auf einmal fühlen sich seine Hände zu groß an für seine Handgelenke. Als ob sie ihm abfallen könnten, wenn er sich falsch bewegt. »Sie haben schlimme Dinge getan«, sagt er. »Die, die ausgebrochen sind.«

»Dinge?«

»Du hättest sehen sollen, in welchem Zustand wir Pearl Greene gefunden haben. Und Inspektor Bowmans Frau. Nicht zu vergessen die Wärter, die sie bewusstlos geschlagen haben.«

»Er ist mein Cousin«, ist alles, was sie sagt.

»Ich habe dir schon mehrfach geholfen«, sagt er. »Ich hab dein Dach repariert.«

»Du hast mir geholfen, mein Dach zu reparieren.« Ihre braunen Augen bewegen sich im Dunkel der Fahrerkabine. »Jim, ich hab gesagt, bei mir sollst du das nicht machen. Du kannst dich überall anders dumm stellen, aber nicht bei mir.«

»Ich schätze nur.«

»Du schätzt was?«

»Ich schätze, ich weiß es nicht«, sagt Jim.

»Denk drüber nach«, sagt sie.

Also denkt er darüber nach.

Bin ich ihr das schuldig? Nein, bin ich nicht. Die Frage ist, ob ich will, dass sie es mir schuldig ist.

Er sieht, wie sie versucht, nicht zu ihm zu schauen. Sie presst ihre Lippen aufeinander, sieht sorgenvoll aus. Sorgen- und hoffnungsvoll.

Zu versuchen, Billy lebend herauszubringen, hat nicht funktioniert. Wie verdammt kann sie denken, dass es mit Mopar anders wird? Und wenn ich Mopar bei der Flucht helfe, wird Jugg mich ganz sicher feuern. Und Bellingham könnte nichts mehr dagegen tun. Niemand könnte das. Am Ende sitze ich vielleicht selbst im Old Lonesome ein.

Aber ich muss nicht mehr tun, als Mopar finden. Ich muss ihm nicht bei der Flucht helfen. Ich muss ihn nur lebend zurückbringen.

Es entkommt sowieso niemand.

Wenn ich ihn davor bewahre, erschossen zu werden, kann sie nicht mehr von mir verlangen. Und vielleicht kann ich sogar meinen Job behalten. Ruby verlässt ihn vielleicht nicht, und er verliert Judith nicht.

Jim wird klar, dass er hofft, sie könnte wieder fahren, wenn er nur lang genug grübelt.

Aber sie fährt nicht.

»Hast du einen Stadtplan?«, fragt er.

»Jim, du hast dein ganzes Leben in dieser Stadt verbracht. Wozu brauchst du einen Stadtplan?«

»Ich habe einen im Haus«, sagt er. »Fahr mich nach Hause.«

»Und dann?«

»Dann wartest du draußen, bis mir eine Idee gekommen ist, wie wir vorgehen können.« Er kurbelt das Fenster herunter und spuckt Tabaksaft hinaus. Dann denkt er an Judith und spuckt noch einmal.

39
– Der Häftling –

Der Junge will nicht aufhören zu weinen. Sogar vom ersten Stock herunter kann Mopar es hören, als würde jemand direkt in sein Ohr schreien. Es kommt Mopar vor, als hocke ein heulender Hund auf seiner Brust. Mopar tut, was er kann, um es zu ignorieren. Er schnürt seine Stiefel auf und zieht sie aus, damit seine Füße etwas Ruhe haben. Als er sie auszieht, versucht er, nicht an das zu denken, was sich unter den Socken verbirgt. Und er versucht, nicht an das Weinen zu denken.

Charles scheint es nicht einmal zu bemerken. Er beobachtet Mopar mit nach vorn hängenden Schultern. »Die sehen aus, als ob sie wehtun«, sagt er.

»Tun sie.« Mopar schaut nicht auf seine Füße. »Welche Schuhgröße hast du?«

»Sechzehn«, sagt Charles. »Ich muss sie als Sondergröße bestellen.«

»Beschissene Sechzehn.« Mopar holt tief Luft, dann besieht er sich seine Füße. Sie sind nichts als Blasen und Blut. Die Haut hängt herunter, als hätte er sie in einen Eimer kochendes Wasser gesteckt.

»Ich kann mir nicht vorstellen, wie du damit überhaupt laufen konntest«, sagt Charles. »Sie sind ein Fiasko.«

»Was du nicht sagst«, sagt Mopar. Er hebt den Blick, schaut auf alles, nur nicht auf seine Füße, fixiert sich auf ein kleines Bücherregal in der Ecke. Scribner's Modern Student's Library, das komplette Set. »Bist du ein großer Leser?«

»Ja, bin ich«, sagt Charles. »Groß würde ich nicht sagen, aber ich lese gern.«

»Hätt ich nicht gedacht.« Ein kalter Lufthauch zieht den Boden entlang und über Mopars Füße hinweg. Als würde man einen eiskalten Waschlappen auf eine offene Brandwunde legen. »Ich hab noch nicht viele Neger-Mechaniker getroffen, die lesen.«

»Es ist eine seltsame und vielschichtige Welt. Du kannst darin so ziemlich alles finden.«

»Sei kein Klugscheißer.«

»Nein, Sir, bin ich nicht. Ich versuche, nur so aufrichtig zu sein, wie ich kann.«

Mary Lou kommt langsam die Treppe herunter. Sie trägt den Jungen. Seine Beine hängen schlaff, und er wimmert an ihrem Hals. Er weint nicht mehr, aber Mopar kann nicht sagen, ob das gut oder schlecht ist. Ein Hauch von Menthol umgibt Mutter und Kind. »Er hat Schmerzen«, sagt sie. »Er hat richtig starke Schmerzen, Charles.«

»Wie hoch ist das Fieber?« erkundigt Charles sich. Es klingt so, als würde er nach dem Wetter fragen. Mopar fröstelt.

»Über 40. Er lässt mich das Thermometer nicht lange drinnen haben, aber es sind über 40 Grad, wenn er es herauszieht.«

Charles steht auf und geht zu ihr, hält dem Jungen die Hand auf die Stirn. Der Junge zuckt, als ob er aufwachen würde. Seine Augen tanzen hinter den Lidern, aber er wacht nicht auf. Charles drückt ihm seine große Stirn an die Wange. »Du musst nur noch ein wenig durchhalten, kleiner Mann.«

»Kannst du ihm nicht irgendein Medikament geben«, fragt Mopar. »Verdammt noch mal.«

»Ich hab ihm was gegeben, du dummer Hinterwäldler«, sagt Mary Lou. »Sag mir nie wieder, wie ich mich um meinen Sohn kümmern soll.«

»Es ist alles in Ordnung«, sagt Charles. Seine Stirn berührt immer noch den Jungen. »Alles wird gut. Dieser Mann ist bald weg.«

»Wann?« Mary Lou funkelt Mopar an. »Wann wirst du weg sein?«

»Sobald der Schnee nachlässt und ich fahren kann«, sagt Mopar.

»Mein Junge kann nicht warten, bis es mit Schneien aufhört«, sagt Mary Lou. »Das steht er nicht durch. Denk mal drüber nach.«

»Daran denke ich schon«, sagt Mopar. »Fick mich mit nem Schaufelstiel.«

»Wenn er stirbt, brauchst du dich nicht mehr darum zu sorgen, ob sie dich kriegen«, sagt Mary Lou. »Du wirst überhaupt keine Sorgen mehr haben. Dafür werd ich dann sorgen.«

»Er wird's schaffen«, sagt Charles in das schweißnasse Haar seines Sohnes. »Du schaffst es. Wirst du doch, kleiner Mann.«

»Wird er nicht.« Als hätte man sie in der Mitte zusammengepresst, spritzen ihr die Tränen aus den Augen. »Wir müssen ihn ins St. Leonard bringen. Charles, er schafft es sonst nicht.«

»Psst«, sagt Charles in das Haar des Jungen. »Psst.«

»Wie wäre es mit einem kalten Bad?«, sagt Mopar. »Vielleicht hilft das.«

»Ein kaltes Bad?« Ihre Stimme könnte Farbe abbeizen.

»War nur eine Idee.«

»Mach dir keine Umstände«, sagt sie. »Mach dir keine Umstände, überhaupt etwas denken zu wollen.«

»Ich kann euch nicht das Auto nehmen lassen«, sagt Mopar. »Es ist mir egal, ob er krank ist. Ich brauche das verdammte Auto.«

»Hüte deine Zunge«, sagt Charles. Sein Gesicht ist immer noch am Hals des Jungen.

»Ich sag's nur. Ich weiß, dass er krank ist, aber ich kann euch nicht das Auto nehmen lassen.«

»Es wird alles gut«, sagt Charles. »Mary Lou, du bringst ihn wieder hoch. Wir bringen ihn so schnell es geht ins Krankenhaus.

Geh wieder nach oben.« Er küsst den Jungen auf die Stirn, dann ihre Wange, und während sie den Jungen nach oben trägt, geht er zurück zu seinem Stuhl.

•••

»Tut mir leid«, sagt Mopar nach einer Weile. Er hat sich gerade mit dem Anstaltstabak eine Zigarette gerollt. Eine von Charles zu nehmen, kam ihm falsch vor. »Aber ich brauche das verdammte Auto.«

»Was für ein Auto.«

»Deines.« Mopar zündet sich die Zigarette mit einem Streichholz an. »Das draußen in der Scheune.«

»Das Auto?«

»Das Auto. Darum bin ich hier. Ich nehme es.«

Charles streicht sich über den kahlen Kopf. Und dann lacht er. Ein großes, dröhnendes Lachen. Wie zur Antwort rüttelt ein Windstoß am Haus.

»Ich kann nichts so verflucht Lustiges entdecken«, sagt Mopar.

Charles Mund hört auf zu lachen, nicht aber seine Augen. »Nimm deine Finger vom Abzug, dann erkläre ich es dir.«

Mopar fühlt, wie ihm das Blut gerinnt. Sein Herzschlag dröhnt krank in seinem Ohr. »Erklärst mir was?«

»Junge, ich hab kein Auto«, sagt Charles. »Kein eigenes.«

»Ist mir egal, wem es gehört. Hast du die Schlüssel?«

»Nein. Nein, Sir, habe ich nicht.«

»Aber du kannst es trotzdem anlassen, oder etwa nicht? Der verdammte beste Mechaniker in der Stadt …?«

Charles hat seine Hand am Kinn und schüttelt den Kopf. Er versucht, nicht zu grinsen, aber es gelingt ihm nicht ganz.

»Verdammt, was gibt es da zu grinsen?«, sagt Mopar.

»Das Auto hat keinen Anlasser. Ich warte darauf, dass er geliefert wird. Warte schon eine Woche.«

Mopar drückt sich den Lauf seiner 38er an die Schläfe. Was macht man mit so einer Welt? Was, verdammt, soll man mit ihr tun?

Oben heult der Junge.

Mopar geht seine rapide schrumpfenden Optionen durch. »Wir können es anschieben. Das ist es, was wir machen. Ich hab auch schon Autos ohne Anlasser zum Laufen bekommen. Man kann die verdammte Schüssel anschieben.«

Charles sieht ihn an, als würde er ein Kind beobachten, das den Sinn des Lebens herauszufinden sucht, indem es Ameisen am Lagerfeuer verbrennt. »Auf eine Gangschaltung warte ich auch«, sagt er. »Sie haben sie zerschlissen, weil sie es ohne den Starter versucht haben.«

Mopar hält es für eine gute Idee, die Mündung seiner Waffe von der Schläfe wegzunehmen.

Du dummer Hundesohn. Du hast kein Auto und sitzt in einem Haus fest, in dem ein Kind nicht mit dem Brüllen aufhören kann. Und was jetzt? Einfach wieder raus in den Schnee? Was für eine Wahl hast du, die dich nicht wieder zu Jugg zurückbringt? Du bist tot, wenn er dich jetzt findet. Die nehmen dich nicht lebendig, Arschloch.

Was würde Dillinger tun?

Es ist eine lächerliche Frage, aber eine, die Mopar sich schon einmal gestellt hat.

Und er weiß auch bereits die Antwort. Er wehrt sich nur dagegen, weil er weiß, was sie bedeutet.

Du bist so dumm, dass du hinausgehen und eine Straße finden solltest, auf die du dich legen kannst. Es wird dir nicht gefallen, aber am Ende bist du tot.

40
– Der Direktor –

Direktor Cyprus Jugg juckt es noch immer. Der Puder hilft nicht, egal, was seine Frau gesagt hat. Vor ein paar Stunden hat sie ihm das Abendessen gebracht, bis jetzt aber hat er noch keine Zeit dafür gehabt. Er sitzt an seinem Schreibtisch, isst eine Hähnchenbrust mit Messer und Gabel und glotzt auf die große Tafel mit den Bildern der Ausbrecher. Er sieht sich im Geiste schon zur Tafel gehen und das Gesicht von Billy Hughes mit einem X markieren, nachdem er das Hähnchen verspeist hat. Anschließend wird er sich eine Zigarre anstecken. Seine Frau muss nicht wissen, wie viel er raucht.

Er kaut sorgfältig. Es wäre besser, wenn er mit den Reportern darüber redet. Besonders mit dem nervösen Kleinen mit der Kamera, der etwas seltsam ist. Seine Frau wird die Zeitungen aufheben wollen, und sie wird keine mit einem Foto haben wollen, auf dem er raucht.

Direktor Jugg ist gern alleine beim Essen, aber gerade jetzt ist das keine Option. Da sind immer noch die Männer in Gefängnisblau, die sich murmelnd über die Karten beugen und etwas markieren, der eine an der Telefonzentrale und die anderen an den Telefonen. Aber seit er sich zum Essen hingesetzt hat, haben sie ihn in Ruhe gelassen. Ist auch besser so. Nur der ausgestopfte Grizzlybär steht neben seinem Schreibtisch.

Der Bär hat bisher bei jedem Direktor, den das Gefängnis je gehabt hat, im Büro gestanden. Das Gefängnis ist beinahe so alt wie die Stadt, zu der Zeit gebaut, als Colorado vom Indianerterritorium minderen Rechts zum Bundesstaat wurde. Der Gouverneur des Colorado-Territory stellte die Stadt damals vor die Wahl. Sie konnte entweder das Staatsgefängnis von Colorado bekommen, wenn das mit dem Bundesstaat durchkäme, oder die Universität. Die Stadt beschloss, dass es nicht einmal absehbar sei, wann Colorado denn eine Universität brauchen würde, ein Gefängnis aber sei lange schon überfällig.

Es war beim Bau des Gefängnisses, als sie den Bären bemerkten, wie er sie von der Gebirgsflanke aus beobachtete. Es war ein alter, hässlicher Grizzly, den man nie mit anderen zusammen sah. Der erste Direktor beobachtete ihn oft mit dem Fernglas von der Veranda aus. Er war es, der dem Bären den Namen Old Lonesome gab. Eines Tages dann geriet Old Lonesome ein wenig zu nahe an die Gefängnismauern und einer der Turmwachen verpasste ihm eine Kugel. Der Direktor ging hinaus, um ihn sich anzusehen, und sagte: »Old Lonesome ist nicht mehr so lonesome.« Der alte Einsame ist nicht mehr so einsam. Dann ließ er ihn ausstopfen und stellte ihn in sein Büro.

Direktor Jugg erzählt diese Geschichte gern, für ihn klingt sie groß und nobel. Er denkt von sich selbst gern als Old Lonesome. Ein Mann allein. Jugg ist stolz, wie er sich dorthin hochgearbeitet hat, wo er heute sitzt. 1923 war er nicht mehr als ein Kegelaufsteller auf einer Bowlingbahn in Denver, als Ku Klux Klan-Kandidat Benjamin Stapleton zum Bürgermeister gewählt wurde. Eine seiner ersten Aktionen war es, das Denver Police Department zu säubern und faktisch als Vollstreckungsbehörde des Klans zu etablieren. Und weil Juggs Onkel ein Großmeister des Klans war, wurde Jugg als einer der Ersten angeheuert. Er war gut in seinem Job, und als Clarice Morley, ebenfalls als Klan-Kandidat, zum Gouverneur von Colorado gewählt wurde, boten sie ihm einen Job im Old Lonesome an, Eingangsdienstgrad Captain. Jugg arbeitete hart, um Direktor zu werden, und er ist stolz auf das, was er erreicht hat. Einmal im Monat predigt er für die Insassen, erinnert sie an die Tugendhaftigkeit harter Arbeit und daran, dass man von niemandem ein Almosen erwarten kann.

Jetzt sieht Jugg sich im Raum um, versichert sich, dass niemand zuschaut, steckt seine Hand zwischen die Beine und richtet sein Gemächte aus. Hofft, dass er genug Babypuder dabeihat, um die Nacht zu überstehen.

Die Eingangstür geht auf, drei weitere Wärter kommen herein. Zwei von ihnen transportieren etwas, das in ein Durcheinander von Decken und Tüchern gehüllt ist. Etwas, das überall durchblutet. Billy Hughes. Sie lassen das Bündel zu Boden fallen, und der Wärter, der die Füße getragen hat, beginnt, sich die Brust zu kratzen. Der Wärter, der nicht mit der Leiche geholfen hat, ist Dickie Carr. Auf einer Seite seines zerschrammten und immer noch blutenden Gesichts hat er einen purpurfarbenen Bluterguss. Auch er läuft ziemlich komisch.

Jugg legt Messer und Gabel auf den Teller, wischt sich die Hände an der Serviette ab und deckt dann damit zu, was vom Hühnchen übrig ist. Es gibt noch Pastete, aber die kann warten. »Bist du in Ordnung, Junge?«, fragt er Carr.

»Ich bin in Ordnung«, sagt Carr.

»Wir haben ihn so gefunden«, sagt der Wärter, der sich noch immer kratzt. »Er war völlig derangiert. Hat in eine Schneewehe geblutet und sich die Weichteile gehalten.« Der Wärter hört gerade lange genug mit Kratzen auf, um sich in Direktor Juggs Gesicht zu vergewissern, dass das Wort Weichteile akzeptierbar ist.

»Erzähl mir ohne Umschweife, was passiert ist«, sagt Jugg zu Carr.

»Ich bin ausgerutscht und hingefallen«, sagt Carr.

»Du bist zur gleichen Zeit auf dein Gesicht und auf deine Weichteile gefallen?«

»Nicht alle von uns können Glück haben«, sagt Carr. »Nicht alle.«

»Glück ist eine Ausrede, Junge«, sagt Jugg. »Wo ist Jim Cavey? Ist er nicht bei dir gewesen?«

Dickie Carrs Augen stoßen über seiner Hakennase zusammen.

»Er war bei uns«, sagt der Wärter. »Er war's, der Billy Hughes erschossen hat.«

»Am Telefon hast du mir das nicht erzählt«, sagt Jugg zu Dickie Carr.

»Hat ihn direkt umgenietet, nachdem Hughes seiner Freundin mit der Schrotflinte ins Gesicht geschossen hat«, sagt der sich kratzende Wärter. »Es war, wie wenn jemand eine Schüssel rote Grütze an die Wand geworfen hat.«

»Und wo ist er dann hin?«, fragt Jugg.

• • •

Es gibt eine Sache mit Old Lonesome, die außer Direktor Jugg niemand versteht. Dazu muss man in andere Gefängnisse gehen, sich mit anderen Direktoren treffen. Es sind die Gangs. Die mexikanische Mafia, die Aryan Brotherhood, die Black Guerilla Familiy. Im Haus von Cyprus Jugg gibt es sie nicht. Wer eine Gang gründen will, landet auf der Krankenstation. Arthur Johnson drückt ihr Gesicht so lange in eine Zementwand, bis ihnen das Gehirn aus den Ohren läuft. Man findet auch keine Gangbräute. Im Old Lonesome gibt es das alles nicht. Mehr als ein Häftling hat das gelernt, während er in Handschellen die Treppen hinuntergekegelt wurde. Direktor Jugg glaubt nicht an die dritte Gnade, und so wie er es sieht, ist Gefängnis schon die zweite.

Die Insassen mögen noch so nörgeln, aber im Old Lonesome sind sie sicherer als in jedem anderen Gefängnis der Vereinigten Staaten außerhalb von Angola, Lousiana. Juggs Insassen arbeiten alle, und sie haben die Bücher, die er und seine Frau persönlich für die Bücherei auswählen. Sie haben die Gelegenheit, sich zu bessern, aber wenn sie das nicht wollen, gibt es nur einen einzigen

Weg hinaus. Sie nörgeln, aber wer von ihnen würde es für eine Gruppenvergewaltigung in San Quentin eintauschen? Jugg sieht auch keinen Unterschied zwischen dem Gefängnis und der Stadt, die darum gebaut worden ist. Die ganze Welt bricht zusammen, wenn die Leute anfangen, mit dem Gesetz Schindluder zu treiben.

Jugg teilt auch nicht die Verachtung seiner Leute für Jim Cavey. Es macht ihm nichts, wenn Jim Cavey sich dieser Verachtung ab und an widersetzt. Einige der Wärter verdienen es. Denn die eine Sache, die Jim Cavey ihm sicherzustellen hilft, ist die eine Sache, die Jugg sicherzustellen hat. Dass du deine zweite Chance nicht verpfuschen darfst. Wenn du es tust, wird Jugg dich kriegen.

Jedes Mal.

Die Männer, die hier hereinkommen, sind wie Pferde, die man zu lange in der Wildnis gelassen hat. Ein Pferd kann man einreiten und etwas Nützliches daraus machen, aber wenn es nicht mehr gehorcht, kannst du es zu nichts mehr brauchen. Ein gebrochenes Pferd kann man nicht mehr zähmen. Wenn es zu beißen anfängt oder zu koppen, kann man es nur erschießen. Und so wie Arthur Johnson der Lauf von Juggs Gewehr ist, so ist Jim Cavey das Zielfernrohr. Zusammen sind sie das beste Gewehr, das er je gehabt hat. Und solange es gut schießt, lässt man einem guten Gewehr auch ein wenig Spielraum.

Jemand räuspert sich.

Warden Jugg sieht von seinem Kuchen hoch. Kirschkuchen, den seine Frau mit selbsteingelegten Kirschen gemacht hat.

Es ist einer der Wärter vom Telefontisch. »Entschuldigen Sie, Direktor«, sagt er. »Aber Johnson bringt Mooney zurück. Sie haben ihn, Sir.«

41
– Die Zeitungsleute –

Die Wärter haben einen Platz freigeräumt und eine Plane ausgelegt. Mitten auf ihr sitzt Turd Mooney, sein Gesicht zerschlagen und der gebrochene Fuß ausgestreckt. Sie haben ihm den Stiefel ausgezogen, der Fuß ist violett und auf Melonengröße geschwollen. Aber es scheint ihn nicht zu kümmern. Er zupft an der geschwollenen Haut. Zwickt sie und zieht, bis sie weiß wird, dann lässt er sie wieder ins Violette fallen. Das scheint er ziemlich zu mögen.

Direktor Jugg sitzt am Schreibtisch und starrt auf das Funkgerät. Ab und zu kippt er einen Schalter, entscheidet dann, dass es der falsche war, kippt ihn zurück und legt einen anderen um. So weit Garrett es sagen kann, versucht er sicherzustellen, dass das Funkgerät komplett ausgestellt ist. Schließlich lässt er das mit den Schaltern und zieht einfach alle Kabel aus den Steckdosen. Dann winkt er Shitkick heran und sagt etwas zu ihm, aber so leise, dass Garrett es nicht hören kann.

Das Dexedrin hat Garrett aufgelockert. Aufgelockert und entspannt, und alles dazwischen. Er fingert an den Schnallen seiner Fototasche herum.

»Denk nicht einmal dran«, sagt Stanley. Er hat die Daumen in die Hosentaschen eingehakt und das schiefe Lächeln im Gesicht, das er wie eine Rüstung trägt. Er ist einen Schritt davon entfernt, ein Vollpsychopath zu sein, denkt Garrett. Ich würd ihn gern im Gefecht sehen. Ob er da überhaupt schwitzt?

»Er hat einen gebrochenen Knöchel und überall sind Wärter«, sagt Garrett. »Es wäre ein klasse Bild. Die Schlagzeile kann ich sehen. Gefangener Ausbrecher wird nicht mehr fliehen. Ich versuch', so zu denken wie du.«

»Um ihn mach ich mir keine Sorgen«, sagt Stanley. »Lass deine Kamera stecken. Tu's für deine Kinder, wenn schon nicht für mich.«

»Ich wüsste verdammt nicht, warum.«

»Klappe«, sagt Stanley.

Shitkick entfernt sich von Jugg und durchquert den Raum. Als er an den Kartentischen vorbeikommt, nimmt er sich einen Stuhl. Stellt ihn mitten auf die Plane neben Turd. »Setz dich hin.«

Turd bewegt sich nicht.

Shitkick zieht ihn am Hals hoch wie eine Katze, die den gebrochenen Knöchel unbeholfen nachzieht, und setzt ihn nieder.

Turd hakt die Ferse seines guten Beins um ein Stuhlbein, das schlechte lässt er hängen. Das elektrische Licht beleuchtet ihn peinlich hell. »Du bist wirklich die hässlichste Schweinebacke, die ich je gesehen habe«, sagt er zu Shitkick.

»Wart nur ab«, sagt Shitkick.

»Was dagegen, wenn ich eine Zigarette rauche, während du mich anglotzt?«, sagt Turd.

»Mach nur.«

»Hast du eine?«

Shitkick holt ein Päckchen aus seiner Hemdtasche und steckt eine in Turds Mund. Dann greift er zwischen Turds Beine, zieht ein Streichholz über den Stuhl und gibt ihm Feuer.

Turd stößt eine Rauchfahne aus. »Warum sagst du mir nicht, was du willst?«

»Denkst du, du kannst es erraten?«

Turds Augen schrauben sich in ihre Höhlen zurück. »Willst du mich über den Rest der Jungs ausfragen?« Wieder eine Rauchfahne.

»Nö.«

»Nö?«

»Nö«, sagt Shitkick. »Ich frag dich nichts. Du wirst es mir sagen.«

»Darauf würd ich mich nicht verlassen«, sagt Turd. »Ich kann dir garantieren, dass ich so taff bin wie du hässlich bist.«

Shitkick lockert seine Krawatte, zieht sie über den Kopf und schält sich aus der Jacke. Er legt alles auf den Boden, dann zieht er sich den Gürtel mit dem 45er Colt ab, legt ihn auf die Kleider. Er ist im Unterhemd. »Siehst du die Pistole?«

»Die seh ich.«

Shitkick zieht sich einen Messingschlagring auf die rechte Hand. »Wenn du vom Stuhl fällst, erschieße ich dich, verstanden?«

Turds Nasenflügel beben wie bei einem Pferd. »Ich hab keine Angst vor dir.«

»Wetten wir, dass sich das gleich ändert.« Shitkick schlägt ihm ins Gesicht, reißt ihm die Haut bis zum Jochbein auf.

Turd lässt die Zigarette fallen und schaukelt mit einem Stuhlbein zurück. Aber er fällt nicht. »Du bist nichts als ein Nigger, dem sie das Fell umgedreht haben.« Seine Stimme klingt heiser.

Shitkick schlägt ihm auf die Nase. Instinktiv schießt Turds Hand zum Gesicht hoch. Shitkick kickt ihm den Stuhl weg. Turd landet auf seinen Händen und krabbelt auf die Beine. Der gebrochene Knöchel knickt ein, man kann ihn knirschen hören. Die Zähne gefletscht, schlägt Shitkick nach unten. Turd versucht hochzukommen. Shitkick trifft ihn wieder.

Turd kommt auf sein gutes Bein, und irgendwie schafft er es zurück auf den Stuhl, er bewegt sich wie ein betäubter Stier. »Leck mich«, sagt er. »Ich bin nicht gefallen. Du hast mich gestoßen.«

»Wo sind sie?«

Turd blinzelt. Mehrmals. »Wer?«

Shitkick feuert einen schnellen Haken auf Turds gebrochene

Nase. Turds Atem pfeift durch die Lippen. Er sabbert Blut. »Ich sag dir gar nichts.«

»Ich bin einer, der das die ganze Nacht tun kann«, sagt Shitkick. Zweimal schlägt er Turd auf den Mund, der spuckt einen Zahn aus. »Ein Wort, und es ist vorbei.«

Turd lacht. Blut rinnt ihm aus dem Mund.

Garrett fühlt sich knochenlos. Er atmet schwer. Das ist nichts, wobei man zusehen sollte, sagt er sich. Du musst nur deine Augen auf den Boden richten und nicht hochsehen.

Aber er tut es nicht.

Shitkick hämmert auf Turds rechtes Auge. Es zuckt vor Blut und kleckst Flüssiges, das ihm die Wange hinunterläuft. Turd klappt zusammen, fällt beinahe zu Boden. Aber er fängt sich mit einer Hand ab und richtet sich auf. Shitkick kommt ihm mit ein, zwei, drei, vier Schlägen ins Gesicht entgegen. Turds Zähne splittern und werden ihm durch die Lippen getrieben. Er fällt vom Stuhl.

Und bleibt liegen.

Eine lange Minute lang.

Dann tastet Turd sich seinen Weg zum Stuhl und nimmt ihn, um sich auf seinem guten Bein aufzurichten. Ein oder zweimal rutscht er in seinem eigenen Blut aus, dann schnieft er und setzt sich wieder. Nach einer Minute Blinzeln sagt er »Dillinger«. Seine Stimme ist fast nicht zu verstehen.

»Dillinger?«, sagt Shitkick.

»Kid Dillinger.« Turd grinst idiotisch.

Shitkick zertrümmert ihm das Grinsen. Er schlägt es ihm aus dem Gesicht. Nimmt Turds Lippen dabei mit. Dann hockt er sich wieder vor ihn. »Es ist Zeit, dass du was Sinnvolles sagst.«

»Mopar war dort«, lallt Turd. »Er war kurz vor dir da.«

»Das ist es?«

Turd grinst und nickt.

Wieder ein Hagel von Schlägen. Dann wischt sich Shitkick den Schweiß von der Stirn. »Du denkst, du bist taff, aber da liegst du falsch«, sagt er. »Wenn du taff wärst, hättest du dir die Pistole geangelt.«

Turd macht einen friedlich stöhnenden Laut, der Einverständnis bedeuten kann oder nicht. Er blutet aus den Ohren.

Shitkick wischt sich die Hände an der Hose ab. »In welche Richtung ist er?«

Turds Kopf wackelt nur.

Shitkick geht nah an ihn heran und starrt direkt in Turds gutes Auge. »Du kannst nicht reden, oder?«

Wie ein Kind legt Turd seine Hände im Schoß zusammen.

Shitkick sieht zu Direktor Jugg hinüber. Jugg nickt.

Shitkick geht an die Arbeit. Er tänzelt um Turd herum, versetzt ihm Schläge, als würde er auf eine Leinwand pinseln. Turds Kiefer bricht. Er hängt zur Seite und bebt bei jedem Schlag. Shitkick schlägt nur ins Gesicht. Alles hängt davon ab, wie lange Turd es noch schafft, wieder hochzukommen.

Garrett fühlt sich wie ausgekochtes Fleisch.

Schließlich kommt Turd nicht mehr hoch. Er versucht es, versucht es aus jeder Position. Aber in ihm ist keine Kraft mehr. Er rutscht in eine Pfütze von eigenem Blut und Urin, suhlt sich wie ein Schwein.

Shitkick bückt sich und stützt seine Hände auf den Knien ab. Er schwitzt, sein Brustkorb bebt. »Adios, Arschloch«, sagt er. Er zieht einen Klumpen Rotz hoch und speit ihn in das Blut.

Stanley lacht. »Ich denke, Turd hätte ein guter Kerl werden können, wenn jemand dagewesen wäre, der ihn jeden Tag seines Lebens totgeschlagen hätte«, sagt er.

»Aufhören.« Garrett hustet, dann hustet er wieder. Und dann kann er nicht aufhören. Er krümmt sich zusammen und übergibt sich. »Bitte hört auf.« Er hockt sich hin, stützt sich mit einer Hand auf den Zementboden und sieht, wie Stanley den Raum durchquert und etwas zu Direktor Jugg sagt.

Sogar Jugg scheint verblüfft von Stanleys Coolness. Es gibt niemanden im Raum, der so cool wie Stanley bleiben kann. Jugg bedeutet Stanley, dass er das Telefon nehmen kann.

Stanley hebt den Hörer hoch, wählt und sagt ein oder zwei Worte. Dann lauscht er. Er hört mehrere Minuten lang zu. Und dann steht er da und hält den Hörer am Mundstück fest.

Sein Gesicht ist alles andere als cool.

42
– Der Häftling –

Mopar reißt sich die Jacke vom Leib und wirft sie auf den Boden. Er schwitzt und kann seinen eigenen Geruch nicht mehr ertragen. Das Kind will nicht aufhören. Jetzt ist es nur noch ein Schluchzen und ein Wimmern. Es will einfach nicht enden.

Wie lange bin ich schon hier? Beinahe zwei verdammte Stunden? Man sollte nicht glauben, dass ein Kind so lange schreien kann.

Mopar hält sich die Hände an die Ohren, nimmt sie wieder weg. Seine Augen sind feucht und beginnen zu schwimmen. »Du hast kein Fahrzeug? Wie zur Hölle will deine Frau den Jungen dann überhaupt ins Krankenhaus bringen?«, sagt er. »Wie soll das gehen?«

Charles steckt sich eine Zigarette an und zieht daran. Dann nimmt er sie aus dem Mund und sieht auf die Glut, wie sie ein wenig seitwärts das Papier entlang brennt. Fast unmerklich zuckt er deswegen mit der Schulter, dann steckt er sie wieder in den Mund, zieht und lässt den Rauch durch die Nase treten. »Ich würde sagen, dass sie ihn vermutlich zu Tom Parkers Haus hinüberbringt«, sagt er. »Die haben ein Auto. Es gibt immer eine Möglichkeit.«

»Es gibt immer eine Möglichkeit, verdammt. Ich such schon die ganze Nacht nach einem Fahrzeug.«

Charles nickt und pustet mehr Rauch aus, als ob ihn das alles nicht kümmert. Man kann sehen, dass ihn vieles auf der Welt nicht kümmert. »Hast du Kinder?«

»Ich war achtzehn, als sie mich eingebuchtet haben.«

»Achtzehn ist alt genug.«

»Achtzehn ist alt genug für alles Mögliche. Aber ich hab's nie getan.«

»Nie was getan?«

»Nie Kinder gehabt. Leck mich.«

»Junge, ich will dich nicht ärgern, ich frag nur. Hast du eine Freundin gehabt?«

Eine Freundin. Todsicher war Molly das nicht. Sie war alles, was Mopar sich je gewünscht hatte, aber sie war keine Freundin. »Gib mir eine Zigarette.«

Charles fischt eine Selbstgedrehte aus der Packung und wirft sie Mopar zu. Wirft ihm sein Zippo nach.

Mopar zündet sich die Zigarette an, der Rauch geht ihm direkt in die Eingeweide. Alles löst sich und schwebt. »Wir sind nie offiziell zusammen gewesen. Und wir haben keine Kinder.«

»Ich hab nicht neugierig sein wollen«, sagt Charles.

»Warst du nicht.« Mopars Finger zittern. Tabak rinnt aus seiner Zigarette und rieselt ihm auf die Hose. Er wischt ihn weg. »Sie kann keine Kinder haben. Jedenfalls nicht in diesem Leben. Sie ist innen ganz kaputt.«

»Das sind wir alle, Junge.«

Mopar kommt es vor, als hätte man ihm Schwefelsäure in die Kehle gekippt.

»Mutterschweine fressen ihre Jungen lebendig«, sagt Charles. »Wer denkst du, fühlt das mehr? Das Mutterschwein beim Essen, oder die Ferkel, wenn sie gefressen werden? Jeder, der innen nicht kaputt ist, lebt ein anderes Leben.«

»Du bist ein verrückter Nigger«, sagt Mopar. »Ihre Frauenteile sind kaputt. Sie kann keine Kinder haben. Seit ich im Gefängnis bin, hat sie eine ganze Schar toter auf die Welt gebracht. Das hat sie innerlich zerstört.«

»Nun«, sagt Charles. »Manchmal sagen wir mehr, als wir wollen.«

»Themawechsel, lass uns besser noch mal darüber reden, wie du deinen Jungen ohne Fahrzeug ins Krankenhaus bringen willst? Ich bemühe mich wirklich, hier wegzukommen. Bemühe mich wirklich. Vorhin schien dir das noch wichtiger zu sein, als über verdammte Schweine zu reden, die Schweine fressen.«

»Es ist eine Metapher«, sagt Charles. »Weißt du, was das ist?«

»Wenn du mir nicht sagst, wie du deinen Sohn ins Krankenhaus bringen willst, verpasse ich dir eine Kugel. Und die ist ganz sicher keine Metapher.«

»Du weißt, was es bedeutet«, sagt Charles. »Ich vergesse immer, wie gebildet ihr Jungs im Gefängnis werdet.«

»Wie verdammt noch mal willst du ihn ins Krankenhaus bringen. Leck mich fett.«

»Eine Sache lernt man, wenn man Kinder hat, und zwar, dass es immer einen Weg gibt. Du bekommst sie da hin, wo sie hin müssen. Das bedeutet es, Vater zu sein.

Das Kind schreit auf.

»Fick mich!«, sagt Mopar.

Charles zuckt die Schultern. Er hält die vorgewölbte Zigarettenhand an sein Gesicht, und es sieht aus, als ob sich seine Augen ganz in ihre Höhlen zurückziehen, bis nur noch leere Löcher übrig sind.

Das Kind schreit erneut. Mopar schlägt sich mit der flachen Hand an die Stirn. Die Geschichten über Dillinger gehen ihm durch den Kopf. Wie er in den Banken, die er ausraubte, die Hypothekenpapiere verbrannt hat, damit bei den armen Farmern keine Zwangsvollstreckung möglich war. Dass er niemals einen Arbeiter verletzt hat. Warum zur Hölle denkst du an Dillinger, du Arschloch? Mopar schlägt sich noch mal an den Kopf. »Ich hab keine Wahl«, sagt er.

»Das kannst du zwar sagen, aber es stimmt nicht«, sagt Charles. »Solange du lebst, hast du immer eine Wahl. Und wenn es nur die ist, dass du dir eine Waffe in den Mund steckst. Auch das ist eine.«

»Leck mich. Leckt mich alle, den Arsch rauf und runter.«

»Das mag die einzige Wahl sein, die jeder von uns wirklich hat.«

Wieder ein Schrei.

Diese verdammte Welt kann ihn mal. »Leck mich. Mach schon. Ruf deine Frau hier runter.«

Charles drückt seine Zigarette in einem Aschenbecher aus. »Bist du dir sicher?«

»Bin ich«, sagt Mopar. »Ich halt' das verdammte Geheul nicht mehr aus. Ruf sie, sie soll runterkommen.«

»Sag es nicht, wenn du es nicht meinst. Ich hab alles ausgehalten, was du uns angetan hast, aber das toleriere ich nicht. Sie ist eine starke Frau, aber belass es dabei, wenn du dir nicht sicher bist. Für weitere Fantasien ist kein Platz mehr.«

Dillinger und Molly, er hat alles direkt vor seinen Augen. Mopar scheint es nicht abstellen zu können. Und auch der Deputy. Wie er tot daliegt, dieser so leicht umzubringende Schweinehund. »Vielleicht willst du sie wirklich lieber hier unten haben, bevor ich meine Meinung ändere«, sagt Mopar. »Es kann sein, dass du es mir ausredest.«

»Mary Lou«, ruft Charles. »Komm runter. Bring den Jungen mit.«

So schnell, wie sie herunterkommt, scheint sie oben am Treppenabsatz gewartet zu haben. »Ich kann ihn zu den Parkers bringen, und er fährt mich dann«, sagt sie. »Ich werd' niemandem erzählen, was hier los ist. Würde ich nie. Du hast meinen Mann und meine Tochter. Ich werde sogar sehen, ob ich ein Auto für dich finde. Es muss eins hier in der Nähe geben.« Sie setzt den Jungen auf die Couch und zieht ihm eine Jacke an.

Mopar winkt sie weg. Er lässt den Zigarettenstummel auf den Boden fallen und tritt ihn mit dem Absatz aus.

Mary Lou ist mit dem Jungen fertig, hastet in ihren Mantel. Sie geht zu Charles, legt ihm beide Hände auf die Schultern und küsst ihn. »Du passt auf mein Mädchen auf.«

»Dieser Mann hier will niemanden etwas tun«, sagt Charles. »Er ist hier gleich fertig. Das kann man ihm ansehen.«

»Ich kann's mir immer noch anders überlegen«, sagt Mopar.

Mary Lou löst sich von Charles, ihre Finger verharren auf seiner Brust. Dann nimmt sie ihren Sohn hoch und ist weg. Den Flur entlang und aus der Tür.

Mopar sitzt da wie ein ausgenommener Fisch. Er beginnt sich zu fürchten, dass er nie wieder lebend aus diesem Haus herauskommt.

Dann macht er den Fehler, Charles anzusehen, und sein ganzer Körper krümmt sich zusammen. Der Kopf von Charles ist ein augenloses Monument aus Holz. Glatzköpfig und schwarz, rauchend vor Hass.

43
– Der Fährtenleser –

Als Jim durch die Hintertür zurück in das kleine Haus schlüpft, schlafen alle. So etwas passiert ihm öfter, alles schläft, wenn er hereinkommt. So oft er so etwas bewerkstelligen kann. Manchmal wärmt er sich ein Glas Milch auf und trinkt es, und die Einzige, die ihn hört, ist Judith. In manchen Nächten hat er Glück, und sie kommt raus und trinkt mit ihm ein Glas Milch, und sie reden über ihren Tag.

Jim hebt den Zylinder einer kleinen Kerosinlaterne an und zündet sie an. Sie haben elektrisches Licht, zumindest die meiste Zeit, aber beim Licht einer Laterne kann er besser denken. Das Laternenlicht hat etwas Vertrautes. Es ist dieselbe Laterne, die er in dem alten Haus gehabt hat, als nur er und sein Vater dort gelebt haben. Er hält sie mit einer Hand, öffnet mit der anderen die Kramschublade und tastet herum, bis er seine Karten und Pläne findet. Er breitet den Plan der Stadt auf dem Tisch aus und stellt die Laterne darauf ab.

Und dann starrt er. Er kann sich selbst atmen hören, er riecht den Dieselgeruch des Kerosins. Er justiert den Docht und starrt weiter auf die Karte. Hinten in der Kramschublade hat er einen neuen Docht, und ihm fällt ein, dass er hinübergehen und ihn holen sollte, aber er starrt weiter auf die Karte. Ohne eine Idee zu haben.

• • •

Etwas reibt gegen sein Bein. Es ist Judith, die sich an seinem Hosenbein festhält und ihren Kopf an seinem Schenkel vergräbt. Sie trägt ein blaues Nachthemd, es bauscht sich unter ihr. Es hat Ruby gehört, sie hat es für das kleine Mädchen umgenäht. Jim fasst nach unten und hebt sie hoch.

Sie windet sich an seiner Brust, ihre Bewegungen werfen ihn fast um. Bisher hat er keine Ahnung gehabt, wie müde er ist. »Du bist draußen spazieren gegangen«, sagt sie. »Ist es schon Morgen?«

»Noch lange nicht.« Er küsst sie von oben auf den Kopf. Sie riecht nach altem Urin und Staub. Sie schnieft und ihm wird klar, dass sie ihn auch riecht.

»Du riechst gut«, sagt sie.

Eine Sekunde länger, als er es müsste, lässt er sein Gesicht in ihrem Haar. »Ich war heut Nacht nicht spazieren.«

»Warum bist du dann wach?«

»Ich versuche, jemanden zu finden.«

Sie blinzelt rüber zum Plan. »Da drauf?«

»Das hoffe ich«, sagt Jim.

»Warum musst du sie finden?«

Jim braucht eine Weile für die Antwort. Er weiß es selbst nicht richtig. Damit er Mopar abliefern und seinen Job behalten kann? Weil er Dayton einen Gefallen tun will? Oder einfach, weil es das ist, was er tut, Leute finden, und dass es vielleicht Zeit ist, allen zu zeigen, wie gut er ist? Das wäre ein genauso guter Grund wie jeder andere, nach dem, was sie Pearl Green und der Frau von Bowman angetan haben. Sie alle verdienen es, dass man sie erwischt.

»Der Junge, den ich zu finden versuche, hat etwas getan, was er nicht hätte tun sollen«, sagt er.

»Gibst du ihm eine Lektion? Wie Mama es tut?«

»Ja, genau. So, wie Mama es tut.«

Sie windet sich noch mehr in seinem Arm. »Können wir uns eine Milch machen?«

»Sicher«, sagt Jim. Sie immer noch im Arm, öffnet er die Tür der Anrichte beim Ofen und holt einen Kochtopf heraus. Dann geht er an den Kühlschrank, schüttet Milch in den Topf, stellt das Gas an, entzündet es mit einem Küchenstreichholz und setzt den Milchtopf auf die blaue Flamme. Das alles, während er sie mit einem Arm hält und sie ihre Hände um seinen Hals geschlungen hat.

Sie schnarcht in seinen Bart. Ein Kleines-Mädchen-Schnarchen. Sein Arm tut ihm weh, also nimmt er sie auf den anderen. Wieder öffnet sie die Augen. »Ist die Milch fertig?«

»Gleich. Kann ich dich absetzen?«

»Ich glaub nicht«, sagt sie.

»Okay.« Er steht über dem Stadtplan. Nach einer Minute sackt ihr kleiner Körper gegen ihn, sie ist eingeschlafen. Er legt ihr seine Hand auf den vogelgleichen Rücken und hält sie fest.

Weil er Mopar finden und einliefern will. Weil er keine andere Chance hat. Er darf seinen Job nicht verlieren.

»Du solltest sie nicht hochnehmen.« Wayne ist im Flur zur Küche.

Jim lehnt sich über das Waschbecken und träufelt Tabaksaft in den Abfluss. »Ich mache ihr ein Glas Milch.«

Wayne nimmt ihm Judith aus dem Arm. »Ich bring sie wieder ins Bett.«

Es gibt nur wenige Sachen, die Wayne tun kann, um Jim zu ärgern, aber eine davon ist die Art, wie er ihm immer Judith wegnimmt. »Okay«, sagt Jim. Aber Wayne ist schon weg mit ihr.

Jim spuckt den Pfropfen Kautabak in den Abfalleimer unter der Spüle, legt beide Hände auf den Tisch und lehnt sich über den Plan. Er wird Mopar finden.

Aber nichts auf dem Plan sagt ihm etwas, egal, wie lange er darauf starrt. Seine Augen können sich nicht auf den Plan fokussieren, driften immer wieder über die zigarettenverbrannten Ränder des Resopal-Tischs, den sie aus zweiter Hand haben.

Was Judith angeht, so traut Wayne ihm nicht über den Weg. Das bedeutet es. Er hält ihn für unfähig, keine Dummheiten zu machen und ihr nicht wehzutun. Denn das ist es, was Jim immer tut. Dummheiten anstellen.

Und dann ist Wayne zurück und steht neben ihm. Er hat lange Unterwäsche an, kratzt sich den Hintern. Ein sechzehnjähriger Klugscheißer. »Wonach sucht du auf dem Plan?«

Jim findet den Kautabak in seiner Jackentasche, öffnet die Packung und schneidet sich ein weiteres Stück ab, dabei starren sie beide weiter auf den Stadtplan. »Ich versuch herauszufinden, wohin sie ausgebüchst sind.«

»Ich verstehe nicht, warum du das machst. Sie haben doch fast alle erwischt.«

»Fast alle.« Jim steckt sich das Tabakstück in den Mund und kaut. »Gib mir eine Tasse.«

»Mama mag es nicht, wenn du die Tassen nimmst.« Aber Wayne geht zum Geschirrschrank und holt eine angeschlagene Kaffeetasse heraus. »Warum scherst du dich überhaupt darum, dass man sie kriegt?«

Jim nimmt die Tasse. »Ich schätze, weil es mein Job ist.« Er fühlt, wie sich sein Herzschlag beschleunigt, wie der Tabak sein Gehirn aufwachen lässt. »Irgendwas sehe ich nicht.«

»Das ist nicht so neu«, sagt Wayne.

Jim ignoriert ihn. »Es ist einer von ihnen. Von den Ausbrechern. Ich will ihn kriegen, bevor Jugg es tut. Hast du einen Bleistift?«

Wayne dreht sich um, geht den Flur entlang und bringt aus seinem Zimmer einen Bleistift mit, gibt ihn Jim. »Verletz dich nicht damit.«

Jim starrt wieder auf den Plan. Eine lange Zeit. Dann markiert er Pearl Greenes Haus. Okay, hier sind sie los. Er geht weiter zum verunglückten Auto bei der Gefängnisfarm und markiert auch das. Dann zur Gefängnisfarm selbst, die markiert er auch. Dann zum Haus der Olivers.

Wayne sieht ihm mit unverhüllter Neugier zu.

»Warst du wach und hast das Radio angehabt?«, fragt Jim.

»Ich hab morgen keine Schule«, sagt Wayne.

»Die Schule ist mir egal. Hast du?«

»Sicher. Ich wollte hören, ob jemand erschossen wurde. In dieser Stadt ist es das einzig Spannende.«

»Hast du etwas über die Olivers gehört?«

»Die Olivers?«

»Murray und Alice Oliver. Bei der Gefängnisfarm. Hast du etwas über sie gehört?«

»Ich meine schon …«, sagt Wayne. »Ich glaube, sie haben einen von ihnen gekriegt. Einen Schwarzen. Die alte Frau hat ihm mit dem Hammer den Schädel eingeschlagen.«

»Ist er der Einzige gewesen, der dort war? Der mit dem eingeschlagenen Schädel?«

Der Junge schüttelt ganz langsam seinen Kopf. »Nein«, sagt er und zieht das Wort in die Länge. »Da war noch einer, aber der ist entwischt.«

»Haben sie seinen Namen gesagt?«

»Ich kann mich nicht erinnern.«

»War es Mopar Horn?«

»Nein«, sagt Wayne. »Aber warte. Es war ein komischer Name wie der. Wie Mopar. Der Direktor hat ihn Kid Dillinger genannt.«

Das ist es. Jim markiert die Stelle mit dem Bleistift. Und dann lässt er seine Augen schweifen. Da. Die Smiths.

Es trifft ihn wie ein Schlag zwischen die Augen.

Der tote Wärter, der bewegt worden ist. Das war Mopar. Er hat sein Gewehr genommen. Er ist direkt neben ihm gewesen.

Jims Gehirn ruckelt wie ein kalter Motor, dann ist es wach. Bewegt sich schneller, als er denken kann. Er muss vollkommen wach sein. Er zieht das Röhrchen Dexedrin aus der Tasche und schluckt eine trocken.

»Kann ich eine von denen haben?«, fragt Wayne.

»Nicht, wenn du mir nicht bei der Suche nach diesem Jungen helfen willst«, sagt Jim. Und bereut es sofort.

Wayne ist schon auf dem Weg in sein Zimmer. »Ich zieh mich an«, sagt er.

Jim spuckt wieder in den Abfluss, dann geht er zum Stadtplan zurück.

Der Plan. Mopar stammt aus der Stadt. Er kennt sich aus.

Nun. Du giltst als der bergkundigste Mann in der Stadt. Großgezogen vom bergkundigsten Mann im ganzen Bundesstaat. Zweite Generation. Wohin also würdest du fliehen?

Je weiter sie wegrennen – ganz egal in welche Richtung –, desto eher enden sie als Tote. Das ist die einzige Gewissheit. Das hast du mehrfach hautnah miterlebt.

Was also würdest du tun?

Der Wind trifft das Haus, und die Lampenflamme flattert und zittert. Der Wind fährt durch die Wände, als ob sie aus Papier sind.

Was zur Hölle würdest du tun?

Du kommst wieder zurück.

Tom Parkers Ranch.

Jim klappt die Karte zu.

Wayne tapst in die Küche zurück, hat Overall und Arbeitsstiefel an, ist für die Kälte ausstaffiert. »Gib mir eine von den Pillen«, sagt er.

»Nein«, sagt Jim. »Die tun dir nicht gut.« Er stopft den Stadtplan in seine Manteltasche.

»Ich will dich mal bei etwas sehen, bei dem du gut bist«, sagt Wayne. »Nur einmal.«

Jim will wieder nein sagen, aber dann steht Ruby im Türrahmen.

Sie gibt Wayne die Schrotflinte. »Macht schon«, sagt sie zu Jim. »Du kannst ihn mitnehmen. Er will wegrennen und Krieg spielen, wie ihr alle. Vielleicht kriegt er es so aus dem Kopf.«

Jim hält sich nicht damit auf, sie zu korrigieren. Dass er nie im Krieg war. Das weiß sie.

44
– Die Zeitungsleute –

Marjorie ist nicht bei einem Mann. Stanley hat das vom Detektivbüro erfahren. Sie hat die Kinder zu ihrer Mutter gebracht, ist den ganzen Weg nach Cheyenne hochgefahren und sitzt nun allein in einem Motelzimmer an der Straße. Sitzt einfach auf dem Bett, drei Flaschen Wein dabei und den Fernseher an. Der Feldagent hat berichtet, dass man sie vom Bürgersteig aus weinen hören kann.

Marjorie tut so etwas immer dann, wenn ihr Leben klaustrophobisch wird und sie sich nicht vorstellen kann, sich morgen nicht im Kleiderschrank zu erhängen. So hat sie es Stanley erzählt. Sie fährt, bis sie nicht mehr fahren kann, ohne im Graben zu landen. Dann nimmt sie ein Motel an der Straße und trinkt drei Flaschen Wein. Eine für die Liebe, die zweite für den Hass und die dritte für die Einsamkeit. Als es mit Stanley zu Ende gegangen ist, hat sie es mehrmals so gemacht, jedes Mal ist sie mit roten Augen und grimmiger denn je zurückgekommen, mit einem neuen Rückgrat aus Bewehrungsstahl.

Stanley kann es verstehen. Zur Hölle, das hat er selbst auch schon gemacht. Du lebst ein Leben, das du nie gewollt hast, wir alle tun das. Manchmal wächst der Wald zu dicht, dann muss man das Unterholz entfernen. Deshalb ist Stanley nach Montreal gefahren, als er aus der Armee entlassen worden ist. Und so ist er nach Denver gekommen, wo er Marjorie kennengelernt hat.

Aber Marjorie ist jetzt gerade wieder dabei, und Stanley kann es nicht verstehen. Sie hat ihm die Kinder genommen und das Meiste von seinem Geld. Immer hat er angenommen, dass da ein

Mann ist. Er hat sie auch nicht beschatten lassen, weil er etwas dagegen tun will. Er hat nur einen Namen gewollt.

Aber es gibt keinen Mann.

Es gibt Momente, in denen einem klar wird, was man im Leben eines anderen angerichtet hat. Es passiert nicht oft, aber manchmal bekommt man davon eine Ahnung. Sie, allein in diesem Zimmer, betrunken von billigem Wein. Heulend, der Scherben wegen, die er ihr hinterlassen hat. Weil sie nie mit jemand anderem zusammen sein wollte. Weil sie es einfach keinen Tag länger bei ihm ausgehalten hat.

Darüber könnte Stanley nachdenken. So wie er auch über all die Arten nachdenken könnte, wie er sie vermisst. Nicht das vermisst, wie sie jetzt gerade ist. Nicht einmal, wie sie die letzten Jahre war. Aber wie sie war, als ihre Kinder geboren worden sind. Jeweils die Woche danach. Wie er neben ihnen im Bett lag und sie so heftig geliebt hat, dass er es nicht verlassen konnte, ohne einen Stein auf der Seele zu spüren.

Er könnte auch an all die Male denken, in denen er grausam oder kleinlich oder gemein zu ihr gewesen ist. Davon hat es genug Momente gegeben, die sich jetzt, sogar nach nur ein paar Wochen, wie eine Form des Wahnsinns anfühlen.

Stanley könnte über all diese Dinge nachdenken. Aber er tut es nicht. Systematisch löscht er jeden dieser Gedanken aus, sobald sie auftauchen.

Stanley denkt an die Zeitungsstory.

Mopar Horn. Verdammt noch mal. Man könnte Stanley nicht mit einer Abschleppkette davon wegziehen, seit er weiß, dass er derjenige ist, den sie immer noch nicht haben. Es gibt nichts an dieser Story, was sie ihm bei der Zeitung nicht aus der Hand reißen werden. Er hat schon die Schlagzeile. *Kid Dillinger reitet wieder.*

Woher habe ich das gehabt, Kid Dillinger? Stanley vermutet, es war hauptsächlich deshalb, weil er es für gut halten würde, wenn die Leute wieder Banken überfallen. Dass das Land einen Schuss Sozialbanditentum gut brauchen könnte. Mopar Horn hat gewiss nicht protestiert, als er das so geschrieben hat. Warum auch? Stanley hat ihn zu einer Gefängnispersönlichkeit gemacht.

Kid Dillinger schlägt wieder zu. Mit solchen Geschichten gewinnt man den Pulitzer. Man bekommt eine Gehaltserhöhung. Deine verlogene Bitch von Ehefrau hört auf, eine verlogene Bitch zu sein, oder wird wahnsinnig vor Eifersucht und hat einen Blackout von zu viel Beruhigungsmitteln und drei Flaschen Wein.

• • •

»Wohin fahren wir?«, fragt Garrett.

Stanley fährt jetzt, weil Garrett nur noch eine Dexie vom Nervenzusammenbruch entfernt ist. Er sieht aus, als ob er gleich den Vordersitz durchzittert. Stanley weiß, es sind nicht nur die Pillen. Er hat gesehen, wie Garrett auf dem Weg aus dem Gefängnis die Waffen beäugt hat.

Stanley fühlt es auch. Es hat schon etwas mit diesen verdammten Marschpillen zu tun. Er will es wieder fühlen, will ein Teil der Jungs sein, will die Nacht mit ihnen unter Feuer setzen. Er hat gedacht, darüber zu schreiben, wäre genug, aber das ist es nicht, und das war es nie. Es ist die gleiche Sache, die ihn in Korea in Schwierigkeiten gebracht hat. Bisher hat er heute Sturmgewehre und Maschinenpistolen gesehen, Schrotflinten, alles. Und er will einfach auch eins. Möglichst einen dieser verdammten M1911 A1 Colts.

Garrett starrt ihn an und wartet auf eine Antwort.

»Zurück zu den Smiths«, sagt Stanley.

»Warum? Warum dahin wieder zurück?«

»Weil Mopar Horn dort zuletzt gewesen ist«, sagt Stanley.

»Ja sicher. Aber jetzt ist er da nicht mehr.«

»Da ist er zuletzt gewesen. Das ist das Einzige, was wir sicher wissen.«

Garretts Gesicht ist fleckig, als wäre er überall mit einem Kiefernschößling ausgepeitscht worden. »Wir sollten bei den Wärtern sein. Denen sollten wir folgen.«

»Ich glaube, es ist Zeit, dass wir uns von ihnen absondern«, sagt Stanley. »… dass wir ein bisschen auf Abstand zu ihnen gehen.«

»Was ist da drüben passiert?«

»Wenn du genug nachdenkst, kannst du das vermutlich selbst herauskriegen«, sagt Stanley. »Es ist so amerikanisch wie Kirschkuchen.«

In Garretts Gesicht gibt es eine unfreiwillige Bewegung. Ein Zusammenschrumpfen, als ob ihm plötzlich etwas sehr Gefährliches zu nahe gekommen wäre. »Ich will nun auch, dass sie getötet werden. Wirklich. Ich will den Wärtern dabei zusehen, wie sie jeden Einzelnen von ihnen umbringen. Wenn ich könnte, würd ich sie selber töten.«

»Wie lange genau bist du schon aus Vietnam zurück?«, fragt Stanley.

»Seit Khe Sanh.«

»Ich weiß, was dort ablief«, sagt Stanley.

»Leck mich«, sagt Garrett.

»Sie haben dir gesagt, dass du die wichtigste Stellung im ganzen Krieg hältst. Die Geschichte haben sie dir erzählt. Du hast geglaubt, es bedeutet wirklich was. Aber das hat es nicht. Und das nach allem, was du dort geopfert hast.«

Garrett sagt kein Wort.

»Ich kann mir kein Verbrechen vorstellen, das nicht auch ich hätte begehen können. Goethe hat das gesagt.«

Garrett sagt immer noch nichts.

»Ich verlange nicht, dass du darüber redest«, sagt Stanley. »Ich will dir nur sagen, dass du nicht der Erste bist. Diese Lektion habe ich gelernt. Es ist niemand dort drüben gewesen, der nicht mindestens einmal ein Verbrechen begangen hat. Aber das löscht nicht alles aus, was du richtig gemacht hast.«

»Das ist Quatsch«, sagt Garrett. »Erzähl du mir nichts. Du verdammter Feigling.«

»Das denkst du von mir?«

»Das denke ich. Du hast Schiss vor den Wärtern. Deshalb hauen wir ab.«

»Verdammt noch mal!« Stanley sagt es in einem solch angepissten Tonfall, als sei er in Hundescheiße getreten.

»Verdammt noch mal was? Ich mein ja bloß.«

»Sicher hast du. Natürlich hast du. Weil du der Einzige bist? Erinnerst du dich dran, dass ich dir gesagt habe, du sollst die Story nicht aus dem Auge verlieren?«

»Das sage ich ja. Wir sollten uns auf die Story konzentrieren.«

»Die Story ist Mopar Horn.«

»Was macht Horn so groß? Ein einziger Häftling ist doch keine Story.«

»Das hier ist Kid Dillinger. Er ist in jeder Zeitung westlich des Mississippi gewesen. Er ist eine wandelnde, verdammte Story.«

Garrett sagt lange nichts. Dann zittert er heftig, als ob er einen epileptischen Anfall hat. Man kann sehen, wie all die Wut und das Draufgängertum aus ihm entweichen. »Mich braucht es hier nicht«, sagt er. »Ich muss da nicht dabei sein.«

»Klar musst du.«

»Ich bin wegen dem Geld hier gewesen. Aber so arg brauche ich es nicht. Niemand braucht das.«

Stanley greift so schnell zu ihm hinüber, dass Garrett den Kopf an das Seitenfenster schlägt, als er Stanleys Hand ausweichen will. Aber Stanley schlägt ihn nicht, hält ihm nur die Finger vors Gesicht. »Medikamente für deine verdammten Kinder.«

Garrett vergräbt sein Gesicht in den Händen. Sein Bart, sein blauer Stutzermantel und der orange Anzug sind wie ein kitschiger

Tagesanbruch über einem Industrieschornstein. »Bitte lass es gut sein.«

»Nein. Und das wirst du auch nicht tun. Du Mistkerl. Du Stück Scheiße.«

Tränen laufen Garretts Wangen hinab in seinen Bart, im Schnurrbart hat er Rotz. Als er redet, wirft der Speichel Blasen in seinem Mund. »Ich bin fertig. Ich bin fertig mit allem.«

»Das glaub ich«, sagt Stanley. »Aber du steigst nicht aus. Weil du immer noch Medikamente für deine Kinder brauchst.«

»Meine Kinder«, sagt Garrett. »Du bist ein Vollarsch. Dich jucken meine Kinder doch null.«

Wieder ist der Finger in seinem Gesicht. »Junge, pass auf, was du sagst.«

Garret schlägt den Finger weg. »Pass du auf. Leck mich.« Er will etwas sagen, kann es aber nicht sofort. Die Augen feucht und sein Kinn zerknittert wie Papier, formt sein Mund Worte. »Können wir nicht einfach zurück?«, sagt er. »Können wir nicht einfach umkehren? Ich kann das nicht mehr.«

Ein Truck fährt an ihnen vorbei. Stanley sieht ihm nach. Dann schaut er noch mal. Schaut ihm im Rückspiegel nach.

Er schlägt das Lenkrad ein, dreht mitten auf der Straße um. Garrett fliegt gegen das Fenster.

»Ich kann mein Geld auch anders verdienen«, sagt Garrett. »Lass uns einfach zurück nach Denver fahren.«

»In dem Truck, das war dieser hässliche Hundesohn«, sagt Stanley.

»Es sind die Pillen oder so etwas«, sagt Garrett. »Ich fühle mich innen ganz hohl.«

»Es ist der, der bei den Smiths gewesen ist. Der, von dem sie sagen, er sei der beste Fährtenleser in der Stadt.«

»Ich will meine Kinder sehen, bitte. Lass uns nach Hause fahren.«

Stanley beobachtet die Rücklichter vor ihm. »Hier ist niemand aus einem anderen Grund draußen, als wir es sind«, sagt er.

45
– Die Geächtete –

Wayne ist eng an Dayton gepresst. Er sitzt zwischen ihr und Jim auf dem Trucksitz, und sie kann den schlechten Rhythmus dessen spüren, was in ihm braut und brodelt. Ihr Rucksack voller Marihuana erfüllt die Fahrerkabine mit einem berauschenden und beißenden Geruch. Und dann ist da auch noch der Geruch von Jim. Wie Holz und Rauch und ein Kind, das es mit dem Hinternabwischen nicht so genau nimmt. Hauptsächlich aber ist es das Marihuana.

Über Jim macht sie sich keine Sorgen. Jim weiß von dem Dope. Es ist vor zwei Sommern gewesen, dass er beim Wandern vorbeigekommen ist und es herausgefunden hat. Er geht oft Wandern. Sie denkt, das hat damit zu tun, dass er sein Zuhause nicht besonders mag, und das ist ein Gefühl, das sie verstehen kann. Erst seit Ethans Tod fühlt sie sich zum ersten Mal überhaupt irgendwo zu Hause. Aber immer noch schreckt sie manchmal aus diesem Albtraum hoch: Ihre Mutter und Ethan sind darin noch am Leben, einer befindet sich in ihrem Bett und die andere nur den Flur hinunter. In solchen Nächten kann sie nicht wieder einschlafen, liegt bis zum Morgen wach. Voller Horror, dass es ihr nicht gelingt, sie tot zu halten.

Sie ist draußen in dem alten Schuppen gewesen, den sie in so etwas wie eine Tabakscheune umgewandelt hat, und war dabei, an den Marihuanapflanzen zu zupfen und hat sie an die Wäscheleinen gehängt, die den kleinen Raum zerteilten. Es ist heiß gewesen und die trockenen Blätter sind zerkrümelt, haben die Luft stickig gemacht. Sie hat ein Halstuch vor Mund und Nase gehabt, aber nichts für die Augen. Es hat nicht lang gebraucht, bis sie gebrannt haben, Tränen sind ihr ins Halstuch gelaufen, haben sich mit dem Rotz und dem angesammelten Gras vermischt, bis es sich angefühlt hat, als ob sie den Pelz eines frisch gehäuteten Waschbären trägt.

Schließlich hat sie es nicht mehr ausgehalten. Sie hat sich das Halstuch abgerissen und sich mit einem Geräusch wie ein Tier die Nase am Handrücken abgewischt.

Das war der Moment, in dem Dayton zu dem zugezogenen Fenster hinübergesehen und Jim entdeckt hat, der nur durch einen Spalt zu sehen war.

Er ist rot geworden und hat sich weggeduckt.

Sie hat ihr Gewehr an der Wand liegen gehabt, hat es genommen und ist zu ihm hinaus. Sein Gesicht immer noch rot, die Hände vor der Brust ringend.

Dayton ist keine große Frau, aber klein ist sie auch nicht. Direkt vor Jim hat sie sich nur halb erwachsen gefühlt.

»Du darfst niemals jemand etwas davon sagen«, hat sie gesagt.

»Es ist mir egal, was du tust«, hat er geantwortet.

Und sie hat ihm geglaubt. Sonst hätte sie das Gewehr benutzt.

• • •

Wayne grunzt wie ein gereizter Hund, schiebt seine Schultern auf und ab, stößt Dayton auf der einen und Jim auf der anderen Seite an. Jim fummelt ein Röhrchen aus der Tasche und schluckt eine Tablette.

»Du hast gesagt, wenn ich mitkomme, kann ich auch eine kriegen«, sagt Wayne.

Jim gibt ihm eine. Der Junge schluckt sie schnell, als hätte er Angst, dass er sie zurückgeben muss.

»Ich glaub', das schadet ihm nicht«, sagt Jim zu niemand im Besonderen.

Dayton hat Jim noch nie über den Jungen reden gehört. Sie hat das Gefühl, dass Jim auch nicht viel über ihn sagen könnte. Sie spürt, wie er darauf wartet, dass sie ein Urteil fällt. Er ist wie ein Hund, der so oft getreten worden ist, dass er sein Leben lang immer auf den nächsten Tritt wartet. Aber das ist nicht ihre Sache, und es interessiert sie auch nicht. »Warum die Parker-Ranch?«, fragt sie.

Sie weiß, wer Tom Parker ist. In der Stadt gibt es niemanden, der das nicht wüsste, oder nicht wüsste, wo er lebt. Er ist beinahe eine Legende. Er war noch ein Teenager, als er mit dem 13. Kavallerieregiment auf Pancho Villa geritten ist, und danach war er einer von denen, die vom Kriegsprediger Theodore Roosevelt den Ruf zur Waffe hörten, die Rough Riders im Ersten Weltkrieg wiedereinzusetzen. Präsident Wilson lehnte die Aufforderung zu einem neuen Freiwilligenregiment ab, aber Parker ging eh zur 2. Kavallerie. Bei St. Mihiel an der Maas sah er dann selbst, was ein Maschinengewehr bei einem Pferd anrichten kann, egal, wie ehrenhaft man auf ihm sitzt. Es war ein Schauspiel, das sich auf dem langen Weg zum Wald von Argonne immer wieder ereignete.

Das was das letzte Mal, dass Parker für andere Interessen als seine eigenen geritten war. Einige sagen, er sei einer von Colorados reichsten Ranchern geworden, weil er seine in hartem Einsatz erworbenen O-Bein-Fähigkeiten dazu genutzt hat, so viele Mitglieder der Wyoming Stock Growers Association wie nur möglich in den Ruin zu treiben. Aber dann ist seine Clara gestorben, und jetzt hat er das meiste Vieh verkauft. Es ist ihm nicht viel geblieben, als die Welt leer zu jagen und seinem schwarzen Stallknecht Geschichten von 1918 zu erzählen.

»Es ist immer noch ne Ranch«, sagt Dayton. »Da gibt es vermutlich alles, was Mopar braucht. Aber sie liegt nahe der Stadt. Warum verdammt sollte er zurück in Richtung Stadt gehen?«

»Weiß ich nicht«, sagt Jim.

»Irgendetwas musst du wissen«, sagt sie. »Dafür muss es einen Grund geben.«

»Ich denke, das ist das, was ich tun würde.«

»Das hab ich mir gedacht. Warum?«

»Weil niemand erwartet, dass er umkehrt.« Er stellt das Reden ein und sieht auf seine Hände. Man kann sehen, wie er alles durchgeht. »Juggs Männer werden zu den am weitesten entfernten Stellen geschickt, an denen man Ausbrecher gesehen hat. Es ist wie das Wetter, das sich ausbreitet.«

Seine Hände sind hart und wie aus Stein. Dreck, so alt wie er selbst, ist in sie eingebrannt. »Wenn du dich von der Stadt entfernst, dann lässt dich das nur erfrieren. Dein Cousin ist ein kluger Junge. Er ist schlau genug, einen Platz zu finden, an dem er unterschlüpfen kann.«

»Dein Cousin?«, wiederholt Wayne.

Dayton ignoriert ihn. Jim auch.

»Aber warum die Parker-Ranch?«, fragt Dayton. »Warum ausgerechnet dort?«

»Es ist die nächste Ranch für ihn, und eine Ranch hat Waffen und Benzin. Außerdem ist da niemand außer Parker und seinem angeheuerten Nigger.« Er nickt nach vorne. »Es ist genau hier oben.«

Dayton fährt langsamer, die Reifen schmatzen im Schnee. Sie schielt, runzelt die Stirn, und dann steht da auf einem kleinen Schild, das an eine Zirbe neben der Straße genagelt ist, *Parker Ranch.* Sie schlägt das Lenkrad ein, biegt in den Feldweg ab, wirbelt Schnee auf.

Von hinten leuchten Scheinwerfer in den Wagen.

»Wer ist das?«, fragt Dayton.

»Niemand«, sagt Jim.

»Niemand?«

»Dickie Carr vermutlich.«

»Dickie Carr?«

»Er ist ein Wärter«, sagt Jim. Sein Kopf sinkt tiefer.

• • •

Dayton hält vor dem Haus an. Ein massiver Steinsockel, der ein Kiefernholzgestell trägt, darüber ein steiles Schindeldach. Auf einer Seite sind weiße Flecken. Adlerkacke. Sie nisten in den gekappten Giebeln.

Der Wagen hinter ihnen fährt dicht auf. Aber es ist nicht Dickie Carr. Zwei Männer steigen aus. Einer von ihnen älter und angezogen wie ein Farmer, der andere eine Art Hippie in einem billigen orangen Anzug und einem blauen Stutzermantel, bei dem einem schlecht wird, wenn man ihn anschaut. Es sind zwei Farben, die nur ein Verrückter kombinieren würde.

Jim drückt die knirschende Tür auf und steigt langsam aus dem Truck. »Was macht ihr hier?« Er zieht sich Handschuhe an.

»Ich heiße Stanley Hartford«, sagt der Ältere. »Das ist Garrett Milligan, Wir sind von den *Rocky Mountain News*.« Er streckt die Hand aus, Jim aber schüttelt sie nicht.

»Ich weiß, wer ihr seid«, sagt er.

Dayton hat die Gewehre hinter dem Rücksitz herausgeholt. Sie behält ihre Winchester, gibt Jim die Maschinenpistole und Wayne die Schrotflinte. »Das war keine Antwort auf seine Frage«, sagt sie zu Stanley.

Stanley steckt die Hände in die Jackentasche. Es ist eine Art Feldjacke, sieht aber nicht aus, als ob sie schon viel Feld gesehen hätte. Dayton mag sie nicht, und ihn mag sie auch nicht.

»Ich schätze, wir sind aus dem gleichen Grund hier wie ihr«, sagt Stanley. »Um diesen Horn-Jungen zu finden.«

»Wir brauchen euch hier nicht«, sagt Jim. »Ihr könnt dahin zurück, wo ihr hergekommen seid.«

»Geht nicht«, sagt Stanley.

Jim hält die Maschinenpistole lässig in der Armbeuge, wie eine Waffe bei der Entenjagd.

»Wir können mithelfen«, sagt Stanley.

»Bei was helfen?«, sagt Jim.

»Euch helfen, ihn lebend hier rauszukriegen. Ist es das, was ihr wollt?«

»Wie wollt ihr das anstellen?«

»Vor unseren Augen werden sie ihn nicht abknallen. Wir sind Reporter.«

»Hat bisher noch keinen von ihnen aufgehalten«, sagt Jim.

»Nun. Egal, wir bleiben auf jeden Fall.«

Die Haustür geht auf, und da steht der alte Parker mit einer Großwildjägerbüchse. Ihn nimmt niemand zur Geisel. »Verdammt, was macht ihr auf meinem Grundstück?«, fragt er.

Jim spuckt aus.

»Jim?«, sagt Parker. Er hat einen langen grauen Schnurrbart, trägt eine wollene Jagdjacke mit einer schwarzen Weste und darunter ein Stehkragenhemd. Seine Augen flackern wie zwei blaue Zwillingsflammen über seiner Hakennase. »Jim Cavey?«

Dayton putzt sich die Nase. Nie im Leben hätte sie gedacht, dass diese beiden Männer sich kennen.

»Hallo, Mister Parker«, sagt Jim.

»Du weißt es besser«, sagt Parker. »Sag einfach Tom. Komm rein. Du bist immer willkommen.« Er tritt zur Seite, damit sie eintreten können.

• • •

Dayton geht hinter Jim her und die Zeitungsleute kommen ungefragt mit. Das Wohnzimmer ist so groß wie Daytons ganzes Haus. An der Rückwand befindet sich ein großer steinerner Kamin. Mit den alten Ledersofas und den Elchtrophäen an der Wand könnte es Sagamore Hill sein, das Anwesen von Theodore

Roosevelt. Es gibt sogar ein Grizzlyfell auf dem Boden und Elfenbeinzähne, die eines der Bücherregale aus Kirschholz einrahmen. Dayton zieht die Handschuhe aus und stopft sie in die Tasche. Sie will nicht anfangen zu schwitzen, bevor sie wieder ins Freie muss.

Parker nickt Wayne zu. »Ist das dein Junge, Jim?«

»Bin ich nicht«, sagt Wayne. »Er hat nur meine Mam geheiratet.«

Parker ignoriert das. »Ich hab dich nicht mehr gesehen, seit du meinen Enkel gefunden hast. Ich weiß nicht, was wir getan hätten, wenn du das nicht durchgezogen hättest.«

»Ihr hättet ihn früher oder später gefunden«, sagt Jim. »Ich hab nur Glück gehabt.«

»Was du nicht sagst.« Parker legt seine Büchse auf einen großen runden Tisch. Vermutlich hat er einmal als Esstisch gedient, aber man kann sehen, dass auf ihm alles Mögliche passiert, alles außer Essen. Es gibt Stapel von Büchern und Landkarten und Munition, in einem Bronzeaschenbecher glimmt eine Zigarre. »Er mag nicht dein Daddy sein, aber wenn du einen Funken Verstand in dir hast, siehst du ihm zu, wie er arbeitet«, sagt Parker zu Wayne. »Er könnte eine Hummel in einem Schneesturm verfolgen.«

»Im Moment habe ich das Gefühl, überhaupt nichts zu können«, sagt Jim. »Ich bin mir sicher gewesen, dass dieser letzte Junge hier ist.«

»Letzter Junge?«

»Mopar Horn. Der Letzte der Ausbrecher.«

»Mopar?«, sagt Parker. »Mopar ist einer von denen? Warum sollte der hier sein?«

»Es ist wohl nur eine Vermutung gewesen. Einen richtigen Grund gibt es nicht.«

Stanley schreibt sich das auf.

»Verdammt, was machst du da?«, sagt Parker zu ihm.

»*Rocky Mountain News*«, sagt Stanley. »Wir sind an der Story dran.«

»Ich hätte euch direkt erschießen sollen«, sagt Parker.

»Kann ich ein Foto von Ihnen machen?« Garretts Hand ist schon an der Kameratasche.

»Hast du je gesehen, was eine .45-70er-Büchse bei einem Mann anrichten kann?«

Garrett lässt die Kameratasche los.

Parker richtet seine blauen Augen auf Dayton. »Du bist Dayton Horn?«

»Ja.« Sie weiß, was nun kommt.

»Mopars Cousine.«

Da ist es. »Das stimmt«, sagt sie. »Und Sie haben ihn nie Kid Dillinger genannt. Nicht ein einziges Mal.«

»Das hat mich tierisch aufgeregt.« Parker streicht sich über den Schnurrbart. »Er hat sich nie für Dillinger interessiert.«

»Sie haben Mopar gekannt?«

»Sicher«, sagt Parker, »Dillinger war ein kleines Arschloch mit einem Rattengesicht. Nur ein Reporter kann sich so eine Verbindung ausdenken.« Dann wird seine Stimme hart. »Ich würde fürs Leben gerne wissen, was Deputy Rose getan hat.«

»Wie meinen Sie das?«, sagt Dayton.

»Ich hab ihn mal draußen an meiner Einfahrt getroffen. Deputy Rose. Hatte seinen Kreuzer geparkt und hat auf Schnellfahrer gelauert. Hab ihm gesagt, er soll von meinem Grundstück runter. Sich verstecken und Leute in die Falle locken. Nicht auf meinem Land. Als ich am nächsten Abend heimgekommen bin, hat jemand auf meine Treppenstufen geschissen gehabt.« Parker hält einen Moment inne und starrt die Reporter an. »Das ist er auch gewesen. In der Stadt hat er mich breit angegrinst, als ich aus dem Drugstore gekommen bin. Das war einer, der nicht viele Chancen gehabt hat, alt zu werden. Das hab ich mir damals schon gedacht.«

»Stanley hier hat die Geschichte über Kid Dillinger geschrieben«, sagt Garrett. »Die über deinen Cousin. Helden-Deputy von Kid Dillinger niedergeschossen. Das war die Überschrift.«

Parker und Dayton sehen beide zu Stanley.

Dann klopft es an der Tür.

»Wahrscheinlich die gottverdammte *Denver Post.*« Parker öffnet die Tür.

Dayton kann nicht sehen, wer es ist, weil ihr die große Holztür die Sicht verdeckt.

»Komm rein.« Parkers Stimme ist höflich. »Komm ins Warme.« Er streckt die Hand aus und zieht eine hübsche kleine schwarze Frau herein. Sie trägt einen etwa acht Jahre alten Jungen im Arm.

46
– Der Häftling –

Sie sind allein im Wohnzimmer. Charles und Mopar. Und ums Verrecken kann Mopar nicht herausbekommen, wer hier wen gefangen hält. Er will so schnell, wie es nur geht, aus diesem Haus verschwinden. Charles verströmt Hitze, verströmt Verachtung.

Und dann ist das Mädchen am Treppenabsatz. »Kann ich ein Glas Wasser haben?«

»Geh wieder hinauf«, sagt Charles. »Geh rauf und warte in deinem Zimmer.«

»Ich bin durstig.«

»An meinem Bett ist Wasser. Ein großes Glas. Geh wieder hoch und trink es.«

»Moment«, sagt Mopar. »Hast du eine Waschschüssel und ein Stück Seife? Und so etwas wie Wundsalbe?«

»Bring ihm, was er will«, sagt Charles zu ihr. »Unter dem Waschbecken im Bad ist antibiotische Salbe.«

»Und frische Socken von deinem Daddy«, sagt Mopar.

»Das auch«, sagt Charles.

Sie geht die Treppe wieder hoch. Mopar wartet auf sie, starrt an die Wand. Charles hat er aus den Augenwinkeln im Blick.

Diese Gedanken, die man hat, wenn man nicht schlafen kann. Die, dir ins Ohr wispern, was du für ein Idiot bist, weil du dich wieder durch einen Tag gewurstelt hast. Vor dem Schmerz gibt es kein Weglaufen und keine Linderung, und selbst wenn es das gäbe, würdest du es nicht verdienen, weil du ein Idiot bist. Über Charles steigen solche Gedanken auf wie Rauch.

Dann kommt das Mädchen wieder die Treppe herab, trägt eine

Waschschüssel, aus der das Wasser schwappt. Sie setzt sie vor Mopars Füßen ab und zieht ein Stück Seife heraus, in einen Waschlappen gewickelt, dazu eine Tube Wundsalbe und Baumwollsocken. Sie lässt es alles auf den Boden fallen.

»Geh wieder hoch«, sagt Charles zu ihr.

Es wurmt Mopar, dass Charles sie hochschickt, um sie vor ihm zu schützen. Als ob er ein kleines Mädchen missbrauchen wollte. Ein schwarzes noch dazu.

Fast muss er lachen. Die Erschöpfung macht ihn dumm. Er hat nicht gewusst, wovon er redet, wenn er sich früher müde gefühlt hat. Er wickelt die Seife aus, wirft sie in die Waschschüssel und feuchtet den Lappen an.

»Das war gut von dir, dass du meinen Jungen hast gehen lassen«, sagt Charles.

»Das werden wir sehen.« Mopar seift den Waschlappen ein.

»Es mag eine Zeit kommen, in der du über all das nachdenken wirst, was du getan hast. Und das war eine gute Sache.«

»Ich werde das Gefühl nicht los, dass es vielleicht das Dümmste ist, was ich je in meinem Leben getan habe.« Mopar hält den Waschlappen über seinen rechten Fuß. Zähl auf drei. Zähl auf drei und leg ihn einfach drauf.

»Er musste ins Krankenhaus«, sagt Charles. »Er hätte die Nacht nicht überstanden.«

»Leck mich fett«, sagt Mopar. Der Waschlappen auf seinem Fuß verstärkt die Schmerzen mehr, als er sich das je vorgestellt hätte. Er muss innehalten und ausatmen. Es ist ihm egal, wie dämlich er dabei aussieht. »Warum verdammt noch mal hast du dann gesagt, dass alles mit ihm in Ordnung ist?«

»Wir sind wie Schafe auf einer Weide, die herumstehen, während der Metzger entscheidet, wer von uns der Nächste ist.« Charles stützt sein Gesicht auf seine Hände. »Was hätte ich anderes sagen sollen?«

»Ich bin kein Metzger.« Mopar legt den Waschlappen auf seinen anderen Fuß. Das ist noch schlimmer. Er wird fast ohnmächtig, bis er fertig ist und fast zusammensackt, den Waschlappen in der Hand. »Ich habe nicht vor, einen von euch zu töten.«

»Nee«, sagt Charles. »Nein, ich hab damit nicht dich gemeint.«

Mopar steckt die Füße ins Wasser. »Du schienst mir nicht besorgt zu sein. Überhaupt nicht. Nicht mal ein bisschen.« Noch nie hat er so etwas Gutes gefühlt wie das Wasser an seinen Füßen. Fast schließt er die Augen. »Er hat sich fast die Seele aus dem Leib geheult, aber dir hat es scheinbar nichts ausgemacht.«

»Vater sein heißt, deinen Kindern das Meiste zu verschweigen, was auf sie zukommt. Wenn du das nicht tust, werden sie es nicht überleben.«

»Du bist ein verdammt hohes Risiko eingegangen, damit ich sie gehen lasse. So überzeugend wie du gewesen bist.«

»Ich hab schon vor langer Zeit gelernt, dass man nicht mit jemandem streitet, der eine Waffe auf dich richtet. Und wie gesagt, ich hab deinen Daddy gekannt.«

»Fick meinen Daddy«, seufzt Mopar. Er hätte nie gedacht, dass es solche unbeschreiblichen Glücksgefühle auslösen kann, wenn einem die Füße nicht wehtun. »Ich hab jetzt genug über meinen Daddy gehört.«

Charles streckt seine rechte Hand aus, Handfläche nach unten. »Bleib bitte leise. Meine Tochter ist immer noch da oben.«

»Ich muss verdammt noch mal von hier weg«, sagt Mopar. »Verdammt, was hab ich mir bloß dabei gedacht?«

Es klopft an der Tür. Mopar erhebt sich. Seine Füße planschen im Wasser. Er richtet den Revolver auf Charles. »Halt bloß die Klappe.«

»Wer ist da?«, sagt Charles Richtung Flur.

»Tom Parker«, sagt eine Stimme an der Tür. »Ist alles in Ordnung bei Euch, Charles?«

»Alles ist prima«, sagt Charles. »Hat Mary Lou es geschafft?«

»Sie ist gerade im Krankenhaus«, sagt Parker. »Mein Gehilfe hat sie rübergefahren. Hast du was dagegen, wenn ich reinkomme?«

»Nee. Nein, Sir. Überhaupt nicht«, sagt Charles.

Mopar steigt aus der Waschschüssel und setzt die Mündung seines 38ers Charles direkt an den Hals. Charles bleibt seelenruhig.

»Aber ich bin mir nicht sicher, ob Sie das wollen«, sagt Charles. »Nicht mit dem, was mein Junge hat. Ich fühl mich selbst nicht so gut. Wenn ich Sie wäre, würde ich bleiben wo ich bin. Gott Allmächtiger, wer weiß, was man sich in diesem Haus holen kann.«

»Sicher«, sagt Parker. Ich hab nur gedacht, ich könnte mich für eine Minute aufwärmen.«

»Ich glaub, ich hab Fieber«, sagt Charles. »Ich würde Sie nicht anstecken wollen, Tom.«

»Mary Lou macht sich große Sorgen um eure Tochter«, sagt Parker. »Hat Angst, dass sie das Gleiche bekommt wie euer Sohn, weil sie sich auch um ihn gekümmert hat.«

»Ich denke, sie ist okay, Tom«, sagt Charles. »Ich hab an ihr nichts bemerkt.«

»Das kann schnell gehen«, sagt Parker. »So ist das mit der Grippe. Wir Graubärte haben es da leichter, aber die Kleinen kann es umbringen.«

»Uns geht's gut, Tom. Das kann ich Ihnen versprechen.«

»Mit Kindern kann man nicht vorsichtig genug sein. Wie wär's, wenn ich sie zu ihrer Mama mitnehme? Mary Lou könnte die Hilfe brauchen. Ich könnte sie rüberfahren, und wenn sich herausstellt, dass sie krank ist, ist sie ja dann schon im Krankenhaus.«

Mopar drückt Charles den Lauf tiefer in den Hals.

»Bist du da, Charles?«, fragt Parker.

»Bin ich. Ich denke nur nach.«

»Was gibt es da nachzudenken. Mary Lou hat gefragt, ob sie ihre Tochter sehen kann, und ich biete Ihnen an, dass ich sie ins Krankenhaus fahre. Sie sind sich sicher, dass bei Ihnen da drinnen alles in Ordnung ist?«

»Yep, alles ist prima. Ja, Sir. Ich glaub nur, sie ist gerade eingeschlafen. Sie ist die ganze Nacht mit ihrem Bruder wach gewesen. Ich weck sie nicht gerne. Heranwachsende Mädchen brauchen ihre Ruhe.«

Mopar kämpft gegen den Drang, seinen Revolver in beide zu entladen und danach auch seine Schrotflinte. Die beiden an die Wände zu kleistern.

»Oh, da bist du ja, Schätzchen«, sagt Charles. »Tom und ich haben gerade über dich geredet. Er macht sich Sorgen, dass du krank bist, aber ich hab ihm gesagt, du fühlst dich gut.«

Ihr Gesichtsausdruck bleibt unverändert, nur nicht am Kinn. Es zittert leicht wie eine Pfütze bei einem Erdbeben. »Ich bekomme Kopfweh.«

»Kopfweh?«, sagt Charles.

Ihr kleines Kinn schwingt auf und ab. »Darum bin ich wach geworden. Ich hab nicht schlafen können.«

»Hat Ihr Junge auch Kopfweh gehabt?«, fragt Parker durch die Tür.

»So hat es angefangen«, sagt das Mädchen.

»Damit ist das erledigt«, sagt Parker. »Ich fahr sie lieber rüber zum Krankenhaus, nur für den Fall.«

Mopar legt den Kopf in den Nacken und blickt an die Zimmerdecke, hört, wie das kleine Mädchen ihren Vater küsst, den Flur entlanggeht, die Tür öffnet und hinter sich schließt.

In dieser Welt hat niemand auch nur die geringste Chance. Nicht ein einziger Arsch von uns.

47
– Der Fährtenleser –

Nicht weit vom Haus der Colemans liegen sie auf der Lauer, dicht gedrängt in einem Wäldchen bebender Espen, deren papierweiße Rinde im fahlen Licht fast schwarz wirkt. Es sind Jim, Wayne, Dayton und die beiden Reporter. Schnee wirbelt über die Straße in den Hof, schlägt ans Haus. Hinter ihm kann Jim den dunklen Schatten des Dos Tortugas Mountain sehen.

Dieser Berg.

Der Alte hat ihm erzählt, dass sie ihn die Bitch genannt hätten, als Colorado noch ein Territory war. Der Name Dos Tortugas kam von ihrem ersten Ausbrecher, einem mexikanischen Pferdedieb. Irgendwie hatte er es hoch auf den Berg geschafft und wurde erst geschnappt, als er nach etwa zwei Wochen wieder herunterkam und sich stellte. Er war ausgetrocknet, hungrig und halb verrückt, sagte nur immer »Dos tortugas, dos tortugas«. Auf der Krankenstation brauchte es eine Woche, ehe sie darauf kamen, was er meinte. Dass alles, was er zu essen gehabt hatte, zwei Schildkröten waren.

Nur, dass es da oben keine Schildkröten gab.

Jim ist diesen verdammten Berg leid. Und die Häuser hat er auch satt. Er dreht sich um, schaut in die Bäume, dann bückt er sich und nimmt Schnee hoch, formt einen Ball. Er drückt ihn in seiner Hand zusammen, dann hält er ihn an den Mund und saugt das Wasser heraus. Sein Gesicht sieht dorthin hoch, wo eigentlich der Mond sein müsste. Aber da ist nichts. Nicht mal ein schwacher Schein hinter den Wolken.

Da sind Wolken dazwischen, denkt er. Daran muss man denken. Man nimmt all die Wolken weg, und dann ist immer noch alles da. Der Mond und genau darüber Perseus, darunter Orion. Sie sind alle dort oben und leuchten, wie sie es immer tun. Es lohnt sich, das zu wissen.

Es sei denn, sie leuchten doch nicht.

Es sei denn, all die Sterne sind schon vor tausend Jahren ausgebrannt und haben aufgehört zu leuchten.

Genauso gut kannst du morgen aufwachen, und Orion hat keinen Gürtel mehr. Dass er immer da war, heißt nicht, dass er immer dableiben wird. Dieser Tag wird kommen. Das ist das Einzige, auf das du dich wirklich verlassen kannst. Nicht darauf, dass er da ist, sondern darauf, dass er das eines Tages nicht mehr sein wird.

Jim lässt den Schneeball fallen und dreht sich wieder zum Haus der Colemans um. Er hat lange genug gewartet. Fast direkt vor Daytons Füßen spuckt er ein braunes Loch in den Schnee. Sie putzt sich mit ihrem Taschentuch leise die Nase und steckt es wieder ein. Jim kann fühlen, was sie über ihn denkt. Er merkt es, wenn jemand enttäuscht von ihm ist. Darin ist er am allerbesten. Leute enttäuschen.

Aber mit Dayton ist es anders. Mit ihr ist es nicht so. Sogar wenn er die Sachen sagt, für die ihn alle anderen für dumm verkaufen. Wenn er zum Beispiel einen Kommentar abgibt, dass er ein Felskaninchen gesehen hat, und erklärt, wie sehr er ihr Pfeifen mag, sieht sie ihn nie an, als ob sie denkt, dass er doch etwas unterbelichtet ist. Wie Ruby es tut.

Jim hat immer gedacht, dass Dayton ihn anders behandelt, weil sie auch anders ist. Dass sie deswegen nie so getan hat, als ob sie von ihm enttäuscht ist. Weil sie es nämlich versteht, wenn man jemand ist, der die Leute enttäuscht.

Aber jetzt weiß er es besser. Es war nur so, weil sie bisher nie einen Grund hatte, von ihm enttäuscht zu sein. Jetzt aber hat sie ihn.

Und bevor die Nacht zu Ende ist, wird sie noch mehr Gründe haben.

• • •

Tom Parker kommt die Veranda vom Coleman-Haus mit einem kleinen schwarzen Mädchen neben ihm herunter. Jim und all die anderen schwärmen aus den Espen auf die Straße. Wie das Wetter ziehen sie sich um sie zusammen.

»Was ist los?«, fragt das schwarze Mädchen. Sie zittert heftig, ihre Lippen werden schon blau. »Wo ist meine Mama?«

»Mein Knecht hat sie ins Krankenhaus gebracht«, sagt Parker. »Sie ist bei deinem Bruder.«

»Mein Bruder? Wie geht es ihm?«

»Sie kümmern sich gut um ihn. Du kannst ihn anrufen, sobald wir im Haus sind.«

»Da ist ein Mann drin«, sagt das Mädchen. Sie zittert so stark, dass ihr Mantel bebt. »Er ist bei meinem Daddy. Er hat ein Gewehr.«

»Das wissen wir«, sagt Parker. »Wir wissen Bescheid. Deshalb sind wir gekommen, um dich zu holen.« Er schlägt eine Hudson-Bay-Decke auf und wickelt sie dem Mädchen um die Schultern.

»Wir können ihn nicht da drin lassen«, sagt das Mädchen.

»Dein Daddy wird das prima machen«, sagt Parker. »Wenn überhaupt, würde ich mir um diesen Jungen Sorgen machen.«

»Meinen Bruder?«

»Den Ausbrecher«, sagt Parker. »Ich bin einmal in eine Diskussion mit deinem Daddy gekommen, als meine Clara gestorben ist. Ich wette, das ist die Art von Unterhaltung, die sie jetzt haben. Dein Daddy hat einen Mordsspaß und dieser Junge hat nicht die geringste Chance.«

»Tom, es wäre besser, wenn du aufhörst zu reden«, sagt Dayton.

Das Mädchen weint.

Tom Parker hebt sie hoch und hält sie in seinen Armen.

Dayton lässt sich nach hinten zu Jim zurückfallen. »Ich könnte ihn zum Aufgeben bringen«, sagt sie.

Jim denkt an Pearl Greene, an die Frau von Inspektor Bowman und die Freundin von Billy Hughes. Und Billy Hughes selbst mit den Projektilen in seinem Gesicht. Er hat nicht viel davon gesehen, was ihn überzeugen könnte, dass man die Ausbrecher überreden kann. »Zuerst bringen wir das Mädchen in Sicherheit«, sagt er. »So haben wir das ausgemacht.«

»Du und ich könnten bleiben. Könnten wir. Parker kann sie zu seinem Haus zurückbringen.«

»Ich lasse Parker hier draußen nicht allein.«

»Das wäre er nicht. Er kann ja Wayne und die Zeitungsleute mitnehmen.«

»Die Zeitungsleute sind nutzlos«, sagt Jim.

»Dann Wayne.«

Sie sehen zu Wayne, und in dem Moment krümmt sich sein ganzer Körper zusammen wie eine Klapperschlange, die sich wegwindet. Seine Augen rotieren im Kopf.

»Du hättest ihm nicht diese Pille geben sollen«, sagt Dayton.

»Wir bringen das Mädchen in Parkers Haus, und dann kümmern du und ich uns um deinen Cousin«, sagt Jim.

Sie geht wieder zu Tom und dem Mädchen.

• • •

Jim hat nie verstanden, was er Wayne getan haben könnte, damit der ihn so hasst. Aber vermutlich hat er dafür gar nichts zu tun brauchen.

Er hat nie einen Hinweis darauf bekommen, wer Waynes Vater ist. Soweit Jim es versteht, hat er etwas mit Büchern zu tun. Hat welche geschrieben oder verkauft oder darüber unterrichtet. Jim weiß, dass er ein Pfeifenraucher gewesen sein muss, weil Judith ihn einmal gefragt hat, warum er denn keine Pfeife rauche, sondern stattdessen den labbrigen Tabak kaue. Ruby redet nicht über ihn, und Jim stellt keine Fragen. Wie auch sonst nicht.

Jim erinnert sich daran, als er Ruby das erste Mal gesehen hat. Er ist aufgewacht und zum Frühstück hinuntergegangen, und da war sie. Der Alte hatte nichts dazu gesagt. Er saß am Tisch und trank Kaffee, während sie an einer elektrischen Nähmaschine arbeitete. Das Fenster über der Spüle stand offen, neu genähte Vorhänge bauschten sich im Sonnenlicht. Durch das Fliegengitter der Tür hat Jim sehen können, wie Judith und Wayne auf der Veranda einen alten Baseball zwischen sich hin und her gerollt haben.

Das ist ein Jahr vor dem Tod des Alten gewesen. Jim hat die Geschichte des Alten nie geglaubt, wie er sie angeblich gefunden hätte. Ruby selbst behauptete, sie habe auf eine Zeitungsanzeige geantwortet, aber Jim sah den Alten nie eine Zeitung lesen. Es war einfach so, dass sie und Wayne und Judith eines Tages plötzlich da waren. Dass sie in der alten Baracke wohnte und sie sich um das Anwesen kümmerte.

Wayne mochte Jim vom ersten Moment an nicht. Sogar schon, bevor der Alte gestorben ist. Wayne ist Jim gern hinterhergegangen und hat ihn nachgeäfft, wenn er seine Arbeit gemacht hat.

Hey Jim, hast du je das Wort Ignorant gehört? Hast du je in deinem ganzen Leben ein Buch gelesen, Jim?

Ruby hat Jim stets etwas zum Mittagessen eingepackt, wenn er draußen bei den Hühnerställen gearbeitet hat, Wayne hat es so versalzen, dass es ungenießbar geworden ist. Jim hat einen Melkschemel gehabt, den er seit seiner Kindheit benutzt und richtig eingesessen hat, Wayne aber hat eins der Beine halb durchgesägt, und als Jim sich darauf gesetzt hat, ist er zusammengekracht. Einmal hat er sogar Jims Kopfkissen mit Kuhdung gefüllt. So war ihr Verhältnis schon damals.

Jim hat das weniger ausgemacht, als man meinen könnte. Sein ganzes Leben hat er sich nur gegen solche wie Wayne behaupten müssen. Eine ganze Stadt voll von ihnen. Das ist der Grund, warum Jim die Stadt immer schon gehasst hat. Er hat sie gehasst, als er aufgewachsen ist, und er hat sie noch mehr gehasst, als er alt genug gewesen ist, zu sehen, wie sie geführt wird. Wie Direktor Jugg sie führt. Du hältst deinen Rasen kurz, du sagst Jawohl und ja Ma'am, und du trinkst und fluchst nicht in der Öffentlichkeit. Der Rest des Landes mag den Bach runtergehen, hier aber passiert das nicht. Entweder hältst du dich an diese Regeln, oder du bekommst Mitternachtsbesuch von Shitkick und seiner Schlägerbande. Einen, der über die Kniekehlen gezogene, stahlverstärkte Schlagstöcke bedeutet.

Nachdem der Alte gestorben war, hatte es keine Woche gedauert, bis Ruby Jim nach hinten in die Scheune führte, wo die Insekten schwirrten und es nach Pferdeäpfeln roch. Deshalb besuchte Shitkick Johnson ihn dann. Jim kapierte erst später, dass es Ruby klar gewesen sein musste, was das zur Folge haben würde. Genauso wie sie gewusst haben musste, dass der einzige Weg, das Verprügeln zu stoppen, der war, sie zu heiraten und mit Judith und Wayne ins Haus einziehen zu lassen. Jim hatte ihr das nie vorgeworfen. Was sonst hätte sie tun können, mit zwei Kindern und einem toten Arbeitgeber? Jugg stellt keine Frauen als Gefängniswärter ein.

Aber es kommt immer noch vor, dass Jim so erschöpft ist, dass er innehält. Nicht mehr arbeitet, nicht mehr läuft, aufhört, mit was immer er gerade tut, und dass ihm die Augen anschwellen und das Blut sich in seinen Adern verdickt. Dann setzt er sich auf den nächsten Baumstamm und hofft vergeblich, dass die ganze Welt für immer verschwindet.

Er denkt an das, was der Alte über sein jetziges Leben sagen würde.

•••

»Heilige Scheiße«, hört Jim Dayton sagen.

Es ist Parkers Haus. Überall sind Männer. Direktor Jugg, Shitkick Johnson, James Grace, Dickie Carr, Inspektor Bowman, Perry und seine Hunde, einfach jeder.

Jim drängt sich an den Zeitungsleuten vorbei, nach vorne zu Parker und dem Mädchen. Er ist zur gleichen Zeit da wie Direktor Jugg.

»Mary Lou hat vom Krankenhaus angerufen«, sagt Jugg. »Du hast das Mädchen rausgebracht. Gute Arbeit, Tom.«

»Was machst du auf meinem Grundstück?«, fragt Parker.

»Wir haben einen ausgebrochenen Häftling«, sagt Jugg. »In meiner Stadt.«

»Als ich zuletzt nachgeschaut habe, war es Amerika, wo ich wohnte, und das ist nicht *deine* Stadt«, sagt Parker.

»Ich hab einen freilaufenden Mörder«, sagt Jugg. »Lass dein Kommunistengeschwätz.«

»Runter von meinem Grundstück.«

Jugg signalisiert einem Wärter. »Hol das Mädchen.« Er richtet seine Aufmerksamkeit auf Jim. »Was ist mit deinem Kopf passiert?«

»Ich glaube, ich bin hingefallen.«

»Junge, ich bin nicht so dumm wie du denkst.«

»Ich hab nie gedacht, dass Sie dumm sind.«

»Ich will einen Bericht über Billy Hughes. Und wenn Horn wegen dir davonkommt, wird es eng für dich. Ich möchte, dass du drüber nachdenkst, was das bedeuten kann.«

»Ich hab nicht versucht, ihn davonkommen zu lassen«, sagt Jim.

»Klar. Das ist auch der Grund, warum du mit seiner Cousine herumziehst.« Direktor Jugg wendet sich wieder seinen Männern zu.

Für Jim fühlt es sich an, als ob seine Beine in einen halben Meter Dreck gesteckt worden wären. Wenn es etwas gibt, was schiefgehen kann, dann wird es das auch. Was immer du für eine Chance gehabt hast, sie ist weg, bevor du sie überhaupt als solche erkannt hast. Er merkt, dass Dayton hinter ihm steht, spürt ihre grenzenlose Enttäuschung.

48
– Der Häftling –

»Jetzt bricht alles um dich herum zusammen.« Charles hat das Kinn auf seine Fäuste gestützt, und er lacht ein wenig, als ob er gerade Mopars Herzmitte verspeist hat. »Du merkst es auch.«

Mopar beugt sich nach vorne und trägt Salbe auf. Bei jeder Berührung fährt ein höllischer Schmerz durch seine Haut. Er fühlt sich wie ein Weihnachtsgeschenk für diesen üblen schwarzen Schweinehund, versucht diesen Gedanken aber zu verdrängen. »Wenn ich nur dieses verdammte Auto zum Laufen bringen könnte«, sagt Mopar. »Das wär's.«

»Genauso gut kannst du dir einen Panzer wünschen«, sagt Charles. »Oder einen Hubschrauber.«

»Kannst du nicht mal die Klappe halten? Ich muss nachdenken.«

»Die Welt ist ein Jagdrevier«, sagt Charles. Seine Stimme hört sich an, als ob er etwas zitiert. Als ob er tausend Bücher gelesen hat und aus ihnen pflücken kann, was er will. »So ist das für jeden. Jeder von diesen Männern, die auf der Jagd nach dir sind, ist ein eigener Friedhof.«

»Verdammt, halt bitte die Klappe.«

»Du wirst nie verstehen, wie dringend sie dich töten wollen. Das ist etwas, wozu du nicht fähig bist.«

Mopar beißt sich auf die Lippen und zieht sich eine Socke an. Er bricht nicht zusammen oder weint, also streift er auch die linke Socke über. »Du redest totalen Blödsinn.«

»Niemand ändert sich. Wir alle sind so geboren, wie wir sind.«

Mopar bewegt seine Zehen in den Socken. Die sind ihm etwa

fünf Nummern zu groß. »Du bist, was du bist, nicht weil du ein Nigger bist. Es ist wegen all der verdammten Bücher.«

»Bücher«, sagt Charles. »Ich hab im Krieg im Mittelmeer damit angefangen. Ich hab sie im Flugzeug gelesen, in den Pausen. Und dann legst du das Buch in den Schoß und siehst bei der Landung zu. Nach den Bombeneinsätzen.«

»Der Welt hätte es besser getan, wenn du Leute bombardiert hättest, statt Bücher zu lesen. Das ist alles, was ich dazu sagen kann.«

»Hast du je diese Fotos gesehen, wie die Piloten zum Horizont sehen? Das ist nicht das, was du denkst.«

»Mann, ist mir völlig egal. Nicht mal einen kalten Bauern wert.«

»Es ist Glückseligkeit. Seligkeit, weil da niemand war, der dich davon abgehalten hat, zu töten, wenn du es willst. Das ist bis ganz hoch in die Befehlsspitze gegangen. Bei jedem von ihnen. Warum glaubst du, haben wir zwei Städte bombardiert? Hiroshima und Nagasaki? Weil eine nicht genug war, das war der Grund. Es gibt kein Genug.«

»Ich zahle dir was, damit du mit dem Quasseln aufhörst. Ich gehe raus und überfalle eine Bank, ich zahle dir hunderttausend Dollar für fünf Minuten Stille.«

»Nee. Nein, Junge. Stille ist eins der Dinge, die man nur auf eine Art kaufen kann. Wenn du Stille willst, hältst du das Werkzeug dafür gerade selbst in der Hand.«

»Ah, das also willst du mir sagen? Dass ich mir den Kopf wegpusten soll?«

Charles lehnt sich in seinem Sessel zurück, sein schwarzes Haupt glimmt. »Kann ich dir eine Frage stellen?«

»Leck dich selbst am Arsch du Nigger.«

»Ist nur ne Frage.«

»Leck mich mit deiner Frage und deinem bösen schwarzen Niggerherz.«

»Es geht mir nur um eins«, sagt Charles. »Ich hab dich immer auf dem Schrottplatz gesehen. Jedes Mal, wenn ich kam und mir Teile besorgt habe, warst du da und hast an deinem Truck gearbeitet. Hast du ihn je zum Laufen gebracht?«

»Nein. Hab ich nie geschafft.«

»Ich hab noch nie jemanden so hart daran arbeiten sehen, einen Truck zum Laufen zu bringen. Hab niemanden gekannt, der so offenkundig verzweifelt darauf aus ist, diese Stadt zu verlassen. Du hast Jahre dafür geschuftet.«

»Hab ich.«

»Du hasst diese Stadt. Das sieht man dir an. Aber du hast es nie geschafft, wegzukommen, obwohl du jeden einzelnen Tag deines Lebens dafür gearbeitet hast. Und dann haben sie dich eingesperrt. Und wo? Genau im Herzen eben jener Stadt, aus der du schon dein Leben lang fliehen willst. Du bist der ruheloseste Junge, den ich je gesehen habe, und du bist von dort, wo du geboren bist, noch nie mehr als ein paar Meilen weggekommen. So was nennt man Ironie des Schicksals. Ich schätze, das merkst du selbst.«

»Ich hab keine Scheißahnung, was ich merken soll.«

»Doch, ja, Junge, das hast du. Aber weißt du, was du noch überhaupt nicht gerafft hast? Die werden dich lebend schnappen. Und sie bringen dich ins Gefängnis zurück. Das ist klar wie Hühnerbrühe, aber du scheinst das noch nicht kapiert zu haben. Du hast nur diese eine einzige Chance auf Freiheit, und du hast sie direkt in deiner Hand.«

»Bittebittebitte hör endlich auf zu reden. Ich fleh dich an.«

»Ich hab die Welt nicht erfunden«, sagt Charles. »Man hat mich nicht einmal gefragt. Weißt du, was das Schlimmste ist? Du wirst zurückgehen ins Gefängnis, und du warst ein Ersatzteil weit weg von der Freiheit. Daran wirst du denken, bis du an nichts anderes mehr denken kannst. Bis sogar die Dinge, die du aushalten kannst, dich von innen her auffressen.«

»Alles, was ich brauche, ist ein verdammter Anlasser.«

»Es gibt noch schlimmere Neuigkeiten. Es ist kein Autoersatzteil, das du gebraucht hättest. Es war nur der Mut, Schluss zu machen, der dir fehlte.« Charles deutet auf die Waffe in Mopars Hand. »Das, was du gebraucht hättest, hast du die ganze Zeit gehabt.«

»Ein verdammter Anlasser. Das ist alles.«

»Bis dahin ist es zu spät. Die werden dich nach Kleinsibirien stecken. Du wirst da drin dein ganzes Leben verbringen. Das werden sie sicherstellen. Du wirst deine Strafe absitzen müssen. Kann sein, dass sie dich jeden Tag halb totschlagen, aber den leichten Weg raus lassen sie dich niemals nehmen.«

Mopar klatscht sich den Lauf seines Revolvers an die Stirn. Und noch einmal.

Ein Gedanke formt sich.

»Du Mistkerl«, sagt Mopar.

Dieses Mal grinst Charles nicht. Er lacht auch nicht. Braucht er nicht. Seine Augen liegen einfach ruhig in seinem Gesicht, wieder stützt er das Kinn auf seine Hände. Und wartet.

Es klopft an der Tür.

Die Luft entweicht aus dem Raum, und in Mopars Brust steigt ein Atemzug hoch, den er nicht drinnen halten kann. Er entweicht mit einem langen Seufzer. Solch einem Seufzer, den man fälschlicherweise für ein Zeichen des Aufgebens halten könnte.

»Charles, bist du da drin?« Es ist wieder Parker.

»Ja, Sir.« Charles starrt Mopar an.

»Sie sind alle im Krankenhaus und würden dich gern sehen«, sagt Parker. »Das würden sie wirklich gern. Ich kann dich rüberfahren, und da können sie dich auch untersuchen. Ob du nicht auch krank bist.«

Mopar läuft Wasser aus den Augen. Er kann es fühlen. Nicht direkt Tränen, aber beinahe.

»Sie können frei reden, Tom«, sagt Charles zu Parker. »Ich glaube, er weiß, wie's um ihn steht.«

»Mit dem Auto ist überhaupt nichts«, sagt Mopar. »Du Schweinehund.«

»Ich hab den Starter heute früh eingebaut«, sagt Charles. »Läuft einwandfrei.« Und dann zur Tür: »Tom, wie viele Männer haben Sie dabei?«

Es entsteht eine Pause. Sie erscheint Mopar unerträglich lang, so sehr wartet er auf die Antwort.

»Alle«, sagt Parker.

»Alle.« Charles schlägt sich auf die Knie und steht auf. »Na dann.«

»Setzt dich, verdammt«, sagt Mopar. »Setz deinen Niggerarsch in diesen Sessel.«

»Nö. Nein, Junge. Ich glaub nicht, dass ich das tun werde.«

»Dann schieß ich.«

Charles geht zur Garderobe und nimmt seine Jacke.

»Warum?«, sagt Mopar. »Du hättest mich nur das verdammte Auto nehmen lassen müssen. Dein Sohn wäre ins Krankenhaus gekommen, und alles wäre vorbei gewesen. Es ist nicht mal dein Auto. Liebst du den Gefängnisdirektor so sehr?«

»Lass ihn laufen, Horn«, sagt Parker. »Lass ihn laufen, und komm mit erhobenen Händen heraus. Ich bringe dich selbst zu Jugg. Hier sind Leute, die wollen, dass du lebend aus der Sache rauskommst. Ich bin einer von denen.«

Charles nimmt die Handschuhe aus der Jackentasche und beginnt sie anzuziehen. »Ich hasse Jugg«, sagt er zu Mopar. »Ich hasse diese Stadt. Ich hasse das Gefängnis. Sogar mehr als du.«

»Aber warum dann? Verdammt, warum hast du das gemacht?«

»Du bist wie dein Vater. Mehr kann ich nicht sagen.«

»Na gut«, sagt Mopar. »Dann antworte nicht. Leck mich.«

Auf dem Schädel von Charles könnte man ein Streichholz

anzünden. »Du bist in mein Haus gekommen«, sagt er, »und du hast die ganze verdammte Stadt mitgebracht. Und das Gefängnis auch.«

»Du tust, als ob ich eine Wahl gehabt hätte. Du tust, als ob ich nicht um mein Leben renne.«

»Wer tut das nicht?«

»Gottverdammt! Setz dich jetzt verflucht noch mal hin oder ich blas dir deinen verdammten Schädel weg.«

»Nö. Nein, Junge, wirst du nicht.« Charles geht den Flur entlang und aus der Tür.

49
– Die Geächtete –

Schneewehen türmen sich an der Windseite hoch, sodass das Coleman-Haus kaum mehr wie ein Gebäude aussieht, und der Wald verschwimmt im Schatten. Einige der Wärter stehen mit Dayton vor der Haustür, der Rest aber hat sich über das Gelände verteilt oder drängt sich an der Gartentür. Alle sind nervös. Alle haben Spaß wie schon lange nicht mehr. Sie lassen Flaschen kreisen, lachen in ihre Ärmel. Daytons Hände gehen in ihren Handschuhen auf und zu, sie kann nicht damit aufhören.

Wenn Mopar dort drinnen eine Chance hat, kann Dayton sie nicht sehen. Sie blickt zu Jim hinüber, aber er hat hier nichts zu sagen. Direktor Jugg hat Anstalten gemacht, ihm die Maschinenpistole abzunehmen, hat es dann aber doch nicht getan. Dayton weiß, warum. Wenn Mopar irgendwie entwischt, braucht Jugg ihn, um ihn zu verfolgen.

Dayton weiß auch, was Jim zu erwarten hat, wenn sie Mopar niederschießen. Jim hat ihr im Lauf der Nacht so einiges erzählt. Sobald das Feuer auf das Haus eröffnet wird, werden Dickie Carr und Inspektor Bowman ein Wettrennen machen, wer von ihnen Jim zuerst erwischt. Sie kann spüren, wie sie auf Jims Blut aus sind. Erschießen werden sie ihn nicht, weil Jugg ihn früher oder später braucht, aber er wird sich wünschen, dass sie es getan hätten. Dayton hofft, Jim weiß das auch, und dass das der Grund dafür ist, dass er seine Waffe nicht aufgibt.

Sie hasst es, wie er sich behandeln lässt. So ist es schon immer gewesen, schon seit der Grundschule. Sie erinnert sich, wie sie mit den anderen als kleines Mädchen Steine auf ihn geworfen hat.

Und sie erinnert sich an die Gerüchte, die sie hörte, als sie älter war. Dass Jims Vater ihn hatte abtreiben wollen, um seiner Frau das Leben zu retten, aber Pearl Greene es auf eine Weise verbockt hat, die etwas mit Jims Gehirn gemacht hat. Dass sein Vater ihn nie akzeptiert hat und er deshalb die meisten Nächte draußen im Hühnerstall schlafen musste.

Dayton ballt die Fäuste und schließt die Augen. Als sie wieder aufschaut, ist Wayne da. Er zittert, als ob ihm gleich die Knochen auseinanderfliegen.

Er bemerkt ihre Sorge und grinst höhnisch. »Es ist nur die verdammte P-p-p-pille. Sie lässt nach oder so.«

Jim klemmt sich die Maschinenpistole unter den Arm und schüttelt eine Dexie heraus, gibt sie Wayne. »Bitteschön.«

Wayne schluckt das Ding. Die Luft um ihn erzittert ein wenig, Schnee stiebt von seinen Schultern.

»Ihm schmilzt gleich das Gehirn und läuft aus den Ohren raus«, sagt Dayton. Sie sagt es direkt vor ihm, aber Wayne scheint es überhaupt nicht mitzubekommen.

»Das wird ihm nicht schaden«, sagt Jim. Es ist einer der Momente, in denen man sich fragt, wie dumm er wirklich ist.

Dayton sagt nichts dazu. Auch sie hat den Drang, das kleine Arschloch aus dem Leim gehen zu sehen. Aber von allen, die sie kennt, ist Jim wahrscheinlich der Erbärmlichste, wenn es darum geht, es jemandem heimzuzahlen. Egal, was man ihm antut, er schafft es, sich deswegen noch schlechter zu fühlen.

Was wäre, wenn wir Mopar gefunden hätten, bevor Jugg hier aufgekreuzt ist? Hätte Jim ihm bei der Flucht geholfen? Sie ist sich nicht so sicher. In Jims Welt lebt man mit einem schlechten Gewissen. Deshalb bleibt er ja auch bei seiner Frau, obwohl sie so ist, wie sie ist. In seiner Welt sind Männer treu.

Was denkt wohl einer wie er über einen wie Mopar?

Oder über mich?

Der ganze verdammte Wald um sie herum spuckt Männer aus. Alle rennen. Direktor Jugg dampft voraus, winkt den Zeitungsleuten zu, dass sie nachkommen. Dayton schließt zu Jim, Tom Parker und Charles Coleman auf.

»Wer hat den Lageplan?«, fragt Direktor Jugg.

»Ich hab ihn.« Dickie Carr stürzt aus der Menge heraus und gibt ihm den Plan.

»Kommt näher.« Jugg schlägt den Plan auf, studiert ihn und winkt dem Reporter mit der Kamera zu, damit er eine Aufnahme macht. Als das erledigt ist, gibt er Carr den Plan zurück. »Lasst uns mit ihm reden«, sagt er. Einer seiner Männer gibt ihm ein graues, elektrisch betriebenes Megafon, USN ist auf eine Seite gestempelt. United States Navy.

»HORN«, flötet Direkter Jugg. »MOPAR HORN. ICH BIN DIREKTOR JUGG. JUNGE, WIR HABEN DICH UMSTELLT. ICH KANN DIR VERSPRECHEN, DASS DIR NICHTS PASSIERT, WENN DU FRIEDLICH AUS DER TÜR KOMMST.«

Er senkt das Megafon und wartet.

Keine Antwort.

»Im Truck da drüben hab ich Dynamit«, sagt Dickie Carr. »Und Tränengas. Wir können das so machen, wie wir's Neunundvierzig gemacht haben.«

»Nö. Nein, Sir«, sagt Charles Coleman. »Neunundvierzig habt ihr es bei euch im Gefängnis eingesetzt. Aber er ist in meinem Haus.«

Direktor Jugg hebt das Megafon, um etwas zu sagen. Dann setzt er es ab. »Junge, bei einem Ausbruch haben alle das Kreuz zu tragen«, sagt er zu Charles. »Wir alle bringen Opfer. Das wirst du doch nicht vergessen wollen.«

Charles Augen verziehen sich in die Höhlen. Als wäre die Dummheit, die sie sehen, zu schrecklich.

»Du kannst nicht einfach ein Haus in die Luft jagen«, sagt Parker mit wehendem Schnurrbart.

»Ich hab dir das mit dem Kommunistengeschwätz schon einmal gesagt«, sagt Direktor Jugg.

»Wenn man sagt, dass man nicht einfach ein Haus in die Luft jagen kann, ist das kein Kommunistengeschwätz«, sagt Parker. »Mit dem Eigentum anderer Leute kannst du nicht einfach machen, was du willst.«

»Da drüben sind Mörder«, sagt Direktor Jugg. »Mörder und Vergewaltiger.«

»Wen hat Mopar Horn vergewaltigt?«

Juggs Gesicht schrumpft zu etwas, das hart und schrumpelig wird wie eine weiße Bohne. »Was Mopar Horn getan oder wen er vergewaltigt hat, tut hier nichts zur Sache.«

Parkers Schnurrbart zuckt. »Geht es darum, dass ich ein Kommunist bin, wenn ich etwas anderes sage als du? Ob das nun kommunistisch ist oder nicht?

»Das ist richtig«, sagt Jugg. »So lange mir die Sicherheit der Stadt anvertraut ist. Das ist der Preis, wenn man hier lebt. Da beißt die Maus keinen Faden ab. Denn daran hängt zu viel.«

»Dann kannst du dir auch gleich neue Wörter ausdenken«, sagt Parker. »Wenn eh nur du ihre Bedeutung festlegst.«

»Ich muss mir keine Worte ausdenken«, sagt Jugg. »Jeder hier weiß, was kommunistisch bedeutet. Und du hörst dich für alle wie so einer an, sobald du nur den Mund aufmachst.«

»Man sagt, die Wahrheit ist das erste Opfer des Krieges«, sagt Parker zu niemand im Besonderen. »Ich schätze, das gilt auch für Gefängnisausbrüche.«

»Da haben wir es ja schon wieder.« Jugg nickt zu Dickie Carr. »Behalt ihn im Auge. Wenn er was Dummes anstellt, erschieß ihn.«

Parker will etwas sagen, aber Dayton legt ihm die Hand auf die Schulter. »Komm schon, Tom«, sagt sie.

»Ist doch nicht zu glauben«, sagt Parker, als sie ihn beiseite zieht.

»Da gibt es nichts, was ich nicht glaube«, sagt Dayton. »Nicht in dieser Stadt.«

»Wie soll man sich mit so jemandem vernünftig unterhalten? Mit jemand, der einfach sagt, was er will, und dem es völlig egal ist, was es bedeutet.«

»Gar nicht«, sagt Dayton. »Man tut, was er sagt, oder nicht. Aber man streitet nicht mit ihm.«

»Verdammt, wie schaffen die es, für ihn zu arbeiten? Jesus Christus und General Jackson. Wie kann das überhaupt jemand tun?«

»Man arbeitet für ihn, weil er der Einzige ist, für den man hier arbeiten kann«, sagt Jim. »Das geht jedem so. Es ist nicht so, dass man so denken muss wie er.«

»Was für ein Leben, Jim«, sagt Parker.

»Sag mir Bescheid, wenn du irgendwo ein anderes siehst«, sagt Jim.

Charles Coleman stößt zu ihnen. »Danke Tom, dass Sie es versucht haben.«

»Es ist eine gottverdammte Schande, was aus diesem Land geworden ist«, sagt Parker.

»Nö«, sagt Charles. »Nein, Sir.«

Parkers Schnurrbart senkt sich, als er Charles mustert.

»Yep«, sagt Charles. »So ist es immer schon gewesen. Ja, Sir.«

50
– Der Häftling –

Mopar hört, was Direktor Jugg sagt. Hört die Worte und spürt sie im ganzen Haus nachhallen. Die Teller im Küchenschrank vibrieren und die Fensterscheiben zittern. Dieses verdammte Leben. Da gibt es keinen Funken, auf den man einen Cent wetten könnte.

Nachdem Charles gegangen ist, hat Mopar sich die Anstaltsstiefel zugeschnürt, damit seine Füße das Leder anwärmen. Dann ist er aufgestanden, hat in die Richtung ausgespuckt, in die Charles verschwunden ist, und sich in die Küche begeben. Im Brotkasten hat er eine frische Scheibe Brot gefunden und im Kühlfach Butter, jetzt sitzt er am Küchentisch und isst.

Durchs Fenster sieht er, wie die Wolkendecke aufbricht. Es hat aufgehört zu schneien. Mopar sieht dem Mondlicht zu, wie es durch das Fenster scheint und wilde Muster auf den Boden zeichnet.

Er denkt über sein Leben nach. Über Molly und darüber, was man tun kann, wenn man etwas so sehr will, dass man nichts anderes mehr will. Er denkt an all die Männer im Gefängnis und an all die Dinge, nach denen sie sich sehnen. Einen Drink, eine gute Arbeit, eine Frau, Freiheit. Darüber denkt er nach, und noch einmal mehr an Molly. Das Brot wird ihm zu einem Kloß im Hals und er kann nicht weiteressen. Er schiebt den Teller weg.

Man kann Liebe ganz unterschiedlich definieren. Es gibt keine einheitliche Definition für sie, jeder hat seine eigene. Mopar war sich nie ganz sicher, was genau seine Liebe zu Molly ausmachte, aber sie lag irgendwo in dem begründet, was Molly selbst für Unvollkommenheiten hielt. Die Dinge, die sie verlegen machten, und wie die Verlegenheit verschwand, wenn sie miteinander schliefen. Es war die Art, wie sie ihren Körper beim Einschlafen an seinen schmiegte, eingehüllt in den sauberen Geruch der Bettlaken, die der Wind getrocknet hatte. Der Anblick ihres Körpers, wenn das Licht der Morgensonne über ihn strömte. Die Zigarette und der Kaffee danach am Küchentisch und das Plaudern über alles und nichts. Der selbstgenähte Hausmantel mit dem Blumenmuster, der sie sanft umhüllte.

Sie war nur ein Jahr älter als er, aber es schienen weit mehr zu sein. Als sie sich kennenlernten, war sie schon mit der Schule fertig und seit zwei Jahren verheiratet. Und sie las Bücher. Romane, die so weit er das wusste, niemand in der Stadt je gelesen hatte, und Bücher, die keine Romane waren, und von denen er sich sicher war, dass so gut wie keiner im Staat Colorado jemals von ihnen gehört hatte. Sie besaß auch ein kleines Notizbuch. Ein besonderes, das sie sich im Drugstore bestellte. In das notierte sie Sachen, die sie gelesen hatte, und andere Gedanken. Er hätte dasitzen und sie den ganzen Tag lang lesen sehen können. Wie sie sich über ihr Buch gebeugt Notizen machte und ihre Zigaretten rauchte.

Aber sie hatten nie einen ganzen Tag miteinander. Ein ganzer Tag war nie möglich. Immer kam die Zeit, dass ihr Mann auf dem Heimweg war. Mopar ging dann, fühlte sich, als wenn ihm jemand durch ein Loch in der Brust Eiswasser geschüttet hätte.

Es gab so viele Dinge, die sie wusste, und die er nie wissen würde. Das war einfach Tatsache. Aber es gab auch Dinge, die er wusste und sie nicht. Etwas davon lernte sie kennen, als er ihren Mann umbrachte.

All die Dinge, die man sich vornimmt, dass man sie nicht wieder tut. All die Löcher, in die man nie wieder fallen will. Und sich das schwört. Aber davon gibt es einfach mehr, als man zählen kann, und nur diejenigen können sie vermeiden, die ihr ganzes

Leben auf sicherem Grund verbringen. Für den Rest von uns bedeutet Leben hinfallen und wieder aufstehen.

Mopar hat das gelernt, indem er seinen Vater beobachtet hat. Er hat ihn gesehen, wie er nicht zu trinken versucht hat und es ihm ab und zu sogar gelungen ist, ganz aufzuhören. Es war, als ob er weniger den Alkohol brauchte, als vielmehr den Rhythmus, ihm abzuschwören und wieder zuzusprechen. Wenn er getrunken hatte, war er ein Schmeichler, wenn er aufgehört hatte, war er farbloser. Da gab es nichts zu gewinnen.

Mopar schaut aus dem Fenster und sieht den mit Sternen gesprenkelten Nachthimmel. Und plötzlich weht ein neuer und kalter Hauch durchs Haus.

Mollys haselnussbraune Augen und ihre leicht schiefe Nase.

Mopar sitzt und wartet ab. Er weiß nicht, was er tun soll. Hat keine Idee. Alles, was er weiß, ist, dass sie dort draußen sind. Und dass sie nicht ewig warten werden.

Und ohne es zu merken, ohne die Augen zu schließen, fällt er in eine Art Bewusstlosigkeit, wie man sie normalerweise nur nach direktem Kontakt mit einem Knüppel kennt.

Er träumt von Molly. Wie immer.

Geplatzte Träume. Nur für eine Minute oder für zwei.

Und dann ist er hellwach.

Und etwas hat sich verändert.

Es ist, als wenn er sich in einer Welt befindet, in der er sein Leben lang war, aber irgendwie ist sie völlig anders. Als wenn er sein Leben zum ersten Mal exakt so sehen kann, wie es ist. Er steht außerhalb von sich selbst und sieht der Marionette zu, die er ist. Alle Strippen kann er beim Namen nennen.

Manchmal will man etwas so sehr, dass es einem das Herz bricht. Entweder bekommst du es oder du radierst es aus.

Und dich selbst auch.

•••

Mopar steht da. In seinen Stiefeln.

Als ob er der erste verdammte Mann ist, der wegen einer Frau den Kopf verliert. Du blöder Wichser. Setz dich in Bewegung, du Scheißkerl.

Er findet seinen Revolver und steckt ihn ein. Dann hebt er die Schrotflinte hoch. Wo sind die Sterne? Weg sind sie.

Wenn sie je dagewesen sind. Wenn er sie nicht nur erträumt hat.

51
– Der Fährtenleser –

Es schneit jetzt doppelt so viel. Es schneit so stark, dass Jim das Coleman-Haus kaum mehr ausmachen kann. Er ist wieder im Espenbruch auf der anderen Straßenseite. Er und alle Wärter der Stadt. Beinahe alle Männer der Stadt. Direktor Jugg und einige der Wärter spähen mit Ferngläsern auf Haustür und Fenster, zwei durch die Zielfernrohre ihrer Scharfschützengewehre.

Jim realisiert gerade, dass er hier schon öfter war. Der Alte hat ihren Truck hierhergebracht, wenn sie ihn selbst nicht reparieren konnten. Für einen Nigger ist Charles Coleman kein schlechter Mechaniker, hat der Alte immer gesagt. Seiner Ansicht nach waren nicht alle Schwarzen für so etwas geeignet. Der Alte erzählte, dass Charles zwar ein netter Junge war, als er in den Krieg ging, dass aber niemand ihn für besonders talentiert gehalten hatte. Trotzdem kam er als ein Spitzenmechaniker zurück. Nach seiner Zeit im spanisch-amerikanischen Krieg hatte der Alte über das Militär nicht viel Gutes zu sagen, aber er gab gern zu, dass es für Nigger seine Vorteile haben konnte.

Jim holt seinen Kautabak heraus, klappt sein Messer auf und schneidet sich einen Priem ab. »Das ist sein Ende.« Er schiebt sich den Priem in den Mund.

»Das lassen wir nicht zu, Jim«, sagt Dayton. »Auf keinen Fall.«

»Das meine ich nicht«, sagt Jim. »Sondern den Sturm.«

»Warum verdammt denkst du, dass er aufhört«, fragt Wayne.

»Schau zum Himmel«, sagt Jim.

Wayne tut es. Dann steht er da, die Hände in die Taschen, und schaut weg.

Das harte Ratschen von Ladegeräuschen, Gewehre werden gecheckt, Magazine in den Schacht gesteckt. Perrys Hunde auf der Ladefläche des Trucks werden plötzlich ruhelos, sie schnuppern und bellen.

Dieser Junge hat nicht die geringste Chance, es aus diesem Haus zu schaffen. Jugg ist bereit dazu, es dem Erdboden gleichzumachen, es ins Nirwana zu sprengen, so lange sie nur sicherstellen, dass Mopar dabei draufgeht.

Jim hört, wie Daytons Atem schneller wird, fühlt ihre Beklemmung. Um zu wissen, was sie von ihm denkt, muss er sie nicht anschauen.

Und plötzlich ist es Jim scheißegal. Er kümmert sich keine Bohne mehr darum, was sie von ihm denkt. Oder Ruby oder Wayne oder Direktor Jugg und sein Stellvertreter Bellingham. Sie alle. Was sie aus seinem Leben gemacht haben, sie alle, das liegt an ihren Erwartungen. Er ist das alles so leid. Hat das Gefühl, sich aufzulösen.

Also geht er los. Läuft an Wärtern und Bäumen vorbei aufs Feld, das zwischen ihnen und dem Haus liegt, in dem Mopar Horn ist. Er geht einfach los.

Tom Parker will ihn am Arm fassen, erwischt nur den Ärmel seiner Jacke. »Verdammt, was hast du vor?«

Jim spuckt Tabaksaft in den Schnee und befreit sich aus Toms Griff.

»Junge, drehst du durch?«, fragt Parker.

»Wer zum Teufel ist das?«, schreit Direktor Jugg hinter ihm her. »Was zum Teufel tut er da?«

• • •

Sich zu fragen, was der Alte von Jims Leben halten würde, ist dumm. Niemand muss so leben wie er. Jetzt nicht mehr.

Warum hat er Ruby nicht einfach weggeschickt, als der Alte gestorben ist? Jim weiß nicht, wie oft er sich das schon gefragt hat.

Er ist ihr nichts schuldig gewesen. Wie ist er an eine Frau geraten, die ihn verachtet, und an einen Jungen, der ihn ausweiden würde, wenn er nur könnte.

Aber die eigentliche Frage ist eine andere: Wie gerätst du in ein Leben, das du nie gewollt hast? Das ist die wahre Fragestellung. Und dafür gibt es nur eine Antwort. Jeder lebt ein Leben, das er nie gewollt hat.

Jeder, außer dem Alten.

Jim ist fast verrückt dabei geworden, nach seinem Tod die Farm zu retten. Rubys größter Wunsch war, sie zu verkaufen. Sie hat sich allem verweigert, was er versucht hat. Sie kam herein und schaltete das Licht aus, wenn er nachts auf die Rechnungen starrte und sie zu verstehen versuchte. Bis er sich eingestehen konnte, dass er verkaufen musste, kassierte es die Bank, ohne einen einzigen Cent dafür zu zahlen. Und er musste als Wärter im Old Lonesome anheuern.

Er weiß, wie der Alte darüber gedacht hätte. Sein Leben verpachtet man nicht in kleinen Stücken. Kein freier Mann tut das.

Auch Dayton nicht. Selbst eine Frau tut das nicht.

Aber Jim tut es. Das ist alles, was er tut. Wärter und Fährtenleser sein in der Stadt von Direktor Jugg. Und zu Hause ist es Ruby, für die er nie schlau genug gewesen ist, für die er nie in den Krieg gezogen ist, die beengt in ihrer kleinen Bretterbude lebt, die er kaum warmhalten kann.

Aber dann ist da noch Judith. Er kann sie sich vorstellen, wie sie gerade auf der verglasten Veranda sitzt, Ruby nennt sie den Sonnenraum, und ein Kinderbuch liest. Wie das Licht wie Staub auf ihre Wangen fällt, ihr blondes Haar wie dahintreibende Sonne.

Was wird Judith von ihm denken, wenn sie älter ist? Wird sie so über ihn denken wie der Alte? Oder wie Dayton?

Warum zum Teufel sollte sie nicht?

• ••

Jim wird klar, dass er am Ende eines Sturms noch nie solch einen Schneefall gesehen hat. Dann wird ihm klar, wie dumm es ist, dass ihm das gerade jetzt einfällt. Er sinkt bis zu den Knien im Schnee ein. Ein großer Klumpen von dummem Braun und Grau inmitten von nichts als Weiß, der ein Mordsziel abgibt. Wenn sie sich dazu entschließen, auf ihn zu schießen, können sie ihn unmöglich verfehlen.

Aber dennoch bleibt er nicht stehen.

»JIM.« Es ist Direktor Juggs Stimme durch das Megafon. »JIM CAVEY.«

Jim geht weiter. Auf dem offenen Feld zwischen ihm und dem Haus türmt sich der Schnee. Der Wind brennt in seinem Gesicht. Er lehnt sich gegen ihn und spürt jemand an seiner Seite.

Er weiß, dass es Wayne ist. Und dann spürt er jemand auf seiner anderen Seite. Und wer das ist, das weiß er auch.

»JUNGE, HALT SOFORT AN«, ruft Direktor Jugg. »WENN DU WEITERGEHST, SCHIESSEN WIR. HILF DIESEM KERL BLOSS NICHT ZU ENTKOMMEN.«

Jim fühlt, wie seine Knie nachgeben. Sie zittern. Er hofft, dass niemand es bemerkt, in diesem Schneesturm. Jugg ruft noch etwas ins Megafon, aber Jim hört es nicht einmal mehr. Da ist nur noch das Feld, das offene weiße Feld vor ihm. Der Schnee peitscht ihm ins Gesicht, kommt fast horizontal.

Und dann schlägt etwas ein Loch mitten ins Zentrum seiner Welt. Tief in seiner Brust spürt er einen dumpfen Schlag, seine Augen und Ohren versinken in seinem Kopf. Es ist, als hätte jemand all seine Organe rausgerissen und ein Stück nach hinten versetzt.

Jim liegt mit dem Gesicht am Boden.

Die Mistkerle haben mich erschossen.

Jim wartet auf den Tod. Auf ihn wartend atmet er aus.

Aber es tut nicht weh. Nirgends. Er hebt sein Gesicht aus dem

Schnee, nass und kalt, und sieht Wayne und Dayton beide auf dem Bauch liegen. Links und rechts neben ihm, flach wie niedergedrücktes Gras.

Und da ist wieder ein Knall.

Jim hält sich die Ohren zu. Um ihn herum krachen Dinge zu Boden. Es hört sich wie Schneeklumpen an, die von Bäumen fallen, aber es sind so viele, dass es kaum Schnee sein kann.

Hinter ihnen schreien die Wärter, bewegen sich. Feuern ihre Gewehre ab.

Verdammt, beweg dich. Und schau dich nicht um. Schau dich um Himmels willen nicht um.

Aber Jim schaut sich um.

Zwei der Trucks sind keine Trucks mehr. Nur brennende Metallklumpen, aus denen dichter schwarzer Rauch röhrt. Wie eine Welle schlägt Jim der Geruch von angebranntem Metall ins Gesicht. Die Wärter hasten wild durcheinander durch den Wald. Rennen einfach drauflos. Zwei stoßen zusammen, fallen auf den Rücken. Ein anderer rennt vor einen Baum. Einige liegen auf dem Boden. Da und dort ist der Schnee rot gefleckt von Blut und schwarz von versengtem Metall und angekokelter Lastwagenplane.

Dann wird Jim klar, dass auf einem dieser Trucks die Hunde gewesen sind. Was er herunterfallen gehört hat, sind Stücke von Hundefleisch. Es regnet Hunde. Und dort sitzt Perry im Schnee und schluchzt wie ein Baby. Heult sich selbst heiser ins Nichts.

Und da ist auch Charles Coleman. Im Schneidersitz an einen Baum gelehnt. Er sitzt nur da und hält sich den Bauch. Lauter Wärter um ihn herum. Sie haben die Waffen auf ihn gerichtet und schreien etwas. Worte, die Jim durch den Donner und das Heulen in seinen Ohren nicht hören kann.

Und dann weiß Jim, was Charles getan hat. Das Dynamit in den Trucks. Und er weiß auch, warum er es getan hat.

Er hat sein Haus auf die einzig mögliche Weise gerettet. Was hätte er sonst tun können?

Die Zeit hat sich verlangsamt. Ist fast stehengeblieben.

Jemand schießt eine Leuchtkugel hoch. Es gibt keinen Grund dafür. Noch eine. Alle bleiben stehen und sehen dem Lichtbogen zu. Jim hält sich die Handballen vor die Augen, drückt fest zu, damit kein Licht durchkommen kann.

Es stimmt, das Dexedrin weitet dir enorm den Blick. Es reißt dir die Pupillen auf. Du kannst im Dunkeln sehen. Du bist angeschärft und aufgedreht und es ist perfekt, um im Dunkeln Männer zu jagen. Aber in dem Moment, in dem du in etwas Helles guckst, in so etwas wie eine Leuchtkugel, brennt es dir das Sehvermögen weg. Als hätte man in die Sonne geschaut.

Jim sieht nicht hin. Er lässt die Hände vor den Augen, bis er sich sicher ist, dass die Leuchtkugeln wieder unten sind und in einer Schneewehe verglühen. Als er die Augen öffnet, nimmt er erneut ein Durcheinander von Männerstimmen wahr. Männer, die sich ihre Augen reiben und sich gegen den Kopf schlagen. Alle zeitweise erblindet.

Jim wendet sich wieder dem Haus zu. Gerade rechtzeitig, um eine Gestalt herausflitzen und seitlich wegrennen zu sehen. In den Wald und in den Schnee.

52
– Der Häftling –

Direkt in den Wald, in vollem Lauf. Mopar hat keine Ahnung, was da hinten explodiert ist. Es ist ihm auch egal. Am ehesten kann er sich vorstellen, jemand von den idiotischen Wärtern hat den eigenen Truck in die Luft gejagt. Das sähe ihnen ähnlich. Gut möglich, dass einige von ihnen ihre Tapferkeit in Vietnam oder in Korea unter Beweis gestellt haben, hier aber sind sie Nichtsnutze. Verkatert und brutal, dämlich alle zusammen. Sie beweisen sich gegenseitig, wie hart sie sind, indem sie sich über Häftlinge lustig machen, die sich nicht wehren können. Genau das hat Mopar auch immer schon an Cops gestört, schon vor Molly. Sie tun taff, aber egal wie sie dich auch behandeln, man darf kein Wort zu ihnen sagen.

Der Wald. Schnee fällt auf ihn herab, die Wolken sind wie graues Metall in den Himmel gehämmert. Immer noch rufen die Wärter hinter ihm her. Das Essen und die Ruhepause haben Mopar das gegeben, was ihm gefehlt hat. Er bewegt sich schnell, saust durch die Bäume. Ist sogar so schnell, dass er langsamer werden muss. Sich sagen muss, dass er nicht alles auf einmal verbrennen darf.

Aber sprinten muss er. Der Wind bläst und schlägt ihm in den Rücken, treibt ihn vorwärts. Als er sich umdreht, um zu sehen, ob ihm jemand folgt, fährt er ihm schneidend in die Lungen.

Er fühlt sich großartig. Er könnte ewig weiterrennen.

Bis da plötzlich der scharfe Schmerz in seinem linken Fuß ist. Und dann humpelt er nur noch. Seine Lunge brennt und er muss husten. Sein Mund füllt sich mit dem Geschmack von Kupfer. Er hat Seitenstechen, die Schultern schmerzen. Sein Atem hört sich wie aus einer Papiertüte an. Den Wind hört er wie von weit, als wäre er ein Echo.

• • •

Es sind diese Stiefel. Wenn ich bloß etwas anderes an meine Füße kriegen würde. Egal was, nur dass es sich anders anfühlt. Beide Füße brennen jetzt. Schlimmer als zuvor, bevor er sie gereinigt und die Salbe aufgetragen hat. Er bewegt sich durch einen Weidenstand, auf einen Bach zu. Das Wasser ist vereist, den Bach gibt es nur als schwarze Pfützen, die im Schnee versinken.

So halte ich keine zehn Minuten mehr durch. Ich bin am Ende. Es ist aus.

Es ist beinahe eine Erleichterung, sich vorzustellen, dass er umkehrt. Kann sein, dass sie ihn totschlagen, aber sie werden ihm erlauben, die Stiefel auszuziehen und das Ganze in einem warmen Raum tun. Im Moment erscheint ihm das geradezu verlockend.

Molly.

Denk an was anderes.

Aber Molly.

Nein. Nicht Molly. Molly ist da, wo du hinwillst, aber Molly wird dich nicht zum Laufen bringen.

Deputy Rose kann das.

• • •

Er hat nicht vorgehabt, Deputy Rose zu töten. Das sagt er sich immer noch. Das kleine Arschloch. Er ist sich nicht sicher, was er mit ihm vorgehabt hat, aber Umbringen wollte er ihn nicht.

Mopar fuhr mit Mollys Wagen so schnell auf dem Highway, wie es nur ging, fuhr die Berge zu ihrem Haus hoch, raste um scharfe Kurven. Er war erst ein oder zwei Meilen unterwegs als Deputy Rose auftauchte, Mopar verfolgte und die Sirene anstellte.

Mopar trat das Gaspedal durch, schaltete hoch, in den höchsten Gang, ließ dem Wagen freien Lauf. Er schoss richtig unter ihm weg. In den Kurven riss er das Lenkrad herum. Und da waren sie. Beim Haus. Mopar stieg auf die Bremse, schlug das Lenkrad ein, zog den Wagen in die unbefestigte Einfahrt. Um ihn herum flog der Staub hoch, hing im harschen Sonnenlicht.

Sie stiegen zeitgleich aus ihren Autos. Mopar konnte von Rose nicht mehr als seinen Umriss sehen.

»Hey, Baby«, sagte Rose.

Und dann hielt er inne, reckte sein Gesicht durch die Staubwolke. Wie verwirrt er war, konnte Mopar sehen, als die Sicht klarer wurde.

Rose legte die Hand auf den Griff seines Revolvers. »Was machst du im Auto meiner Frau?«

»Dich besuchen.«

Rose hatte einen kleinen engen Mund. Er entblößte die Lippen, grinste, die Zähne klein und scharf wie bei einem Kind. »Es ist ein schöner Tag«, sagte Deputy Rose. »Solche Nachmittage, die haben was. Die sind der Grund, warum ich hier oben bleibe und nicht runter nach Denver ziehe wie all die anderen.«

Es war ein schöner Tag. Der Himmel blau wie ein Buschhäher. Eine dünne Wolke vor der Sonne.

»Der Tag kümmert mich einen öligen Scheiß «, sagte Mopar.

Rose hatte immer noch seine Hand an der Waffe. Aber sie lag nur auf ihr. »Ich kann dich zum Schrottplatz mitnehmen. Da wohnst du doch, oder?«

Mopar hatte Deputy Rose noch nie von so nah gesehen. Es war der kleine Mund, der ihn beschäftigte. Die Vorstellung, dass er sie küsste. Mopar schien er mickrig. Es war ein Mund, den keine Frau wirklich haben wollte, besonders nicht sie. Er versuchte, das alles auf die Reihe zu kriegen. Konnte er nicht. »Du weißt gar nichts über mich, nicht die Bohne«, sagte er.

»Ich nehm dich mit zu deinem Trailer. Und das war's dann, dein Tag.«

Mopar überlegte sich, wie oft er Rose schlagen müsste, um ihm diese Zähne in den Rachen zu treiben. »Es ist nicht mein Tag.«

»Ich halte sogar an und kauf dir ein Sixpack Bier. Dann kannst du draußen vor deinem Trailer sitzen. Das Bier trinken. Den Nachmittag genießen. In Korea hätte ich wohl tausend Mal alles für so einen Tag gegeben.«

»Ich bin unterwegs, um mit dir über deine Frau zu reden«, sagt Mopar. »Das ist mein Tag.«

Der Mund von Rose rasselte, als er mit diesen Kinderzähnen lachte. »Das ist es also?«

»Ist was?« Mopar atmete jetzt durch seinen Mund. Er war kampfbereit. »Das ist was, Scheißkerl?«

»Sind es diese Fotzen gewesen, die gesoffen und die Pillen genommen haben?« Die Fahrertür hinter Deputy Rose steht immer noch offen. »Hat sie darüber etwas gehört?«

»Wenn dir nichts Besseres einfällt, verdienst du sie nicht.« Es war kindisch, das zu sagen. Mopar war klar, wie dumm es war, sobald er es aussprach.

»Sie hat erfahren, dass ich bei diesen blöden Hausfrauen drüben gewesen bin. Ich wette, diese Alice Parkman war es, die es ihr erzählt hat.« Rose schüttelte den Kopf. Die Hand immer noch am Revolver. »Es hat sie so aufgeregt, dass sie dir den Laufpass gegeben hat. Hab ich recht?«

Mopar behielt den Mund von Rose im Blick. Die Zähne wie nasse Flusskiesel, glatt und glänzend.

»Ich werf es dir nicht vor, Junge. Sie hat eine kleine enge Pussy.«

Mopar griff ihn an. Rose trat zur Seite und Mopar rutschte aus. Er fiel auf den Rücken, landete hart.

Rose hatte die Pistole gezogen. Seine Augen waren rot geründert, entweder vom Staub oder vom Lachen, das er unterdrückte.

»Oh, Mist«, sagte er. Er hustete und lachte. »Du armseliger Hurensohn.«

Mopar stand auf, wischte sich die Kiesel von den Ärmeln. »Ich und arm, du Wichser. Es ist deine Frau.«

»Du hast keine Ahnung, was sie ist«, sagte Rose. »Ich hab's die ganze Zeit gewusst.« Seine kleinen Zähne lagen bloß, Staub auf den Kuppen. »Junge, glaubst du, du kannst dir mit einem Cop einen Faustkampf liefern? Du hast Glück, wenn du nicht im Old Lonesome landest.«

Mopars Schmerz war wie ein unverrückbarer schwarzer Block, der seine Gedanken aufsog und zerbröselte.

»Halt«, sagte Rose. »Bleib genau da stehen, oder ich erschieße dich.«

Mopar blieb nicht stehen. Er schlug Rose mit der flachen Hand ins Gesicht.

»Du hörst auf«, sagte Rose noch einmal. Seine Stimme war dünn.

Mopar schlug ihm auf den Mund. Dann machte er eine Faust und hämmerte sie ihm ins Gesicht. Rose bewegte sich rückwärts. Versuchte wegzukommen. Um ihn abzuwehren, hielt er seinen Revolver vor sich wie ein Kruzifix.

Mopar packte ihn am Lauf, entwand ihm die Waffe, drehte sie in seiner Hand herum während Rose davonlief. Er schoss Rose von hinten in den Oberschenkel, die Füße gaben nach. Er fiel zu Boden, hielt sich die Wunde.

Eine Minute lang wand sich Rose im Staub und hielt sich das Bein. Und dann, wie eine kleine Maschine, die den Geist aufgibt, hörte er damit auf. Er legte sich in den Staub, als ob er einen Schneeengel machen wollte, lag da und blinzelte in den Himmel.

Zuerst wusste Mopar nicht warum. Es war nur eine Beinwunde. Dann sah er das viele Blut. Arterien gibt es viele, auch an Stellen, die man nicht vermutet, da wirkt jeder Schuss.

Mopar setzte sich neben ihn. Er griff in eine von Roses Taschen und fand Marlboro Reds. Im Zellophan steckte ein Streichholzbriefchen. Er schnippte eine Zigarette heraus und zündete sie an.

»Wegen dieser Fotze«, sagte Rose.

»Es ist immer der, auf den du nicht gefasst bist«, sagte Mopar. Dann griff er in seine Gesäßtasche, wo er die Zange hingesteckt hatte, als er an seinem Truck arbeitete.

Er nahm sie und zog Deputy Rose damit jeden einzelnen Zahn. Er ordnete sie zu einem kleinen netten Haufen, arbeitete schnell, um sie alle zu haben, bevor Rose gestorben war.

Der kleine Stapel Zähne war vielleicht das Übelste, was Mopar je gesehen hatte. Und Deputy Rose in einem See von Blut, im Staub liegend. Sicher war es das Schlimmste, was er je getan hatte. So schlimm, dass er sich immer noch nicht daran erinnern kann. Ausgenommen, er braucht etwas, was ihm wirklich die Kraft zum Weitermachen gibt.

• • •

Der Schnee schneidet in Mopars Gesicht, und seine Füße fühlen sich an wie bröselnder Kalk. Was immer er seinen Füßen Gutes getan hat, als er die Stiefel ausgezogen hatte, hat sich jetzt verflüchtigt. Er kann fühlen, wie sich die Haut in den Socken schält.

Jetzt kannst du an Molly denken.

Charles hat recht gehabt. Es gibt nur eine Art von Stille und nur einen Weg, sie zu bekommen. Es ist wahr. Sogar nachdem Charles weg war, kam es ihm immer noch so vor, als würde er neben ihm sitzen und ihm ins Ohr flüstern. Ihm sagen, dass er sich die Mündung seines .38ers an die Schläfe legen und das Gehirn zur Seite rausblasen soll.

Aber Molly. Da gibt es immer noch Molly. Mopar braucht sie nur noch ein wenig länger. Lang genug, um zu entkommen. Das ist sie ihm schuldig.

Da ist kein Zeichen von Licht am Himmel. Nichts. Wie viel Uhr ist es? Wie lang bis zum Morgen? Denk nach, du Blödmann.

53
– Die Zeitungsleute –

Sie stehen noch immer herum, sie alle. Halb wie vor den Kopf geschlagen, halb in Ehrfurcht erstarrt. Stanley macht nicht einmal Anstalten, etwas davon aufzuschreiben. Er sieht nur Charles Coleman zu, wie er vornübergesackt im Schneidersitz an einer Kiefer lehnt. Eine Rotte von Wärtern um ihn herum sticht ihm die Waffenläufe ins Gesicht. Sie rufen etwas, was Stanley nicht verstehen kann.

Er rückt näher und sieht, wie Direktor Jugg sich durch die Wärter drängt. Der Geruch von Babypuder kann einen kotzen lassen.

»Bist du das gewesen?«, fragt Jugg Charles. Jemand schwenkt einen Suchscheinwerfer und taucht die beiden in sprödes, weißes Licht. »Du hast das Dynamit in den Truck geworfen. Du hast Perrys Hunde alle in die Luft gejagt.«

So einen schwarzen Felsblock von Kopf wie den von Charles hat Stanley noch nicht gesehen. Er lächelt wie ein Philosoph, den man nach der Bedeutung sich bewegender Gletscher gefragt hat. Seine Augen schweifen von Jugg ab und landen bei Stanley.

Stanleys Rückgrat versteift sich, als ob ihm jemand einen Kleiderbügel eingezogen hat. »Du bist ein Zeitungsmann«, sagt Charles zu ihm.

»*Rocky Mountain News*«, sagt Stanley.

»Journalisten sind wie Hunde«, sagt Charles. Eine Schneeflocke driftet herunter, landet auf der Kuppel seines Kopfes und verschwindet mit einem Zischen, als wenn sie auf einem Kanonenofen gelandet wäre. »Sobald sich etwas bewegt, fangen sie an zu bellen.«

»Schopenhauer«, sagt Stanley. »Aber ich wäre da für ein anderes Zitat. Nämlich das, wonach ein Mann nicht zu Tieren grausam sein kann, ohne selbst ein Sack voll Scheiße zu sein.«

»Hol Perry und bring ihn her«, sagt Jugg zu Shitkick Johnson.

»Moment mal.« Tom Parker ist da. »Jugg, das willst du nicht tun.«

»Ich hab dich gewarnt, Tom«, sagt Jugg. Er nickt Grace zu. »Bringt ihn hier weg.«

»Nur einen verdammten Moment«, sagt Parker. Aber Grace hat ihn schon am Arm gefasst. Parker versucht, ihn abzuschütteln, aber Grace dreht ihm den Arm auf den Rücken und tritt ihm die Beine weg. Parker fällt auf die Knie. »Verdammt«, sagt er. »Fass mich nicht mit deinen dreckigen Händen an.«

Grace stellt einen Stiefel auf Parkers rechte Wade und legt ihm Handschellen an. »Wohin soll er?«

»Steckt ihn in meinen Wagen«, sagt Jugg.

»Ich geh nirgendwohin«, sagt Parker.

»Halt dein verdammtes Maul.« Grace schlägt ihm den Cowboyhut weg und zieht Parker am Handgelenk hoch. Der grunzt, und als die Handschellen auf Schulterhöhe sind, richtet er sich gerade wie ein strammgezogener Gürtel.

Als Grace Tom Parker wegbringt, kommt Shitkick Johnson mit Perry zurück. Das herabhängende Auge hat die Form einer harten Träne und die Stoppeln auf seinem Gesicht haben sich wie Federborsten aufgerichtet. »Ist es dieser Nigger gewesen?«

»Das ist er«, sagt Jugg.

Shitkick Johnson zieht einen stahlverstärkten Schlagstock aus der Tasche und gibt ihn Perry. Perry nimmt die Mütze ab und reicht sie Shitkick.

Direktor Jugg hebt seine Stimme, damit jeder ihn hören kann. »Männer, wir alle konzentrieren uns jetzt auf den Wald. Auf jede Spur des Häftlings, den dieser Nigger entkommen lassen hat. Jeder

Mann, der nicht wachsam das Gelände beobachtet und sich umdreht, um zu diesem Nigger zu schauen, wird von Mr. Johnson mit seinem Browning-Gewehr erschossen. Gibt es jemand, der das nicht versteht?«

Die Männer geben mit einem Murmeln zu verstehen, dass sie verstanden haben. Schon drehen sie Charles den Rücken zu.

Dann kommen die Geräusche. Ächzen und Schläge. Stanley sieht Garrett in sich zusammensacken, als würde er gleich schmelzen. Er hat die Nase gestrichen voll davon, Zeuge von Stanleys Vorlieben und Abneigungen zu sein. Hat genug von ihm und seiner pickligen Frau und den kränklichen Kindern. Stanley hat noch nie eine Stadt so implodieren sehen. Es ist nicht mehr nur eine Story. Stanley weiß nicht, wie er sich selbst von dem Erlebten freimachen soll, aber mit Trübsal blasen wie Garrett geht es sicher nicht.

»Bleibt, wo ihr seid, Männer«, ruft Jugg.

Stanley dreht sich um. Perry setzt sich seine Mütze wieder auf, Charles ist auf allen Vieren im Schnee, spuckt Blut und die meisten seiner Zähne aus.

Aber immer noch ist er am Lächeln. Und Stanley weiß, warum.

Weil diese Arschlöcher ihn mal können, jeder von ihnen. Deshalb.

• • •

Ohne den großen hässlichen Fährtenleser weiß keiner, was er machen soll. Auch Stanley nicht. Grace und Shitkick sind irgendwo im Wald in die Richtung verschwunden, in die Mopar gerannt ist, aber all die anderen Wärter wuseln nur um das Haus herum. Direktor Jugg und ein Wärter mit einem spitzen Hundegesicht malen auf der Veranda Kreuze auf eine Landkarte.

Dann sieht Stanley einen kleinen Wärter mit Spitzohren, das Gesicht verzogen, als ob er sich gerade in die Hosen gemacht hat und es verbergen will. Er ist der Einzige, der sich nicht ohne Grund bewegt.

Stanley geht zu ihm hin. »Hey, Chief«, er streckt die Hand aus. »Wie geht es Ihnen?«

Der spitzohrige Mann schaut ihn an, sieht sich um, vergewissert sich, ob Stanley nicht mit jemand anderem redet. Dann schüttelt er Stanley zaghaft die Hand.

»Stanley Hartfort. *Rocky Mountain News.*«

»Peter Perkins«, sagt der Mann. »Ich bin Wärter im Old Lonesome.«

»Das weiß ich«, sagt Stanley. »Was ist hier passiert, Peter?«

»Wie meinen Sie das?«

Aber selbst als er das sagt, blickt er immer wieder hastig zum Gebirge hoch.

54
– Die Geächtete –

Es scheint, dass sie schon stundenlang laufen, aber das kann nicht sein. Dayton folgt Wayne, der Jim folgt, der so schnell er kann Mopars Spuren folgt. Es ist Jim, auf den Dayton achtet. Sie kann sehen, wie er auftritt, um ihnen zu zeigen, wo sie gehen sollen, ohne es ihnen direkt zu zeigen. Er geht voraus, und immer, wenn es darauf ankommt, die Füße richtig zu setzen, verlangsamt er das Marschtempo ein wenig. Selbst in den Bereichen, in denen Jim besser ist als jeder andere, will er die anderen nicht anleiten.

Jim hält nicht viel von seiner Fähigkeit, Spuren zu verfolgen. Sie haben sich darüber einmal in ihrer Küche unterhalten. Es war im letzten Winter, um beinahe vier Uhr morgens während eines anderen Schneesturms. Jim war gerufen worden, um eins von Richards und Julies Pferden zu suchen, einen jungen Appaloosa mit dem Namen Crèvecœur. Er fand ihn, aber nicht früh genug. Dem Pferd waren beide Ohren abgefroren, sie mussten kupiert werden. Richard und Julie waren dankbar, dass er das Pferd gerettet hatte, Jims Gesicht aber verriet, dass er das anders sah.

Dayton reichte ihm eine Tasse Kaffee und setzte sich mit ihm an den Küchentisch. »Rufen sie dich immer?«

Er hustete in seine Faust und nickte.

Sie hielt ihre Tasse fest, um sich die Hände daran zu wärmen. Sie hatte gerade neues Holz ins Feuer gelegt, aber in der Küche konnte man beim Reden noch immer die Atemschwaden sehen. »Was meinst du, warum die das tun?«

Sein Gesicht war so stumpf wie die letzte Münze in der Tasche. Vermutlich war er der einzige Mann auf Erden, der nicht verstand, was sie da tat. »Ich schätze, ich habe halt einen Ruf«, sagte er. Er griff in die Tasche, holte Tabak und Messer heraus. »Das könnte jeder andere auch machen.«

Es war genau das, was er immer sagte. Sie wusste, dass er das auch dachte. Dass er glaubte, dass es nichts gab, was nicht irgendjemand besser machen könnte als er, wenn er es nur versuchte. »Was genau machst du eigentlich?«, hakte sie nach.

Er klappte sein Messer auf, schnitt sich einen Priem ab. »Fährtenlesen. Dabei gibt es eigentlich nur zweierlei Dinge zu beachten. Erstens: Man muss aufmerksam sein. Die meisten Leute sind achtlos. Ich hab mein ganzes Leben auf Leute geachtet.«

»Warum das?«, fragte sie. Aber dann wurde ihr klar, dass sie die Antwort schon kannte. Er war zur Achtsamkeit gezwungen, weil er immer darauf vorbereitet sein musste, dass jemand auf ihn losging. Er musste wachsam sein, um herauszufinden, welcher Junge aus der Stadt nach der Schule einen Streit mit ihm suchen würde. Oder welches Mädchen einen besserwisserischen Kommentar für ihn parat hatte. Er gewöhnte es sich an, Leute zu beobachten, darauf zu achten, wie sie sich bewegten, für den Fall, dass sich ihr Verhalten gegen ihn richten könnte. Was auch immer wieder geschah. Wenn sich die ganze Stadt gegen dich in Stellung gebracht hat, dann musst du ständig wachsam sein. Das schult deine Aufmerksamkeit ungeheuer.

»Fährtenlesen ist nicht Fährten folgen«, erklärte er. »Es kommt darauf an, herauszufinden, was jemand als Nächstes tun wird. Man liest Zeichen, ja, aber wichtiger ist es, sie vorhersagen zu können. Wenn man Leute in der Wildnis absetzt, wo sie zig Möglichkeiten haben, hierhin oder dorthin zu gehen, dann entscheiden sie sich alle für den gleichen Weg. Alle halten sich für einzigartig, aber niemand ist es. Jeder sucht eine Anhöhe oder einen Unterschlupf auf, wendet sich hin zu einem Ort, an dem er sich sicherer fühlt als an dem, wo er gerade ist.«

»Aber Leute sind keine Pferde, Jim.« Sie stand auf und reichte ihm eine leere Tasse. »Wie ist es bei Pferden?«

»Die denken auf ihre eigene Art«, sagte er. »Das ist ein wenig schwieriger, aber man kann es herausfinden.«

»Das ist also alles, was du tust? Aufmerksam sein?«

»So ungefähr«, sagte er. »Ich sehe nichts, was andere nicht auch sehen könnten.«

»Was ist das Zweite?«

Er spuckte in die leere Tasse. »Was?«

»Die zweite Sache«, sagte sie. »Du hast gesagt, es sind zwei Dinge. Was war das andere?«

Der Ausdruck in seinem Gesicht verdüsterte sich. »Du musst wissen, wie leicht man sich irren kann.«

»Das klingt so wie aufmerksam sein«, sagte sie. »Auf sich selbst aufpassen.«

Er nahm einen kräftigen Schluck Kaffee. Wie sie hielt auch er seine Tasse mit beiden Händen fest. Über den Rand seiner Tasse blickte er kurz zu ihr hoch.

Sie hätte ihn am liebsten mit ihrer Kaffeetasse geschlagen. Und er überlegte, warum sie so nett zu ihm war. Man verstand nun, dass er sein ganzes Leben damit zugebracht hatte, sich zu fragen, was ihm fehlte, was all die anderen hatten.

»Hat irgendjemand gesehen, dass du gut darin bist? Bevor es alle gewusst haben?«

»Der Alte hat's gewusst. Er hat mir gesagt, ›Du wirst besser sein als ich‹. Das hat er noch auf dem Totenbett gesagt.«

Sie dachte an die Geschichten über Jims Mutter und den Hühnerstall. »Habt ihr euch nahegestanden? Du und dein Vater?«

»Wir haben zusammengelebt.«

»Nein«, sagte sie. »Ich meine, habt ihr viel geredet?«

Er spuckte wieder aus. »Wir sind immer zusammen gewesen.«

Das Gleiche könnte man auch über mich und Ethan sagen,

dachte sie. Aber so ein Gedanke brachte einen nicht weiter. »Und was ist mit all den anderen? Wann haben sie es herausgefunden?«

Jim zuckte mit den Schultern. »Meistens rede ich dabei dummes Zeug«, sagte er. »Dummes Zeug, das andere Leute nicht von sich geben würden, weil sie dafür nicht blöd genug sind.«

»Aber warum tust du es dann?«

»Wenn ich einer Spur folge, laufe ich. Und wenn ich laufe, ist es mir egal. Ich bewege mich nur. Es ist mir egal, was sie über mich denken.« Seine Augen waren rot.

Und sie wusste, das war alles, was sie haben konnte. Es gab nichts, was sie sagen könnte, um ihn da herauszuholen. Er hatte einfach Bohnen in den Ohren. Sie stand auf. »Ich geh besser raus und füttere das Vieh«, sagte sie.

»Genau.« Auch er stand auf und steckte Messer und Tabak wieder in die Jackentasche. »Und ich breche lieber auf.«

55
– Die Wärter –

Shitkick Johnson und Grace verfolgen Mopars Spuren nicht wirklich. Sie gehen nur in die ungefähre Richtung, die er genommen hat. Shitkick hat im Lauf der Nacht zu einer Art innerer Balance gefunden. Normalerweise hätte er den Abend zuhause verbracht, mit seiner dünnhaarigen Mutter bei einem Fertiggericht, hätte im Fernsehen »It Takes a Thief« geschaut und sich durch einen Zwölferpack Coor gearbeitet. Später hätte er in seinem alten Kinderzimmer gelegen und sich an die Matratze geklammert. All seine Erinnerungen bestehen aus Rauch und Feuer. Halluzinationen und Schweißausbrüche. Das kann die ganze Nacht dauern.

Aber nicht jetzt. Nicht, wenn er sich im Schnee seinen Weg durch den Kiefernwald bahnt. Das Dexedrin hat ihn richtig hochgebracht. Die Welt durch ein Nachtsichtglas. Es hat eine so gottverdammte Reichweite.

Und dann fängt Grace mit dem Reden an. »Weißt du, was ich will?«, sagt er.

Shitkick antwortet nicht. Für nichts auf der Welt will er antworten. Shitkick will Grace am liebsten ein Loch in den Hals reißen und ihm die Stimmbänder herausziehen. Shitkick will das am liebsten mit jedem auf der Welt tun.

»Ich will einen Hubschrauber«, sagt Grace. »Ich will den großen, sexy gottverfickten Daddy aller Hubschrauber mit einem monsterscharfen Nigger am Maschinengewehr, der den ganzen Wald niedermäht. Das ist es, was ich will.«

Man muss ihm die Stimmbänder durch sein Arschloch rausreißen.

Aber dann sind sie im Unterholz und kommen auf eine Lichtung. Gestöber und Krächzen, ein halbes Dutzend Raben stiebt aus einem Busch, schießt in Blitzen aus Purpur und Grün davon.

Und da ist einer der Ausbrecher. Bad News. Er sitzt an der Leiche eines Rehs, pickt einen kleinen Brocken Fleisch von einem Häufchen neben ihm und isst. Er trägt keine Schuhe, hat aber seine Füße mit Fetzen aus seiner Kleidung und der schmutzigen Unterhose umwickelt. Er sieht zu ihnen hoch, seine Augen flattern.

»Was zum Teufel machst du da?« Es ist das Einzige, was Shitkick sagen kann.

»Sie haben Fleisch rausgepickt und es aufgestapelt. Die Krähen. Haben genau hier einen verdammten Stapel gebaut. Hat man so was schon mal gesehen?«

»Raben sind klug«, sagt Shitkick. »Das weiß jeder.«

»Ich hab nie eine Krähe gesehen, die so schlau wäre.«

»Das liegt daran, dass es keine Krähen sind.«

»Schlauer als du, die wissen nicht einmal, was eine Krähe ist.« Bad News wendet sich wieder seinem kleinen Fleischstapel zu. »Und übrigens leckt mich. Ihr seid auch nicht real.«

Grace kichert wie ein Kind. Er hält sich den Mund zu und versucht es zu unterdrücken, aber es blubbert in seine Hand. Dann rinnen ihm Tränen die Wangen herab und er kann es nicht mehr verbergen.

Shitkick kichert nicht. Ein Schleier fällt und verdunkelt ihm die Sicht. Wann immer du einen Moment Frieden gefunden hast, ist da irgendein Arschloch, das ihn dir stiehlt. Er reckt das Kinn und sagt zu Bad News: »Verdammt, steh auf.«

»Ich könnte jeden von euch in einen Joint rollen und ihn rauchen«, sagt Bad News. »Ich frag mich, ob ihr wirklich so blöd seid zu glauben, dass es euch wirklich gibt.«

Shitkick macht einen kleinen Schritt nach vorne und verpasst Bad News einen Nasenstüber. Es ist ein kontrollierter Hieb, nicht heftig genug, die Nase zu brechen.

Bad News Augen gehen zu, und er schlägt sich die Hand vor die Nase. Nach ein paar Sekunden zieht er sie weg. Blut rinnt ihm in den Schnurrbart und seine Augen sind wild. Er grinst durch Blut und Tränen, schüttelt den Kopf, als ob er ein Trugbild wegscheuchen will. »Danke«, sagt er.

Shitkick geht in die Hocke. Stützt sich ab, indem er den Schaft seines Browninggewehrs in den Schnee pflanzt und sich am Lauf festhält. »Ich hab eine Frage an dich.«

»Dafür bin ich dir eine Antwort schuldig.« Bad News kneift sich die Nase. »Ich meine das wirklich. Danke.«

»Warum sind deine Füße in deine verschissenen Unterhosen eingewickelt?«, fragt Shitkick.

Grace kichert wieder.

»Es war ein Waldgeist«, sagt Bad News.

»Ein Waldgeist.«

»Er war über drei Meter groß«, sagt Bad News. »Aus seinem Gesicht sind große Äste gewachsen, und dieses Mooszeug ist ihm vom Kinn gehangen. Wie ein verdammter Gaul, der einen Gaul reitet.« Bad News winkt mit der Hand vor seinem Gesicht, folgt ihrer Bewegung. »Er hat dieses quietschende Geräusch gemacht, wie ein altes verrostetes Tor. So laut, dass einem das Trommelfell platzt. Und die ganze verdammte Zeit ist Rauch aus seinem Mund gekommen. Ich genier mich nicht zu sagen, dass ich mir in die Hosen geschissen habe. In diese Hosen hier.«

»Es war ein Elch.«

»Was sagst du?«

»Ein Elch. So spät im Jahr hätte er nicht mehr röhren sollen, aber es war ein Elch.«

»Was verdammt ist ein Elch?«

»Du bist verrückter als eine Scheißhausratte«, sagt Shitkick. »Wie zur Hölle hast du denn deine Schuhe verloren?«

»Dieses Ding hat sie mir abgenommen. Hat gesagt, sie bringen kein Glück.«

»Dass du ein Glücksfreak bist, hätte ich mir denken können«, sagt Shitkick.

Bad News wedelt mit der rechten Hand in Richtung Welt. »Dieser verdammte Schneesturm. Wenn du weißt, wie man in so einem überlebt, kann man sein ganzes Leben da drin sein. Wenn du's nicht kannst, legt er dich schneller flach als du »B« sagen kannst. So ist es auch mit dem Glück. Es ist ein Fluss, in dem du schwimmst oder untergehst.«

Shitkick versucht nicht einmal, das zu verstehen. Wer könnte das auch? »All die anderen Knackis glauben, dass du Unglück bringst. Sie alle.«

»Die verstehen einen Scheiß. Das ist ihr Problem. Ich versuch's ihnen zu erklären, aber sie schnallen es nicht. Ich bin ein esoterischer Schweinepriester.«

»Du bist wirklich eine Marke.« Shitkick steht auf. »Mach diese Lumpen von deinen Füßen ab.«

»Meine Füße sind in Ordnung«, sagt Bad News. »Denen geht's gut, so wie sie sind.«

»Ich bin nicht am Diskutieren«, sagt Shitkick. »Mit verschissenen Unterhosen am Fuß kann ich dich nicht zu Direktor Jugg bringen.«

• • •

»Heute Nacht ist es beinahe wie ein verdammter Krieg.« Grace sagt das, als sie Bad News abführen, ein Seil als Leine um seinen Hals, barfuß, die Ellbogen eng auf den Rücken gebunden.

»Ist es nicht«, sagt Shitkick. »Aber bis ein richtiger kommt, reicht das hier.« Nur um ihn husten zu hören, zieht er an Bad News Leine.

56
– Der Häftling –

Molly öffnet die Tür, noch bevor Mopar die Stufen oben ist. Als ob sie gewusst hätte, dass er genau in diesem Moment auf ihre Veranda kommt. Ihr Gesicht wirkt nicht überrascht, zeigt kaum Wiedererkennen. Sie hält ihm nur die Tür auf und steht da in einem Morgenmantel, der aussieht, als wäre er durch ein schlammiges Feld gezogen und dann mit einer Lötlampe angezündet worden.

Mopar kann sich nicht rühren. Sie hat immer noch diese großen Augen, aber sie sind schlaffer geworden, und ihre Nase spitzer. Etwas in Mopar bewegt sich und sinkt zusammen.

Dann stupst eine fast haarlose Katze an ihren Morgenmantel, zischt Mopar an und flitzt ins Haus. Es reicht, um Mopar aus dem Tagtraum zu holen. Er klopft so viel Schnee ab, wie er kann, und geht ins Haus.

Sie macht die Tür hinter ihm zu, führt ihn den Gang entlang in die Küche. Sie hat immer noch nichts gesagt. Sie deutet zum Küchentisch. So klein er auch ist, für die Küche ist er fast zu groß. Mopar quetscht sich auf einen Stuhl und sitzt an die Wand gepfercht.

Molly schenkt Kaffee ein, die Blechkanne auf dem kleinen Holzofen ist angeschwärzt. Sie reicht Mopar eine Tasse mit Goldrand und Untersetzer und setzt sich mit ihrer.

Mopar stellt die Tasse ab und beugt sich zu seinen Stiefeln hinunter. Mit aller Vorsicht, die er aufbringen kann, öffnet er die Schnürsenkel. »Wo ist Peter?«, sagt er.

»Er ist draußen und sucht nach dir.« Ihre Stimme klingt wie immer. Das ist das Einzige. Sie lächelt ein so dünnes Lächeln, dass man es kaum als Lächeln bezeichnen kann. Wie ein ausgeleierter Futtersack hängt es in ihrem Gesicht und verschwindet dann. »Ich hab's gewusst, dass du kommen wirst.«

»Ich nicht.« Mopar setzt die Schrotflinte auf dem Boden ab und legt die Hände auf den Tisch. Lässt sie einfach liegen. Noch kann er sich nicht vorstellen, die Stiefel tatsächlich auszuziehen. »Bis ich hier war, hab ich nicht gewusst, dass ich kommen würde.«

»Nein«, sagt sie. »Natürlich nicht.«

Die Katze streicht um Mopars Beine herum. Er beugt sich hinunter und streichelt ihren Kopf. Sobald er sie berührt, möchte er sich die Hände waschen. »Das ist die hässlichste Katze, die ich je gesehen habe.«

»Sieh dir ihre Augen an«, sagt sie.

Mopar stupst das Geschöpf. Es könnte fast eine Fledermaus sein. Eine ihrer Pupillen beginnt sich zu drehen, dann die andere auch. »Leck mich fett«, sagt er.

»Sie hat ein Leiden«, sagt Molly.

Mopar kommt mit dem Kopf unter dem Tisch hoch. »Wie heißt sie?«

Molly gießt sich ein wenig Kaffee auf ihre Untertasse und nimmt ein Schlückchen. Er hat vergessen, dass sie das tut. »Mopar«, sagt sie.

»Quatsch.«

»Du hast recht.« Wieder lächelt sie ihr müdes Lächeln. »Das ist Bad Kitty. Er hat eine Schwester gehabt. Good Kitty. Aber Good Kitty hat das gleiche Leiden gehabt und ist letztes Jahr gestorben. Darauf warte ich bei der hier auch. Ich hasse diese verdammte Katze.«

Mopar reibt seine Hände aneinander, versucht das Gefühl loszuwerden, die Haut dieser haarlosen Katze berührt zu haben. »Warum bist du mich nie besuchen gekommen?« Es rutscht ihm einfach so raus. Die eine Sache, die er nie sagen wollte.

Sie lacht. Dann zieht sie ein Pillenfläschchen aus ihrem Morgenmantel, öffnet es, holt eine Tablette heraus, will den Deckel erst wieder zumachen, aber nimmt dann noch eine heraus und steckt sie sich in den Mund. »Möchtest du gern hören, wie viele Dinge ich in meinem Leben gemacht habe, ohne über die Konsequenzen nachzudenken?«

Es ist die Art Frage, auf die man besser nicht eingeht. »Wie viele?«, fragt er.

»Eins«, sagt sie. »Ein einziges.«

»War das ich?«

»Das warst du.«

Mopar nimmt einen Schluck vom öligen Kaffee. Er spürt ihn im Bauch, spürt wie sich etwas weitet. »Würdest du es wieder tun?«

»Natürlich nicht.« Sie fährt mit einem Finger um den Rand ihrer Tasse. Dann steht sie auf, öffnet einen Küchenschrank und fischt ein Päckchen Tabak heraus. Sie fischt eine ordentlich gerollte Zigarette heraus und kommt damit zum Tisch zurück. »Natürlich würde ich das nicht.« Dieses Mal lacht sie nicht. Sie starrt ihn direkt an, als sie es sagt. »Aber man kann nichts rückgängig machen.«

Etwas steigt ihm die Brust hoch. Der Kaffee oder was immer. »Ich tät's wieder. Jede kleinste Einzelheit davon.«

Sie zündet sich die Zigarette an und schlägt ihre Beine übereinander. »Natürlich würdest du das.«

»Ich hab mehr verloren als du.«

Sie scheint jemanden wie ihn schon tausendmal gesehen zu haben. Ihre Augen sind so gelangweilt und teilnahmslos, dass Mopar sich wundert, dass sie ihr nicht wie tote Vögel aus dem Gesicht fallen. »Das war nicht wegen mir.«

Und da ist es, steigt in ihm bis oben hoch. Es nimmt ihr Gesicht an und liegt direkt vor ihm. Das Davor und das Danach. Das Wrack, das aus ihr geworden und das Mädchen, das sie gewesen ist. Die Molly seiner Erinnerung war ein erschreckend schönes kleines Ding mit fließend blondem Haar und Haselnussaugen. Die Molly, an die er sich erinnert, ist nirgendwo in diesem ausgefransten Morgenmantel. »Ich hab es für dich getan«, sagt er.

»Oh, Mopar«, sagt sie, aber es klingt nicht zärtlich.

»Oh, Mopar. Quatsch.« Er schiebt sein Kaffeegeschirr zur Seite und nimmt seine Schrotflinte hoch, legt sie auf den Tisch. »Warum Peter Perkins?«

Sie zieht an ihrer Zigarette, dann wischt sie sich mit dem Rücken ihrer Zigarettenhand die Augen.

Im grauen Licht draußen passiert etwas. Es wird hell und dann dunkel. Wie wenn eine Tür auf- und wieder zugeht. »Es ist nicht zu viel verlangt, zu fragen«, sagt er.

»Die ganze Stadt hat es gewusst«, sagt sie.

»Von uns? Das hat niemand gewusst. Meine Cousine Dayton, aber sie ist die Einzige gewesen.«

Sie lässt ihre Zigarette fallen und wischt sie mit ihrem nackten Fuß schwarz über den Boden. Solche Schmierspuren gibt es Dutzende. »Ich kann's nicht glauben, dass du das nicht weißt, Mopar.«

»Ich hab nicht die leiseste Idee, wovon du redest.«

Sie spitzt den Mund. Dann kneift sie ihn zu. »Du kannst nicht anders«, sagt sie.

Mopar fühlt sich, als ob er gleich platzt, so steigt es in ihm hoch. »Wirst du mir verdammt noch mal sagen, was du meinst?«

»Du hast mir etwas dagelassen«, sagt sie. »Und ich hab es entsorgt.«

Mopar braucht nur eine Sekunde, aber es ist die längste seines Lebens. »Pearl Greene.«

»Pearl Greene. Um es loszuwerden. Und dann, als die Blutungen nicht aufgehört haben, St. Leonard. St. Leonard monatelang.«

»St. Leonard«, wiederholt Mopar. »Dayton hätte mir das erzählt.«

»Das ist es, was ich verloren habe«, sagt Molly. »Aber in Wirklichkeit hab ich das Baby nicht verloren. Ich hab es herausziehen und töten lassen.« Ihre Lippen ziehen sich wieder schmal über die Zähne. »Weil es deines war.«

»Vielleicht hat sie es nicht gewusst«, sagt Mopar. »Es ist nicht so, dass das jeder in der Stadt wissen konnte.«

Molly lehnt sich vor, als ob sie ihn anspucken will. »Du bist ein Idiot«, sagt sie.

Mopar zieht sich die Stiefel aus, dann die Socken. Es stinkt fürchterlich. Ein stechender Schmerz fährt durch seine Füße, sie zittern. Für einen Moment ist er wie gelähmt, unfähig, auch nur einen Gedanken zu fassen. Sein ganzes Leben aufgelöst in exquisitem Schmerz. Er wirft die Socken auf den Boden, sie ringeln sich wie Schlangenhäute. »Jeder hat es gewusst? Jeder in der ganzen Stadt? Nicht jeder.«

Aus ihren Augen ist das Gelangweilte verschwunden. »Sie hat mich hier besucht. Nach dem Krankenhaus.« Und dann bricht es schallend aus ihr heraus. »Du siehst plötzlich so ernst aus.« Sie nippt Kaffee aus ihrer Untertasse. »Der, der lacht, hat die schlechten Nachrichten noch nicht gehört«, sagt sie in ihrer Zitierstimme.

Der Raum scheint sich mit einem Rauschen zu füllen. Als ob er in einer Radioröhre lebt. Als ob eine Art geheime Schattenwelt in ihm existiert und er ihren andauernden Schmerz hören kann. Mopars Kopf fühlt sich an, als ob er gleich explodiert. »Verdammt, was hast du gesagt?«

»Setz dich«, sagt sie.

Er steht. Er kann sich nicht erinnern, aufgestanden zu sein, aber er steht. Seine kaputten Füße sind glitschig und pochend. »Hast du mich gerade Bad News genannt?«

Sie schüttelt ihren Kopf so heftig, dass ihre Gesichtszüge verschwinden.

57
– Die Geächtete–

Sie sind unterwegs, folgen Jim zwischen Bergfichten eine Rinne hoch, der Schnee ist kniehoch aufgetürmt. Eine harte Böe fegt in sie hinein, umhüllt sie. Wie Packesel führt Jim sie zu einem Bergsattel hoch. Dayton macht es nicht viel aus. Es ist, als ob ihr nichts nahekommen kann. Sie läuft einfach ungerührt weiter, hat ihre Winchester am Riemen über die Schulter geschlungen.

Wayne wacht ab und zu aus seinem schlafwandelnden Gang auf, um sich zu beschweren. »Können wir nicht einen Moment anhalten?« Und, »Kannst du überhaupt sehen, was vor dir ist? Du läufst ins Leere.« Und, »Du wirst doch nicht glauben, dass wir ihn so kriegen.«

Sogar für Dayton ist es offensichtlich, wie wenig er Jim respektiert. Zumindest kann Wayne nicht zeigen, welchen Respekt er hat. Denn ab und zu ertappt Dayton den Jungen dabei, wie er Jim beobachtet. Wie er auf Jims Augen achtet, wenn er etwas sieht. Wie er Jim dabei zusieht, wie er sich durch die Bäume und den Schnee bewegt. Dayton ist es klar, dass auch Jim spürt, wie der Junge ihn beobachtet. So ist Jim, er hofft immer noch, dass der Junge etwas von ihm lernt.

Sie gehen weiter. Kämpfen sich gegen den Wind den Canyon hinauf zu einem kleinen Bach, der fast ganz zugefroren ist. Jim überquert ihn, indem er das Eis auf jedem Stein mit seinen Stiefeln bricht, bevor er darauf tritt. Dayton nimmt die gleichen Steine für die Überquerung.

Heilige Scheiße, sie sehnt sich nach einer Pause.

•••

Die Nacht zieht sich hin, und ihre Müdigkeit nimmt zu, macht sie stumpfsinnig. Sie fragt sich, ob der Canyon je ein Ende hat. Der Bergsattel steht wie ein Schatten über ihnen. Rückt scheinbar nicht näher. Der Wind pfeift und heult. Waynes Gesicht hat die Farbe von Scheißhauslimette, er scheint an seinem Atem zu ersticken. Seine Lippen sind grau, und er zittert am ganzen Leib.

Sie schiebt die Müdigkeit weg und denkt an Mopar. Du gehst weiter, als ob es nichts wäre. Für ihn. Vermassle es ja nicht, nur weil du denkst, es geht um dich. Manchmal ist es so, aber jetzt gerade nicht.

• • •

Und dann klettert Jim ein paar Felsen hoch und geht quer durch einen Kiefernstand. Dayton folgt zu schnell, stolpert, hört Wayne hinter sich auf den Felsen.

Und da sind sie nun, durch den Sattel aus dem Canyon hoch und auf einer Anhöhe gelandet.

Einfach so.

Jim führt sie um einen Grat herum. Heilige Scheiße, alles was wir getan haben, war eine der Straßen abzukürzen, die sich den Chilblain Canyon hinaufschlängeln. So verloren Dayton sich auch gefühlt hat, sie sind wahrscheinlich nie mehr als siebzig Meter von der Straße weggewesen. Sie kommen hinter einem kleinen Haus heraus, das abseits der Straße liegt.

Und da wird Dayton die ganze Geschichte klar. Ein Stück von ihr löst sich und fällt ihr das Brustbein hinab.

Es ist doch Molly.

Langsam dreht sie sich um.

Es steht alles in Jims Gesicht. Er sprenkelt den Schnee mit Tabaksaft.

Daytons Herz wird zu Matsch. »Wir können weitergehen«, sagt sie.

Aber dann ist da Wayne. Direkt vor ihnen bekommt sein Gesicht wieder Farbe. »Wir haben den Hundesohn.« Er klatscht in die Hände. »Er ist da drin.«

Die Welt ist nicht für Ausbrüche gemacht, denkt sie. Die Welt ist erschaffen worden, um dein Herz gefangen zu halten, bis es zermalmt wird.

58
– Der Fährtenleser –

Jim Cavey steht vor dem Haus im Schnee. Dayton und Wayne sind auf der Veranda, Dayton hat geklopft, aber niemand öffnet. Für Jim fühlt sich das alles falsch an. Es ist schlimm genug, dass er diesen Jungen gejagt hat. Und noch schlimmer, dass er nun dabei ist, ihn an Direktor Jugg auszuliefern.

Der Himmel ist noch dunkel, aber man kann bereits das erste Licht aufziehen sehen. Es gibt Nächte wie diese, wo man denkt, dass es nie Morgen wird, aber das tut es dann doch. Auf Licht muss man nicht ewig warten, es kommt immer. Etwas bewegt sich seitlich am Himmel. Jim blinzelt in die Richtung. Irgendein Raubvogel. Könnte sogar ein Diademhäher sein, der vorgibt ein Steinadler zu sein. Wie auf Beutejagd stößt er hinunter und gleitet wieder hoch.

Es ist ein Steinadler, und seine Beute hat er schon. Irgendein Nagetier. Der Adler lässt es los und fängt es wieder, steigt wieder hoch, um es wieder loszulassen, fängt es keine zehn Meter über dem Boden. Das wird er tun, bis das Nagetier tot ist.

Jims Magen rührt sich und plötzlich hat er den Mund voll. Er spuckt aus.

Dann geht die Tür auf.

Es ist Mopar. Er ist dünn. Sein Gesicht scharf und voller Kanten. Die Augen liegen tief, eulenhafte Kreaturen mit eigenem Leben. Er ist kleiner, als Jim sich erinnert. Kleiner und rauer, wie wenn ihn jemand durch ein Schleifrad gedreht hätte. Er ist barfuß, und der Anblick seiner Füße ist kaum zu ertragen. Eine rohe Masse von Blut und Eiter.

»Tut mir leid, Mopar«, sagt Dayton.

Mopars Augen sind rot. Er tritt zur Seite und hält die Tür auf, damit sie hineinkommen können. »Denk dir nichts«, sagt er. Seine Stimme ist Bariton mit einem Schuss Dexedrin.

»Wir kommen, um dich hier rauszubringen«, sagt Dayton. »Du hast für diese Fotze mehr als genug bezahlt.«

»Jeder muss bezahlen. Niemand kriegt jemals, wofür er bezahlt hat, aber zahlen müssen alle.«

Dayton tritt unbeholfen ein. Es ist, als ob ihre Beine zu lang sind, um diesen kleinen Schritt zu tun. Wayne kommt hinter ihr her. Jim geht unsicher, weil er den Kaffee riecht.

»Die Küche ist geradeaus«, sagt Mopar. »Es gibt Kaffee.«

Dayton und Wayne gehen mit. Jim nicht. Die Maschinenpistole in der Armbeuge, schließt er hinter sich die Tür.

Mopar macht ein paar Schritte Richtung Küche. Er bewegt sich mit der seltsam unbeholfenen Grazie eines Mannes, dessen Muskulatur nicht ganz zu den Knochen passt. Dann aber setzt er sich auf eine Fußbank am Fenster. »Hallo Jim«, sagt er.

»Hallo Mopar.«

Mopar deutet zu der Waffe. »Die wirst du nicht brauchen.«

»Das weiß man nie.«

»Nun ja.« Mopar hat wieder dieses Grinsen. »Für mich jedenfalls nicht.«

»Nein. Hast du was dagegen, wenn ich mich zu dir setze?«

Mopar rutscht etwas zur Seite. Die Bank ist nicht groß, aber er ist kein sehr großer Mann und es ist genug Platz.

Das Holz unter Jim ist glatt wie Glas. »Das ist ihr Ehemann gewesen, den du umgebracht hast?«

Mopar hält sich die Hand vor den Mund und gähnt. Seine Augen fallen ihm zu, gehen wieder auf. »Ich schätze, sie sind jeden Moment hier.«

»Nicht, wenn sie uns gefolgt sind«, sagt Jim. »Wir sind quer durch die Berge zu dir. Niemand hat eine Ahnung, wohin wir sind.«

»Ihr kleiner spitzohriger Ehemann weiß Bescheid. Sie werden bald da sein, egal was du getan hast.«

»Peter Perkins?«

»Ja, der.«

Jim lehnt die Maschinenpistole an die Wand. »Sie ist der Grund gewesen, warum du Deputy Rose umgebracht hast?«

Mopars Lachen klingt wie etwas, das man an einen Truck gebunden und einen Kiesweg langgeschleppt hat. »Sie hat was«, sagt er. »Absolut.«

Jim zieht sich die Handschuhe aus, steckt sie ein und knöpft seine Jacke auf. »Ich hab gehört, es war ein Unfall.«

»Es war kein Unfall. Ich wollte ihn umbringen, und das habe ich getan.«

»Was ist mit dem, was in der Zeitung gestanden ist? Kid Dillinger und all das Zeug?«

»Alles in der Zeitung ist Blödsinn.«

Jim sitzt mit seinen Händen auf den Knien. Er möchte sie unter seine Schenkel legen und sich die Finger wärmen, aber er wird keine Schwäche zeigen. »Ich hab Rose seit der Schule gekannt. Er ist die Art Kerl gewesen, dem man so etwas immer gewünscht hat.«

»Das sagt jeder.« Mopar hat die Augen wieder geschlossen. »Leider haben sie nicht genug Ausnahmen im Gesetz, dass es der, den man umbringt, verdient hat.«

59
– Die Geächtete –

Dayton öffnet mehrere Küchenschränke, bis sie schließlich die Tassen findet, sie nimmt eine heraus und gießt sich Kaffee ein. »Möchtest du auch eine Tasse?«, fragt sie zu Wayne gewandt.

»Ich möchte nichts«, sagt er. Aus der Nähe seiner Gürtelschnalle kommt ein kränkliches Grummeln.

»Aus der Küche raus links«, sagt Dayton.

Wayne starrt sie einen Moment lang an.

Dayton setzt sich mit dem Rücken zu ihm. »Ich bin hier schon gewesen«, sagt sie und hört ihn hinausgehen. Sie trinkt ihren Kaffee. Also, wo ist sie?

Dayton hat Molly nur ein einziges Mal besucht. Nur einmal, um sie zu fragen, was da zwischen ihr und Mopar war.

Sie hat müde ausgesehen, damals. Müder, als Dayton es je bei jemandem gesehen hat. Sie hat wie eine Frau gewirkt, die sich daran gewöhnt hat, an der Grenze zum Nichts zu leben. Die weder genug schlief noch aß, um das Leben aufrechtzuerhalten. Diese Art Müdigkeit.

Und es war nicht Mopar, der daran schuld gewesen ist. Dayton hat das irgendwie gewusst. Es war auch nicht Peter Perkins oder Deputy Rose. Es war die Müdigkeit einer Frau, die ihr ganzes Leben damit zugebracht hat, es wegbrechen zu sehen. Alle Hoffnung, weggeblasen wie der Schnee. Weggeblasen, bis nur noch das mikroskopisch kleine Ding übrig ist, das man selber ist. Und man wartet nur, bis auch das weggeblasen wird.

•••

Als Ethan gestorben ist, hat kaum eine Untersuchung stattgefunden. Erst etliche Wochen später hat ein Deputy an ihre Haustür geklopft. Er war klein, hatte eine Nase wie ein Stück Kaugummi, das man auf einer tumorösen Tomate plattgedrückt hat.

Er nahm den Hut ab, als sie vom Tisch aufstand und hinüberging, um die Fliegengittertür zu öffnen. Sie war dabei, Messer und Werkzeuge zu schärfen, sie lagen alle neben dem Wetzstein auf dem Tisch. Auch die Blumenscheren, mit denen sie die Marihuanapflanzen beschnitt. Ohne ein Wort hakte sie die Tür los und hielt sie für ihn offen.

Für ein oder zwei Sekunden stand er da, den Hut in der Hand, bevor er den Kopf einzog und eintrat, den Körper schief, um an ihr vorbeizukommen. Und dann hielt er immer noch den Hut in der Hand und wartete, bis sie etwas sagte.

Sie ließ ihn warten.

Schließlich hustete er. »Sie leben hier jetzt allein?« In seinem roten Gesicht wurde sogar die Nase rot.

»Ich hab's gern ruhig«, sagte sie. Sie setzte sich wieder auf ihren Stuhl und bedeutete ihm, auch Platz zu nehmen. Er tat es nicht. »Wir haben nur ein paar Fragen«, sagte er. »Ich hoffe, dass ich sie Ihnen stellen kann.«

Sie ließ ein wenig Öl auf den Wetzstein tropfen. »Ich hab gedacht, der Sheriff selbst kommt vielleicht vorbei.«

»Nein, Ma'am«, sagte er. »Nee. Wir haben eine ziemlich gute Vorstellung davon, was passiert ist. Wir wollen nur ein paar Dinge bestätigt haben.« Er zog einen Stenoblock und einen Stummel von Bleistift aus seiner Brusttasche.

Sie wählte ein Küchenmesser mit Holzgriff aus dem Haufen und überprüfte die Spitze. »Fragen Sie.«

»Okay.« Er öffnete den Stenoblock und feuchtete die Bleistiftspitze an. »Okay. Erste Frage. Trinken Sie?«

»Ob ich Alkohol trinke?«

»Ja. Alkohol. Würden Sie sagen, dass Sie viel trinken?«

»Ich rühr ihn kaum an.«

Er kritzelte in seinen Notizblock. »Die Leute sagen, Sie haben in der Stadt viel Whiskey gekauft«, sagte er. »Eine ganze Menge. Das ist nicht für Sie selbst gewesen?«

Sie legte die Messerklinge flach auf den Stein, hob sie bis zum gewünschten Gratwinkel an. Als sie mit Messerschärfen anfing, hatte sie die Schrägkante immer mit Tinte markiert, inzwischen konnte sie es nach Gefühl. Sie zog die Klinge zu sich, weg vom Stein. »Das ist nicht für mich gewesen.« Wieder zog sie die Klinge den Wetzstein entlang.

»Es war für Ethan?«

»Es war für Ethan.«

Wieder kritzelte er in sein Notizbuch. Studierte es dann wie jemand, der mit einem neuen Werkzeug experimentiert und es noch nicht ganz beherrscht. »Und er hat Zigaretten geraucht?«

»Hat er. Er hat sie sich gern selbst gerollt.«

»Ja, Ma'am.« Noch mehr Notizen. »War da ein Loch oder zwei?«

Sie unterbrach das Messerschärfen.

»Das Klohäuschen.« Das Rot auf seinem Gesicht wurde dunkler. »Tut mir leid.«

»Zwei Löcher«, sagte sie. Sie drehte die Klinge um und strich die andere Seite gegen den Stein.

Er nickte, machte auch dazu eine Notiz. »Das hat sich der Sheriff auch gedacht«, sagte er. Er schloss sein Notizbuch, steckte es in die Brusttasche zurück und dann den Bleistift auch. »Kann ich Sie noch etwas fragen? Nicht für den Sheriff.«

Sie wischte das Messer an einem von Ethans Jeanshemden sauber. »Fragen Sie.«

»Ist Kid Dillinger ihr Cousin? Mopar Horn?«

»Mopar ist mein Cousin.«

»Hab ich mir gedacht.« Er nickte. »Haben Sie Deputy Rose gut gekannt?«

»Ich hab ihn überhaupt nicht gekannt«, sagte sie. Sie hatte noch kein weiteres Messer aufgenommen.

»Er war ein Arschloch.« Als sein Gesicht dieses Mal rot wurde, war es heftiger. Weniger wie das Rot einer Tomate, eher wie das einer Feuerwehraxt. »Da war ein Mädchen, das wir in Gewahrsam hatten. Sie kam auf dem Weg nach San Francisco durch. Ich hatte sie an der Tankstelle gefunden, als sie rauchte. Mitternacht. Sie versuchte, genug Geld zu verdienen, damit sie volltanken konnte, wenn sie am Morgen aufmachten. Sie wissen, wie das ist.«

»Ich weiß, wie das ist«, sagte Dayton.

»Sie ist vielleicht sechzehn gewesen. Ich hab sie für die Nacht in die Zelle gesteckt und gedacht, dass ich ihre Eltern am Morgen erreichen kann. Rose hat an seinem Schreibtisch gesessen, als ich sie eingebuchtet habe. Hat Gute Nacht zu mir gesagt, als ich gegangen bin. Ich bezweifle, dass sie je wieder wegrennen wird.«

»Mopar hat ihn nicht deswegen umgebracht«, sagte Dayton.

»Sicher«, sagte der Deputy. »Manchmal geschehen die richtigen Dinge aus dem falschen Grund.« Er klopfte seine Tasche ab, wo das Notizbuch war. Aber er holte es nicht heraus. »Sie haben also geschlafen. Während der ganzen Sache da draußen?«

»Wenn ich mal schlafe, dann wache ich nicht mehr auf«, sagte Dayton. »Bis zum Morgen hab ich nicht gewusst, dass es abgebrannt ist. Für mich ist die einzige Erklärung, dass er eine Zigarette durch das andere Loch geworfen hat und dann ohnmächtig geworden ist.«

»So denken wir uns das auch«, sagte der Deputy.

• • •

Es hätte sogar wahr sein können. Das alles, wie das Klohäuschen niederbrannte. Bis auf den Teil, dass Dayton nicht aufwacht, sobald sie eingeschlafen ist. Nachdem Ethans Anfälle angefangen hatten, schlief sie nie mehr als ein oder zwei Stunden. Sie wusste nie, was sein würde, wenn sie wieder aufwachte.

Außerdem würde das brennende Klohäuschen ein gelbes Fenster an die Schlafzimmerwand werfen, und der Rauch würde dich fast ersticken. Es würde nicht lange brauchen, um deine Träume in Flammen zu setzen, und du würdest aufwachen, die andere Seite des Betts leer finden, dann würdest du aufstehen, zum Fenster gehen und die Feuersbrunst sehen. Ein altes Scheißhaus wie das würde Feuer fangen und lodern und im Nu abgebrannt sein.

Hätte der Deputy seinen Job richtig gemacht, hätte er sich umgesehen. Es war ein trockener Sommer, und vielleicht hätte er auf der Hausseite sogar noch Spuren von nackten Füßen gefunden, als ob jemand beschlossen hätte, dem Brand zuzusehen.

Obwohl, es könnte sein, dass der Deputy seinen Job gemacht hatte. Exakt seinen Job. Das war es, was Dayton dachte, als er weg war. Als sie realisierte, dass das nicht das erste Mal sein konnte, das so etwas passierte, so oder anders. Und das hieß, dass jeder in der Stadt gewusst haben musste, wie ihr Leben war. Sie hatten die Schnapskäufe gesehen und sie hatten gewusst, was jede Flasche für sie bedeutete.

Dayton ging danach nur noch in die Stadt, wenn sie musste. Sie wäre sofort weggegangen, aber nach Ethans Tod gehörte die Farm jetzt ihr.

Lass sie doch weggehen, dachte sie. Sie alle. Lass sie doch weggehen oder zur Hölle fahren. Sie können tun, was sie wollen, aber ich gehe nirgendwohin.

• • •

Draußen vor dem Fenster ist nichts. Nichts außer dem Grau des Himmels. Ein zartes Grau, das wie ein Geist zu flattern scheint. Dayton klopft mit den Fingern auf den Tisch.

Jemand klopft zurück.

Dayton versteift sich, hört auf zu atmen.

Es klopft noch immer. Genau so, wie wenn jemand mit den Fingern auf den Tisch trommelt. Genau, wie sie es gerade gemacht hat.

Dayton steht auf und durchquert die Küche. Sie braucht drei Schritte. Der Ofen und die Schränke und der Besenschrank neben der Tür.

Dayton öffnet ihn.

Molly sieht immer noch müde aus, aber sie wartet nicht länger darauf, dass alles weggeweht wird. Ihr Körper ist zusammengedrückt in den kleinen Schrank gepresst. Die eine Kopfseite ist eine Masse aus zerschlagenen Knochen, Gehirn in Blutmatsch eingebettet wie ein Mäusenest. Auf ihrer Schulter sitzt eine schiefäugige Katze und leckt das Blut aus der Wunde. Ihr nackter Schwanz klopft gegen die Tür.

Es ist eine Szenerie, von der man den Blick nicht so leicht abwenden kann. Dayton tut es auch nicht.

60
– Der Fährtenleser –

Und wer verdient nicht einen schlimmeren Tod als den, den er bekommt. Das ist es, was Jim denkt.

Niemand hätte den Alten je besonders religiös genannt. Er hat dauerhaft jedem misstraut, der geglaubt hat, das Recht zu haben, jemand zu sagen, wie er zu leben habe – und für ihn ging das die ganze Futterkette hoch. Einen religiösen Spruch aber sagte er so oft, dass Jim ihn auf seinen Grabstein schreiben ließ: *Nur durch die Gnade Gottes bin ich gerettet.*

Das war etwas, was Jim nicht gleich verstand. Besonders die Art, wie der Alte über jeden in der Stadt Geschichten erzählte. Nach einer Weile aber wurde es Jim klar. Der Alte erzählte die Geschichten über Pearl Greene oder Jugg oder irgendwelche anderen nicht, weil er sie richten wollte. Sie interessierten ihn überhaupt nicht. Er erzählte Jim nur deshalb davon, was Menschen tun, weil man aus jeder Geschichte etwas über Menschen lernen kann. Das ist auch die Kunst beim Fährtenlesen. Du wägst das, was du über den Menschen weißt, den du verfolgst, gegen das ab, was du über das Verhalten anderer Menschen in so einer Situation weißt. Und dann erzählst du dir die Geschichte von dem, was sie tun werden.

Nur durch die Gnade Gottes bin ich gerettet. Der Alte wollte damit überhaupt nichts besonders Religiöses sagen. Er sagte nur, dass wir alle in der Lage sind, etwas viel Schlimmeres zu tun, als wir je von uns gedacht hätten, sofern die Situation es erfordert. Und wir alle verdienen mehr Strafe, als wir je aushalten könnten.

Dann erinnert sich Jim noch an eine andere Eigenart des Alten:

Oft genug kam es vor, dass er nicht beim Direktor einsteigen wollte. Der Alte fragte immer zuerst, was der Ausbrecher gemacht hatte, um im Gefängnis zu landen. Und das wog er für sich selber ab. Wog es ab gegen das, was er über alle Menschen wusste.

Kein Mensch ist besonders außergewöhnlich in seinen Schwächen oder in seiner Kriminalität. Aber nur ein ganz bestimmter Menschenschlag tut, was ihm gesagt wird, egal ob es richtig ist oder falsch. Das ist es, was der Alte jetzt sagen würde.

• • •

»Mir sind fast die Hände erfroren«, sagt Jim.

»Es ist kalt draußen.« Mopars Augen sind immer noch geschlossen.

»So kalt, wie meine Hände sind, glaube ich nicht einmal, dass ich die Waffe hochnehmen könnte.«

Mopar gähnt. »Ich bin nur froh, dass das mit dem Schneien aufgehört hat.«

Jim spuckt mit zu wenig Kraft aus und spürt, wie ihm der Tabaksaft das Kinn hinabtropft. Er versucht es noch einmal. »Sie lehnt an der Wand. Die Waffe. Du könntest sie wahrscheinlich ohne jedes Problem nehmen und hier hinausspazieren, so kalt und müde bin ich.«

Es gibt ein langes Schweigen.

»Ich schätze es sehr, was du zu tun versuchst, Jim. Aber ich laufe nicht mehr weg. Nichts auf der Welt kann mich überreden, mir die Stiefel wieder anzuziehen.«

Jim reibt sich die Hände an den Beinen. Und wie erklärst du das Dayton? »Gibt es hier ein Telefon?«

»Ich hab keine Ahnung. Ich hab nie bei Molly angerufen.«

Jim nickt.

Mopar grinst durch ein neues Gähnen hindurch. »Versuchst du, Lorbeeren für mich zu ernten?«

»Ich versuche, dich hier lebend rauszubringen«, sagt Jim. »Lorbeeren für dich sind mir herzlich egal.«

»Am Leben zu bleiben, ist eine Sache, um die ich mich selber kümmere. Darauf kannst du dich verlassen.«

Jim steht auf. »Lass uns in die Küche gehen, wo es warm ist. Wir können nachsehen, ob es ein Telefon gibt. Wenn ich telefonieren kann, wird es einfacher für uns.«

»Mir geht es gut.« Mopar lehnt sich an die Wand. »Ich warte hier. Es ist warm genug.«

Jim schwankt, seine Beine zittern. Er hätte nicht so schnell aufstehen sollen. Um wieder ins Gleichgewicht zu kommen, muss er Mopar seine Hand auf die Schulter legen. Er ist zu lange und zu schnell gelaufen für einen zu niedrigen Preis, und die Kraft rinnt aus ihm heraus, so als hätte er ein Leck. Immer wieder verschwimmt ihm das Blickfeld. »Vielleicht will sie dir noch Adieu sagen. Die Frau.«

»Will sie nicht.«

Jim lässt Mopars Schulter los. »Sieht nicht so aus, als hätte irgendwer das Leben bekommen, dass er sich erträumt hat.«

Mopars Augen öffnen sich. Sie sind dunkel. Fast schwarz. »Ich hab oft an dich gedacht.«

»Das wundert mich.«

»Nicht nur an dich«, sagt Mopar. »An all die Wärter.«

»Was?«

»Ich hab mich gefragt, ob ihr real seid. Meistens habe ich mir das nicht vorstellen können. Ich habe euch für etwas Substanzloses gehalten, was halt existiert. Etwas Substanzloses und Hartes, wie ein Gemälde an einer Steinwand. In meiner Erinnerung ist mein Daddy auch so.«

»Ich habe ganz ähnliche Gedanken«, sagt Jim. »Aber ich versuche sie für mich zu behalten.« Das Geräusch von Trucks draußen hält ihn vom Weiterreden ab. »Shit.« Er späht aus dem Fenster.

Sie sind da. Vermutlich alle Männer der Stadt. Dutzende von Trucks und Autos fahren vor. Männer, die schon ausgestiegen sind, richten ihre Waffen gegen das Haus.

Und vorneweg der kleine spitzohrige Peter Perkins. Er zeigt auf die Spuren, die zur Haustür gehen.

»Und wen haben sie alles dabei, da draußen?« Mopar rührt sich nicht.

»Jeden.«

Die Kanten in Mopars Gesicht scheinen sich neu zu arrangieren, »Peter Perkins?«

»Peter Perkins.«

Mopar steht auf, gähnt wieder, dieses Mal aber so, als ob er alles um sich herum vergessen möchte. »Ich schätze, jetzt nehme ich die Knarre doch.«

Jim hebt die Maschinenpistole vom Boden und gibt sie ihm. »Kann sein, dass du ihn erwischst, aber auch sie werden dich kriegen.«

»Du hast mich durchschaut«, sagt Mopar.

»Sind sie da?« Wayne kommt den Flur entlang. Seine Stimme klingt nervös, aufgeregt.

Mopar checkt den Sicherheitshebel an der Waffe.

»Schweinepriester.« Wayne hebt seine Schrotflinte. »Du hast ihm deine verdammte Waffe gegeben«, sagt er zu Jim.

»Geh wieder in das andere Zimmer«, sagt Jim.

»Leck mich. Alles, was du weißt, weiß ich auch«, sagt Wayne. »Sie haben recht mit dem, was sie über dich sagen. Sie alle.« Er richtet die Schrotflinte auf Mopar.

Mopar kümmert sich nicht einmal um den Jungen. »Mir kommt es so vor, als hätte ich mein ganzes Leben lang einen Abschiedsbrief geschrieben, wie ein Selbstmörder«, sagt er. »Jeder Person, die ich getroffen habe, jedem, den ich gekannt habe. Aber man kann mit niemandem darüber sprechen. Sagst du es einer

Frau, verschwindet sie. Sagst du es einem Mann, lacht er dich aus. Sollte er auch. Deshalb gibt es niemanden, dem ich bisher davon erzählt habe.«

»Nimm die Waffe runter«, sagt Wayne.

Mopar nickt in Richtung des Jungen. »Ist das dein Junge?«, fragt er Jim.

»Teufel, nein«, sagt Wayne.

»Gut.« Mopar schwingt den Lauf seiner Maschinenpistole zu ihm.

61
– Die Stadt –

Die Wolkendecke reißt auf, plötzlich ist der Himmel zu sehen. Über dem Feld taucht er auf, ein heller Streifen, sechs erdrückende Meter über dem Boden, als hätte man ihn gerade eben aus der Dunkelheit entlassen. Es hat zu schneien aufgehört, und die Sonne muss noch aufgehen, aber dass sie es tun wird, lässt sich nun nicht mehr bezweifeln. Selbst wenn man wollte, könnte man sie nicht mehr aufhalten.

Checkers sitzt auf einem Baumstumpf und spürt die violetten Venen in seinen Füßen pochen. Aber wenigstens denkt er nicht an die 38er Smith and Wesson auf seinem Nachttisch. An die denkt er meist am Morgen, wenn er aufwacht und seine Frau nicht da ist.

Seine Tochter ist vor zwei Jahren losgezogen, um in San Francisco zu leben, und nach einem Jahr ist seine Frau ihr hinterhergezogen. Sie sagte Checkers, dass er sie beide nie verdient habe. Damit hat sie recht gehabt. Es gibt ganze Gesetzbücher voller Paragrafen, um Männer wie Checkers vor dem zu bewahren, was sie verdienen. Aber es gibt immer noch die Möglichkeit, dass er es sich selbst verpasst.

Obwohl, vermutlich eher nicht. Meistens will Checkers sich nicht erschießen. Er will nur, dass seine Frau die Nachricht bekommt, dass er erschossen worden ist.

Er schätzt ihre Reaktion verheerend falsch ein.

•••

Alice Oliver ist auch da draußen. Sie sitzt direkt neben ihrem Ehemann Murray in einem der Gefängniswagen. Nachdem sie dem großen Nigger-Ausbrecher den Kopf eingeschlagen hat, waren sie zur Gefängnisverwaltung gebracht worden und hatten Kaffee trinkend beinahe die ganze Nacht dort gesessen. Direktor Jugg hat Mopars Rache gefürchtet und nicht gewollt, dass sie zu ihrer Farm zurückkehren, bevor nicht alle Ausbrecher gefasst sind.

Dann kam der Anruf, dass Mopar in Molly Perkins Haus eingekesselt ist, Alice wollte sich das auf keinen Fall entgehen lassen. Murray legte Einspruch ein, natürlich. Aber das tat er immer.

Murray würde sich am liebsten gehen lassen und einfach sterben, wenn Alice das zuließe. Seit dem Tag, an dem sie benachrichtigt worden sind, dass ihr Sohn nicht aus Übersee zurückkommen wird, hätte er sich ohnehin am liebsten aus dem Staub gemacht. Es ist nur Alice, die ihn noch hier hält. Und wenn Alice Oliver an jemandem festhält, dann bleibt das auch so. Ob er das will oder nicht.

• • •

Auch Tom Parker sitzt auf einer Rückbank. In Direktor Juggs Wagen. Aber ihm sind Handschellen angelegt, und zusammen mit Charles Coleman ist er an den Boden gekettet worden. Jugg hat Parker und Coleman mitgebracht, um ihnen klarzumachen, dass Widerstand sinnlos ist. Dass Direktor Jugg immer alle erwischt.

Parker ist davon nicht beunruhigt. Er hat viele Sorgen, aber Jugg gehört nicht dazu. Da ist Jim Cavey. Über ihn kann man besorgt sein. Über Mopar auch. Und Dayton. Er mag diese jungen Leute. Und er sorgt sich um die Stadt. Dass sie zu etwas wird, von dem sie sich nicht erholen kann.

Am meisten aber sorgt er sich um Charles. Der sitzt neben ihm, der glatzköpfige Kopf mit Rinnsalen von geronnenem Blut übersät, die Augen am Glimmen.

Am meisten sorgt Parker sich, dass Charles anfängt zu reden.

• • •

Aber Charles würde nichts sagen, selbst wenn man ihm eine Pistole ans Ohr hält. Weil er zusammengeschlagen worden ist, driftet er immer wieder weg, und vermutlich hat er rechts das Gehör verloren, aber er hat dennoch das Gefühl, als würde er am liebsten grinsen.

Nach dem, was er getan hat, wird ihm niemand mehr sein Auto zur Reparatur bringen. Vielleicht muss er mit seiner Familie sogar nach Denver ziehen. Aber es ist ihm völlig egal.

Denn wie immer das hier ausgeht, es wird die Stadt nicht besser machen. Sie brennen alles nieder. Er möchte grinsen, weil er selbst eine Rolle in diesem ganzen Schauspiel übernehmen muss.

• • •

Jim Barney steht weiter hinten an einer Kiefer und hält die doppelläufige Schrotflinte, die er im Yard unter der Theke liegen hat, in seinen Händen. Seine Augen sind Stecknadelköpfe. Vom Morphium, das er immer noch nimmt, obwohl er es nicht braucht.

Jeder in der Stadt weiß, wie es um ihn steht, aber niemand wird je ein Wort darüber zu ihm sagen. Weil jeder auch weiß, dass es nicht nur Jimmys Arm ist, den er in Korea zurückgelassen hat.

Mancher Blues hat keinen Boden.

• • •

Brent Beesecker ist gerade bei der Wiese angekommen. Er hat keine Ahnung, wo er die letzten Stunden verbracht hat. Ab und an hat er etwas gesehen, was sein Gehirn registriert hat und das er zu erkennen glaubte, aber dann hat er eine Weile einfach nur dagestanden, hat es angestarrt und es ist ihm nicht eingefallen, was es war. Bei jeder dieser Stopp-und-Glotz-Aktionen hat er sein Röhrchen Marschtabletten herausgeholt und eine neue eingeworfen.

Es ist, als ob er draußen im Dunkeln ein Licht sehen kann. Zumindest mit seinem rechten Auge. Er ist ziemlich sicher, dass er mit seinem linken Auge gar nichts mehr sieht. Alle paar Minuten greift er danach, um nachzuschauen, aber er kann es nicht finden. Nur eine nasse Augenbinde und etwas Weiches.

Er hat tierische Angst, dass es ihm irgendwo auf dem Weg herausgefallen ist und er es in einem der verschneiten Gräben gelassen hat, die er durchquert hat, seit er mit seinem Auto verunglückt ist.

Er hat recht.

•••

Ed Horn hat sein neues Gewehr mitgebracht. Ein Remington-Scharfschützengewehr 700. Als er es gekauft hat, hat er es mit in den Steinbruch genommen und es dort eingeschossen. Seitdem aber hat es hinten in seinem Schrank gestanden, hinter den Mänteln. Eine Sache mehr, die er ignoriert hat, während er in seinem Sessel saß und Bier trank und Fernsehen geschaut hat.

Jetzt hebt Ed das Gewehr an die Schulter und sieht durch das Zielfernrohr aufs Haus. In einem langen Leben von Enttäuschungen ist Mopar die Schlimmste von allen. Ed will der sein, der den tödlichen Schuss abfeuert. Er weiß nicht genau, warum, aber ihm scheint es, dass er es sein sollte, der den Jungen zur Strecke bringt. Es ist wie mit einem Hund.

Ed hat eine vage Vorstellung, was sie alle über ihn denken. Ihm ist nicht entgangen, wie sie alle aufgehört haben, ihre Autos zu ihm zu bringen und sie stattdessen zu diesem Scheißnigger Charles Coleman gebracht haben.

Wenn er den Schuss abfeuert, werden sie das anders sehen.

•••

Richard Montgomery beäugt Ed Horn. Er kann sich ein Lächeln kaum verkneifen. Ed würde den Jungen nicht einmal dann treffen, wenn er drei Meter vor ihm stünde. Der nutzlose alte Trunkenbold.

Richard fragt sich eher, ob Dayton dort drin bei Mopar ist. Seine Frau hat ihm davon erzählt, dass Dayton herübergekommen ist und direkt nach dem Ausbruch nach der Sirene gefragt hat. Richard ist kein Dummkopf. Er hat recht schnell kapiert, was Dayton vorhat.

Es gibt sonderbar und sonderbarer und die Steigerung ist Dayton Horn. Richard war eines Tages draußen, war auf Crèvecœur ausgeritten, als er hinter Daytons Haus vorbeikam, und da war sie, nahm ein Bad in einer Blechwanne. Richard hielt sein Pferd an und schaute zu. Sie ist wie eine aus krummen Ästen gemachte Frau, aber Richard schaute ihr zu, bis sie aus der Wanne stieg und sich abtrocknete.

Es macht ihn ein wenig kribbelig, dass er vielleicht derjenige ist, der sie erschießt.

•••

Adam Bellingham, stellvertretender Direktor, lehnt an einem der Wagen, sein Kinn in einer Bandage, ein Springfield-Repetiergewehr an der Schulter. Dass er das Gewehr abfeuern wird, ist ausgeschlossen. Bei seinem Kopfweh kann er sich nicht sicher sein, dass sein Kopf nicht platzt, sogar wenn er sich die Ohren mit Baumwolle zustopft.

Aber Jim Cavey ist in dem Haus. Muss er sein. Bellingham hat Direktor Jugg noch nicht erzählt, dass Inspektor Bowman ihn angeschossen hat. Er ist sich nicht sicher, ob er das jemals tut, aber er hat gehört, wie Jim Cavey ihn deswegen zusammengeschlagen hat. Und das bedeutet, dass Captain Bellingham auf nichts in Jim Caveys Nähe schießen wird.

Aber dann sieht er Inspektor Bowman mit Dickie Carr an einem der Trucks stehen und denkt, sein Kopfweh wäre es wert, Bowmans Kinn eine Kugel zu verpassen.

•••

Inspektor Bowman hat das Gefühl, dass ihn jemand beobachtet. Es ist ihm egal. Zum Teufel mit ihnen allen, denkt er. Nach dem, was sie seiner Frau angetan haben, würde er das ganze Haus anstecken, wenn es nach ihm ginge.

Aber einen Drink könnte er schon brauchen. Dieses verdammte Wetter. Er sieht Dickie Carr an einer kleinen Flasche nippen und streckt beinahe die Hand aus, um auch einen Schluck zu bekommen.

Er spuckt aus.

• • •

Dickie Carr nimmt noch einen Schluck aus der Flasche. Er sorgt dafür, dass Inspektor Bowman es sehen kann. Als ob nicht jeder über seine Suffhütte Bescheid weiß. Dickie Carr hasst nichts mehr als einen Drecksack, der glaubt, dass er besser ist als der Rest. Inspektor Bowmann und diese Fotze Jim Cavey sind auch von dieser Sorte.

Dickie zischt sich noch einen, steckt die Flasche in seine Manteltasche, hüpft zweimal hoch und schlägt die Hände zusammen, damit die Horrorshow endlich losgeht.

Seit seine Frau ihn verlassen hat, weint er sich manchmal selbst in den Schlaf.

Er kann es kaum erwarten, dass das Drama endlich beginnt.

• • •

Chris Hansen ist darauf genauso begierig wie Dickie Carr. An den Treppensturz durch Jim Cavey, kann er sich kaum mehr erinnern. In seinem Leben aber hat es ein Davor und ein Danach gegeben. Er neigt zum Vergessen. Nicht die wesentlichen Dinge. Nicht seine Hochzeit oder die Geburt ihres Babys, aber wohin er seine Krawatte gelegt hat, und manchmal sogar, wo er wohnt. Und er sieht, wie seine Frau ihn anschaut, wenn er etwas vergisst.

Eine Sache aber wird er nie vergessen, und zwar wer es war, der sein Leben halbiert hat. Der ihn in zwei Hälften gespalten hat, in Davor und Danach. Der Mann, der das getan hat, ist drüben in diesem Haus, und Chris Hansen hat eine .30-06er Patrone, die nur darauf wartet, Mopar Horn das Rückgrat wegzureißen.

Eine .30-06er Patrone.

Ein .30-06er Gewehr.

Chris Hansen schaut auf seine Hände hinab. Kein Gewehr.

Er muss gleich kotzen. Wo zum Teufel hat er es abgestellt?

• • •

James Grace hält das Seil. Darüber ist er nicht ganz glücklich, denn jeder schaut auf ihn, und das Seilende liegt als Schlinge um den Hals von Bad News.

Nicht, dass Grace irgendeine Sympathie für Bad News hegen würde. Der ist ein Spucker und ein Hosenscheißer. Grace hat mehr als einmal seine Uniform reinigen müssen, wenn er an der Zelle von Bad News vorbeigekommen ist. Aber er kann nicht einsehen, warum es nicht Shitkick ist, der ihn am Seil führt. Besonders, weil es Shitkicks Idee war, ihn so zurückzubringen.

Aber Shitkick kann man nichts sagen. Als sie noch Kinder waren, hat Grace das schon lernen müssen. Er versucht es so gut wie gar nicht mehr.

• • •

Bad News hat die Augen verbunden. Das auch noch, außer der Leine. Und aus irgendeinem Grund haben sie ihm die Ellenbogen eng auf den Rücken geschnürt. Aber nichts davon macht ihm etwas aus. Nicht einmal seine nackten Füße, die er kaum noch spürt. Es ist wie auf zwei Stümpfen zu laufen, aber er achtet nicht darauf. Er hat schon etliche solcher Trips hinter sich, mehr, als er zählen kann.

Einmal hat er sich sechsunddreißig Hits Heroin gesetzt und obendrauf noch Haschöl geraucht. Er war irgendwo auf der Upper Peninsula in Michigan, es gab einen Eissturm, und er hat vor einem Ahornbaum gestanden, der ihm gefallen hat.

Das kann nicht real sein. Ich träume nur.

Niggertitten. Es ist real und ich bin nur verdammt high.

Aber das kann nicht sein. Solche Farben wie die gibt es nicht auf der Welt. Ich muss gerade träumen.

So ging das sechzehn Stunden lang.

Genauso ist das jetzt auch.

•••

Shitkick Johnson checkt sein Sturmgewehr, um sicherzustellen, dass alles in Ordnung ist. Er kämpft den in ihm aufsteigenden Frust nieder, darüber, dass Jugg den kleinen Dreckskerl bei den Colemans entkommen ließ. Und darüber, dass er sie jetzt bremst. Sie haben genug Feuerkraft, um das Haus plattzumachen.

Jeder von Shitkicks Gewaltausbrüchen, sei es in Übersee oder hier, ist aus solch einem Frust heraus entstanden. Aus der Frustration und dem Überdruss, der sich in ihm aufbaut, wenn er den blöden Drecksäcken in der Führung zuschaut, wie sie gelangweilte Blödmänner aufputschen und Sachen erledigen lassen, die kein Depp braucht. Man wird wie ein Hund an einer derart langen Kette, dass man sich ein eigenes Glied abnagt, nur um etwas zu spüren.

Und dann lassen sie dich von dieser Kette. Und du kannst all diesen Frust und den Überdruss rauslassen.

Das Sturmgewehr sieht gut in Schuss aus. Jedes Mal, wenn Shitkick es überprüft. Er braucht nur noch eine Gelegenheit, es zu benutzen.

•••

Direktor Jugg ist stolz auf seine Jungs. Seine Soldaten. So denkt er gern über sie. Sie murren, aber das erwartet er nicht anders von ihnen. Wenn es Zeit ist, für Old Lonesome ihr Leben zu riskieren, gibt es nicht einen Einzigen unter ihnen, der zögert.

In der Stadt wird es Gerede darüber geben, was Grace und Johnson mit Terry Dixon gemacht haben, aber das ist nun mal der Preis, den man für einen Gefängnisausbruch zahlen muss. Wenn es nach ihm geht, und es geht immer nach ihm, bringen sie Dixon direkt so, wie er ist, ins Gefängnis zurück. Gefesselt und mit verbundenen Augen, und ganz egal, wie viel sie ihm von seinen Füßen auf der Krankenstation amputieren müssen, wird Direktor Jugg ihn auch noch im Hof paradieren lassen. Es gibt harte Realitäten, die die Leute in der Stadt nicht verstehen und auch nicht verstehen müssen. Sie schlafen sicher jede Nacht, und das nur dank Direktor Jugg und seinen Jungs.

Dann juckt es ihm so sehr zwischen den Beinen, dass es ihn schüttelt.

• • •

Peter Perkins hat das traurigste Gesicht, das man je gesehen hat. Wenn man je miterlebt hat, wie einem erwachsenen Mann das Herz bricht, dann kann man sich vorstellen, wie es um Peter Perkins stand. Er hat nie für möglich gehalten, dass es eine Frau wie Molly in seinem Leben geben kann. Zumindest keine, die jemals mit ihm redet. Und dann war sie da.

Niemand sonst hat etwas mit ihr zu tun haben wollen, aber Peter Perkins schon. An dem Nachmittag, an dem er bei ihr endlich angehalten und sie zu einem Spaziergang eingeladen hat, ist er vorher mindestens zehnmal an ihrem Haus vorbeigefahren.

Es hat nie eine einzige Minute gegeben, in der er nicht in sie verliebt gewesen ist. Das ist es, was die Liebe mit dir macht.

• • •

Sogar die Smith-Brüder sind hier draußen. Einer mit einer blutigen Bandage um den Kopf. Der andere ebenfalls mit einem dazu passenden Kleidungsfetzen am Kopf, obwohl er unverletzt ist. Sie schauen zum Haus, die Fetzen ihrer Kleidung und der Bandagen flattern um sie, verlieren sich im Schnee. Keiner von ihnen hat ein Gewehr, aber einer hält eine Harpune, die mal ein Bewehrungsstab war, der andere hält eine Machete.

Ab und zu schauen sie sich an, und es ist, als ob sie beide an das Gleiche denken. Jedes Mal, wenn sie sich anschauen, sehen sie ein kleines Grab für ein Mädchen aus Cheyenne. Von der Südwestecke ihrer Hütte aus ist es hinter der dritten Kiefer. Jahrzehnte alt, inzwischen nur noch Knochen. Nur ein Fleck Erde, aber einer, den sie frei halten und auf den sie Schatzstücke legen. Jeder Blick, den sie wechseln, trägt das Grab in sich.

So ist es immer schon gewesen.

• • •

Sie sind alle hier draußen vor Molly Perkins Haus. Alle.

Alle bis auf Pearl Greene.

Pearl Greene weiß es besser.

62
– Der Häftling-

Mopar richtet den Lauf seiner Maschinenpistole auf Wayne. Wayne seinerseits zielt mit der Schrotflinte auf ihn, sein Gesicht ein bläuliches Weiß. Er sieht aus wie ein nasses Blatt Seidenpapier.

SCHIESS.

Schieß nicht.

Alles drängt auf Mopar ein. Sie alle da draußen. Die ganze Stadt. Sein ganzes Leben lang haben sie darauf gewartet, ihn hier in diesem Haus zu umzingeln. Es gibt keinen da draußen, der die Stadt nicht von ihm befreien will. Das war schon so, als er geboren wurde. Sogar schon vorher.

In Mopars Hals und Augen steigt es hoch. Ihr Hass. Er schwillt an in ihm. Was habe ich nur getan, denkt er. Was habe ich nur getan, dass sie mich so hassen? Ihr Hass war schon vor Deputy Rose da, und es hat nie einen Grund dafür gegeben. Es ist, als ob sie immer schon gewusst haben, was er tun wird. Als ob er für sie immer schon ein beschriebenes Blatt gewesen ist.

Alles, was Mopar braucht, ist Raum um sich herum. Er ist erschöpft, weil er ihn so sehr braucht. Dauernd. Manche Leute kommen aus einer Stadt, und es ist ihre, ganz sonnenklar. Nicht so bei Mopar. Nicht jetzt. Er ist hier geboren und nie weg gewesen, aber es ist nicht seine Stadt. Sie hat immer schon ihnen gehört, und jetzt sind sie alle zusammengekommen, um ihm das endgültig klarzumachen.

Wayne macht einen Schritt vorwärts. Seine Schrotflinte zeigt auf Mopars Brust.

SCHIESS.

Nein.

Mopar feuert eine Salve in den Boden.

HALT ABSTAND.

Das Gesicht des Jungen erstarrt, ist zum Zerreißen gespannt. Als ob er jetzt gerade in dieser Minute etwas versteht, was er bisher nie verstanden hat. Es ist, als wäre der Junge plötzlich zum Mann gereift. Als ob die ganze Welt um ihn herum schärfere Konturen erhalten hätte.

Wayne geht rückwärts. Er senkt die Schrotflinte nicht, aber seine Augen sind nicht länger auf Mopar gerichtet. Sie sind auf den Wänden, dem Boden, überall sonst.

Von draußen, wie aus einem weit entfernten Film, kommt der dünne Knall eines Gewehrs. Dann noch einer. Und dann ist es wie Donner, der den Berg hinunterrollt. Die Wände singen und Kugeln schwirren und schlagen ins Haus.

Wayne fällt um, aus jedem Winkel durchlöchert.

Etwas boxt Mopar von hinten in den Rücken, wie mit einem Hammer. Er hustet einmal, schmeckt Blut. Beweg dich, du Depp. Er lässt sich zu Boden sinken.

Ich bin nicht bereit zu sterben.

Jemand muss das stoppen.

Das denkt er. Die Deckenlampe explodiert. Glas schlägt in Mopars Gesicht. Das hab ich alles nicht gewollt.

Jim Cavey wird in den Bauch getroffen. Er faltet sich auf der Bank zusammen. Überall um ihn herum schlagen Kugeln in die Wände. Die Luft wird dick vor lauter Holzsplittern und Rigips-Staub. Jim Cavey rührt sich nicht. Er sitzt zusammengefaltet auf der Bank und öffnet und schließt die Fäuste mit zugekniffenen Augen. Man kann sehen, dass er auf die Kugel wartet, die seinem Leiden ein Ende macht. Man kann sehen, dass er weiß, dass sie alle da draußen auch ihn umbringen wollen.

Kugeln hageln dicht um Mopar, schlagen in die Wände. Um

irgendwo Schutz zu finden, kriecht er über den Boden. Aber es gibt keinen Schutz. Es klingt wie Hornissensirren in der Luft, es krabbelt über seine Haut. Er erinnert sich an jeden einzelnen Menschen, der ihn einmal geliebt hat. Er sieht sie alle auf einmal direkt vor sich. Seine Haut kehrt sich nach innen, von all dem, was er ihnen angetan hat.

Und wen liebt er wirklich?

Nicht Molly. Das hat es nie gegeben.

Er erinnert sich an eine Nacht. Mopar fuhr auf einem Fahrrad eines Freundes nach Hause. Er war vielleicht neun Jahre alt. Sein Vater war draußen. In seinem Overalls hockte er nach vorne gebeugt auf der obersten Verandastufe, ein Bier auf der Stufe tiefer, das er mit einer Hand hielt und ansah, als ob es zu schwer für ihn zum Hochheben sei.

Mopar lehnte sein Fahrrad gegen das Haus. Er dachte, dass er vielleicht unbemerkt an seinem Vater vorbeikommen könnte, ging seitwärts auf Zehenspitzen die Treppe hoch, stahl sich zur Tür.

Sein Vater packte ihn an den Hüften. »Du weißt, ich liebe deine Mutter«, sagte er. Sein Atem roch nach Bier und etwas Älterem. Etwas, das nicht vom Bier alleine kam.

»Ich weiß«, sagte Mopar.

»Und du weißt, ich liebe dich. Das weißt du.«

Hinter den Gardinen bewegte sich etwas. Mopar wusste, es musste seine Mutter sein. Sie kam an der Haustür vorbei, und er konnte sehen, dass sie sich die Hand vors Gesicht hielt. Gegen das Nasenbluten oder an das geschwollene Auge oder an das schon violett werdende Kinn.

»Du weißt, ich liebe euch beide«, sagte sein Vater. »Du Scheißkerl, du weißt das.«

Und genau da wusste Mopar, dass sein Vater ihn liebte. Dass sein Vater, dieser Vater, der nach Schmiere und Bier stank, ihn so schrecklich und tief liebte, wie er es nie verstehen konnte. Und er wusste, dass seine Mutter, die dort drinnen im Haus hinter den Vorhängen ihre Hand an Nase oder Auge oder Kinn hielt, ihn nie auf die gleiche Weise lieben würde.

Mopar legte sein Gesicht an Vaters Schulter und sog diesen Geruch nach Bier und etwas Älterem auf. Und er hasste ihn so erbittert, dass es auch so etwas wie Liebe war.

Mopar steht auf. Er steht vor dem Fenster, und im Morgenlicht schießt er das Magazin seiner Maschinenpistole leer, bietet ihnen eine Silhouette.

Was immer es auch auf der Welt an Liebe gibt, es ist nicht genug. Nicht genug für Frieden oder Licht oder Hilfe oder Schmerz. Was immer es auf der Welt an Liebe gibt, reicht für überhaupt nichts.

63
– Die Zeitungsleute –

Sobald Stanley den ersten Schuss hörte, war er hinter seinem Wagen in Deckung gegangen. Er hatte sich nicht einfach nur weggeduckt, sondern war mit dem Gesicht voraus in den Schnee getaucht. Und dann begann es überall zu schwirren und zu feuern. Um ihn herum entzündete sich alles, als ob in der Luft Wasserbomben gezündet worden wären. Etwas in Stanleys Brust krümmte und verklemmte sich, riss sich los. Während alles um ihn herum explodierte, presste er die Hände an die Ohren und drückte sein Gesicht in den kalten Schnee.

Dann sah er hoch, um sich umzuschauen. Überall das Knacken von Gewehrfeuer. Leuchtspurmunition kurvte in roten Bögen über das Feld, langsamer, als man sich das von Munition vorstellen kann, und schlug ins Haus. Das tiefe Echo von Leuchtpistolen. Die Leuchtgeschosse zischten in einem Bogen durch das trübe Licht, explodierten über dem Haus, sanken an ihren Fallschirmen herab, schwankten im Wind und fielen schließlich zischend in den Schnee, wie erlöschende Sterne. Alles krümmte, neigte und bog sich zum Haus wie ein Lichtstrahl. Die Kiefern und Espen auf den Hügeln flackerten orange, tanzten mit dem Gewehrfeuer, mit den Bengalos und der Leuchtmunition.

Ich habe vergessen, wie schön das ist, dachte Stanley. Mit dem richtigen Gewehr ist die Welt für uns eine Leinwand. Sein Gesicht war nass, Tränen brannten sich die gefrorenen Wangen hinunter.

Wenn es nur nie aufhören würde.

• • •

Und dann ist es plötzlich einfach vorbei. Ein tiefes Schweigen senkt sich über alles. Wie Nebel wabert Pulverdampf über den Boden. Und irgendwo da drin im Rauch der Geruch von Babypuder. Die Sterne flackern erbittert im aufziehenden Morgenlicht und wehren sich gegen das Verlöschen.

Dann endet auch das Schweigen, und Männer jauchzen und schlagen sich auf den Rücken, verteilen Zigaretten, geben sich Feuer. Und auch die Flaschen und Marschpillen kommen wieder zum Vorschein.

Stanley steht krummbeinig da, seine Beine fühlen sich wackelig und ungelenk an, wie die von jemand anderem. Sie haben nichts mit ihm zu tun. Er befiehlt ihnen zu laufen, und sie tun es. Wie eine mit der Hand verwischte Bleistiftzeichnung flackert das Haus über der schneebedeckten Wiese. Es sind meine verdammten Augen, denkt Stanley.

»Da drin könnte immer noch jemand am Leben sein«, ruft ihm einer der Wärter nach.

»Lass ihn ruhig gehen«, ruft ein anderer. »Lieber wird sein dummer Arsch angeschossen als meiner.«

Stanley läuft weiter.

Er nähert sich dem Haus, und es sind bestimmt nicht seine Augen. Blinzelnd geht er darauf zu, aber er kann die Körnigkeit nicht wegbekommen. Es ist wie ein Gebäude auf einem alten Zeitungsfoto, von einem Krieg, an den sich niemand mehr erinnert. Dann ist er da, und es ist genau wie das Foto. Es sind Tausende Einschusslöcher, überall.

Die Tür steht offen. Der Türknauf ist weggeschossen.

Mopar Horn liegt der Tür am nächsten. Auf dem Boden zusammengeknickt wie eine Vogelscheuche, die von Kindern umgeschmissen worden ist. In seiner Brust klafft eine faustgroße Austrittswunde, aber das ist es nicht, was ihn getötet hat. Die rechte Schädelhälfte ist weggesprengt, verschüttet Gehirn und Zähne und Knochensplitter wie eine übergelaufene Tasse. Weil sich die Muskeln lösen, wird seine Haut schon weiß, und das Kinn fällt ihm herunter.

Weiter hinten im Flur lehnt der Junge, der bei Cavey gewesen ist. Mit gebrochenem Hals an der Wand. An ihm scheint es keine Stelle zu geben, die nicht durchlöchert worden ist. Sogar sein Gesicht. Die Löcher sehen aus wie dicke, schwere Nagelköpfe, die man einen Schlag zu weit hineingetrieben hat. Bei den meisten Leuten, die Stanley tot gesehen hat, erschlaffen die Gesichtsmuskeln und alles folgt der Schwerkraft. Nicht aber bei diesem Jungen. Seine Augen stehen offen. Und diese grimmige Wut, im Leben nie genug bekommen zu haben, strömt aus ihm heraus.

Dann ist da Jim Cavey selbst.

Er lebt. Neben der Garderobe, zusammengekrümmt, die Hände an den Seiten. Sie öffnen und schließen sich noch immer.

Dayton kommt den Flur lang, hält an, lehnt sich an die Wand. Aus einem Loch in ihrer Schulter rinnt ihr Blut auf die Hand, der Kragen ihrer Jacke ist dunkel.

Sie will etwas sagen, aber was immer es ist, es fällt ihr nicht ein.

»Er lebt noch«, sagt Stanley, deutet mit dem Kinn auf Jim Cavey.

Daytons Gesicht ist scharfkantig und gegen den schwarzen Rahmen ihres Haars weiß wie Pergament.

Stanley fällt auf, was er vergessen hat.

• • •

Stanley ist nicht nach Rennen zumute. In normalem Tempo schreitet er das Feld ab. Er sieht drei Wärter, die Peter Perkins festhalten und ihn daran hindern, in sein Haus zu stürzen.

Stanley hat beinahe eine Stunde gebraucht, um es aus Perkins herauszuholen. Dass er ziemlich sicher gewesen ist, wohin Mopar gewollt hat, als er aus dem Coleman-Haus entkommen ist. Und warum. Und es hat noch länger gebraucht, Perkins dazu zu bringen, es Jugg zu sagen. Perkins schien zu fürchten, dass ihn die anderen Wärter auslachen, wenn sie die ganze Geschichte kennen und erfahren, dass Mopar mal seine Frau gefickt hat. Und tatsächlich haben sie ihn ausgelacht.

Stanley geht weiter. Jetzt ergießt sich die Sonne über die Wiese, schlägt Baumschatten wie Narben. Die Wolken über ihnen färben sich orange und gelb, gebrochen nur vom harten Blau des Himmels. Stanley blinzelt in den Morgen. Sucht im Schnee.

Und da ist er. Garrett.

Er liegt kopfüber, die Eintrittswunde hinten in seinem Kopf ist so groß wie eine Münze, das Haar drum herum nass und das Blut schon am Gerinnen. Stanley hockt sich hin und dreht ihn um. Sein halbes Gesicht ist weg, die Austrittswunde hat einen guten Teil seiner Stirn und einen Wangenknochen weggerissen.

Stanley steht auf. Eine Weile blickt er starr geradeaus. Er starrt so lange vor sich hin, bis er sich zutraut, woanders hinzusehen.

Und dann blickt er zurück zu den Wärtern.

Shitkick Johnson hebt sein Sturmgewehr hoch, stemmt den Schaft in die Hüfte. Sieht direkt zu Stanley.

Epilog
– Die Geächtete –

Vier Jahre vergehen, ehe Dayton Horn Jim Cavey wiedersieht. Oft hat sie überlegt, ihn zu besuchen, hat es aber nicht fertiggebracht. Ab und zu sieht sie ihn herumlaufen, er verströmt Einsamkeit in schwarzen Wellen. Er ist ausgemergelt und geht gebückt, trägt schichtenweise lumpige Kleidung aus zweiter Hand.

Aber dann ist es August, und da ist er, klopft an ihre Tür. Das Fliegengitter siebt das Licht der Sommersonne, es umgibt ihn wie eine kleine Ellipse.

Dayton steht vom Tisch auf, an dem sie mit ihrem Kassenbuch arbeitet, und entriegelt die Tür. »Guten Morgen, Jim.«

»Stör ich dich?« Sein Gesicht ist dreckverschmiert, der Bart wild. »Ich war gerade in der Nähe.«

»Jim, hier bist du immer willkommen.« Sie deutet zum Tisch. »Setz dich doch.«

Er schlurft an ihr vorbei, nimmt einen der Stühle mit Lederlehne. Der knarrt protestierend. Dayton treibt es das Wasser in die Augen, so stinkt er. Erde und Schweiß und offenes Feuer. Seine Hosenaufschläge sind mit Kot bespritzt, wo er sich einfach irgendwo hingehockt hat. Es ist, als ob er den ganzen Berg mit hereinschleppt.

»Kann ich dir was geben?«, sagt sie. »Ich hab Kaffee auf dem Ofen.«

»An deinem Bach unten hab ich schon Wasser getrunken.«

»An meinem Bach?«

Er legt sich die Faust an den Mund und hustet. »Entschuldige«, sagt er. »Ich rede nicht so viel mit Leuten.«

»Ich hab das mit Ruby gehört«, sagt Dayton. »Meldet sie sich je bei dir?«

»Ich weiß nicht mal, wo sie ist.«

Dayton merkt, wie sie auf die Zähne beißt. »Ich weiß, was dir das kleine Mädchen bedeutet hat.«

»Es ist besser für sie«, sagt er. »Tut mir leid, dass ich nicht schon früher zu dir hochgekommen bin.«

Das überrascht sie. »Warum?«

»Ich hätt es tun sollen, das ist alles.«

»Jim, du bist mir nichts schuldig. Gar nichts.«

Wieder hustet er in seine Faust. »Ich wollte nur sagen, dass es mir leidtut. Das mit Mopar.«

»Du hättest nichts daran ändern können, damals«, sagt sie.

»Ist wahrscheinlich so«, sagt er.

•••

Dayton war nach der Schießerei nicht mal ins Krankenhaus gefahren. Die Kugel, die sie traf, war schon durch zwei Wände geschlagen und hatte gerade noch genug Energie, um ihr in den Arm zu fahren. Sie holte sie selbst mit ihrem besten Messer heraus, reinigte die Wunde mit Wasserstoffperoxid und verband sich. All das tat sie wie benommen, dann wickelte sie sich in jede Decke, die sie hatte.

Sie versuchte erst gar nicht, ein Feuer zu machen. Hätte es gar nicht gekonnt. All ihre Gelenke schmerzten, und unter den Decken zitterte sie so heftig, dass das Bettgestell über die Dielen rutschte und gegen die Wand stieß. Sie hatte Mopar vor sich, er war überall. Seine dunklen, verschleierten Augen, als er ihr das erste Mal von der Affäre mit Molly erzählte, und wie das Licht ihn dabei einhüllte. Mopar im Flur, den Kopf halb weggeschossen. Molly totgeschlagen und in den Besenschrank gestopft. Dayton dämmerte tagelang vor sich hin. Wachte auf. Schlief wieder ein.

Und dann wurde sie wach, und Sparrow saß auf einem Stuhl an ihrem Bett. Ein Arm war eingegipst, im anderen hielt er ihr etwas hin. Aspirin. »Du bist wach.« Er gab ihr ein Glas Wasser.

Sie nahm die Tabletten. Sie war am Schwitzen, im Haus war es warm. »Wie bist du reingekommen?«

»Ich hab dein Fenster aufgebrochen«, sagte Sparrow. »Musste mit diesem lahmen Flügel durch das verdammte Loch kriechen. Aber ich hab dir gesagt, ich komme zurück.«

Sie gab ihm das Wasserglas zurück. »Willst du deine Schulden begleichen?«

»Du könntest einfach danke sagen. Ich sitze hier zwei verdammte Tage, lasse das Feuer nicht ausgehen, füttere dir Medikamente und Wasser.«

»Daran erinnere ich mich nicht.« Sie schlug die Decken zurück. Immer noch war sie in der Kleidung, die sie während der Verfolgungsjagd getragen hatte, aber er hatte ihr die Jacke ausgezogen und sie aufgehängt. Sie schwang die Beine aus dem Bett.

»Verdammt, was hast du vor?«, fragte Sparrow.

»Wir haben etwas zu erledigen.«

Sparrow schüttelte den Kopf.

Aber er hörte ihr zu. Und was er hörte, gefiel ihm. Er versuchte, sie davon abzubringen, es alleine zu machen, aber ein wenig halbherzig. Als also Sparrow und drei seiner Gang Shitkick Johnson aus dem Haus seiner Mutter holten und ihn in den Kofferraum steckten, brachten sie ihn zu Dayton. Sie war es, die mit ihrem Bolzenschneider jeden einzelnen Finger an Shitkicks rechter Hand abschnitt. Und Dayton war es auch, die eine Papiertüte mit den Fingern auf der Türschwelle von Direktor Jugg abstellte.

Diese Stadt gehört nicht mehr dir.

•••

Jim sitzt immer noch an ihrem Tisch und wartet darauf, dass sie sich weiter mit ihm unterhält.

»Hast du von dem Zeitungsmann gehört?«

»Dem vom Ausbruch?«

»Dem vom Ausbruch.«

»Der eine ist erschossen worden«, sagt Jim.

»Ich meine den anderen«, sagt Dayton.

»Ich lese nicht Zeitung«, sagt Jim.

»Er hat einen Brand verursacht«, sagt Dayton.

»Absichtlich?«

»Absichtlich. Den Obstgarten seiner Exfrau. Er ist betrunken gewesen. Ist mit einem 90-Liter-Kanister Benzin gekommen, hat das ganze Ding niedergebrannt und ist dabei bewusstlos geworden.

»Ja, so hab ich ihn immer schon eingeschätzt.«

»Es ist schlimmer als das«, sagt Dayton. »Seine Kinder haben das Feuer gesehen und sind hinausgerannt. Sie haben versucht, ihn rausziehen. Ihre Mutter konnte sie wegen all dem Rauch nicht finden, aber sie haben es geschafft. Nur dass der kleine Junge ins Feuer geraten ist und jetzt als Gesicht eine Maske hat. Und weißt du, wo der Zeitungsmann jetzt steckt?«

»Im Old Lonesome, nehme ich an.«

Dayton fühlt, wie sich ihre Stirn zusammenzieht. »Hör auf damit.«

»Tut mir leid.«

Es ist Zeit, dass er geht. Viel mehr kann Dayton nicht ertragen. »Wo lebst du jetzt?«

»In der Hütte von den Smiths. Sie sind weg.«

»Wohin?«

»Einfach weg.«

»Bis zu den Smiths ist es ein weiter Weg.«

»Ich mach ja sonst nichts. Ich laufe nur herum.« Er steht auf.

»Du kannst jederzeit wiederkommen«, sagt Dayton. »Wenn du mich brauchst.«

Seine Augen sind rot und eingesunken in seinem höhlenartigen Gesicht. »Ich komm wieder«, sagt er. Und dann ist er durch die Fliegengittertür raus, hat zur Seite ausgespuckt und ist losmarschiert.

Sie sieht ihm nach. Das Augustlicht lässt seinen Umriss in der Nachmittagssonne flackern. Lässt ihn verschwinden und wieder auftauchen, bis er über die Wiese und dann endgültig verschwunden ist. Manchen Leuten ist einfach nicht zu helfen.

• • •

Dayton starrt noch immer auf die Wiese hinaus. Es ist Arbeit zu erledigen, aber sie macht nicht mehr alles allein. Sie kann es sich leisten, ab und an einfach nur dazusitzen und die Wiese anzuschauen.

Dann steht sie auf, öffnet ihre Kramschublade, tastet herum, bis sie einen Plan der Stadt findet. Es ist der Stadtplan, den Jim Cavey damals in ihrem Truck gelassen hat, seine Bleistiftmarkierungen befinden sich noch darauf. Sie schlägt ihn auf und macht eine eigene Markierung, faltet ihn wieder zusammen.

Sparrow kommt durch die Fliegengittertür, gießt eine Tasse Kaffee ein, reicht sie ihr mit einem Nicken, »Boss«, und nimmt sich auch eine.

»Weißt du, wo die Smith Brüder hausen?«, fragt sie.

»Keine Ahnung.«

Sie tippt auf den Plan. »Ich hab's mit einem Stern markiert. Ich will, dass dahin jede Woche Lebensmittel geliefert werden.«

»Du bist der Boss.«

»Das kannst du dir sparen«, sagt sie.

Aber er ist schon mit seiner Tasse aus der Tür, um die Einheimischen zu beaufsichtigen, die sie für den Trimmschnitt angeheuert haben.

Dayton erinnert sich noch daran, wie der vermaledeite Fleck in seinem Gesicht mit dem fehlenden Auge sie immer genervt hat. Jetzt nimmt sie es einfach so, wie es ist.

Sparrow hat ihr eines Abends, nachdem die Arbeit getan war, die Geschichte erzählt.

Er ist auf den Ost-Colorado Plains aufgewachsen. Ein Farmerjunge. Sie haben einen Nachbarn namens Adams gehabt, von dem jeder wusste, dass er ein wenig verrückt ist. Er war im Ersten Weltkrieg gewesen und sein Gehirn war in Frankreich während der Hunderttage-Offensive an der Westfront zu Rührei geworden.

Seinen Milchbauernhof betrieb er ganz alleine. Es gab Gerüchte, dass er draußen auf der Weide mit seinen Schwarzbunten kacken ging, weil er nicht wollte, dass sie dachten, er halte sich für etwas Besseres als sie.

Adams hatte einen Hund. Eine große Schäferhündin, die im Hof an eine Pappel gekettet war. Auf dem Weg zur Schule lief Sparrow dort jeden Tag vorbei. Und weil er ein Junge war, elf Jahre alt, reizte er die Hündin gern, einfach um zu sehen, wie sie an der Kette riss, um ihn zu kriegen.

Bis zu dem Tag, an dem sie es schaffte. Als die Kette riss, und der Hund vorwärtsschoss und sich in Sparrows Gesicht verbiss. So wie er die Geschichte erzählt, hätte er an diesem Tag sterben können, wenn er nicht ein Klappmesser einstecken gehabt hätte. Irgendwie kam er dran und konnte die Hündin erstechen. Er lag in der Einfahrt und hielt sich die Augenhöhle, als der Eigentümer heimkam. Dann, so formulierte es Sparrow, »ist es richtig haarig geworden«.

Adams zog Sparrow am Hemd hoch und warf ihn in seinen Keller. Sechs Tage ließ er ihn dort unten im Dunkeln auf dem nackten Boden. Sparrow sah nur Licht, wenn Adams die Kellertür öffnete, rohe Kartoffeln hinunterwarf oder einen Krug Wasser abstellte. Oder wenn er mit einem Stück Gummischlauch kam, um ihn zu verprügeln. Was er jeden Morgen und jeden Abend tat.

Am sechsten Tag ließ er ihn frei. Sagte ihm, dass er sich nicht mit dem Hund anderer Leute anlegen solle und schickte ihn nach Hause.

Dayton vermutet, dass das nicht die ganze Geschichte ist, aber Sparrow hat nur diesen Teil erzählt. Er beendete sie, wie er die meisten Geschichten abschließt. Mit so etwas wie einem Witz, einem, der nur lustig ist, wenn man nicht zu lange über ihn nachdenkt. »Ich hab immer noch nichts gegen Hunde«, sagte er, »aber von Hundeliebhabern bin ich seitdem nicht sonderlich angetan.«

Weil du überlebst. Das ist alles, worum es geht. Auf der Welt gibt es nichts, wofür es sich zu leben lohnt. Trotzdem aber tust du es. Du machst einfach weiter. Du denkst nicht darüber nach. Du überlebst. Und du hoffst einfach, an genug von dir festhalten zu können, dass es das Überleben lohnt.

»Ein Gefangener ist ein Prediger der Freiheit«

Zu Benjamin Whitmers Ausbrecherroman »Flucht« – Ein Nachwort von Alf Mayer

Schon verwunderlich, dass es zwar etliche Romane vom Leben im Gefängnis gibt – etwa Chester Himes, aus eigener Erfahrung gespeistes Debüt »Yesterday Will Make You Cry«, das 1937 geschrieben, als Hybrid aus Pulp-Roman und introspektiver Charakterstudie jedoch seiner Zeit voraus war, 1952 zensiert als »Cast the First Stone« und erst 1998 in der vom Autor beabsichtigten Form erscheinen konnte. »Der Ausbruch« von Albertine Sarrazin (1965, neu übersetzt 2018) hieß korrekter einstmals »Kassiber«, denn er handelt vom Gefängnisleben. John Cheevers »Falconer« ist Gefängnisroman mit ein klein wenig Ausbruch, in Dominique Manottis »Ausbruch«(Ariadne, 2014) geht es eher um das Zurechtkommen draußen, Simenons »Der Ausbrecher« von 1936 meint den Ehealltag. Joseph Roths »Die Flucht ohne Ende« (1927) ist eine Soldatenodyssee zwischen Irkutsk und Wien, am anderen Ende des literarischen Regenbogens gespiegelt in Josef Martin Bauers Kriegsheimkehrer-Besteller »So weit die Füße tragen« von 1955 – die Vorlage für einen der ersten Straßenfeger des deutschen Fernsehens.

Desmond Bagleys »Lebenslänglich mit Rückfahrkarte« von 1972 beruht lose auf dem Ausbruch des KGB-Spions George Blake, hatte im Original den hübschen Titel »The Freedom Trap« und war schnell über der Mauer, um anderen erzählerischen Fäden zu folgen. Ausbruchs-Action noch am nächsten kommt Anna Seghers KZ-Drama »Das siebte Kreuz«, das »den toten und lebenden Antifaschisten Deutschlands gewidmet« ist: Aus dem Konzentrationslager Westhofen nahe Worms brechen sieben Häftlinge aus, von denen drei sehr schnell, zwei andere nach wenigen Tagen gefasst werden, einer stellt sich schließlich freiwillig, einer taucht unter.

Auf breite Thriller-Leinwand malt Mitchel Smith 1990 »Stone City« (deutsch 1994 als »Stadt ohne Träume«) und derber, ebenfalls mit einem Gefängnisaufstand, Tim Willocks 1995 »Die Gefangenen von Green River«. Romane, die wirklich einen Gefängnisausbruch im Mittelpunkt haben, muss man beinahe mit der Lupe suchen und die Uhr bis 1960 zurückdrehen, bis zu José Giovanni und »Das Loch«, kongenial und minimalistisch verfilmt von Jacques Becker als »Le Trou«. Oder zu Henri Charrière und »Papillon« (1969). In »Tell Them Willie Boy Is Here«, 1968 von Abraham Polonsky, erfährt man – so Wolf-Eckart Bühler, »hautnah und emotional: was es heißt, einer Minderheit anzugehören – was eine Flucht ist und warum Menschen vor Menschen flüchten müssen – und was eine Verfolgung ist und warum Menschen andere Menschen verfolgen«. Immer noch ein fulminanter, fast abstrakter Verfolgungsfilm ist auch Joseph Loseys »Figures in a Landscape« (1970). Jean-Pierre Melvilles »Le deuxième souffle« von 1966 hat Lino Ventura als ultraprofessionellen Gangster und Ausbrecher, Paul Newman war 1967 »Der Unbeugsame« (Cool Hand Luke), der nach drei Fluchtversuchen durch die Kugel eines Aufsehers stirbt. »Der Gefangene von Alcatraz« mit Burt Lancaster transportierte 1962 eine humanistische Botschaft, während Don Siegels »Flucht von Alcatraz« mit Clint Eastwood feinstes Actionkino des Jahres 1979 war. Und dann verließen sie ihn, so ziemlich.

Ja sicher, ein zackig schnell erzählter Gefängnisausbruch etabliert im Film gerne einen Bösewicht, sei es bei James Bond oder Harry Potter, oder eben George Clooney als charmanten Bankräuber in der Elmore-Leonard-Verfilmung »Out of Sight«. Aus dem Gefängnis ausgebüxt zu sein, das ist heute eher filmisches Accessoire. Ansonsten sind Gefängnisfilme, wenn wir diesen etwas ungenauen Oberbegriff einmal stehenlassen, überwiegend zu B- und C-Ware geworden, Claire Denis mit »High Life« (2018) unbenommen. Es dominieren eher Klamotten mit Silvester Stallone, Dolph Lundgren, Kurt Russel, Jason Statham, Dwayne Johnson oder Jean-Claude Van Damme. Seriöser ist die US-amerikanische Miniserie »Escape at Dannemora« von Ende 2018, die auf realen Begebenheiten basiert und den großartigen Benicio del Toro hat. Und natürlich gibt es auch noch die Serie »Prison Break« mit bisher 90 Folgen und etlichen Spin-offs.

Ganz lange her sind zwei der besten Filme dieses Genres. »Brute Force« (deutscher Titel »Zelle R 17«) aus dem Jahr 1947 brachte Regisseur Jules Dassin und gleich vier Mitwirkenden Berufsverbot wegen unamerikanischer Umtriebe ein, es traf auch den Darsteller des Gefängnisarztes. Dieser Gefängnisrevolten-Film ist »düster und brutal, einen schwärzeren Schluss gibt es in der ganzen Geschichte Hollywoods nicht«, sagt Benjamin Whitmer. Der zweite Film, ein sozialkritisches Drama erster Güte, stammt von 1932 und aus der noch unzensierten Zeit von Hollywoods Pre-Code, bevor ab 1934 der »Hays Code« den Filmstrolchen enge Grenzen setzte und sogar Ehepaare auf der Leinwand in zwei voneinander durch ein Nachtkästchen getrennten Betten schlafen mussten.

Das Kettensträfling-Drama »I Was a Fugitive from a Chain Gang« (deutscher Titel »Jagd auf James A«) thematisierte das brutale Gefängnissystem der Südstaaten. Seine Vorlage, die gleichnamige Autobiografie von Robert Elliott Burn aus dem gleichen Jahr entstammt der langen Tradition der Reformliteratur: Die ungeschminkte Schilderung von Missständen soll(t)en die Öffentlichkeit dagegen aufstacheln und Veränderungen erzwingen. Buch und

Film gelang das damals tatsächlich. Der Autor wurde begnadigt, das Gefängnissystem reformiert. Der Film erhielt drei Oscar-Nominierungen, darunter für Paul Muni als bester Hauptdarsteller.

Die deutsche Erstaufführung brauchte mehr als fünfzig Jahre, sie fand am 22. April 1968 im Zweiten Deutschen Fernsehen statt. Der »Evangelische Film-Beobachter« urteilte damals: »Sozialkritischer Streifen aus der Frühzeit des amerikanischen Gangsterfilms. Am Beispiel eines zu Unrecht ins Zuchthaus geratenen Mannes geißelt Mervyn LeRoy die Zustände, unter denen die Kettensträflinge leben mussten, und gibt darüber hinaus eine präzise Schilderung der Zeit und des Milieus, in denen das Gangstertum gedieh. Die Mischung von Spannung und Sozialkritik sowie das eindrucksvolle Spiel des Hauptdarstellers Paul Muni empfehlen den Film für erwachsene Zuschauer.« Die Coen-Brüder haben im Jahr 2000 mit »O Brother, Where Art Thou?« ein harmloses Trottel- Remake daraus gemacht. Immerhin 1958 hingegen war es, dass Stanley Kramer, der auch die Nürnberger Prozesse verfilmte, in »Flucht in Ketten« einen schwarzen und einen weißen Ausbrecher (Sidney Poitier und Tony Curtis) aneinander kettete.

Benjamin Whitmer lässt in seinem Roman gleich ein Dutzend Gefangene ausbrechen. Das Jahr ist 1968, Silvesterabend. Der Roman spielt innerhalb von 15 Stunden, weiter als acht Meilen kommt keiner von ihnen. Und keiner von ihnen überlebt. Natürlich ist das Buch ein Noir. Es ist action. Es ist Oberfläche. Schönstes *Simulacrum.*

Dieser Begriff aus der Wahrnehmungstheorie – von *simulo* (Bild, Abbild, Spiegelbild, Traumbild, Trugbild, Götzenbild) oder *simul* (ähnlich, gleich) – war schon dem römischen Denker Lukrez geläufig. In seinem »De rerum natura« aus dem 1. Jahrhundert v. Chr. erzeugen die Dinge ihre eigene Sichtbarkeit, indem sie ständig feine Schichten ihrer äußeren Hülle in den Raum aussenden, die dann entsprechende Abdrücke auf unserer Netzhaut hinterlassen. Diese umherfliegenden Schichten bzw. »Häutchen« nennt er *Simulacren*. Sie sind Abbilder der Wirklichkeit. Abwertend gemeint, sind sie trügerischer Schein. Konstruktiv verstanden – wie besonders von einer ganzen Batterie französischer Philosophen –, sind Simulacren ein erkenntnisträchtiges Konzept produktiver Phantasie. So wie Superschurken und Superhelden im Film zwar Trugbilder sind, dennoch aber etwas über uns und unsere Gegenwart sagen.

Nach Roland Barthes rekonstruiert ein Simulacrum seinen Gegenstand durch Auswahl und Neukombination und konstruiert ihn so neu. Es entsteht eine »Welt, die der ersten ähnelt, sie aber nicht kopieren, sondern einsehbar machen will«. Eine strukturalistische Aneignung von Welt also, deren Ziel es ist, die Regeln sichtbar zu machen, nach denen etwas funktioniert. Ein Simulacrum bringt zum Vorschein, was im natürlichen Objekt unsichtbar oder unverständlich geblieben wäre – es dient der Erhellung.

Mit anderen Worten: Einen Gefängnisausbruch zu beschreiben, beschreibt unsere Welt und ihre Grenzen. In aller Konsequenz. Schon Zola sah Paris als »cette tombe géante«. Unser Raum fürs Entkommen ist längst auf Werbespots für Geländewagen geschrumpft, die uns in die angebliche Freiheit fahren und dann doch pünktlich vor dem Büro parken, auf Ferienschnäppchen mit dem Label »Secret Escapes«, auf die Größe von »Escape Rooms« als Partyspiel oder die Karte »*Du kommst aus dem Gefängnis frei*« beim Monopoly. Gesagt haben dies alles auch schon andere.

Georg Büchner wusste: »Weil wir im Kerker geboren und großgezogen sind, merken wir nicht mehr, dass wir im Loch stecken mit angeschmiedeten Händen und Füßen und mit einem Knebel im

Munde.« (Briefe. An die Familie, am 5. April 1833.) Und für den Dramatiker Friederich Hebbel (1813 – 1863) war klar: »Ein Gefangener ist ein Prediger der Freiheit.« (Tagebücher)

Im November 1990 sorgte Friedrich Dürrenmatt für Ärger und Konsternation, als er in seiner Rede auf Václav Havel die Schweiz als Gefängnis und die Schweizer als Gefangene und Wärter ihrer selbst in einem bezeichnete. »Frei wären die Schweizer? frei diese wohlhabenden Bürger in den verschlossenen Städten? frei diese armen Teufel an ihren Klippen und Felsen? Was man dem Menschen nicht alles weismachen kann!« Der dieses schrieb, nannte seine Aufzeichnungen »Briefe aus der Schweiz« und tat so, als hätte er sie in Werthers Nachlass gefunden. Sie erschienen 1808 erstmals im 11. Band von Goethes Werken.

Das Gefängnis und die Hölle, das sind – um mit Jean-Paul Sartre zu sprechen – die anderen. Also wir – wir alle miteinander Gefangenen. Das Simulacrum ist ein zentraler Begriff besonders bei Jean Baudrillard (1929 – 2007), und spätestens jetzt ist es Zeit, dass Sie zu den Motti dieses Buches zurückblättern.

Baudrillards »Simulacres et Simulation« (Éditions Galilée, Paris 1981, auf Deutsch teils in »Agonie des Realen«, Merve-Verlag, Berlin 1978 enthalten), 1995 als »Simulacra and Simulation« bei der University of Michigan Press erschienen, war ein Buch, das Benjamin Whitmer sehr beeindruckt hat. Es simmerte dann zwanzig Jahre in ihm, bis sich der hier vorliegende Roman daraus destillierte.

Nichts darin ist zufällig.

In einem Paralleluniversum hat Philip K. Dick bereits 1964 einen Roman des Titels »Simulacra« geschrieben und im gleichen Jahr Daniel F. Galouye den Sciene-Fiction Roman »Simulacron-3«, in dem es um die Idee einer vollständig innerhalb eines Computerprogramms simulierten Scheinwelt geht, 1973 von Rainer Werner

Fassbinder verfilmt als »Welt am Draht«. Die Idee der Welt als Simulacrum ist auch Thema der »Matrix«-Trilogie. »Milliarden Menschen leben einfach vor sich hin, und haben keine Ahnung. Wussten Sie, dass die erste Matrix als perfekte Welt geplant war, in der kein Mensch hätte leiden müssen? Ein rundum glückliches Leben! Es war ein Desaster. Die Menschen haben das Programm nicht angenommen, es fielen ganze Ernten aus ...«, sagt Agent Smith im ersten Teil der Trilogie. Ziemlich am Anfang taucht darin auch kurz Baudrillards Buch »Simulacra & Simulation« auf, es dient als Geldversteck des Protagonisten. Philosophischer Exkurs: Indem es ausgehöhlt ist, simuliert es sowohl die eigene Existenz als tatsächliches Buch ebenso wie auch seinen in Sprache – und speziell im Sprachsimulacrum Schrift – definierten geistigen Inhalt, aber auch das an seine Stelle gesetzte Geld ist ja nur Simulation: als Schuldschein-Simulacra und Tauschwaren-Simulation.

Das aber nebenbei. Wir sind in »Flucht« in den Rockies von Colorado, Whitmer ist ein handfester, geerdeter Autor, ein großer Fan von Westernfilmen und Country Songs, dem Noir verpflichtet und dem proletarischen Roman. Eine Baudrillard-Figur ist bei ihm zum Beispiel der sich der Wirklichkeit zunehmend entrückende Bad News. Nur indem er die Welt nicht für bare Münze nimmt, kann er sie überhaupt ertragen. Das Universum ist ihm eine Bitch, die man sich gefügig halten muss. »Tief in meinem Herzen weiß ich, entkommen kann ich von hier nicht«, heißt eine im Buch gesummte Liedzeile von Bob Dylan. »Oh, Mama, kann das wirklich das Ende sein«, geht der Song dann weiter. Oder, um es mit einem Zitat weiter hinten im Roman zu sagen: Mancher Blues hat keinen Boden.

Benjamin Whitmer begann das Buch einige Wochen, nachdem ein Freund von ihm bei einer Konfrontation mit der Polizei von einem SWAT-Scharfschützen erschossen worden war, das von hundert Beamten umstellte Haus ähnlich durchsiebt wie hier im Roman beschrieben, der tödliche Ausgang bei einer anderen Einsatzleitung nicht unbedingt vorprogrammiert. Konfrontationen mit der Staatsgewalt hatte Whitmer bereits zuvor auch bei Anti-Vietnam-Demonstrationen und noch einmal verschärft als Sympathisant des *AIM*, des *American Indian Movement* erlebt. Der Aktivist Russel Means war ein Freund von ihm. »Where White Men Fear to Tread« heißt dessen Autobiografie von 1996. Wo weiße Männer sich nicht hinwagen ...

... von dort her kommt auch der Radikale Ward Campbell her, dem »Flucht« gewidmet ist.

Er war Whitmers Professor, seine »politische Erziehung«, wie er selbst sagt – siehe auch das Interview mit Benjamin Whitmer auf der Internetseite des Polar Verlags. Als Campbell wegen eines Skandals nicht mehr lehren durfte, war es Whitmer, der seine Vertretung übernahm. Hinter dem Namen steht in der Widmung die Jahreszahl 1968. Es war das Jahr, in dem Campbell politisiert aus dem Vietnamkrieg zurückkam. Es war das Jahr globaler Proteste. Es war das Jahr, in dem die Militarisierung der amerikanischen Polizei zu verorten ist – als Gegenfaktor zu sozialen Unruhen, studentischen Protesten und revolutionärer Gegengewalt, etwa durch den *Weather Underground*. Denen brachte der Vietnamveteran Ward Campbell bei, wie man improvisierte Bomben baut. Eine sehr brauchbare Darstellung der polizeilichen Aufrüstung findet sich in Radley Balkos Studie »Rise of the Warrior Cop. The Militarization of America's Police Forces« von 2014.

Viele der Gefängniswärter, die in »Flucht« die Ausbrecher jagen, sind Kriegsveteranen. Bellingham, der stellvertretende Gefängnisdirektor, war in der Normandie, kam mit einem Eimer voller Medaillen wieder. Der Zeitungsmann Stanley war in Korea, Bad

News auf Hügel 488, der Zeitungsfotograf Garrett ist von Vietnam und 77 Tagen Khe Sanh gezeichnet. »In nur elf Wochen warfen wir dort 110.000 Tonnen Bomben ab, die größte Menge von Explosivstoff in der Geschichte des Krieges«, notierte Michael Herr in seinen »Dispatches«.

»Flucht« spielt an Silvester 1968. Nichts darin ist zufällig. So wie es auch kein Zufall ist, dass die starke Frau des Romans, Dayton Horn, ein Outlaw, ziemlich zu Anfang das Buch »The Brave Cowboy« des in Deutschland sträflich unbekannten Wüstenanarchisten Edward Abbey liest. Kirk Douglas, der bei Stanley Kubrick den aufständischen Sklaven »Spartacus« gespielt hatte, sorgte dafür, dass das Buch (mit ihm in der Hauptrolle) verfilmt wurde. Für das Drehbuch holte er den bis 1960 in Hollywood per Blacklist gebannten Dalton Trumbo. Das Premierenplakat hatte den Slogan »They can never cage a man like this«. Einen Mann wie diesen kann man niemals einsperren. Kirk Douglas ist ein sich der Moderne verweigernder Cowboy, der weder Wohnsitz noch Ausweispapiere hat. Um seinen besten Freund zu befreien, lässt er sich selbst ins Gefängnis stecken, um dort zu merken, dass sein Freund gar nicht ausbrechen will. Also tut er es alleine und wird von einem nicht unverständigen Sherriff mit Hubschrauber und Jeeps in den Bergen gejagt. Der erste Rambo-Film »First Blood« ist ein weithin originalgetreues Remake. Präsident John F. Kennedy sah den Film im November 1962 im Weißen Haus, gegen den Einspruch von Jackie und all der anderen, vielleicht ließ er sich vom Titel leiten. »Einsam sind die Tapferen.« Kennedybiograf Ben Bradlee notierte: »Es war ein brutaler, sadistischer, kleiner Western.«

Einmal gerät Kirk Douglas darin in eine üble Schlägerei mit einem einarmigen Mann, gespielt von Bill Raisch. Der begann ein

Jahr später als Nemesis von Richard Kimble in der Fernsehserie »Auf der Flucht« (Originaltitel: »The Fugitive«) zu erscheinen. Zwischen 1963 und 1967 in den USA ausgestrahlt, brachte es diese Serie auf 120 Folgen in vier Staffeln. Für Jüngere: Erzählt wird die Geschichte des Arztes Dr. Richard Kimble, der zu Unrecht des Mordes an seiner Frau angeklagt wird. Obwohl er seine Unschuld beteuert, wird er schuldig gesprochen und zum Tode verurteilt. Auf einem Gefangenentransport gelingt es ihm zu entfliehen, er wird unerbittlich vom Polizei-Lieutenant Philip Gerard verfolgt, der den Mordfall bearbeitete und von Kimbles Schuld überzeugt ist. Kimble ist seinerseits auf der Jagd nach dem wahren Mörder, einem einarmigen Mann, den er aus dem Haus flüchten sah, als er nach Hause kommend seine Frau tot vorfand. Seine Flucht führt ihn quer durch Amerika und durch allerlei soziale Verhältnisse. 1993 gab es davon einen Kinofilm, mit dem Sympathieträger Harrison Ford in der Rolle des Flüchtigen und Tommy Lee Jones als Polizisten.

Als Whitmer mit »Flucht« begann, war es ein Satz aus Edward Abbeys Tagebuch von 1951, der ihn in Bewegung setzte: »Dies ist mein bevorzugtes melodramatisches Thema: der gehetzte Anarchist, ein verwundeter Wolf, der sich zu den grünen Hügeln durchkämpft, oder zu den schneeweißen Bergen oder zur sonnengleißenden Wüste und zu seinen Freiheitsrechten. Wird er es schaffen? Oder wird das FBI ihn abknallen, direkt an der Schwelle von Wildnis und Freiheit?«

PS. Der in »Flucht« erzählte Gefängnisausbruch hat einen realen Spiegel, er ereignete sich am 30, Dezember 1947 im Staatsgefängnis von Canon City, Colorado. Benjamin Whitmer konnte dazu jede Menge Dokumente einsehen. Die zwölf entflohenen Gefangenen waren innerhalb einer Woche erschossen oder wieder dingfest gemacht. Es gab schnell einen – nicht besonders guten – semidokumentarischen Film über den Ausbruch, »Canon City« von 1948, Regie und Buch Crane Wilbur. »In einer Art postmodernem Moment«, so Whitmer, wurde den wieder eingefangenen Häftlingen damals der Film über ihre Flucht und Ergreifung vorgeführt. – Und noch eine Anmerkung: Immer wieder entfliehen natürlich auch in Deutschland verurteilte Straftäter aus dem Gewahrsam. Sie tun damit hierzulande nichts Illegales, der Akt ist per se nicht strafbar. Es gibt im Strafgesetzbuch der Bundesrepublik keinen Paragrafen, der die Flucht eines Menschen aus einer Haftanstalt oder aus einer psychiatrischen Klinik unter Strafe stellt. Nach Ansicht der Rechtsgelehrten respektiert der Staat damit den Freiheitsdrang, von dem er unterstellt, dass er jedem Menschen innewohnt. In der Praxis freilich ist es jedoch so, dass kaum einem Häftling die Flucht gelingt, ohne dabei Dinge zu tun, die dann doch strafbar sind. Sägt er etwa ein Gitter durch, ist das Sachbeschädigung. Droht er einem Wärter, und sei es mit einer selbst gebastelten harmlosen Pistolen-Attrappe, so ist das Nötigung. Gibt er ihm Geld, ist es Bestechung. Gibt er ihm Schlafmittel oder schlägt er ihn nieder, ist es Körperverletzung. Und wenn er die Flucht mit anderen Häftlingen verabredet, dann wird daraus leicht der Straftatbestand der Gefangenenmeuterei.